절대
검감

3

절대검감

3

絶對 劍感

한중월야 장편소설

시공사

소운휘

호남성 삼대 명문 무가인 익양 소가의 삼남. 어릴 적 주화입마를 입고 혈교에 납치되어 삼류 첩자의 삶을 살다가 허무한 죽음을 맞았다. 〈검선비록〉과의 기연으로 다시 태어난 삶에서 '검'과 교감할 수 있는 능력을 얻게 되고, 회귀 전과는 다른 삶을 만들어 나가기 위해 노력한다.

송좌백

조항 송가의 자제이자 쌍둥이 형제의 형. 소운휘와 함께 사촌 해악천의 제자가 된다.

송우현

조항 송가의 자제이자 쌍둥이 형제의 동생. 소운휘와 함께 사촌 해악천의 제자가 된다.

조성원

소운휘 산하의 대주. 개방의 방주 직계 문하 출신.

사마영

중원 사대 악인 월악검 사마착의 외동딸.

소익현

익양 소가의 가주.

소영현

익양 소가의 일남이자 소가주.

소장윤

익양 소가의 이남.

소영영

익양 소가의 장녀이자 소운휘의 누이동생.

무한제일검 **백향묵**	중원 팔대 고수의 일인이자 무림연맹의 맹주.
태극검제 **종선 진인**	중원 팔대 고수의 일인이자 무당파의 장문인.
제갈원명	무림연맹의 총군사(總軍師)이자 제일군사.
북영도성 곽형직	한때 남천검객과 더불어 차세대 중원 팔대 고수로 각광받던 절세고수.
이정검	중원 팔대 고수 무한제일검 백향묵과 태극검제 종 선 진인의 공동 전인.
기기괴괴 해악천	혈교의 사존자 칠혈성 중 사존.
난마도제 서갈마	혈교의 사존자 칠혈성 중 이존.
혈수마녀 한백하	혈교의 사존자 칠혈성 중 육혈성.

차
례
—

일러두기

- 무협 자체의 재미와 개성을 살리기 위해 의도적으로 속어, 비속어, 은어 등의 표현이나 일부 한글 맞춤법 규정에 어긋나는 표현도 그대로 실었습니다.

- 검의 대화의 경우 앞에 '─' 표기를 넣었고, 전음은 앞뒤 [ ] 표기, 검선의 말은 앞뒤 [ ]를 표기하되 고딕으로 서체를 달리하여 표기하였습니다. 또한 본문 내 강조나 인용 등으로 들어가는 내용은 고딕체로, 본문에 나오는 대화 중 과거형은 다른 명조체로 구분하여 표기하였습니다.

- 한 장짜리 비서는 홑꺾쇠표⟨ ⟩, 서책의 경우 겹꺾쇠표⟪ ⟫로 구분하여 표기하였습니다.

남천검객의 제자

"나, 남천검객!"

"세상에….."

"그분의 제자가 되었다고?"

발칵 뒤집힌 장내 반응에 나도 좀 얼떨떨했다. 남천검객의 위명이 대단한 것은 알았지만 십오 년 전에 사라졌다는 것을 믿기 힘들 만큼 사람들 반응은 굉장했다. 과연 전설이라 불릴 만한 검객다웠다.

―이야, 이 정도야?

―흠흠. 당연한 반응이다.

남천철검이 헛기침 소리를 내며 뿌듯해했다. 충분히 자부심을 가질 만한 일이었다. 내게는 늘 엄하고 화를 내는 모습만 보이던 가주 소익헌이 저렇게 입을 벌리고서 놀라는 모습은 처음 봤다.

"말도 안 돼. 그럴 리가 없어."

내가 사공을 익혔다고 주장하던 소영현은 현실을 부정하기 시작했다.

그래, 믿기 싫겠지. 나는 슬쩍 누이동생을 쳐다보았다. 늘 사나운 고양이처럼 뚱한 표정을 짓던 녀석이 눈이 휘둥그레져서 나를 보고 있었다. 이제야 제 나이 또래 같은 표정을 짓네.

"정말… 정말인가? 자네가 정녕 호종대 대협의 제자란 말인가?"

그때 형산일검 조청운이 내게 되물었다. 방금 전까지만 하더라도 의심으로 가득했던 얼굴이 백팔십도 바뀌어 있었다. 그런 내 머릿속에 남천철검의 목소리가 들려왔다.

─그러고 보니 생각난다.

'뭐가?'

─인간은 노화 때문에 얼굴을 알아보기 힘든 것 같다.

'만난 적이 있는 거야?'

─그래. 네 앞에 있는 도사는 이십여 년 전 운남 구북에서 전 주인께서 도와주신 적이 있다.

'그게 정말이야?'

오, 이건 전혀 생각지도 못한 행운이었다. 형산일검 조청운이 남천검객과 인연이 있는 줄은 몰랐다. 하긴 지금은 형산의 기인이라 불리는 그도 이십여 년 전이라면 한참 새파란 후기지수에 불과했을 것이다. 슥! 나는 조청운에게 포권을 취하며 당당한 정파의 후기지수처럼 호협지심이 넘쳐나게 말했다.

"스승님께 대협에 관한 이야기를 많이 들었었습니다. 이렇게 뵙게 되어 영광입니다!"

"그게 정말인가?"

뭐야? 방금 전에 그 사람이 맞는 건가? 앞뒤가 꽉 막힌 듯한 정파인의 모습이 사라졌다. 동경하는 무인을 앞에 둔 사람처럼 눈을 반

짝이면서 나를 쳐다보고 있었다.

"이십여 년 전에 대협과 운남 구북에서 교분을 쌓은 것을 종종 말씀하셨는데, 향후 정파 무림을 빛낼 영웅이라고 칭찬이 자자하셨습니다."

"허 참."

그런 내 말에 조청운이 갑자기 쑥스러운 얼굴로 머리를 긁적였다. 이렇게나 좋아할 줄은 몰랐다. 조청운이 낯간지럽다는 목소리로 내게 물었다.

"대협께서 빈도의 이야기를 그리하셨는가?"

―칭찬에 약한 유형이었구나.

아니다. 그만큼 남천검객을 동경해서일지도 몰랐다.

그때 누군가 이곳으로 다가왔다. 도복에 백건을 쓰고 있었지만 젊었을 적에는 한 미모 했을 것만 같은 형산여협 조일혜였다.

"사형."

"사매, 사백께서 살아 계셨네. 그분이 살아 계셨어."

조청운이 감격했다는 목소리로 그녀에게 말했다. 뭉클해진 그의 목소리에 나는 묘한 기분이 들었다. 남천검객이 정파인으로서 귀감이 되는 자라고 듣기는 했지만 이렇게 후학도의 존경을 받을 줄은 몰랐다.

"소 형제가 정말 그분의 제자분이었군요."

조일혜가 놀랍다는 듯이 내게 말했다.

"말학 소운휘가 형산여협께 인사 올립니다."

예를 갖춘 인사에 그녀가 아차 하는 말과 함께 포권을 취했다. 무림에서 꽤 배분이 높은 그녀가 정중하게 예를 갖추니 살짝 당혹스러웠다.

"어찌 그러십니까? 편하게 대해주십시오."

"정말 남천검객의 제자분이라면 우리와 같은 배분이라고 할 수 있는데, 어찌 그럴 수가 있겠어요."

웅? 이건 또 무슨 소리지? 같은 배분이라니?

―전 주인은 이들의 스승인 호심항이라는 도사와도 교분이 있었다. 그래서 당시 형산파의 젊은 도사들은 전 주인을 사백이라고 불렀던 걸로 기억한다.

잠깐, 호심항은 지금 형산파의 장문인이다. 아아, 그래서였구나. 하긴 그 당시 남천검객과 교분을 쌓은 세대라면 지금쯤 한 파의 수장을 맡을 배분이었다. 정파인들은 사파에 비해 이런 예법과 배분에 더 예민했다.

척! 그때 감격스러워하던 조청운도 내게 예를 갖춰 포권을 취했다. 그러고는 고개를 푹 숙여서 사죄했다.

"미안하네. 빈도의 성질이 고약하여 사공이라는 말에 괜히 흥분했었네. 불혹이 넘어도 이렇게 못났네."

스스로를 타박하는 모습마저 보였다. 형산일검은 생각보다 자신의 감정에 솔직한 자였다.

"아닙니다, 선배…."

"선배라고 하지 말게."

"네?"

"자네 스승님을 우리 사형제가 사백이라고 불렀는데, 어찌 그렇게 부르는가. 조 사형이라고 부르게나."

그런 조청운의 말에 주위가 소란스러워졌다. 형산파의 기인인 형산일검이 오랜 교분을 나눈 사이처럼 나보고 사형이라고 부르라 하니, 부러워하지 않을 이가 누가 있겠는가. 나조차도 예상치 못한 행운에 웃음이 터져 나올 뻔했다. 그래도 관리해야지. 나는 짐짓 이래도 되나 하는 표정을 지으며 말했다.

"제가 어찌 선배께…."

"자네가 그리 말하면 내 입장이 어찌 되는가."

조청운이 눈짓으로 주위를 슬쩍 가리켰다.

"소 사제, 너무 부담스러워하지 말아요."

형산여협 조일혜가 은근슬쩍 내게 사제라고 불렀다.

나는 그들의 청에 못내 받아들이는 것처럼 조심스럽게 답했다.

"제가 그리해도 괜찮을지."

"괜찮다고 하지 않았나."

조청운의 말에 나는 옅은 미소를 지으며 말했다.

"알겠습니다, 사형."

"하하하하하하핫. 참으로 기쁜 날일세."

그런 내 말을 들은 조청운이 호탕한 목소리로 웃었다. 평소에는 낯을 몹시 가리고 다른 사람들과 대화를 많이 섞지 않아서 이런 면모가 있을 줄은 몰랐다. 남천검객의 제자인 나와 교분을 쌓게 된 것을 기뻐하는 듯했다. 이런 기회를 놓칠 수야 있나.

"사형이 계신 덕분에 오해가 풀려 다행입니다. 하마터면 사공을 익힌 악인으로 몰릴 뻔했는데 말입니다."

"누가 어찌 남천검객의 후인에게 그런 말도 안 되는 오명을 뒤집어씌운단 말인가."

그의 말에 나는 슬쩍 고개를 돌렸다. 내가 쳐다보고 있는 곳에서 소영현이 당황하여 어쩔 줄 몰라 하고 있었다. 나의 말로 인해 녀석은 남천검객의 제자를 사공을 익힌 악인으로 몰아간 파렴치한 놈이 되어버렸다.

"그, 그게 아닙니다. 저는 그저⋯."

"그만!"

녀석이 변명하려는 것을 누군가 가로막았다. 가주 소익헌이었다. 소익헌이 이곳으로 다가왔다. 내가 남천검객의 제자가 되었다는 사실이 밝혀진 후로 그의 심경은 굉장히 복잡해 보였다. 충분히 그럴 만도 했다. 여태껏 나를 인간 취급도 하지 않고 가문에서 내쫓은 당사자였다. 어찌 보면 버림받은 자식이 과거에 급제하여 금의환향한 것이나 다름없었으니, 그것을 좋아할 수도 없는 입장일 거다.

'후우.'

그의 얼굴을 보니 분노가 치밀어 올랐다. 그가 책임감을 가지고 무게를 잡았다면 어머니의 대우는 달라졌을 것이다. 무림에서 그의 명망이 어떤지는 모르겠지만 한 사람의 가장으로서는 실격이었다. 하지만 화를 내는 것이 능사는 아니었다. 목적을 달성하려면 그에게 호의적인 모습을 보여야 했다.

탁! 나는 무릎을 꿇고 절을 했다.

"소자, 아버님께 문안 인사를 올립니다."

"⋯."

절을 하자 아무 목소리도 들리지 않았다. 회귀 전에도 똑같은 일이 있었다. 그때도 가주 소익헌에게 이렇게 문안 인사를 올렸었다.

─뭐라고 했었는데?

'네놈 같은 놈을 아들로 둔 적이 없다며 내쫓았었지.'

일말의 망설임도 없었다. 그때는 내가 절하자마자 그 말부터 튀어나왔었다. 한데 지금은 말이 없었다. 계속 엎드려 있으면 그것도 문안 예에는 맞지 않으니, 천천히 자리에서 일어났다. 그러자 가주 소익헌이 무겁게 입을 열었다.

"…오랜만이구나. 무탈해서 다행이다."

속으로 나는 그를 비웃었다. 형산일검과 형산여협이 있으니 가식적으로나마 인사하는 그였다. 그래도 양심은 있는지 웃는 낯으로 말하진 않았다.

"흠흠."

그때 형산여협 조일혜가 끼어들었다. 영영이를 알고 본가와도 인연이 있으니 우리 부자가 어떤 관계인지 그녀도 어느 정도는 알고 있을 것이다.

"가주께서는 복이 많으시군요. 막내 아드님이 남천검객의 제자가 되었으니 감축드릴 일이 아닙니까?"

그녀는 분위기를 전환하려는지 일부러 가주 소익헌을 띄워주었다. 물론 그 이면에는 나를 치켜세워주는 것도 있었다. 좋은 날이니 서로 기분 좋게 보내자는 의미도 들어 있을 것이다.

"조 여협의 말씀에 감사드립니다."

가주 소익헌이 두 손을 모아 가볍게 예를 표했다. 하지만 여전히 표정에는 변함이 없었다. 그는 쓰러져 있는 두 아들을 눈짓으로 슬쩍 가리키더니, 무거운 목소리로 내게 말했다.

"이야기는 들었다. 하지만 손속이 지나쳤구나."

그 와중에 전후 사정을 알아봤던 모양이다. 아마 내가 형산일검과 손을 섞으며 대화하는 동안이었겠지. 나는 아무렇지 않게 답했다.

"송구합니다. 두 형님이 감정적으로 격해져서 제 목숨을 노리는 바람에 저로서도 호신을 위해 손속이 과해질 수밖에 없었습니다."

이를 어쩌죠. 제게는 명분이 있습니다만.

많은 이목이 있는 곳에서 이런 일을 벌인 이유가 달리 있겠는가. 여기서 그들을 두둔할 수 없게 하기 위함이었다. 과연 그가 어떻게 나올까?

"…그렇구나. 네 형들이 실수한 것은 나중에 문책토록 하마. 지금은 손님들을 모셔야 하니, 나중에 이야기하도록 하자꾸나."

확실히 소장윤, 소영현과는 달랐다. 나이도 있고 경험도 많은 소익헌은 노련미가 있었다. 자연스럽게 그들을 문책하겠다는 식으로 어물쩍 이 순간을 넘어가려 했다. 하지만 어떻게 잡은 기회인데 넘어가겠는가.

"아버님, 제가 왜 본가에 돌아왔는지는 물어보시지 않는군요."

그런 내 말에 가주 소익헌의 인상에 주름이 갔다. 아마 내 속내가 궁금해 미칠 것이다. 자신을 원망하는 버린 아들놈이 대체 무슨 일을 꾸미는지 말이다. 의아하게 쳐다보는 그에게 나는 포권을 취하며 말했다.

"아버님, 익양 소가의 후기지수를 대표하는 자리를 소자에게 주시옵소서."

'…!!'

그 말이 떨어지기 무섭게 소익헌의 두 눈동자가 크게 흔들렸다.

* * *

본가의 객당. 그 일이 있고 한 시진이 지났다.

지금 우리는 익양 소가의 객당에서 늦은 점심을 하고 있었다.

쩝쩝. 우걱우걱. 먹을 때 온갖 소리를 내는 조성원을 사마영이 탐탁지 못하다는 듯이 흘겨보았다. 개방의 거지 출신이라 그런지 녀석은 밥을 먹을 때 유독 소리가 컸다. 뭔가 게걸스럽게 먹는다고 해야 하나.

"교양까지는 아니더라도 쩝쩝거리면서 흘리고 먹지 좀 마요."

사마영의 타박에 조성원이 아무렇지 않게 말했다.

"너무 그러지 마십쇼. 이 정도면 복스럽게 먹는 거 아닙니까?"

"복스럽기는. 한 대 때려주고 싶네."

그녀의 말에 조성원이 눈치를 보았다. 처음에 그녀의 실력도 모르고 같은 대주가 되었다고 덤볐다가 죽사발이 되게 얻어터진 이후로 서열 관계가 확립된 그들이었다. 조성원이 기 죽은 목소리로 중얼거렸다.

"거지가 이 정도면 나름 품격 있는 건데."

물론 그녀가 한 번 처다보자 깨갱하고서 야무지게 밥을 먹었다. 버릇이 제대로 고쳐지고 있었다. 녀석에게 쏘아붙인 사마영이 내게는 배시시 웃으며 말했다.

"사형, 시장하실 텐데 많이 드세요."

태도가 확연히 다르자 조성원이 탐탁지 않다는 듯이 입 모양으로 그녀의 말투를 따라 했다.

스릉!

"죽고 싶으시죠?"

"…죄송합니다."

참 저렇게 당하면서도 까부는 걸 보면 녀석도 대단하다.

─거지들 근성인가 보지, 뭐.

그러게나 말이다. 혈교를 벗어난 이후로 원래 모습이 점점 나오고 있었다.

소담검이 내게 물었다.

─어떻게 될 것 같아?

'글쎄.'

나도 정확하게 알 수 없었다. 가주 소익헌은 그 자리에서의 대답을 회피했다. 좀 더 몰아붙이고 싶었으나, 형산여협이 중재하는 바람에 그것은 힘들어졌다. 하지만 어쩔 수 없이 후기지수 대표의 자리는 넘길 수밖에 없을 것이다. 그러기 위해서 소장윤의 손목과 소영현의 정강이를 부러뜨려놓은 것이니까. 시기적으로 약간 여유가 있긴 하지만 부상이 낫자마자 논무에 출전시키는 무리수는 두지 않겠지.

─하긴 그렇겠네.

아마 저녁이 되면 어느 정도 결론이 나올 것이다. 형산파의 손님들을 맞이하기 위한 작은 연회가 마련될 테니, 그때가 되면 알 수 있겠지.

─그나저나 정말 아들 취급을 안 해주긴 한다.

소담검이 이렇게 투덜거리는 이유는 간단했다. 객당 앞을 지키는 시비들은 그냥 시비가 아니라 무공을 익힌 자들이었다. 우리를 감시하고 있었다. 그렇기 때문에 사마영이 우리 셋만 있는데도 내게 사형이라고 부르는 것이다.

─아까 사마영의 말대로 일반 시비로 바꾸라고 하는 편이 낫지

않아?

당연히 사마영은 이것을 불쾌해했었다. 무공을 익힌 시비를 우리가 눈치채지 못할 리가 없었다. 그런데 굳이 그런 시비를 문 앞에 둔다는 것은 우리를 대놓고 감시하겠다는 것과 별 차이가 없었다.

'아니, 일단 내버려둬야지.'

지금 이것은 일종의 보여주기였다. 내가 남천검객의 제자인 것과 상관없이 이곳은 익양 소가의 영역이라는 것을 보여주기 위해 일부러 무공을 익힌 시비들로 배치한 것이다.

─치사하네.

'영악한 거지.'

이건 나를 향한 가주의 경고였다. 자신이 지켜보고 있으니, 아까처럼 섣불리 그런 짓을 하지 말라는 의미이기도 했다. 두 아들을 그 꼴로 만든 것이 화가 나긴 했나 보다. 그나저나 영영이가 늦는다. 원래는 같이 점심을 먹으면서 그동안 못 했던 대화를 나누기로 했었다. 그런데 오지 않아 기다리다가 이렇게 식사를 하는 것이었다.

─무슨 일 있는 거 아냐?

그럴 리는 없었다. 형산여협이 있는데 누가 영영이를 건드릴까.

'응?'

누군가 방문 쪽으로 다가왔다. 가벼운 발걸음 소리를 보면 여자였다. 다가오는 기척에 우리 세 사람의 시선은 저절로 방문으로 향했다. 똑똑! 문을 두드리는 소리와 함께 여자의 목소리가 들렸다.

"도련님, 작약당에서 왔습니다. 마님께서 초대하셔서 이를 전해드리려 합니다."

"작약당?"

사마영이 의아해했다.

흐음. 설마 작약당에서 움직일 줄은 몰랐네.

—작약당이 뭔데?

'들었잖아. 마님이라는 말.'

작약당. 그곳은 익양 소가의 가주 소익헌의 본처인 양 부인의 거처였다. 후기지수 대표 자리만 아니었다면 결자해지를 보고 싶은 곳이기도 했다. 그녀로 인해 많은 일을 겪었으니까. 두 형제의 어머니인 양 부인이 나를 부른단라….

* * *

붉은 꽃잎의 작약꽃들이 화원을 이룬 작약당. 이 무렵을 제외하고는 꽃이 피지 않는데 공교롭게 꽃이 만개할 때였다. 이 꽃들을 보니 기분이 더러워졌다. 양 부인을 보는 것만 같아서 전부 태워버리고 싶었다. 작약당에서 일하는 시비들이 나를 보자마자 묘한 눈빛을 하고 있었다.

—왜 저러는 거야?

'소문이 났겠지.'

한 시진이면 장원 내에 소문이 충분히 퍼질 만한 시간이었다. 작약당의 시비들은 양 부인이 자기 본가에서 데려온 자들로 전부 무공을 할 줄 아는 이들이었다. 그래 봐야 전부 이류, 삼류에 불과하지만.

"이쪽으로…."

양 부인이 보낸 시비를 따라 나는 작약당으로 들어갔다. 이곳에 들어선 것만으로 역겨운 기분이 내 전신을 휘감았다. 과연 무슨 말을 하기 위해 나를 부른 것일까? 드르륵! 작약당의 안방이 열리며 고풍스러운 탁자 앞에 앉아 있는 중년의 부인이 보였다. 가는 눈매의 저 여자가 바로 양 부인이었다.

'일류.'

무공을 익혔다는 것은 알고 있었다. 한데 그녀의 기도를 느껴보니 일류의 무위를 지녔다. 무가 출신다웠다.

—얼굴이 왜 저리 하얗누.

주름을 감추기 위해 하얀 분을 덕지덕지 바른 그녀의 모습에 절로 콧방귀가 나오려 했다.

슥! 나는 가볍게 묵례만 했다. 무례하다고 할 수 있지만 그녀에게만큼은 예를 취하고 싶지 않았다. 어머니가 당한 수모가 내 기억 속에서 지워지지 않는 한.

"왔구나. 너희들은 물러나거라."

"네, 마님."

양 부인의 나지막한 명에 안방에 있던 시비들이 물러났다. 시비들까지 물리다니 무슨 의도지? 그녀가 자리에서 일어나 내 앞으로 다가왔다. 큰 결의라도 한 것처럼 굳은 얼굴을 하고 있는데, 왜 이러는지 알 수가 없었다.

털썩!

'…?!'

그때 그녀가 갑자기 바닥에 무릎을 꿇었다. 전혀 예상치 못한 행동에 나는 절로 인상이 찡그러졌다.

"왜 그러시는 겁니까?"

나의 물음에 그녀가 위를 올려다보며 말했다.

"이야기는 들었다. 남천검객의 진전을 이었다고 하더구나. 기연을 만난 것을 축하한다."

하! 고작 축하를 하기 위해 무릎을 꿇었다고? 왠지 그녀의 의도가 무엇인지 짐작이 갔다. 양 부인이 내게 진중한 목소리로 말했다.

"우리 사이가 그리 좋지 않음을 알고 있다. 그걸 부정하지 않으마."

"…무슨 말씀이 하고 싶으신 겁니까?"

"거두절미하고 말하마."

"…."

"네가 원한다면 이 자리에서 수십, 아니 수백, 수천 번이고 무릎 꿇고 사죄할 수 있다."

그 당당하던 여인이 내게 사죄할 수 있다고 했다. 더러운 천것의 피를 이었다며 혐오스러워하고 볼 때마다 뺨을 날리던 게 여전히 기억 속에 남아 있는데 말이다. 양 부인이 내게 결의가 담긴 목소리로 말했다.

"그러니 제발 우리 영현이의 자리를 탐내지 말아다오."

아… 역시 예상을 벗어나지 않는다.

그래, 악녀이든 아니든 세상 모든 어머니의 마음은 같겠지. 아들의 자리를 보호하기 위해 나를 부른 것이었다.

"이러려고 부른 것입니까?"

차가운 내 목소리에 양 부인이 애원하는 목소리로 말했다.

"네가 원한다면 평생을 놀고먹을 만한 재화도 줄 수 있다. 그리고 네가 일가를 이루도록 지원해줄 수 있다. 그러니 부디 아들의 자리는 탐하지 말거라."

어떻게든 나를 설득하기로 작정한 모양이었다. 남천검객의 제자라는 자리가 대단하기는 한가 보다. 그녀가 이렇게까지 위기의식을 느끼고서 몸을 낮춰가며 애원하는 것을 보면 말이다.

"후우."

한숨이 나왔다. 사람의 태도란 게 이렇게 쉽게 바뀔 줄이야. 회귀 전에는 꿈도 꾸지 못한 광경이었다. 하지만 그 오랫동안 지니고 있던 한이 고작 한 번 무릎 꿇는 것에 흔들릴 리가 있나. 나는 냉정하게 선을 그었다.

"죄송합니다. 못 들은 걸로 하겠습니다."

그러고는 몸을 돌려 양 부인의 안방에서 나가려고 했다. 그러자 그녀가 다급히 일어나 방문 앞을 가로막고서 말했다.

"이러지 말거라."

"그건 제가 드리고 싶은 말입니다만."

그런 나의 말에 양 부인이 입술을 질끈 깨물었다. 그러더니 힘겹게 입을 뗐다.

"네가 원하는 것을 말해보거라. 무엇이든 들어주겠다."

원하는 것을 들어주겠다고? 발걸음을 멈춘 내가 그녀에게 말했다.

"그 말 정말입니까?"

"그래."

그녀가 희망의 끈이라도 붙잡은 것처럼 얼굴이 환해져서 말했다. 그런 그녀에게 말했다.

"그럼 어머니의 위패를 모셔와 정부인으로 적을 올리고, 하루 세 시진씩 사죄의 절을 십 년간 올릴 수 있겠습니까?"

나의 요구에 양 부인의 표정이 굳어졌다. 당연하겠지. 그렇게 천하다고 무시했던 어머니를 정부인으로 인정하고, 그것도 모자라 십 년 동안 사죄의 절을 하라고 하니 자존심이 갈기갈기 찢어질 것이다. 오만상을 찌푸리고서 말이 없던 그녀가 겨우 입을 열었다.

"정말… 그렇게 한다면 내 아들의 자리를 탐하지 않을 것이냐?"

참으로 지극한 모성애였다. 그런 마음을 조금이라도 어머니가 살아 계셨을 때 베풀었으면 얼마나 좋을까? 결국은 나를 자극하는구나.

나는 빙그레 웃으며 그녀에게 다가갔다. 그리고 조용히 귓가로 얼굴을 가져가 차갑게 식은 목소리로 말했다.

"너라면 하겠냐, 이 쌍년아?"

'…!!'

욕이 섞인 거친 내 말에 그녀의 얼굴이 달아올랐다.

"너! 너! 감히!"

화를 내려고 하는 그녀에게 말했다.

"십이 년 전 주화입마를 입은 날, 내 영약을 당신의 시비가 가져왔었지."

그 말을 듣자 그녀의 표정이 새하얗게 바뀌었다. 왜? 내가 모를 거라고 생각했어?

십이 년 전.

그날의 기억이 아직도 생생했다. 떨리는 손으로 내게 약사발을 넘기던 한 시비. 불과 여덟 살에 불과했던 나는 생으로 영약을 복용할 수 없었다. 그렇기에 다소 약효가 떨어지더라도 영약을 복용하기 위해서는 약제처럼 달여야만 했다. 이를 먹고 운기조식에 들어간 나는 주화입마에 빠졌다. 어머니는 가주에게 읍소하여 범인을 찾아달라고 했지만 사건은 흐지부지 끝맺고 말았다. 그 시비가 감쪽같이 사라졌기 때문이다.

"무, 무슨 소리를 하는 것이냐?"

당혹스러워하는 양 부인의 얼굴은 창백해져 있었다. 시치미 떼기는. 그 시비가 작약당 출신인 것을 모르는 이가 어디 있겠는가. 그저 범인이 누구인지를 짐작하기에 모두가 흐지부지 넘겨버린 것이었지. 당신의 잘난 남편인 가주조차 말이다.

"내가 잊을 거라고 생각했나?"

냉기가 흐르는 내 목소리에 그녀가 당황해서 변명해댔다.

"뭔가 잘못 알고 있는 것 같은데 그 일은…."

"작약당 출신의 시비가 자의로 익양 소가의 삼남이 복용할 영약에 수작을 부렸다고? 개소리하지 마."

"다, 다가오지 마!"

그녀가 뒷걸음을 쳤다. 분노를 표출하다 보니 그녀에게 위압감을 줬나 보다. 상관없었다.

"두렵기는 한가 보지?"

"오, 오해야. 그건 내가 아니야."

"정말 가증스럽군."

끝까지 변명하려는 모습이 가증스러웠다. 그동안 내게 못 할 짓을 그리 해놓고도 모자라 제 아들을 위한답시고 마치 희생하는 어머니인 것처럼 모습을 보이다니. 나는 양 부인 앞으로 한 발짝 내디뎠다.

"오지 마!"

그녀가 손바닥을 펴고서 앞을 가로막는 것처럼 다가오지 말라고 소리쳤다. 정말로 당신이 그날을 반성한다면 내게 사죄를 했겠지. 결국 이것밖에 안 되는 인간이었다.

"당신의 아들 자리를 탐내지 말라고? 우습군."

내가 약하거나 남천검객과 관련 없었다면 이런 식으로 나오지 않았을 것이다. 회귀 전처럼 두드려 패서 쫓아냈겠지. 뒤로 물러나던 그녀가 입술을 질끈 깨물더니 내게 말했다.

"나를 위협하고도 네가 본가의 후기지수 대표 자리를 차지할 수 있을 것 같으냐?"

이제야 본색을 드러내는 건가. 그래, 두려워하는 척하는 건 당신이랑 맞지 않지. 나는 그녀에게 냉담한 목소리로 말했다.

"마음대로 해라. 가주에게 알리든 말든."

"뭐?"

"대신 나는 이 일을 제대로 공론화하겠다."

"공론화?"

"익양 소가의 마님이라는 자의 이면에 감춰진 모습을 모두가 알게 되겠지. 고작 여덟 살밖에 되지 않은 삼남이 두려워 손을 쓴 걸 알면 무림 동도들이 뭐라 할지 궁금하군."

그런 내 말에 그녀의 표정이 굳었다. 내가 분노에 휩쓸려서 이 자리에서 당신에게 손이라도 쓸 줄 알았나. 미안하지만 그 정도로 생각이 짧지 않다.

"분명 경고했다. 말귀를 알아들었다면 더 이상 이런 쓸데없는 일로 나를 찾지 마라."

그 말을 마지막으로 나는 안방을 나가려 했다. 당황한 그녀가 나의 옷자락을 붙잡으려 들었다.

"자, 잠깐!"

꽉! 나는 이를 냉정히 뿌리쳤다. 바로 그때였다. 푸슉!

위를 힐끔 쳐다보았다. 천장 쪽에서 작은 가루 같은 것이 흘러 내려왔다.

'흐트러졌군.'

시비들은 밖으로 내보냈지만 안방 안에는 숨은 기척이 있었다. 아마도 그녀의 개인 호위일 것이다. 방금 전까지 어지간한 자들은 눈치채지 못할 정도로 기척을 숨기고 있던 자가 흐트러졌다. 나는 위에 있는 자가 들으라는 듯이 말했다.

"당신 주인한테 해코지할 생각 없으니 나서지 마라."

양 부인이 놀란 표정을 지었다. 내가 눈치채지 못했을 거라고 여겼나 보다. 볼일이 끝났으니 돌아가야겠다.

쿵! 그때 바닥이 울리며 누군가 천장에서 떨어졌다. 복면을 쓴 호리호리한 체구였는데, 봉긋하게 나온 가슴 부위를 보면 누가 봐도 여자인 듯했다.

"조 호위."

그녀의 등장에 양 부인이 오히려 당혹스러워했다. 의도적으로 부른 것이 아닌 건가. 조 호위라 불린 복면의 여자가 얼굴을 가리고 있던 복면을 벗었다. 그리고 내게 포권을 취했다.

"양 부인의 호위인 조가가 남천검객의 후인께 인사 올립니다."

생각보다 나이가 있는 여인이었다. 척 봐도 마흔에서 쉰 줄의 나이로 보였는데, 표정부터 하고픈 말이 많아 보였다. 물론 나는 그녀와 할 말이 없었다. 무시하고서 방문을 열려고 하는데 조 호위라는 여인이 다급히 말했다.

"그날 도련님께 시비를 보낸 것은 저입니다."

'…?!'

방문으로 갔던 나의 손이 멈췄다. 천천히 뒤로 고개를 돌렸다.

"그게 무슨 말이지?"

"마님께서는 나중에야 아셨습니다."

"…나중에 알았다고?"

나는 양 부인을 쳐다보았다. 그녀의 표정이 굉장히 복잡해 보였다.

팍! 조 호위라는 여인이 바닥에 무릎을 꿇었다. 그러고는 내게 머리를 조아리며 말했다.

"제 독단으로 벌인 일이었습니다. 정실의 소생이 아닌 도련님께서 다른 도련님들께 위협이 되는 것을 볼 수 없었습니다."

"하!"

순간 어처구니가 없었다. 그러니까 그때의 사건은 양 부인이 아니라 본인이 했다고 주장하는 것이었다. 그런 나의 머릿속에 의구심이 생겼다. 설사 정실의 소생이 아니라고 해도 가주의 피를 잇기도 한 나에게 손을 썼다는 것은 익양 소가 출신이라고 생각할 수 없었다.

"당신, 조곡 양가에서 왔군."

"…"

조 호위라는 여인이 대답하지 않았다. 긍정의 묵묵부답이었다. 조곡현의 명문 무가인 조곡 양가는 양 부인의 친정이었다. 그 말인즉, 이 조 호위는 그녀가 친정에서부터 데려온 비밀 호위라는 소리였다.

"그럼 그때의 일이 조곡 양가에서 벌인 일이라고 봐도 되겠나?"

나의 물음에 그녀가 화들짝 놀라 답했다.

"아닙니다. 방금 전에 말씀드린 대로 그 일은 제가 독단적으로 벌인 일입니다."

이 여자 지금 혼자 독박을 쓰려는 건가. 정보가 적어서 판단을 내리기가 어려웠다. 하지만 양 부인을 보호하기 위해서인지 그녀 스스로가 모든 것을 밝혔다.

"저는 마님께서 친정에 있던 시절부터 모셔왔습니다. 친자매처럼 지내왔던 마님께서 도련님 때문에 불안해하는 모습을 지켜볼 수가 없었습니다. 그래서 도련님께 못 할 짓을 하고 말았습니다."

"그래서 그런 짓을 했다?"

"그 일은 마님께서 관련 없다는 것을 알아주셨으면 했습니다. 송구합니다. 벌을 내리신다면 달게 받아들이겠습니다."

쿵! 그녀가 바닥에 머리를 찧었다. 양 부인의 약점을 없애기 위해 과거를 밝히고 스스로를 희생하는 건가. 참 지극한 충성심이었다. 그때 양 부인이 조 호위의 앞을 가리며 내게 말했다.

"아니다! 그 일은 내가 지시한 것이 맞다! 조 호위는 충심에 의해 거짓을 고하는 것이니 이를 들을 필요가 없다."

"마님!"

놀랍게도 양 부인은 이번에는 자신이 했다고 주장했다. 지금 그녀의 모습을 보면 조 호위라 불리는 여인을 지키기 위한 것인 듯했다.

—대단하네, 대단해.

소담검이 혀를 찼다. 나 역시도 녀석과 생각이 같았다. 내게는 그렇게 모질게 굴던 악마 같던 여인이었다. 한데 자신의 사람을 위해서는 신분이 어떻든 간에 희생을 각오할 줄 아는 것이다.

"후우."

절로 한숨이 나왔다. 이 모습을 보면 사람의 악함은 본성이 아닌

악의에서 비롯되는 것 같다. 그녀는 자신의 사람들을 아낄 줄 알고, 그녀의 사람들은 그녀를 보호하기 위해 희생할 각오가 되어 있었다. 평소의 됨됨이를 알 수 있었다. 양 부인이 눈물마저 글썽이며 내게 말했다.

"모든 것은 내가 저지른 짓이니, 조 호위와 내 아이들은 내버려두거라. 원망하려거든 나를 원망하거라!"

"아닙니다. 이건 제가 독단으로 저지른 짓입니다. 마님께서는 저를 보호하기 위해 거짓을 말씀하시는 겁니다. 제가 책임지겠습니다."

"아니다! 나라고 하지 않았느냐."

그런 그들을 바라보며 나는 고개를 절레절레 흔들었다. 애달픈 표정을 짓고 있는 두 중년의 여인들. 꼭 내가 악당이 된 기분이다. 나는 한결 부드러워진 얼굴로 그녀들에게 말했다.

"여기서 두 분께 손을 댄다면 치욕을 입는 것은 저겠군요."

그런 내 말에 두 여인의 눈이 왕방울만 해졌다. 원만하게 풀리는 것을 느꼈는지, 양 부인과 조 호위가 나를 바라보는 눈동자가 감격으로 물들고 있었다. 그런 그들에게 나는 빙그레 웃으며 말했다.

"…라고 할 줄 알았습니까?"

'…?!'

팍!

"헛!"

그 말이 끝나기가 무섭게 나는 양 부인을 옆으로 강하게 밀쳐냈다. 그러고는 무릎을 꿇고 있는 조 호위의 턱을 발로 걷어찼다. 픽!

"악!"

공력이 실린 발차기를 맞은 그녀가 뒤로 넘어졌다. 당황한 조 호위가 몸을 일으켜 세우려 했지만, 나는 빠르게 그녀의 혈도를 점했다. 양 부인이 당황해서 소리쳤다.

"무, 무슨 짓을 하려는 거냐?"

"마님과 호위무사의 우정이 참으로 보기가 좋습니다. 한데 그 피해를 받은 당사자 앞에서 뭐가 자랑이라고 지껄이는 건지 모르겠네."

"너!"

"결론은 당신도 알고 있었다는 거 아냐?"

나의 지적에 그녀가 말문이 막혔는지 꿀 먹은 벙어리가 되었다. 웃기는 년들이다. 누가 주체가 되었든 알고 있었는데 눈을 감았다는 것부터가 악의적이지 않은가. 그런 주제에 아름다운 우정처럼 서로를 두둔하고 포장해? 나는 혈도를 점해서 몸을 움직이지도 못하고, 말을 할 수도 없는 그녀에게 말했다.

"좋아. 당신의 말을 믿어주지. 그럼 대가를 받아야지."

나는 조 호위의 복부에 손을 얹었다. 그녀의 두 눈이 커졌다.

양 부인이 이를 만류하려 했지만 이미 늦었다. 파앙!

"끄읍읍읍!"

눈에 핏줄까지 선 조 호위가 고통으로 괴로워했다. 왜냐하면 그녀의 단전을 파괴해버렸기 때문이다. 본인 입으로 자신이 손을 써서 나를 그 꼴로 만들었다고 했으니 대가를 치러야 하지 않겠나.

"이 더러운 천것이!"

양 부인이 분노를 참지 못하고 본색을 드러냈다.

"자신의 사람을 아낄 줄 안다니 잘됐네."

익양 소가에 형산파의 두 기인이 손님으로 있었기에 웬만하면 원만하게 가고 싶었다. 한데 나를 건드린 것은 당신이다. 나는 품속에서 무언가를 꺼내 들었다. 두 개의 작은 환이었다. 그중 하나를 고통스러워하는 조 호위의 입을 강제로 벌려서 먹였다. 코를 막고서 내버려두니 자신도 모르게 그것을 삼켜버렸다.

"너! 무슨 짓을 한 게야?"

나는 단환 하나를 양 부인에게 던졌다. 그녀가 얼떨결에 그것을 받았다. 그러고는 조 호위의 목덜미 옷깃을 움켜잡고서 말했다.

"먹어."

"뭐? 이, 이게 무엇이냐?"

"독단."

'…!!'

그런 내 말에 그녀가 당황해서 어쩔 줄 몰라 했다. 애초에 익양 소가의 후기지수 대표를 차지하는 방법은 하나가 아니었다. 당연히 최선책이 있으면 차선책, 차차선책, 그리고 최악책도 준비되어 있었다.

"네, 네놈이 정녕 미쳤구나. 지금 나더러 이 독단을 먹으라는 것이더냐?"

"먹어야 할 텐데."

"뭣?"

"그렇지 않으면 나는 당장 이 계집을 데리고 가주를 찾아가 범인을 찾아냈다고 말할 참이거든. 잘됐네. 마침 본가에 손님들도 많은데 말이야."

그런 내 말에 그녀의 얼굴이 사색이 되어갔다. 만약 그리된다면 어떤 상황이 벌어질지 나보다 더 잘 알겠지. 독단을 들고서 망설이던 그녀가 입술을 질끈 깨물고서 말했다.

"너, 그렇게 되면 본가가 어찌 될 줄 모르는 것이냐? 후기지수 대표 자리를 노린다는 놈이 본가를 수렁으로 빠트릴 셈이더냐?"

나는 그녀에게 활짝 웃으면서 말했다.

"그럼 너무도 기쁠 것 같네."

'…?!'

그런 내 말에 그녀는 소름이라도 돋았는지 전신을 파르르 떨었다.

나는 지금 그녀에게 진심으로 감사한다. 당신을 위해 준비해둔 최악책을 쓸 명분을 만들어줘서 말이다.

"후우."

작약당의 마루를 내려오는데 이렇게 기분이 상쾌할 수가 없었다. 나의 손에는 서지 두 장이 들려 있었는데, 양 부인과 조 호위가 자신들 손으로 내게 저질렀던 짓들을 소상히 적어놓은 것이었다. 이것도 모자라 나는 양 부인의 직인마저도 받아냈다.

—너는 갈수록 미친 늙은이를 닮아가는 것 같냐?

소담검이 혀를 내둘렀다.

이 정도는 약과다. 독단만으로 저 악랄한 여자를 믿을 것 같은가. 이렇게 자필 증거를 남겨놔야 섣불리 반전을 꾀해보려는 수작을 부리지 못할 것이다. 뭐 둘 다 죽을 각오를 한다면 어쩔 수 없겠지만.

—그럴 것 같진 않네.

아마도 그렇지 않을까? 생각 외로 양 부인과 조 호위는 어릴 적부터 교분을 쌓은 관계라 그런지, 서로에 대한 애착이 확실히 강했다. 그러니까 독단적으로 일을 벌여도 이를 숨겨줬겠지. 안 그랬다면 조 호위를 희생시킨 후에 자신은 모르는 일이라고 잡아떼며 나를 몰아붙일 수도 있는 일이었다. 하지만 이제는 그것도 힘들 것이다. 조 호위가 허튼짓을 하면 양 부인의 해독제를 주지 않는다고 했고, 양 부인이 허튼짓을 하면 반대로 조 호위의 해독제를 주지 않는다고 했으니까.

—이럴 때 보면 인간들은 신기해. 뭔가 많이 감정적이라고 해야 할까? 이성적이지 못한 것 같아.

—그렇기에 인간은 불완전한 존재라고….

—네 전 주인이 얘기했다고?

—흠흠. 그래.

남천철검이나 소담검의 말이 맞다.

인간이 철저하게 이성적이라면 분란이나 실수도 없었겠지. 그러나 모든 인간은 이성적이기보다는 감정적이고, 그 감정이 매사에 개입되기에 불완전해질 수밖에 없는 것이다. 물론 그것은 나 역시도 마찬가지다. 용서, 자비라는 평화적인 방법도 있을지 모르지만 개뿔이다. 나는 그들이 진심으로 괴로웠으면 한다. 그게 진정한 복수가 아닌가.

'사람을 물린 게 독이 됐군.'

마루에서 내려오면서 나는 양 부인의 어리석음을 비웃었다. 자존심 때문에 조 호위를 제외하고 모든 시비를 작약당 건물에서 한참 떨어지게 한 그녀였다. 저들 수준으로는 장원 내에서 무슨 대화가 오갔는지 알 수도 없을 것이다. 작약꽃 정원에서 의아하게 쳐다보는 시비들을 개의치 않고서 나는 유유히 작약당 부지를 빠져나왔다.

—히히. 역시 너랑 붙어 있으면 지루할 틈이 없어. 이제 연회까지 기다릴 거야?

그러려고 했는데 생각이 바뀌었다. 어차피 저쪽에서 먼저 건드렸으니 굳이 최선책으로 평화롭게 기다릴 필요가 있을까?

—어떻게 하려고?

아마도 가주를 비롯해 본가의 사람들은 골머리를 썩고 있을 것이다. 손님들만 없었어도 지금쯤 소가 내 당주들을 불러서 긴급회의를 열었을지도 모른다. 아니, 소가 내 당주들은 이미 모였겠구나.

'잘됐는데.'

—응?

이참에 내가 먼저 그들을 움직여야겠다. 나는 서둘러 객당으로 향했다.

＊　＊　＊

나의 뒤를 사마영과 조성원이 따르고 있었다. 지금 우리가 향하는 곳은 장원 내 내당 건물이었다. 내당에는 당주들이 모여서 회의하는 장소가 있다.

[졸졸 쫓아오네요.]

사마영이 내게 전음을 보냈다. 객당에서 이들을 데리고 나오자 시비들을 비롯해 몇몇 무사들이 다급히 따라붙었다. 어딜 향하냐는 말에 아무 대답을 하지 않자, 그들은 난처해하며 쫓아왔다.

[내버려둬요.]

어차피 장원 내에서는 어딜 돌아다니든 감시망 안이었다.

웅성웅성! 내당 건물 마당에는 각 당의 당주들을 수행하는 보좌들이 대기하고 있었다. 그래 봐야 여덟 명에 불과하지만 이들이 익양 소가를 이끌어가는 여덟 당의 사람들이었다. 역시 예상대로 내당에 당주들이 회동하고 있다는 의미였다. 나를 알아본 이들이 수군거리며 쳐다보았다. 이를 전혀 개의치 않고 내당 건물로 다가가자 여덟 명의 보좌들이 다급히 앞을 가로막았다.

"멈추십시오, 도련님."

"왜 막는 거죠?"

왜 막는지는 물론 알고 있다. 내가 후기지수 대표 자리를 요구한 것에 대한 대책 회의 중일 테니까 들어가게 내버려둘 수 없겠지. 보좌들이 난처한 표정으로 서로를 쳐다보았다. 예전 같으면 냉정하게 가라고 했겠지만 남천검객의 제자라는 신분 때문에 함부로 대할 수 없어서일 것이다. 한 보좌가 조심스럽게 내게 말했다.

"지금은 본가 관련 문제로 회의 중이라 누구도 들이지…."

"누가 말이죠?"

그 말에 보좌가 아차 싶었는지 순간 입을 다물었다. 가주는 지금 내당 회의실에 없었다. 그럼 당주들 중에 한 사람이 들이지 말라는 게 되는데, 익양 소가에서 나보다 높은 위치에 있는 자는 가주와 배다른 두 형뿐이었다.

"당주들께서 그런 말을 한 거라면 문제 될 게 없을 것 같군요."

"아아… 도련님."

"비켜주시죠."

강압적인 내 목소리에 결국 그들이 양옆으로 물러섰다. 이들의 태도를 보면 과거에는 내가 정말 무력했다는 것을 알 수 있었다. 회귀 전이었다면 이 상황에서 물러나는 것이 아니라 도리어 나를 내쫓았을지 모른다. 내당 건물의 마루로 오른 나는 회의실로 향했다. 문을 두드릴 필요도 없었다. 쿵! 회의실의 문이 열리자 긴 탁자에 앉아 있던 여덟 명의 당주들이 동시에 고개를 돌려 나를 쳐다보았다. 나는 그들에게 포권을 취했다.

"오랜만에 뵙습니다, 각 당의 당주님들."

그런 나의 인사에 그들이 바깥에 있던 보좌들과 비슷한 표정들을 지었다. 난처함과 당혹감이 섞여 있었다. 내가 이곳에 들이닥칠 거라고 누구도 생각 못 했겠지. 그런데 엉덩이들이 참 무겁네.

"익숙하기는 하지만 아무도 인사를 받아주시지 않는군요."

그런 내 말에 하석에 앉아 있던 당주 다섯 명이 다급히 자리에서 일어났다. 그러고는 내게 고개를 숙여 예를 표했다.

"사당의 당주 목산영이 셋째 도련님께 인사드립니다."

"오당의 당주 감우문이 셋째 도련님께…."

이런 와중에도 일어나서 인사를 하지 않는 상석에 앉은 세 명. 대당주라 불리는 일당의 당주 하장균, 이당의 당주 진기형, 삼당의 당주 양문석이었다. 일당의 당주 하장균은 오직 가주 소익헌을 제외한 누구에게도 고개를 숙이지 않는다. 워낙 꼿꼿한 인사라 이해하는 바였다. 반면 이당의 당주 진기형과 조곡 양가 출신인 삼당의 당주 양문석은 정실 소생들을 지지하는 이들이라 내게 자존심을 지키려는 모양이었다. 가장 상석에 앉아 있던 대당주 하장균이 입을 열었다.

"밖에서 대책 회의 중이라고 막았을 텐데, 어찌 멋대로 들어오신 겁니까?"

"제가 못 들어올 곳이라도 온 것처럼 말씀하시는군요."

"당주 회의에 참석할 수 있는 것은 오직 가주님과 소가주, 그리고 각 당의 당주들뿐입니다. 그걸 모르실 리가 없을 텐데요."

역시 대당주라 불리는 자다웠다. 내가 남천검객의 제자이든 뭐든 전혀 신경 쓰지 않고 할 말을 해댔다. 익양 소가에서 가장 오래된 가신이자 일류의 벽을 넘어선 고수라서 그런지 행동거지 하나하나에 자신감이 넘쳤다.

　"대당주의 말씀이 옳습니다. 아무리 도련님이라고 해도 이건 무례한 짓입니다. 정히 하실 이야기가 있으시다면 따로 시간을 잡도록 하시지요."

　삼당의 당주 양문석이 거들었다. 어떻게든 나를 내보내고 싶어 안달이 났다. 그를 보니까 예전의 기억들이 떠올랐다. 참 좋지 않은 기억들이었다.

　"양문석 당주님."

　"네?"

　"오랜만이라서 그런지 참 적응되지 않는군요. 예전처럼 윽박을 지르면서 나가라고 하시면 되지 않습니까?"

　"…그게 무슨 말씀이신지…. 도통 기억이 나지 않는군요."

　시치미를 떼기는. 그래, 가해자는 이런 걸 잘 기억하지 못하지.

　"아아, 그럼 제가 상기시켜드려야겠군요. 그때 양문석 당주님께서 친히 저를 본가 밖으로 내쫓지 않으셨습니까?"

　아직도 그때가 생생했다.

　양문석이 직접 삼당의 무사들을 데리고 와서 나를 강제로 내쫓았다. 심지어 그때는 가문에서 내쳐졌으니 익양 소가의 사람이 아니라고 말했었지?

　"그때 저한테 뭐라고 하셨더라. 아아, 맞다. 다시는 본가에 기웃거리지 마라, 쓰레기 같은 놈아…, 라고 하셨던가요?"

양문석의 얼굴이 얼음처럼 굳었다. 이제 좀 기억나나 보지?

나는 빙그레 웃으며 그에게 말했다.

"갑자기 도련님이라고 하시니 적응되지 않는군요. 그때처럼 불러 주시죠."

몇몇 당주들이 눈살을 찌푸리면서 그를 쳐다보았다. 그들은 그나 마 가문에서 내게 선을 넘지 않았던 이들이었다. 양문석의 눈빛이 꽤나 매서워졌다. 이런 자리에서 내가 옛일을 들먹일 줄은 몰랐겠지.

"후우."

그때 양문석이 굳었던 표정을 풀면서 말했다.

"아아, 제가 그랬던가요? 불혹을 넘기고 나서는 나이가 들어서 그 런지 일 년만 지나도 곧잘 잊어먹곤 한답니다. 혹여 그 때문에 도련 님 심기가 불편하셨다면 이 양 모가 사죄드리도록 하겠습니다."

―이 녀석, 짜증 나는데.

그래, 예전부터도 능구렁이 같은 자였다. 조곡 양가 출신인 그는 예전부터 나를 탐탁하게 여기지 않았기에 온갖 수작으로 어머니와 우리 남매를 곤란한 상황에 빠뜨리곤 했다. 그런데 예전과 지금을 혼동하나 보네. 나는 양문석에게 미소를 지으며 말했다.

"아아, 그랬군요. 한데 괜찮으십니까?"

"네? 무엇이?"

"고작 일 년 전의 일이 잘 기억나지 않으신다니, 당주로서 현역 으로 일을 맡기에는 버거워 보이는군요. 은퇴하셔야 하지 않겠습 니까?"

그런 내 말에 양문석의 눈썹이 꿈틀거렸다. 예전이라면 모를까, 지금 내가 당신에게 말발에서 밀릴까. 그리고 어디서 은근슬쩍 넘어가려 해.

"농입니다, 농."

나는 웃으면서 손을 획획 휘저었다. 양문석이 불쾌해했지만 살짝 허탈했는지 표정이 풀어졌다. 그때 정색하듯이 인상을 굳히고서 말했다.

"한데 가신인 양 당주가 현 가주의 삼남에게 그런 무례한 언사를 저질러놓고 사죄드리겠다는 말 한 마디로 어물쩍 넘어가려고 하십니까?"

"그게 무슨…."

"제대로 예를 갖춰서 사죄하시지요."

그 말과 함께 나는 일부러 기도를 열었다. 절정의 고수에 오르면 기운을 흘려서 상대에게 위압감을 줄 수 있다. 내게서 흘러나온 기운을 느꼈는지 당주 양문석의 얼굴이 창백하게 굳어져 갔다.

"큭."

여기서 자존심을 지킬 수 있을까?

그때 이당의 당주 진기형이 끼어들었다.

"지금 뭘 하시고 싶은 겁니까? 명색이 남천검객의 제자분께서 과거의 일을 들춰 사사로운 복수라도 하시고 싶은 겁니까?"

남천검객의 제자라는 것을 역으로 파고들어, 곤란해하는 당주 양문석을 구해줬다. 양문석이 당주 진기형에게 고맙다는 눈빛을 보냈다.

그때 뒤에 있던 사마영이 피식거리며 말했다.

"가신의 지나친 무례함을 짚은 것이 언제부터 사사로운 복수였는지…. 나 참 익양 소가는 위계질서가 참으로 엉망이네요."

얼핏 내게만 말한 것 같지만 모두가 들으라고 한 소리였다. 맞는 지적이었지만 그녀가 나선 것을 오히려 빌미 삼으려고 했는지, 이당 의 당주 진기형이 일부러 격하게 화를 냈다.

"어디 외인이 본가의 일에 함부로 왈가왈부하는 것이오! 도련님 께서는 어찌 이렇게 무례한 자를 본가의 중차대한 일을 논하는 자 리에 데려…"

흠칫! 당주 진기형이 하던 말을 멈췄다. 사마영에게서 풍겨오는 날카로운 기운에 순간 말문이 막힌 것이다. 그녀의 눈빛이 사람을 죽일 때와 같아졌다.

'아.'

아니나 다를까. 귓가로 허락을 구하는 전음이 쇄도해왔다. 내가 제약을 걸어놓지 않았다면 당주 진기형은 옛적에 저세상으로 떠났 을지도 모른다. 지금도 난처해 보이긴 하지만.

—이야, 벌집을 건드렸네.

소담검이 신이 나서 재잘거렸다.

어느 정도 본가 내에서는 나에 관한 이야기가 전달된 줄 알았는데, 전부는 아닌 모양이었다. 나는 짐짓 그녀를 말리는 척 말을 꺼냈다.

"사제, 진정하게."

"사제?"

당주 진기형의 표정이 굳어졌다. 내가 사제라고 한다면 마땅히 그 녀의 신분도 남천검객의 제자가 된다. 당연히 당혹스러울 수밖에 없 을 것이다.

"이당주께서는 사제를 데려온 것이 많이 불쾌하셨나 보군요."

그런 나의 말에 진기형의 표정이 바뀌었다. 태도 일변이라고 해야 할까.

"어인 말씀이십니까? 데려오실 수도 있지요. 귀한 손님이신 줄도 모르고 이 진 모가 무례를 범했습니다. 부디 소협께서는 너그러운 마음으로 용서해주시길."

—히야. 진짜 빠르네.

소담검이 혀를 내두를 정도로 빠른 태세 전환이었다. 어지간히 남천검객의 위명이 신경 쓰이기는 했나 보다.

—아니면 겁먹어서 그런 걸지도.

그때 잠자코 이를 지켜보고 있던 당주들의 수장 격인 대당주 하장균이 입을 열었다.

"아무래도 회의는 가주께서 오시면 진행해야겠소. 각 당주들께서는 이만 퇴실하시도록 하지요."

안 되겠다고 생각했는지 서둘러 회의를 끝내버리려고 했다. 그렇게 내버려둘 수야 있나. 나는 뒤돌아보지 않고서 명을 내렸다.

"문 닫아."

"넵!"

그런 나의 명에 조성원이 회의실 문을 닫고서 문고리를 걸어 잠갔다. 그러고는 조성원과 사마영이 마치 문지기라도 된 것처럼 회의실 문 앞을 가로막았다. 이에 당주들의 표정이 굳어졌다.

'…?!'

대당주 하장균이 날카로워진 눈매로 입을 열었다.

"지금 이게 무슨 짓입니까?"

한순간에 회의실이 긴장감으로 물들었다. 문을 막아버렸으니 경계심이 생겨나는 것도 당연했다.

"이렇게라도 하지 않으면 대당주를 위시한 여러분과 제대로 대화를 나눌 수가 없을 것 같더군요."

"다른 의도가 더 강해 보입니다, 도련님."

슥! 대당주 하장균의 손이 어느새 허리춤에 있는 도병으로 향하고 있었다. 그것이 신호가 되었는지 당주들 역시도 자세를 취했다. 회의실 공기가 무거워졌다. 그때 운을 뗐다.

"좋은 제안을 하나 하죠."

"제안?"

뜬금없는 나의 말에 당주들이 인상을 찡그렸다. 의아해하는 그들에게 나는 씨익 웃으며 말했다.

"줄을 갈아탈 기회를 드리겠습니다."

갑작스러운 나의 제안에 당주들 표정이 제각각 달라졌다. 이런 제안은 전혀 예상치 못했을 것이다. 가문 전체와 나의 관계를 생각해보면 그리 원만하지 못할 터인데, 손을 내밀었으니 별별 생각들이 들었을 거다.

―진짜로 받아주려고?

소담검이 의아했는지 물었다. 내가 무슨 생각을 하는지 짐작하기 힘든 모양이다.

일단 지켜봐.

도병으로 손이 가 있던 대당주 하장균이 입을 열었다.

"지금 도련님께서 무슨 말씀을 하시는지 알고 계신 겁니까?"

"제가 말씀드렸는데 당연하지요."

"대익양 소가의 피를 이으신 분이 품격에 맞지 않게 무슨 언동이십니까?"

품격을 논하다니 우습다. 언제부터 내 품격을 챙겨줬다고 그러는지 모르겠다.

"아아, 대익양 소가의 가신인 당주님들께 격이 맞지 않는 무례한 언사를 했군요. 하면 이런 표현이면 괜찮겠습니까? 저를 지지해주시는 건 어떻습니까?"

원한다면 대놓고 얘기하지 뭐. 이래저래 돌려서 말해봐야 이당주 진기형이나 삼당주 양문석 같은 위인들에게는 줄을 선다는 표현만큼 어울리는 말도 없겠지만 말이다.

"지지라…. 지금 그 말씀은 단순히 후기지수 대표를 말씀하시는 게 아닌 것 같습니다만."

대당주 하장균의 말에 나는 고개를 끄덕였다.

"대표 자리면 제가 굳이 여러분을 찾아올 이유가 없지요. 가주님 한 분만 설득하면 될 일이 아닙니까?"

어차피 후기지수 대표를 정할 수 있는 최종 결정권자는 가주 소익헌이었다. 이들이 의견을 보탤 수는 있어도 그 이상은 무리였다. 그때 삼당주 양문석이 어처구니없다는 듯이 말했다.

"설마 지금 소가주 자리를 말씀하시는 겁니까?"

나는 말없이 미소를 지었다. 그러자 양문석을 비롯한 이당주 진기형과 오당주 감우문 등이 표정 관리를 하지 못했다. 이걸 보니 이 세 사람은 확실히 양 부인의 소생들을 밀고 있음을 알 수 있었다. 반면 사당주 목산영을 비롯한 두 명의 당주들이 나를 바라보는 표정은 사뭇 그들과 달랐다.

―솔깃한가 본데.

일부는 그렇지 않을까? 물론 그 일부가 내게 선을 지켰다고 해서 호의적이란 뜻은 아니었다. 철저히 중립적인 입장이었다. 하지만 지금 그들은 머릿속에서 익양 소가의 가신으로서 실리를 따지고 있을 것이다. 남천검객의 후인이 소가주로서 어울릴 것인가? 아니면 명문 무가 중 하나인 조곡 양가를 외가로 둔 소영현이 소가주로 적임일 것인가? 분위기가 묘하게 돌아가자 아니다 싶었는지 대당주 하장균이 인상을 쓰고서 말했다.

"이미 버젓이 본가의 소가주가 결정되었는데 어찌 그런 말씀으로 당주들에게 혼란을 일으키려고 하십니까?"

역시 날카롭다. 그 와중에 내 속내를 알아차렸다. 대당주의 자리는 그냥 얻은 것이 아니었다.

"현 소가주의 역량이 모자라다면 충분히 재고할 수 있는 부분이 아닙니까?"

이당주 진기형이 다급히 끼어들었다.

"아니 될 말씀입니다. 이미 대당주께서도 말씀하시지 않았습니까? 큰도련님께서 소가주로 계신데 어찌…."

"당주들의 과반수 이상이 이의를 제기하면 가주께 소가주 결정의 재고를 올릴 수 있는 걸로 아는데 아닙니까?"

그 말에 진기형의 말문이 막혔다. 나도 명색이 익양 소가의 사람인데 가율(家律)을 모르겠는가. 당주들의 과반수가 넘는 다섯 명이 이의를 제기하면 가주로서도 소가주 임명에 대해 재고할 수밖에 없다. 그때 불안해하고 있던 삼당주 양문석이 나섰다.

"당주들께서는 조곡 양가와의 관계를 생각하셔야 합니다."

차마 내게 직접적으로 말하진 못하고 우회적으로 돌린 것이다. 얼마나 급했으면 소영현의 외가마저 거론할까. 이거 오히려 파고들기 좋지 않은가.

"그 말씀을 들으니 조곡 양가는 제 스승님과의 관계를 가벼이 여기시는 것 같군요."

조곡 양가는 분명 강서성의 명문 무가이다. 그러나 그 위명이 한성 전체를 아우르다 못해 중원에 명성을 떨친 남천검객만 할까. 당황한 양문석이 손사래를 치며 말했다.

"그, 그런 의도로 한 말이 아닙니다."

"아아, 그런가요. 저는 혹 양 당주께서 제 스승님을 무시하는 처사가 아닌가 싶어 우려했는데 다행이군요."

그런 내 말에 양문석의 표정이 일그러졌다. 당신 정도로 머리를 굴리는 자들은 무림연맹만 가도 수두룩하다. 그런 자들 사이에서 첩자노릇을 팔 년이나 했는데, 어설프게 머리를 굴리면 딱 이용해먹기 십상이다. 대당주 하장균이 이해할 수 없다는 얼굴로 내게 말했다.

"…대체 일 년 사이에 무슨 일이 있으셨던 겁니까?"

"그게 무슨 말씀이신지?"

그는 당주들 사이에서 조금도 꿀리지 않는 내 모습이 의아한 모양이었다. 하긴 나 같아도 그처럼 생각할 것 같다. 불과 일 년도 전에 나는 이들에게 고개조차 들지 못했었다. 한데 이제는 노련한 당주들을 상대로 오히려 상황을 주도해나가니, 도무지 영문을 알 수 없으리라.

"도련님께서 남천검객의 제자로서 훌륭히 장성한 것은 본가의 대당주로서 반겨야 할 일입니다. 하지만 이렇게 분란을 일으키는 것은 더는 지켜볼…. 지금 뭐 하시는 겁니까?"

그가 이런 반응을 보이는 이유는 간단했다. 내가 그의 뒤쪽에 있는 당주들을 쳐다보며 목젖을 떨었기 때문이다. 그 모습이 그의 말을 무시하고 누군가와 전음으로 대화를 나누는 것처럼 보였을 것이다. 나는 넉살스럽게 말했다.

"아아, 죄송합니다. 대당주님을 앞에 두고 무례했군요."

그러고는 아쉽다는 듯이 그 뒤를 보면서 말했다.

"못해도 몇 분은 따라주실 줄 알았는데, 일단 시간을 두고 지켜보도록 하죠."

'…?!'

그런 내 말에 대당주 하장균이 인상을 찡그리고서 뒤를 쳐다보았다. 그뿐만이 아니었다. 당주들도 서로를 쳐다보면서 의구심을 비쳤다. 이 짧은 새에 누가 내게 접선한 것인지 찾으려 하고 있었다. 척! 나는 그런 그들에게 포권을 취하며 말했다.

"충분히 제 의사를 밝혔고 작게나마 목적도 달성했으니, 이만 물러나도록 하겠습니다. 제가 묵고 있는 객당이 어딘지는 아실 거라 생각합니다. 방문은 언제든지 열려 있으니 마음 편히 찾아주십시오. 가자."

"넵."

앞을 지키고 있던 조성원이 잠갔던 회의실 문을 열었다. 나가려고 하는데, 당주들은 여전히 서로를 쳐다보기 바빴다.

* * *

내당에서 나오자 소담검이 물었다. 전음을 들을 수 없으니 궁금했던 모양이다.

─누가 지지하기로 한 거야?

그런 녀석의 물음에 나는 입꼬리를 올리며 말해줬다.

'아무에게도 전음하지 않았어.'

─뭐?

아무도 내게 전음을 보내지 않았다. 그저 나 혼자 목젖을 떨면서 전음을 한 것처럼 보였을 뿐이다. 내 말에 녀석이 빵 터졌다.

─푸하하하하핫. 그럼 저 녀석들을 속였단 말이야?

이런 식으로 속일 줄은 몰랐는지 소담검이 연신 혀를 내둘렀다. 이 방법은 다년간 첩자 활동을 하면서 터득한 나만의 선동법이었다. 다수가 있을 때는 전음을 하는 척 목젖을 떨고서 누군가와 대화를 나눴다는 투의 돌멩이를 툭 던져주면 알아서 파문이 생겨났다. 의심이라는 파문 말이다. 아마도 지금쯤 회의실 안에서는 서로를 의심하고 난리도 아닐 거다.

─이게 목적이었구나.

당연하지. 내가 익양 소가의 소가주 자리를 탐낼 것 같은가. 그동안 당한 수모가 얼마나 많은데 이들의 수장이 되고 싶겠는가. 그저 작은 파문을 던져 저들끼리 서로를 의심하고 분열이 일어나게 하는 것이 목적이었을 뿐이다.

"사형."

그때 사마영이 나를 불렀다. 그녀가 쳐다본 곳을 바라보니 멀리서 누군가 급히 내당 쪽으로 오고 있었다. 익양 소가의 가주 소익헌이었다. 객당으로 가는 방향과 동일했기에 서로 마주칠 수밖에 없었다. 내가 꾸벅 고개를 숙이자 그가 굳은 얼굴로 말했다.

"대체 무슨 속셈이냐?"

아무래도 보고를 받고서 급히 온 모양이었다. 나는 빙그레 웃으며 시치미를 뗐다.

"그게 무슨 말씀이신지?"

그런 내 모습에 인상을 찡그리던 가주 소익헌이 말없이 내당으로 가버렸다. 내가 무슨 짓을 한 건지 직접 확인하려는 것 같았다. 그가 내당으로 들어가자 사마영이 이해할 수 없다는 듯이 말했다.

"사형의 아버지가 아닌가요?"

"맞아요."

"그런데 왜 저렇게 쌀쌀맞은지 모르겠네요."

"그건 저도 알고 싶네요."

사실 이제는 별로 궁금하지도 않았다. 더 이상 나는 어머니와 누이동생을 제외하고는 누구도 혈연으로 생각하지 않는다. 어떤 아버지가 자식을 버리고 냉정히 대할 수 있단 말인가.

사마영이 뭔가 위로의 말을 건네려 하다가 입을 다물었다. 나한테만큼은 참 마음 씀씀이가 좋은 그녀였다.

"고마워요."

"네?"

사마영이 내 말에 두 눈을 깜빡거렸다. 어쨌든 소기의 목적도 달성했으니 객당으로 돌아가서 영영이를 기다려야겠다. 가주가 이곳으로 왔으니 그 아이도…. 응?

"사형의 누이동생 아니에요?"

사마영의 말대로 소영영이 발을 통통 굴리며 객당 쪽으로 가고 있었다. 그런데 그런 그녀의 뒤를 누군가 쫓아가고 있었다. 생각보다 건장한 체구에 도집을 허리춤에 차고 있는 짙은 쌍꺼풀의 청년이었는데, 녀석이 영영이의 앞을 가로막았다.

"이게 무슨 짓이에요?"

"소저, 잠시만 대화하시죠."

"더는 할 말이 없다고 했잖아요."

들리는 대화만으로도 영영이가 싫어하는 티가 묻어났다. 그 이유를 곧 알 수 있었다.

"제가 공자님의 후처로 들어가는 일은 절대로 없을 거예요. 혼담은 이미 끝난 얘기가 아닌가요. 가주께서도…."

"가주께서는 천천히 상의해보자고 하지 않았습니까?"

"그건 어른들끼리 의례상 하는 얘기잖아요. 후우. 더는 이야기하고 싶지 않군요."

영영이는 그를 지나쳐 가려 했다. 그러자 쌍꺼풀 짙은 청년이 보법까지 펼쳐가며 앞을 가로막았다. 안 그래도 쌍꺼풀 때문에 다소 느끼해 보이는데, 청년이 부담스럽게 미소를 지으며 말했다.

"그렇게 팅기시니까 더욱 매력이 있군요."

"하!"

영영이가 경기를 일으켰다. 내가 여자라도 저렇게 막무가내면 싫을 것 같다. 더는 지켜볼 필요가 없겠다. 내가 나서려고 하는데, 누군가 먼저 앞으로 튀어 나갔다.

"엇?"

사마영이었다. 그녀가 쏜살같이 달려가더니 영영이 옆으로 가서 말했다.

"소저가 싫다는데, 왜 계속 졸졸 쫓아다니나요?"

"아?"

영영이가 사마영을 쳐다보고서 의아해했다. 그러자 사마영이 영영이에게 눈을 찡긋하며 뭔가 신호를 보냈다. 그 모습에 불쾌감을 느꼈는지 청년이 굳은 얼굴로 포권을 취하며 말했다.

"의풍 조가의 조생남입니다. 누구시기에 저희 사이에 끼어드신 것인지?"

"저희라뇨? 언제부터 저희가 된 거죠?"

영영이가 황당하다는 듯이 녀석에게 따졌다. 저 느끼하게 생긴 놈이 의풍 조가의 조생남이었구나.

─알고 있었어?

당연히 알고 있었다. 의풍 조가는 도와 권으로 유명한 무가이다. 조곡 양가와 악안 구가, 이렇게 세 가문이 강서성을 대표하는 삼대 무가였다. 예전에 조곡 양가 태상가주의 칠순 잔치에서 영영이가 녀석을 보았던 것 같은데, 그 후 몇 차례 혼담을 청했던 것으로 기억한다.

─윽. 그럼 저놈과 혼인했어?

아니다. 내 기억에 영영이는 무림연맹 봉황당의 부당주로 활동하느라 혼인을 하지 않았었다. 저런 놈이랑 엮이는 바람에 혼인을 못 했던 건가. 영영이가 화를 내는데도 조생남이 전혀 개의치 않고 말을 해댔다.

"혼담이 오가는 사이가 어찌 아무 사이도 아닙니까? 귀하께서는 뉘신지 모르겠지만 저희의 일에 관여치…"

"관여치 않을 수가 있나요."

그때 사마영이 영영이의 손을 잡고 깍지를 꼈다.

"이런 사이인데."

사마영이 씨익 웃으며 말했다. 그녀의 인피면구가 잘생겨서인지 아니면 깍지를 낀 것 때문인지 영영이가 얼굴을 붉혔다. 그 모습에 조생남의 눈이 뒤집혔다.

"고작 이자 때문에 내 후처의 자리를 내팽개치는 겁니까?"

후처? 아니, 지금까지 혼담이 오고 간 것이 후처의 자리를 말한 것이었나.

한번 눈이 뒤집힌 조생남이 막말을 쏟아부었다.

"고작 천출 소생에 불과한 년을 양 부인의 청에 후처로 받아들이려고 했더니, 겨우 이런 기생오라비 같은 놈 때문에…."

짝! 녀석이 말을 다 하기도 전에 사마영이 따귀를 날렸다. 조생남이 어처구니없다는 표정을 지었다.

"하! 지금 내 뺨을 때렸느냐?"

"왜? 기생오라비한테 따귀를 맞으니까 열 받아? 말본새가 천해서 손이 갔네."

"이놈이!"

짝!

"억!"

조생남의 고개가 반대쪽으로 돌아갔다. 사마영이 약을 올리듯이 비아냥거렸다.

"느려 터졌네."

"이 새끼가 정말 죽고 싶어 환장했구나!"

화가 머리 끝까지 치밀어 올랐는지 조생남이 도를 뽑으려 들었다. 그때 내가 소리쳤다.

"그 도를 뽑으면 누이동생과 내 사제를 위협한 것으로 간주하겠습니다."

녀석이 고개를 휙 돌렸다. 쌍꺼풀이 짙은 눈매가 길게 찢어져서 올라갔는데 한 대 때려주고 싶은 얼굴이었다. 사마영이 왜 따귀를 날렸는지 알 것 같았다.

"하! 율량현 망아지?"

녀석의 반응을 보니 아무래도 나에 대해 듣지 못했나 보다. 하긴 가주가 오자마자 영영이를 데리고 손님을 영접하려고 갔으니, 못 들었을 수도 있겠다. 조생남이 고개를 절레절레 흔들며 말했다.

"이 기생오라비 같은 놈이 네 사제…."

그때 녀석이 입을 다물었다. 나는 그 이유를 단박에 알아차릴 수 있었다. 뒤를 쳐다보니 가주 소익헌이 무서운 얼굴로 이곳을 향해 오고 있었다.

"소, 소 가주님."

녀석이 당황해서 도병에서 손을 떼고서 포권을 취했다. 자신 때문에 가주가 화났다고 지레 겁을 먹은 모양이었다.

—엄청 무섭게 노려보는데.

소담검의 말대로 가주 소익헌은 나를 노려보고 있었다. 내게 볼일이 있어 보였다. 근방까지 온 가주 소익헌이 조생남에게 다소 위압적인 목소리로 말했다.

"조 공자."

"네넵."

"저녁때 연회가 있을 예정이니, 여기서 이러지 말고 들어가 쉬도록 하시오."

"아, 알겠습니다."

찔리는 구석이 많았기에 녀석이 얼른 답하고는 물러났다. 운이 좋은 녀석이다. 끼어들지 않았다면 영영이한테 찝쩍거리고 모욕한 대가를 치르게 해줄 생각이었다. 조생남이 다급히 물러나자 가주 소익헌이 내게 말했다.

"따라오거라."

영영이와 사마영, 조성원이 걱정스럽게 쳐다보기에 나는 객당에서 쉬고 있으라고 했다. 아무래도 예상보다 결자해지의 순간이 빨리 다가왔다. 저녁 연회까지 기다릴 필요가 없었다.

* * *

가주가 나를 데려온 곳은 다름 아닌 가주 전용 연공실이었다. 연공실 입구를 지키는 무인들까지 전부 내보낸 가주 소익헌이 문을 굳게 걸어 잠갔다. 오직 단둘만 있는 상황이 되었다. 과연 내게 무슨 말을 할까?

그런데 가주 소익헌이 문을 잠그자마자 허리춤에 있던 검집에서 검을 뽑았다. 스릉! 청색 문양이 그려진 보검. 익양 소가의 가주를 상징하는 청령검(青令劍)이었다. 설마 다짜고짜 검을 뽑을 줄은 몰랐다.

"하시고자 하는 말씀이 이것입니까?"

그런 나의 물음에 가주 소익헌이 검을 겨냥하고서 노기가 서린 목소리로 말했다.

"지금부터 내게 거짓을 고하면 본 가주의 검이 너를 용서치 않을 것이다."

"어지간히 제가 싫으셨나 보군요."

대화보다는 검이라. 실망스럽기 그지없었다.

그런데 가주 소익헌의 입에서 전혀 예상치 못한 말이 튀어나왔다.

"혈교의 주구가 된 것이더냐?"

'…?!'

천기

가주 소익헌의 뜻밖의 말에 나는 순간 말문이 막혔다. 도둑이 제 발 저리다는 말이 있지 않은가. 표정 관리에 능숙하지 않았다면 당장 들켜도 이상하지 않을 만큼 많이 놀랐다.

―어떻게 아는 거야?

소담검도 놀랐는지 내게 물었다.

'모르겠어.'

소익헌의 분노한 목소리. 그리고 언제라도 손을 쓸 수 있게 검까지 뽑아 든 모습만 보면 내가 혈교의 사람이 되었다고 확신한 걸지도 몰랐다. 여기서 넘어간다면 멍청한 짓이다. 일단 시치미를 떼고서 영문을 알아봐야겠다.

"지금 저보고 혈교의 주구가 된 것이냐고 하신 겁니까? 많이 당혹스럽군요."

감정을 통제해가며 속이는 일에는 이골이 나 있었다. 그런데 소익헌의 표정에는 전혀 변화가 없었다. 의심을 거두지 않았을뿐더러 오히려 더욱 날카롭게 몰아붙였다.

"시치미 떼지 말거라! 혈교에 납치당했다는 녀석이 갑자기 나타나서 본가를 흔들어놓는데 이를 믿으라는 것이냐?"

'…?!'

지금 혈교에 납치당했다고 한 건가? 이자가 대체 그 사실을 어떻게 알고 있는 거지? 머릿속이 혼란스러웠다.

―그 아송이라는 시종이 얘기한 거 아냐?

'아송?'

그럴 리가. 아송은 본가로 들어오지도 못하고 두들겨 맞고서 쫓겨났다고 했다.

애초에 소익헌은 나를 자식으로조차 여기지 않았다. 그런데 쫓겨난 아송에게 그 사실을 알아냈다는 것은 뭔가 앞뒤가 맞지 않았다.

'…쌍둥이가 들킨 건가.'

그렇다고 하기에는 고작 하루도 지나지 않았다. 저쪽에서 정보가 오기에는 너무 빠르다.

'백혜향?'

그것도 이상하다. 들어보니 백혜향 측에서는 내가 살아 있는 것조차 아직 파악하지 못했을 확률이 높았다. 미리 이쪽의 계획을 눈치채고 손을 쓴다는 것은 불가능했다.

'대체 뭐지?'

단편적인 것으로는 알기가 힘들었다. 그렇다면 직접 물어보는 수밖에.

"저는 아버님께서 하시는 말씀을 도통 이해할 수가 없습니다. 대체 누가 제가 혈교에 납치당했다고 했습니까?"

그런데 가주 소익헌의 입에서 또다시 예상 밖의 대답이 나왔다.

"아송이다."

정보의 출처는 다름 아닌 아송이었다. 분명 쫓아내서 사라졌다고 한 아송에게 그걸 어찌 들었단 말인가? 나는 앞으로 다가가며 소익헌에게 따졌다.

"외당에서 아송을 쫓아냈다고 했는데 어찌…."

"아송은 내 사람이다."

'…?!'

이건 또 무슨 어처구니없는 소리야. 아송이 자신의 사람이라고 말하는 가주 소익헌. 그의 눈동자나 표정에는 한 점의 변화도, 흔들림도 없었다.

'…그럴 리가….'

그리 생각하면서도 마음 깊은 곳에서 의문들이 스멀스멀 기어 올라왔다. 아송이 오랫동안 어머니와 나를 모셔왔지만 엄밀히 그를 고용해서 내어준 자는 가주였다. 그러나 녀석은 진심으로 우리 모자를 보필했다. 심지어 본가에서 쫓겨날 때도 나를 따라오지 않았는가.

—네 말대로 개가 진심으로 너를 따랐다면 그렇긴 한데, 반대로 생각해볼 수도 있지 않아?

'반대?'

—그래. 네 아버지, 아니 가주가 붙인 사람일 수도 있지.

'가주가 붙였다고?'

나로서는 도무지 납득이 가지 않았다. 대체 무슨 이유에서 붙인단 말인가. 설마 내색하지 않았지만 사실 나를 자식으로 생각해서 그랬다고?

'헛소리야.'

그랬다면 진즉에 보호해줬어야 하는 게 아닌가. 가문에서는 쓰레기 취급을 하고 끝내 내치지 않았던가. 알 것 같았다. 지금 나를 떠보는 것이다. 아송을 자신의 사람이라고 말한다면 내가 진실을 밝힐 거라 여긴 것인가.

나는 다소 차가워진 목소리로 말했다.

"아송은 어디 있습니까?"

"본 가주가 묻는 말에나 답거라! 사라진 일 년 몇 달 사이에 무슨 일이 있었던 것이냐? 단전이 파괴되었던 녀석이 그것을 회복한 것으로도 모자라 일류의 벽을 넘어선다는 것이 상식적으로 가능하다고 보느냐?"

상식이라…. 그래, 나 역시 그런 생각을 가지고 살아왔다. 하지만 회귀 후 그저 가만히 있는 것만이 답이 아님을 알게 되었다. 부딪치면 또 다른 답과 길이 나온다.

"가능하니까 이 자리에 이렇게 있는 게 아닙니까?"

그런 내 말에 가주 소익헌이 고개를 절레절레 저었다. 그러고는 말했다.

"아비로서 해준 게 없다고 해도 어린 시절부터 지켜봤다. 남의 눈치나 보고 어미가 죽은 후로는 폐인처럼 지내던 녀석이 남천검객의 제자로 거둬져서 바뀌었다고? 사람이 그렇게 짧은 시간 내에 바뀔 수 있다고 보느냐?"

"그게 제가 혈교의 주구가 되었다는 증거입니까?"

"사람은 쉽게 변하지 않는다. 하지만 혈교나 사파, 흑도의 무리처럼 사술의 힘을 빌린다면 어려운 일도 아니지."

"첫째 형님과 같은 말을 하시는군요. 이미 형산일검께서 증명해 주셨습니다. 한데도 제가 혈교나 사도에 빠졌다고 여기십니까?"

"남천검객이 사라진 지 어언 십오 년이 지났다. 네가 고작 한 초식을 보여주고 형산일검과 그분의 관계를 몇 마디 언급한 걸로 본 가주가 믿을 거라 생각했느냐?"

"…."

아무래도 나는 가주 소익헌을 과소평가한 것 같았다. 후기지수 대표 자리를 얻기 위해서 이목을 끌었던 것이 그의 의심을 산 모양이었다. 소익헌이 내게 검을 겨냥한 상태에서 말을 이어갔다.

"네가 혈교의 주구라는 증거가 또 있다."

"증거?"

"너는 무림 대회를 앞둔 시점에 공교롭게 나타났다. 그러고는 느닷없이 후기지수 대표 자리를 요구했지."

그 말에 나는 순간 말문이 막혔다. 그동안 가주 소익헌이라는 사람에 대해 나도 많은 것을 몰랐나 보다. 이만큼이나 통찰력이 있는 사람일 줄은 몰랐다.

─난 여태까지 네가 첩자로 고생해서 똑똑하다고 여겼거든. 그런데 그것만도 아닌 것 같은데.

'뭐?'

─아니, 뭐 그렇다고.

내가 싫어하는 기색을 보이자 소담검이 얼버무렸다.

가주 소익헌이 기도를 열었는지 그에게서 날카로운 기운이 풍겨나왔다. 과연 호남성을 대표하는 세 고수 중 한 사람다웠다.

"무림 대회가 왜 열리는 줄 아느냐? 단순히 무쌍성과의 동맹이 파했다는 이유만으로 열리는 것 같으냐?"

"그게 무슨 말씀이시죠?"

소익헌이 무거움이 더해진 목소리로 의미심장하게 말했다.

"혈교가 다시 준동하려 하고 있다. 그들은 오랫동안 음지에 숨어서 힘을 키워왔지. 그 힘이 그냥 만들어질 것 같으냐?"

…하, 이것 참 대단한걸. 어찌 보면 일개 무가의 가주인데, 그런 그조차 이 정도 통찰력을 지녔다. 정파 무림이 지난 정사 대전에 승리한 것은 그저 천운에 의한 것만이 아닌 모양이었다.

'아가씨, 쉽지 않겠는데요.'

이 와중에 백련하가 떠올랐다. 의식하지 않았는데 어느새 나 스스로 혈교인이라 생각하게 된 걸까?

소익헌이 나를 손가락으로 가리키며 말했다.

"놈들이 힘을 키우는 비밀은 어려울 것도 없다. 너같이 어린 소년들을 납치하여 그들의 사람으로 키우는 것이다."

정답이다. 너무 정확해서 할 말이 없을 정도다.

"본 가주가 혈교 측이라면 이번 대회만큼 좋은 기회도 없겠지."

나도 모르게 침을 꿀꺽 삼켰다. 설마 혈마검을 탈취하려는 계획마저 짐작한 것일까?

"너처럼 명문 정파 출신을 납치하여 혈교의 주구로 세뇌시키면 세작으로 써먹기에 얼마나 좋겠느냐."

그러나 그 정도까지는 생각이 미치지 않았다. 그렇다고 해도 이 정도까지 추측할 수 있다는 게 대단했다.

—아송 때문일지도 모르지.

'아송?'

―네가 전에 이야기했잖아. 뭔가를 바꿀 때마다 네가 알고 있는 미래와 달라진다고.

아… 소담검의 말도 일리가 있었다. 원래의 아송은 죽어야 할 운명이었는데, 내가 혈교에 납치당했다는 사실마저 알면서 살아남았다. 어쩌면 그것이 영향을 끼쳤을지도 모른다. 회귀 전에는 가문에 다시 돌아왔을 때 쫓겨나기만 했을 뿐인데, 이런 식으로 영향을 미칠 줄이야.

―어떻게 할 거야?

소담검이 걱정스러운지 물었다. 이미 가주 소익헌이 확신에 차 있는 듯해서 그런 모양이었다.

그래, 다른 사람이라면 이런 상황에 처했을 때 당황해서 어쩔 줄을 모를 것이다. 하지만 첩자로 있으면서 의심받는 상황을 한두 번 겪었겠는가. 나는 고개를 절레절레 흔들며 말했다.

"그래서 아버님은 제가 무림 대회에 나가 혈교의 첩자 노릇을 하기 위해 가문의 후기지수 대표가 되려 한다고 말씀하시는 겁니까? 이제는 그런 식으로 몰아가시는군요."

실망스럽다는 듯이 말하는 나를 보며 소익헌의 눈매가 가늘어졌다. 눈을 뚫어져라 쳐다보는 것이 거짓을 말하는지 아니면 사실을 말하는지 가늠하기 위한 듯했다.

"제 스승님께서 익양 소가에 실망을 금치 못하시겠군요."

일부러 남천검객을 거론했다. 믿지 못하겠다고 말은 했지만 반신반의하고 있겠지. 이런 데서 흔들리면 오히려 약점을 드러내는 꼴밖에 되지 않는다. 오히려 강하게 나가야 한다. 그런 내 모습을 쳐다보던 가주 소익헌이 입을 뗐다.

"네 결백을 증명하고 싶으냐?"

"이미 그런 식으로 몰아가 놓고 어떻게 증명하라는 것입니까?"

"어려울 것 없다. 결백을 증명하려면 네가 이곳에 와서 했던 짓들을 전부 되돌려놓아라. 그리고 후기지수 대표도 포기하거라."

쉽지가 않네. 이런 식으로 나오겠다 이거지.

"전부 포기하고 가만히 있으면 결백이 증명된다니, 우습군요."

나는 노골적으로 비아냥거렸다. 이대로 가만히 그의 뜻에 따라주면 계획이 전부 무산되고 만다.

"그럴 수 없다면요. 그럼 후기지수 대표 자리를 주시지 않을 겁니까? 두 형님보다도 제가 더 가문을 빛낼 수….."

"아서라!"

"네?"

"설사 네가 포기하지 않는다고 하여도 후기지수 대표 자리를 주는 일은 없을 것이다."

"…정실의 소생이 아니면 자식을 자식이라 여기지 않는군요."

"착각하지 말거라."

"…?"

"너는 자격이 없다. 본가의 후기지수 대표로 나가는 자가 남천검객의 검법으로 명성을 날린다면 무슨 의미가 있을 거라 보느냐?"

그의 속내를 알게 되었다. 연회 때 후기지수 대표 자리를 이런 식으로 거절할 생각이었구나.

그때 가주 소익헌이 기수식을 취했다. 그것은 소영현이 나와 겨룰 때 보였던 가문의 상승 검법인 소동패검의 기수식이었다. 굉장한 기세가 느껴졌다. 일류 고수에 불과한 소영현과는 비교가 되지 않았다.

"마지막 경고다. 네게 조금이라도 정파인으로서의 정기와 익양 소가의 피를 이었다는 자부심이 있다면 여기서 멈추고는 투항하 거라."

하! 정파인으로서의 정기? 익양 소가의 피를 이었다는 자부심? 속에서 분노가 치밀어 올랐다.

"…투항하면 어쩌시려고요?"

"네 내공의 연원을 살펴보고 세뇌가 되었는지 철저히 확인할 것 이다. 네가 정녕 결백하다면 이를 받아들이지 않을 이유가 없다."

그런 걸로는 결백만 증명되겠지. 결국 나를 후기지수 대표로 세 울 생각도 없지 않은가. 스릉! 나는 등에 차고 있던 검집에서 남천철 검을 빼냈다. 소익헌의 얼굴이 무섭게 굳어져 갔다.

"이게 무슨 짓이냐?"

"어떤 식으로든 후기지수 대표 자리를 주지 않겠다고 하시고서, 투항까지 하고 다른 사문을 두고 있는 제 단전을 살피시겠다니 아 버님이라고 해도 과하시군요."

그런 내 말에 소익헌이 인상을 찡그렸다. 사문이 다른 내공의 연 원을 살핀다는 것은 운기법을 강제로 알아내겠다는 것이나 마찬가 지였다. 이것은 정파에서도 적이 아닌 이상 금기시하는 행동이었다. 내가 이것을 거론했기에 저런 반응을 보이는 것이었다.

"저 또한 제 사문의 명예를 위해서라도 스스로를 보호할 수밖에 없습니다."

그런 나의 말에 소익헌의 눈매가 날카로워졌다.

"사술이든 아니든 간에 고작 그 정도의 공부로 나를 이길 수 있 을 성싶으냐?"

자존심을 건드린 모양이었다. 이미 풍기는 기도로 내 실력을 가늠한 그였다. 게다가 형산일검과의 짧은 대결로 어느 정도 수준인지 두 눈으로 보았으니, 이렇게 나오는 것도 당연했다.

"승패는 겨뤄봐야 알지 않겠습니까?"

쿵! 소익헌이 바닥에 진각을 밟았다. 그러자 발바닥을 중심으로 단단한 연공실 바닥에 금이 갈라졌다. 익양검현이라 불리는 소익헌의 내공은 과연 절정의 극에 이르러 있었다.

"네 결정에 후회할 것이다."

"후회하지 않습니다."

"흥!"

콧방귀를 낀 소익헌의 신형이 빠르게 좁혀 들어왔다. 소동패검은 중검이기에 무게감이 실려 있는 검법이지만 그 정도 되는 고수가 검초를 펼치니 속도마저 갖추고 있었다.

'후우.'

나는 하단전의 공력을 최대로 운기했다. 십성 공력으로 끌어올린 상태에서 검초를 펼쳤다.

'성명검법 삼초식 비추형검(泌鰍形劍).'

부드러운 버들가지처럼 검초가 수많은 변화를 일으키며 무겁게 궤적을 그리는 소동패검을 그물로 감싸듯이 에워쌌다. 차차차차차 창! 검과 검이 부딪치며 철음이 연공실을 울렸다. 유(柔)로서 강(強)을 제압하려고 했는데, 소동패검의 검초에 실린 공력이나 패도적인 기세가 강해서 검식이 계속 튕겨 나왔다.

"합!"

채채채챙! 검초가 흔들리자 소익헌이 그 틈을 놓치지 않고 강렬한 찌르기로 검식의 사이를 강제로 뚫고 내 가슴을 찔러왔다. 나는 다급히 검의 궤적을 바꿔 검면으로 이를 막아냈다. 창! 타타타탁! 검신으로 막아냈지만 공력 차로 인해 신형이 뒤로 밀려났다. 기세가 오른 소익헌이 검로를 바꿔 내 왼쪽 어깨로 검을 찔러 들어왔다.

'틈을 주지 않겠다는 건가.'

챙! 나는 다급히 검을 틀어 이를 막아냈다. 검과 검이 부딪치자 남천철검의 검신이 떨리며 내 몸이 옆으로 튕겨 나갔다.

"큭!"

공력 차가 너무 났다. 내가 막 절정의 경지에 올랐다면 상대는 절정의 극에 이르렀다. 그 벽을 앞에 두고 있는 만큼 수준 자체가 달랐다. 팍! 튕겨 나간 나는 그 힘을 이용하기 위해 연공실의 벽을 박찼다. 그러고는 소익헌을 향해 검을 날렸다.

"소용없다."

소익헌이 날아드는 내 검을 강하게 아래로 내리쳤다. 채애애앵! 이것이 중검의 진수일까. 천근의 힘이 실린 것처럼 검을 든 내 몸이 밑으로 강제로 떨어지고 말았다. 이 힘을 죽이기 위해 몸을 강제로 회전시켰다. 핑그르르르! 중검에 실린 힘이 해소되며 몸이 가벼워졌다. 그러나 소익헌이 그 틈을 놓치지 않고 회전하고 있는 나에게 각법을 펼쳤다. 차아앙! 검면으로 이를 막아냈지만 튕겨 나가 연공실 벽에 부딪치고 말았다. 쿵!

"크윽."

단단한 연공실 벽에 금이 갔다. 남천철검이 아니었다면 절정의 공력에 검면이 휘어졌을 것이다. 공력이 우위에 있다고 확실하게 그 이점을 활용하고 있었다.

소익헌이 내게 말했다.

"보기보다 좋은 검이군. 검이 아니었다면 이미 너는 그 자리에 누워 있을 게다."

"그렇군요."

"너와 나의 간극은 크다. 그만 패배를 인정하고 투항하거라."

"아들이 아니라 죄인 취급이시군요."

"감정에 호소하지 마라."

소익헌이 냉정하게 나를 다그쳤다.

"후우."

한숨이 절로 나왔다. 그런 내 모습에 소익헌이 뒷짐을 지고서 오만하게 내려다보며 말했다.

"마지막 경고다. 다시 검을 휘두른다면 이번에는 뼈가 부러지는 것 정도는 각오해야 할 것이다."

"과연 익양검현이라 불릴 만하군요."

"투항하겠느냐?"

"아버님."

툭툭! 나는 먼지를 털어내면서 자리에서 일어났다. 그리고 그에게 말했다.

"봐드리면서 상대하기에는 강하시군요."

"뭐?"

그런 내 말에 가주 소익헌의 표정이 무섭게 일그러졌다. 밀리다 못해 격차가 나는데 그런 소리를 했으니 오만하게 들렸을 것이다.

슥! 나는 소익헌에게 검을 겨냥하며 말했다.

"세간에 알려진 스승님의 성명검법은 보완하고 검초가 진화하기 전의 것이지요. 지금부터는 진(進)성명검법입니다."

"무슨 소리를…."

팟! 그 순간 나의 신형이 소익헌 앞을 파고들었다.

'…?!'

갑자기 속도가 오르자 소익헌이 다급히 뒷짐을 풀고서 검을 휘둘러 이를 막아냈다. 채애애애앵! 검이 부딪치는 순간 소익헌의 신형이 뒤로 부웅 날아올랐다. 그의 두 눈이 커졌다. 놀라는 것도 당연하지. 중단전을 개방했으니 방금 전의 공력과는 천지 차이일 테니까.

"너!"

소익헌이 다급히 허공에 떠오른 상태로 내게 검초를 펼쳤다. 중검의 기세가 지금까지와는 달리 사납게 몰아치는 것을 보아 소동패검의 절초인 모양이었다. 쾅! 나는 앞을 향해 강하게 진각을 밟았다. 그리고 찌르기 자세에서 검을 잡아당긴 손을 왼쪽으로 돌렸다. 몰아치려 하는 폭풍의 전조처럼 강렬한 기세가 검 끝으로 집중되었다.

'진축아회검.'

진성명검법 육초식 축아회검(逐亞回劍).

내공이 아닌 선천진기가 바탕이 된 오성 성명신공에 의해서 발휘되는 진정한 성명검법. 그 위력은…. 채채채채채채채챙! 소익헌의 절초를 단숨에 박살 내고 꿰뚫었다. 그것은 파죽지세와 다름없었다. 폭풍처럼 회전하며 들어가는 극대화된 찌르기에 소익헌의 몸이 휩쓸렸다.

진축아회검(進逐亞回劍). 성명검법의 초식들 중에서도 원래부터 가장 강한 위력을 자랑하는 절초이다. 거기서 더욱 강한 회전력이 가미됨으로써 폭발적인 위력을 자랑한다.

"큭!"

검초에 휩쓸린 소익헌이 어떻게든 스스로를 방어하려 했다. 그러나 폭풍과도 같은 축아회검의 위력을 막지 못한 소익헌의 청령검이 튕겨 나가 연공실 천장에 박혀버리고 말았다. 채챙! 푹! 소익헌은 경악을 금치 못했다. 검초를 막아내면서 그는 알아차렸을 것이다. 내가 자신조차 넘지 못한 한계의 벽을 넘어섰음을 말이다.

"어떻게 네가?"

그의 말은 끝까지 이어지지 못했다. 검초를 최대한 비껴 나가게 했지만, 회전력에 실린 검세에 의해 소익헌의 몸이 물레방아처럼 빙그르르 돌면서 연공실 벽면을 뚫고 박혀버렸다. 콰앙!

"크헉!"

소익헌이 비명과 함께 피를 한 움큼 토해냈다. 그러더니 반쯤 감긴 눈으로 나를 쳐다보다 이내 기절하고 말았다.

"후우."

성명신공의 운용을 멈춘 나는 깊은숨을 내쉬었다. 연공실의 벽은 보통 재질과는 다른 더 단단한 돌로 만드는 것으로 알고 있다. 그런 연공실의 벽이 검초 흔적으로 엉망이 되었다.

'이 정도일 줄은 몰랐는데.'

제대로 검초를 적중시켰다면 소익헌은 필시 목숨을 잃었을 것이다. 그가 경계심을 늦추지 않았다면 적어도 몇 초식 이상은 버텼을 텐데, 힘을 숨기고 있던 덕분에 방심하여 한 초식 만에 승부를 볼 수 있었다.

'내가 가주를 이기다니.'

기분이 묘했다. 회귀 전에는 언감생심 꿈도 꾸지 못했던 장벽과도 같은 존재였다. 그런 그가 나의 검을 버티지 못하고 이렇게 됐다.

—많이 발전했다, 운휘. 이 정도라면 전 주인의 전성기 시절의 절반 정도는 따라온 것 같다.

남천철검이 나를 칭찬했다. 지금 나의 실력이 남천검객의 절반 수준인 건가. 오성과 육성의 차이가 크긴 한가 보다. 그런 남천검객의 전성기 시절을 능가한 해악천은 또 얼마나 강한 것일까? 이를 생각하면 여전히 멀었다는 생각이 든다.

—조급해하지 마라. 너는 누구보다 빠르게 강해지고 있다.

그렇게 말해주니 고맙네. 어째 너희들이 더 가족 같은 느낌이다.

—흠흠.

그런 내 말에 남천철검이 기분 좋았는지 헛기침을 해댔다.

소담검이 내게 말했다.

—그렇게 벼르고 있던 사람을 이겼는데, 별로 기뻐 보이지 않네.

녀석이 내 속내를 알아차렸다. 하도 붙어 있으니까 표정만으로 기가 막히게 눈치챈다. 그래, 솔직히 기분이 그리 좋지는 않다. 큰 기대는 하지 않았지만 가주 소익헌은 나를 조금도 혈육으로 여기지 않는 듯했다.

'…'

솔직한 심정으로는 그에게 묻고 싶었다. 내가 그렇게 싫은 거냐고. 그렇게 모질게 굴 것이라면 왜 나를 낳았는지 따지고 싶었다.

"하아…"

벽에 등을 기댄 나의 입에서는 그저 탄식만이 흘러나올 뿐이었다. 혈교에 다시 가게 되었을 때도 이런 기분까진 아니었는데. 이 빌어먹을 집안을 망하게 하고 싶다. 하지만 그렇게 된다면 영영이의 인생은 나 이상으로 처참해지겠지.

　—누이동생 때문에 참은 거야?

'왜, 내가 아버지한테 해코지라도 할까 봐 그러냐?'

　—네가 이렇게까지 화가 난 건 처음 보니까.

'화가 난다고 다 풀면 뒷감당은 어쩌라고.'

한순간의 기분에 휩쓸려 가주의 목숨을 앗아간다면 누이동생에게 씻을 수 없는 굴레가 씌워질 것이다. 패륜아의 누이동생이라는 굴레 말이다. 나는 그것을 원하지 않았다.

　—네 누이동생이 너를 붙잡아주는 버팀목 같네.

그런 걸지도 모르겠다. 그 아이가 아니라면 이 망할 가문이 사라지든 어떻게 되든 신경 쓰고 싶지 않았다. 하지만 영영이가 있기에 나는 선을 넘지 않았다. 지금 나의 운명은 혈교에 얽매여 있다. 나역시도 어떻게 될지 모를 상황에서 익양 소가를 풍비박산 내고 누이동생을 끌어들일 수는 없는 노릇이 아닌가.

'어떻게 해야 하나.'

후기지수 대표부터 꼬일 대로 꼬였다. 어차피 첫 번째 안이나 두번째 안은 가주와 손을 섞은 이상 물 건너갔다. 이제 남은 것은 세번째와 최악의 안뿐이었다. 그때 소담검이 내게 말했다.

　—쟤랑 대화해보는 건 어때?

'쟤?'

　—천장에 박혀 있는 애 말이야. 안 그래도 내가 대화를 시도해봤거든.

청령검? 워낙 조용해서 있는 줄도 몰랐다. 검들마다 성향이 다르긴 한데, 청령검은 과묵 그 자체였다.

'흠.'

나는 살짝 뛰어서 천장에 박힌 검을 빼냈다. 청령검은 가주가 늘 가지고 다니는 익양 소가의 보검이었다. 소담검의 말대로 녀석이라면 가주 소익헌의 일거수일투족을 지켜보았기에 아송을 비롯한 숨겨진 진실들을 알지도 몰랐다.

'청령검.'

—….

뭐지? 아무런 대답이 없었다. 혹시나 하는 마음에 다시 말을 걸었다.

'청령검.'

—….

'안 들려?'

—설마 내게 말을 거는 겐가?

'그래, 너 맞아.'

그런 내 말에 청령검이 놀라워했다.

—세상에 이런 일이!

이제는 익숙했다. 검들은 내가 자신들 소리를 들을 수 있다는 사실을 알게 되면 대부분 같은 반응이었다. 청령검의 말투는 나이 든 노학사와 비슷했다. 느긋느긋하고 품격이 있다고 해야 할까.

—너와 이렇게 대화를 나눌 기회가 올 줄은 몰랐구나, 아이야.

심지어 나를 아이라고 불렀다. 왜 그러는가 싶어 물어봤더니 청령검은 가문의 일대조 어르신부터 내려왔기에 그 후손들이 하나같이 손주처럼 생각된다고 했다.

—영감이네, 영감.

소담검이 혀를 내두를 만큼 검계의 대선조였다.

청령검이 내게 말했다.

―늘 너를 안타깝게 지켜보고 있었단다, 아이야.

'안타깝게 지켜봤다고?'

―그렇단다. 너만큼 힘들게 자란 소가의 아이도 없었단다.

청령검의 말에 나는 묘한 기분이 들었다. 조부, 즉 할아버지란 존재가 살아 계셨다면 이런 기분이었을까? 청령검은 부드러운 목소리로 나를 달래듯이 말하고 있었다.

―익헌이가 조금만 살갑고 마음이 열려 있다면 네가 상처받을 일도 없었을 터인데 늘 안타까웠지.

청령검조차 내 사정을 이해했다.

어쩌겠는가. 이미 그건 포기한 지 오래다. 애초에 그랬다면 혈교의 첩자로 살아갈 일도, 다시 회귀할 일도 생기지 않았겠지.

―그래도 익헌이를 너무 미워하지 말렴.

'그건 네가 관여할 바가 아니야.'

―…지금에 와서 말 몇 마디로 네 마음이 풀리긴란 어렵겠지. 하지만 익헌이도 나름의 책임감을 가지고 있었단다.

'나름의 책임감?'

웃기는 소리다. 책임감을 가진 자가 자식을 가문에서 내치겠는가. 그리고 자식을 혈교의 주구라고 의심하는 순간 이런 식으로 몰아붙일 리가 있나.

―익헌이가 정말로 너를 혈교의 주구로 몰아서 처리할 생각이었다면 이목이 없는 이곳 연공실로 데려올 이유가 있겠니? 오히려 형산파 손님들이나 다른 자들이 있는 곳에서 공론화했겠지.

'그건 가문을 위해서야.'

손님들 앞에서 익양 소가의 삼남이 혈교의 주구가 되었다고 밝혀 봐라. 그 파장이 얼마나 크겠는가. 다른 것은 몰라도 익양 소가의 명예를 끔찍이 여기는 자였다.

—네 속에 있는 한이 내가 생각한 것 이상이구나.

'천출로 살아간다는 괴로움을 네가 알아?'

어릴 적에는 매일같이 죽고 싶다는 생각을 했다. 어머니가 돌아가셨을 때는 목숨을 내던지고 싶다는 충동도 많이 느꼈으나, 영영이라는 유일한 버팀목 때문에 참았다. 물론 더 많은 일을 겪으며 내마음도 단단해졌지만.

'네게 원망은 없지만 내가 알고 싶은 것에 대해 알려줘야겠어. 그렇지 않다면 나는 이자에게 무슨 짓을 할지 몰라.'

나는 청령검으로 벽에 반쯤 박혀 있는 가주 소익헌을 가리켰다. 검들은 자신의 주인이 해를 입는 것을 원하지 않는다. 일종의 협박이었다. 오래된 검이라고 할지라도 이것이 통하리라 여겼다. 그런데 청령검의 반응이 사뭇 달랐다.

—…아무래도 진실을 아는 편이 네게 더 나을 것 같구나.

'진실?'

뭐가 진실이라는 거지? 의아해하고 있는데 녀석이 한 번도 상상하지 못한 충격적인 사실을 밝혔다.

—넌 익헌이의 아이가 아니란다.

'…?!'

순간 머릿속이 하얗게 바뀌었다. 내가 잘못 들은 것인가 하는 생각마저 들었다. 멍해져서 힘이 풀린 나는 벽에 기댄 채 눈을 깜빡거리며 가주 소익헌을 바라보았다. 내가 그의 자식이 아니라니?

—이십여 년 전 나의 주인은 익헌이의 아비인 익겸이었단다.

소익겸. 돌아가신 조부의 이름이었다. 정사 대전에서 혁혁한 공을 세웠지만 막바지에 전사했던 것으로 알고 있다.

—그때부터 난 익헌이의 곁에 있었다.

당대 가주였던 소익겸이 전사했으니 당연히 검은 소익헌에게 갔을 것이다.

—익헌이는 젊었고 아비의 죽음으로 실의에 빠졌다. 네가 네 어미의 죽음으로 술독에 빠져 살았던 것처럼 말이다.

저 냉혈한 같은 자가 실의에 빠져 지냈다고?

—매일 밖을 주유하며 취해서 들어오기 일쑤였다. 그러던 어느날 녀석이 부상 입은 한 여인을 데리고 왔다.

부상 입은 한 여인? 설마….

—그래, 네 어미인 하 부인이다.

전혀 몰랐던 사실이다. 어머니께서는 그저 오래전부터 시종이었던 게 아니었나.

—익헌이는 네 어미를 지극정성으로 간호했다. 그 모습을 보고 알수 있었지. 그것이 인간들이 말하는 사랑이라는 감정임을 말이다.

가주 소익헌이 어머니를 사랑했다고?

—그래, 적어도 그때까지는 순수한 사랑으로 보였다. 실의에 빠졌던 익헌이는 점점 기운을 되찾아갔고 네 어미를 곁에 두기 위해 시종으로 삼았다.

'사랑했는데 시종으로 삼는 게….'

—그럴 수밖에 없었다. 네 어미인 하 부인이 자신의 과거를 숨긴

것도 있었지만 버젓이 명문가의 정처를 두고 신분이 불분명한 여인을 후처로 받을 수도 없었지.

'하….'

─사실 네 어미는 부상이 나은 후에 떠나고 싶어했다. 그러나 네 어미에겐 숨길 수 없는 비밀이 있었단다. 그게 차츰 드러날 수밖에 없었지.

'…나구나.'

─그래, 네 어미는 부상을 입고 발견되었을 때부터 회임을 했었지. 참으로 강인한 여인이었다. 그 부상 중에도 너를 잃지 않을 만큼.

다리에 힘이 풀린 나는 벽에서 미끄러지며 땅바닥에 주저앉았다. 그렇다면 나는 정말로 익양 소가와 조금의 관계도 없는 사생아란 소리가 아닌가. 이게 진실이었다고….

─운휘….

소담검이 걱정스러운 목소리로 나를 불렀다. 충격에 빠진 내게는 녀석의 목소리가 제대로 들리지 않았다. 그런 내게 청령검이 말을 계속 이어갔다.

─네 어미는 떠나려고 했지만 익헌이는 붙잡았다. 그리고 그녀를 설득했지.

'…뭐라고?'

─아이를 밴 몸으로 아무런 연고도 없이 도망치듯 떠돌이처럼 지낼 거냐고 네 어미를 설득했다. 모성애 때문인지 결국 네 어미는 익헌이의 청을 받아들였다.

'….'

─그 무렵 이미 가문에는 묘한 소문이 돌기 시작했다. 네 어미의

배가 불러오면서 소문은 눈덩이처럼 불어났고 양 부인의 귀에도 들어갔지.

'그래서?'

—그 소문을 명분 삼아 익헌이는 네 어미를 후처로 받아들였다. 가주인 익헌이가 자신의 자식을 배었다고 말하니 누구도 이견을 제기할 수 없었지.

'어머니가 그걸 받아들였다고?'

—너를 보호하기 위해서 그러지 않았을까?

나를 보호하기 위해서 생판 관련 없는 남자의 후처로 들어가다니. 어머니를 떠올리자 눈이 따가워졌다. 이런 게 진실이라니 도저히 믿기 힘들었다.

—이해한다. 쉽게 믿기 힘들겠지.

내 눈으로 보지 않은 이상 이 얘기를 어찌 믿으라는 것인가.

—나도 할 수만 있다면 내가 보았던 것들을 네게 전부 보여주고 싶구나.

바로 그 순간이었다.

[검심(劍心)과 인심(人心)이 통할지어니, 천기(天璣)가 열렸도다.]

머릿속에 목소리가 울려 퍼졌다. 그러더니 오른손에 푸른 불꽃이 일렁였다. 치이이이! 타는 소리와 함께 손등의 점에 변화가 생겨났다.

'아아!'

북두칠성 형태의 일곱 개의 점들 중에 세 번째 별에 해당하는 천기가 푸른색으로 변하고 있었다. 천기의 위치에 있던 점이 완전히 푸르게 변하자 불꽃이 수그러들었다.

'천기가 열리다니.'

천선이 열린 후로 오랜만의 일이었다. 그때 눈앞이 검게 바뀌며 주위 풍경이 달라졌다. 마치 내가 아닌 다른 누군가의 시선으로 보는 듯한 장면들이 눈앞에 펼쳐졌다.

"부디 본가에 남아 있어주오. 나를 좋아해달라는 말은 하지 않겠소. 그대와 자식을 위해서라도 한번 생각해주길 바라오."

"소 가주님…."

머릿속에 보이는 광경들. 그것은 침상에 걸터앉아 어머니의 손을 잡고 있는 가주 소익헌의 모습이었다. 그런 나의 머릿속에 청령검의 목소리가 들려왔다.

─이게 무슨 영문인지 알 수가 없구나.

'너도 보여?'

─그래, 이건 내 기억 속의 그때와 똑같구나.

'네 기억이라고?'

어머니인 하 부인과 가주 소익헌은 지금과 사뭇 달랐다. 훨씬 젊고 아름다웠고 가주 소익헌 또한 청년의 모습을 하고 있었다. 어머니가 가주 소익헌에게 말했다.

"정말 제가 몸을 의탁해도 괜찮을까요?"

그런 어머니의 말에 가주 소익헌이 한 번도 본 적이 없던 환한 미소를 지었다. 그의 기쁨이 보는 것만으로 전해졌다.

─지금 보는 것이 네 어미가 후처로 들어왔을 때다.

청령검의 말이 사실이라면 나는 지금 녀석의 기억을 보고 있는 것이다. 그때 눈앞에 보이던 광경이 흐릿해지더니 사라졌다. 다시 현실로 돌아왔다.

─어찌 된 영문인지 모르겠지만 내 기억을 네게 보여줄 수 있는

것 같구나.

나는 손등을 쳐다보았다. 손등에 있는 세 번째 점인 천기의 푸른 빛이 수그러들었다. 두 번째 점인 천선을 얻었을 때는 멀리서도 검의 소리를 들을 수 있게 되었는데, 이제는 검의 기억을 되짚을 수 있게 된 것 같다. 나는 혹시나 하는 마음에 녀석의 기억을 살펴볼 수 있나 집중했다. 그러나 내 뜻대로 방금 전의 그런 광경은 보이지 않았다.

—무얼 하려 했던 것이냐?

'네 기억을 확인해보려고 했어.'

—어떤 기억을 말이냐?

'나를 낳았을 때 가주의 얼굴…'

궁금했다. 어머니에게 반해서 다른 남자의 자식마저 회임했는데 후처로 받아들였다. 그런 자가 과연 내가 태어났을 때 어떤 얼굴을 하고 있었을지 궁금했다.

—그때를 말하는구나.

청령검이 중얼거리던 순간, 시야가 검게 변하며 방금 전처럼 어떤 광경이 떠올랐다. 아기를 안고 있는 가주 소익헌의 모습이었다.

'…'

그의 얼굴은 말로 형용하기 어려울 만큼 복잡해 보였다. 그래, 자신의 친자가 아닌 것을 아는데, 기뻐하면서 쳐다볼 리가 있겠는가. 침상에는 창백한 얼굴의 어머니가 누워 있었다. 소익헌이 복잡한 표정을 지우고서 부드러운 미소를 지으며 어머니께 말했다.

"이 아이를 내 자식처럼 여기겠소. 그러니 부인은 몸조리 잘하고 어서 쾌차하도록 하시오."

"…가주."

어머니의 눈빛은 애틋하기 짝이 없었다. 처음 보았을 때는 가주를 보는 눈빛이 은인을 대하는 모습이었다면, 지금은 감정적으로 의지하는 듯한 느낌마저 들었다.

—그래. 네가 보고 있는 그대로다.

'뭐?'

—익헌이의 지극정성으로 네 어미는 마음을 열었다.

어머니가 마음을 열었다고? 의아해하는 내게 청령검이 씁쓸한 목소리로 말했다.

—그러니 네 누이동생인 영영이가 태어나지 않았겠느냐.

아… 그랬다. 영영이가 있었다. 어머니가 그저 나를 보호하기 위해 후처의 자리에만 있었다면 그 아이가 태어날 일은 없었을 것이다. 그렇다면 이 집에서 유일하게 피가 이어지지 않은 것은 오직 나뿐이로구나.

—… 그래.

청령검이 씁쓸하게 답변했다. 다시 광경이 바뀌면서 현실로 돌아왔다. 아무래도 검이 원해야만 그 기억을 볼 수 있는 듯했다.

—네가 막 태어났을 때는 익헌이도 네게 잘해주기 위해 노력했단다. 하지만 그게 그리 쉬운 일은 아닌 것 같더구나.

… 그렇겠지. 제 자식도 아닌데 잘해주기가 쉽겠는가.

—게다가 양 부인의 성화를 감당해낸다는 게 여간 어려운 일이 아니었지.

'양 부인!'

—네게 조금이라도 잘해주려는 모습을 보이면 그녀의 성화가 보

통이 아니었지. 덕분에 익헌이는 자식들 누구에게도 상냥하게 대하지 않게 되었단다.

그러고 보면 가주 소익헌은 모든 자식들에게 엄하게 대했던 것 같다. 다만 엄한 것을 넘어서 내게는 냉혹함마저 섞여 있었다. 그 차가움 속에는 자신의 자식이 아니라는 감정이 배어 있었을 것이다.

'…빌어먹을.'

단전을 잃었을 때도 어영부영 넘어갔던 이유가 새삼 이해됐다. 어머니의 눈치를 보느라 영약까지 줬지만 친자식도 아닌 녀석이 양부인의 간계로 단전을 잃은 것이 하나도 아깝지 않았겠지. 탁! 나는 천천히 걸어가 가주 소익헌 앞에 섰다. 기절해 있는 그를 보며 분노와 더불어 복잡한 감정이 뒤섞였다.

'소익헌!'

감정이 치밀어 오르자 청령검이 나를 달래듯이 말했다.

─그래도 익헌이는 너와 네 동생을 끝까지 책임지려고 했다.

'책임? 나를 가문에서 쫓아내고 영영이를 팔아먹듯 시집보내려고 하는 게 책임지려는 거야?'

양 부인의 눈치가 보여서 그랬다고? 그럴 거면 처음부터 어머니를 들이지 말았어야 할 일이 아닌가. 확실하게 감당할 수 없는 일을 저질러놓고서 책임지고 있다고 하면 그게 마음에 와닿을 것 같아?

─…너를 내보내지 않으면 언젠가 네가 양 부인이나 다른 사람 손에 죽을지도 모른다고 여겼기 때문에 그런 것이란다.

'양 부인의 손에 죽어?'

─너는 네 어미의 죽음 이후 술독에 빠져 폐인처럼 지냈다. 네 소문은 안 좋을 대로 안 좋게 퍼져나갔지. 너를 조용히 처리하더라도

누구 하나 탓할 상황이 아니었단다. 그렇기에 익헌이는 너를 쫓아낸 것이다.

'…'

―네 누이동생도 마찬가지란다. 왜 어렸을 적부터 형산파에 보냈을 것 같으냐. 네 누이동생의 재능이 특출해서? 아니란다. 그건 양 부인이 해코지하는 것을 막기 위함이었다. 영영이가 형산파에서 돌아오게 된다면 너와 같은 일을 겪을지도 모르지. 그렇기에 익헌이는 서둘러 약혼자를 찾으려고 한 것이란다.

'약혼자가 고작 그딴 놈이라고?'

조생남이 떠올랐다. 그자는 양 부인과 관련 있는 자였다.

―그건 양 부인이 부른 것이라 어쩔 수 없이 보게 되었지만 익헌이도 조생남이란 젊은이에게 영영이를 맡길 생각은 없단다.

청령검이 급히 이를 해명했다. 어떻게든 그를 이해시키려고 했다.

'…이 모든 게 우릴 위해서라고?'

하지만 이런 일에 어찌 이성이 감성을 이기겠는가.

나는 평생이 가도 소익헌을 이해할 수 없을 것 같다.

―후우. 그래. 네 말처럼 익헌이는 성정이 살갑지 않고 네 출생의 비밀 때문에 부모로서의 노릇을 제대로 못 했다. 하지만 적어도 그 책임을 등지려고 하진 않았단다.

그때 청령검의 말이 끝나기가 무섭게 시야가 스멀거리며 한 광경이 보였다. 늦은 밤, 어머니의 별채 뒤뜰이었다.

"가, 가주 어르신."

당황해하는 아송의 모습이 보였다.

"쉿. 조용히 하거라. 운휘를 따라간다고 들었다."

"그, 그렇습니다."

아송이 어쩔 줄 몰라 하며 조용히 답했다.

"이걸 가져가라."

손을 내미는 모습이 보였다. 그 손에는 은으로 만든 패 같은 것이 있었다. 패의 한가운데에 '해현(諧炫)'이라 적혀 있었는데, 해현전장의 패로 보였다. 저 패를 가져가면 해현전장에 맡겨놓은 돈을 찾을 수 있다.

"이건?"

"네가 가지고 있다가 피치 못할 일이 생기거든 쓰도록 하거라."

그 말과 함께 소익헌은 자리를 떴다.

이 광경을 보고서 나는 두 가지 사실을 알 수 있었다. 아송은 그가 말한 것처럼 나를 감시했던 것도, 소익헌의 사람도 아니었다. 그리고 뒤에서 몰래 노잣돈을 챙겨줬을 줄은 전혀 몰랐다.

스르륵! 곧바로 시야가 흩어지며 장소가 바뀌었다. 방금 전이 늦은 밤이었다면 지금은 밝은 대낮이었고 사방이 수풀로 뒤덮여 있었다. 눈앞에는 온몸에 멍이 들고 피투성이가 된 아송이 있었다.

"제가… 제가 도련님을 제대로 모시지 못했습니다. 제발 도련님을 살려주십쇼! 가주님 부탁드립니다."

그런 그에게 소익헌이 말했다.

"…정말 운휘 녀석이 혈교라고 했느냐?"

"네네. 쇤네가 틀림없이 들었습니다요."

"혹시 내가 준 전장의 패는 가지고 있느냐?"

"아!"

소익헌의 물음에 아송이 품을 뒤지더니 이내 은패를 꺼내 들었다. 이를 본 소익헌이 고개를 끄덕이며 말했다.

"너는 지금 당장 만곡리로 가서 흑현정이라는 기루를 찾거라. 그곳 이층에서 흑건을 쓰고 있는 노인에게 말을 걸어 '조시구'라고 하면 '소추추'라고 답하거라. 그리고 은패를 넘기고서 내게 말했던 것을 알려 준 후에 운휘의 행방을 의뢰해라."

조시구 소추추(釣詩句 掃愁愁). 술은 시를 낚는 바늘이고 근심을 쓸어내는 빗자루란 말이다. 소익헌이 삼대 정보 단체 중 하오문(下吊門)에 정보를 의뢰하는 방법을 알고 있을 줄은 몰랐다. 하오문은 흑도 계열일 터인데 그들에게 의뢰하다니. 이걸 보면 은밀히 추적하려 했다는 것을 짐작할 수 있었다.

'…그가 나를 찾았다는 거야?'

─아직 끝나지 않았단다.

스르르륵! 보이던 광경이 흩어지며 또다시 장소가 바뀌었다. 그곳은 바로 소익헌이 말했던 흑현정이라는 기루였다. 소익헌 앞에는 흑건에 후줄근한 옷을 입은 노인이 술을 마시고 있었다. 방금 전에 보았던 광경에서는 아송에게 명을 했는데, 도리어 본인이 직접 이곳에 와 있는 이유는 무엇일까? 소익헌이 차갑게 가라앉은 목소리로 물었다.

"어째서 의뢰를 받지 않겠다는 것이오?"

"포기하시오."

이에 노인이 단호하게 답했다.

"값은 얼마든지 치른다고 하지 않았소이까."

"혈교와 연관되었다면 우리는 의뢰를 받지 않소."

"정녕 이럴 것이오?"

소익헌의 손이 청령검의 검집으로 향했다. 그러자 흑건의 노인이 누런 이빨을 드러내며 비웃음을 흘렸다.

"익양검현이라 불리는 자가 흑도인 우리에게 정보를 의뢰한 사실이 알려져서 좋을 일이 없을 터인데."

"…"

협박 아닌 협박에 소익헌이 검집에서 손을 뗐다. 그러고는 거칠게 자리에서 일어났다. 그러자 흑건의 노인이 돌아가려 하는 소익헌에게 넌지시 말했다.

"듣기로는 버린 자식이라고 하더니, 그래도 깨물어서 아픈 손가락쯤은 되나 보구려, 소 가주."

"그 입 함부로 놀리지 마시오."

"그래도 선납금을 받았으니 조언 하나 하리다."

"…그게 무엇이오?"

"그대의 말대로 그곳에서 벌어진 일이 혈교와 관련 있다면 더 이상 관심을 끊으시구려."

"관심을 끊어?"

"그들이 은밀히 소년 소녀를 납치하는 것은 교인들을 늘리기 위함이오. 그러니 댁의 아드님은 더 이상 세상에 없다고 생각하는 편이 나을 거요."

하… 이제야 알 것 같다. 이런 일이 있었기에 돌아온 내가 혈교의 주구가 되었을 거라 여긴 것이다. 눈앞에서 보이던 광경이 뭉게구름처럼 흩어지며 다시 연공실의 현실로 돌아왔다.

청령검이 내게 말했다.

―네가 익헌이를 미워하는 것은 나로서도 이해한단다. 하나 너

역시도 익헌이의 마음을 조금이나마 헤아려줬으면 좋겠구나.

녀석의 말에 나는 자리에 주저앉았다. 머릿속이 복잡해졌다. 너무 많은 것을 알게 되니 어떻게 받아들여야 할지 알 수 없었다. 특히 출생에 관한 진실이 가장 혼란스러웠다.

'결국 생판 남이었네.'

이를 곰곰이 생각해보았다. 청령검은 그가 나름의 책임을 다하려 했다고 했다. 하지만 내 생각은 달랐다. 나를 위한 책임? 전혀 아니었다.

'돌아가신 어머니를 위한 책임과 의무였겠지.'

그가 정말 책임을 다한다면, 오히려 나와 누이동생을 곁에서 지켜보며 양 부인에게 해코지를 당하지 않도록 강한 버팀목이 되어줬어야 했다. 그런데 그렇게 하지 않았다. 결국 소익헌이라는 남자는 그저 스스로의 마음이 편하고자 했던 것뿐이다. 자식이 아닌 자를 위해 그 정도까지 했으니 이해하라는 것은 철저히 소익헌의 입장일 뿐이었다. 그렇다면 처음부터 어머니께 자식으로 대해주겠다는 약조를 하지 말았어야 했다.

'책임? 웃기는군.'

청령검이 바라볼 수 있는 시선은 그저 보이는 것에 치우칠 뿐이다. 씁쓸해하는 내게 청령검이 말했다.

―아까 들어보니 너는 본가의 후기지수 대표 자리가 필요한 것 같더구나.

'…그래.'

어떤 수를 써서라도 손에 넣어야 했다. 이런 식으로 몰랐던 진실을 알아버려 기분이 심란해져서 그렇지.

─그건 내가 도울 수 있을 것 같은데.

'네가 도와?'

무슨 수로 돕는다는 거지?

─익헌이가 가장 원하는 것을 네가 준다면 상황이 달라지지 않을까?

'소익헌이 가장 원하는 것?'

─지금 익헌이는 소동패검의 전반부밖에 익히지 못했단다.

그 말에 내 두 눈이 번쩍 뜨였다.

─가주의 검법은 구두로 전해지는데, 익겸이 정사 대전에서 전사하면서 후반부를 제대로 익히지 못했단다. 그걸 네가 알려준다면 어떨까?

촥! 촤촥! 경쾌하게 허공을 가르는 검날. 검이 그리고 있는 수많은 궤적은 소동패검의 초식들이었다. 나는 지금 청령검의 기억을 보고 있었다. 그런데 녀석이 이제껏 내게 보여줬던 기억과는 사뭇 달랐다. 검이 움직이는 궤적을 볼 때마다 마치 내가 검이 된 듯 그 경로가 머릿속에 박혔다. 손목과 팔이 움찔하며 금방이라도 움직여야 할 것 같았다. 지금 이것은 정사 대전에서 전사한 익양 소가의 태상가주 소익겸이 펼치는 소동패검의 연무를 보고 있는 것이었다. 그런데 본다기보다는 그 기억을 되새기는 것만 같았다. 전반부 다섯 초식에 이어서 곧바로 보이는 후반부 다섯 초식은 말 그대로 중검의 정수를 담은 향연이었다. 슉! 푸욱! 검을 강하게 내려치는 순간 묵직한 기운에 닿지도 않은 연무장의 바닥이 눌린 것처럼 검의 형태로 일부 파고들었다. 대단했다. 가주 소익헌은 후반부를 보완하기 위해 중검에 쾌속함을 가미했지만, 후반부의 초식까지 익히게 되면 전혀 그럴 필요가 없었다.

보이던 광경이 흐릿해지며 다시 현실로 돌아왔다.

─알 것 같니, 아이야?

청령검이 내게 물었다. 알 것 같은 정도가 아니었다. 마치 녀석과 기억을 공유하기라도 한 것처럼 뇌리에 박혔다. 초식이 어떤 것인지는 확실히 알 것 같았다.

그때 소담검이 내게 말했다.

─그 짧은 사이에 초식들을 전부 본 거야?

'짧다고?'

그럴 리가. 중검은 쾌검과 다르기에 연무 과정도 빠르지 않았다. 열 초식을 전부 보는 데 적어도 반의반 각은 소요된 것 같은데 그게 그리 빠른 건가?

─무슨 소리야. 눈 한 번 깜빡이고는 대체 뭘 봤다는 거야?

'…눈 한 번 깜빡였다고?'

─허어.

소담검의 말에 청령검조차 의아한 기색을 표했다. 체감상은 전혀 그렇지 않았던 것이다.

─나도 그랬다, 운휘.

남천철검까지도 소담검의 말에 동의했다.

'흠. 이상한데.'

정말로 눈 깜짝할 사이라면 확인해볼 방법이 있지 않은가. 나는 품속에서 은전 하나를 꺼내 들었다.

'청령검.'

—말하거라.

'내가 은전을 튕기면 다시 한 번 연무 과정을 보여줄 수 있겠어?'

—어려울 게 있겠느냐. 그저 떠올리기만 하면 되는데.

청령검이 흔쾌히 답했다.

나는 시험 삼아 은전을 손가락으로 튕기며 허공에 떠올렸다. 그 순간 시야가 스멀거리며 아까 전에 보았던 소동패검의 연무 광경이 펼쳐졌다. 마치 반복하는 듯한 느낌으로 이를 지켜보았다. 그리고 연무가 끝나자 다시 현실로 돌아왔다.

'어?'

그때 눈에 놀라운 광경이 보였다. 연무를 다시 보기 전에 손가락으로 튕겼던 은전이 허공에서 떨어지고 있었다. 눈을 깜빡이는 정도가 아니라 찰나에 불과했던 것이다.

탁! 떨어지는 은전을 낚아채서 잡아냈다.

'이럴 수가.'

놀라웠다. 기억을 되짚는 체감 시간이 실제 시간과 완전히 달랐다. 기묘한 현상에 순간 할 말을 잃었다.

그런 내게 남천철검이 흥미로운 말을 꺼냈다.

—운휘, 이건 정말 혁신적인 능력인 것 같다.

'혁신?'

—그래. 전 주인께서는 무(武)가 일정 수준에 이르면 반복적인 훈련 이상으로 도움이 되는 것이 심상 훈련이라고 했다.

심상(心想) 훈련. 처음 남천철검이 내게 성명검법을 전수할 때 해 줬던 말이었다. 반복된 검식과 검초 훈련으로 육신의 기초가 다져진다면 차후에는 머릿속으로 검의 궤적을 연상하는 상승 검로의 훈련이 필요하다고 말이다.

—생각해봐라. 심상 훈련이라 해도 연상을 하면 각인이 된다. 그런데 계속 반복해서 하게 된다면 어떨까? 자연스럽게 반복 훈련을 한 것처럼 초식을 습득하게 될 거다.

아⋯. 심(心)이 신(身)에 영향을 미친다는 것이 그 말인가. 청령검 덕분에 두 번이나 소동패검의 초식들을 펼치는 기억을 반복했다. 그래서인지 머릿속에 좀 더 명확하게 그것이 남았다.

—적어도 연무를 수십, 수백 회만 반복해도 그 결과를 알 수 있을 거다.

—그렇네!

소담검도 맞장구치듯이 동의했다.

수십, 수백 회. 말처럼 쉬운 일이 아니다. 하지만 녀석의 말대로 이게 성공한다면 나는 찰나의 순간에 수십, 수백 번을 연마한 것과 같은 형태로 검의 초식을 숙지할 수 있을지도 모른다. 시험해봐도 나쁠 것 같지 않다. 그렇게 반복해도 어차피 찰나라면 말이다.

—나야 괜찮다만 아이야, 너는 괜찮겠느냐?

'괜찮아.'

—알았다. 도중에 멈추라고 하면 나도 회상하는 것을 멈추마.

청령검의 말이 끝나기가 무섭게 소익겸의 연무 기억이 시작되었다. 한 번, 두 번, 세 번⋯. 반복될수록 마치 나 스스로가 검이 되어 연무하는 것만 같았다. 그런데 횟수가 반복될수록 문제가 생겼다. 조금씩 어지러우면서 두통이 일었다. 심지어 선천진기마저 조금씩 소모되어갔다.

'조금만 더⋯ 조금만⋯.'

그렇게 스무 번을 넘길 때였다.

"으웩!"

어지러움이 너무 심해지면서 토악질이 나왔다.

―괜찮느냐, 아이야?

기억의 환상이 사라지며 현실로 돌아왔다.

―야, 괜찮아?

―운휘!

소담검과 남천철검도 나를 걱정스럽게 불렀다. 눈앞이 핑 도는 것만 같았다. 여덟, 아홉 번까지도 괜찮았는데, 열 번을 넘어가니 굉장한 부담이 됐다.

―너 엄청 땀이 많이 나고 있어.

소담검의 말에 나는 손등으로 이마를 만져보았다. 마치 하루 종일 격하게 훈련한 것처럼 땀이 흘러내리고 있었다.

'진짜네?'

손끝이 미묘하게 떨려왔다. 이상해서 손등과 손목을 쳐다보니 오랫동안 훈련한 것처럼 경련이 일고 있었다.

'하!'

정말 놀라운 일이었다. 현실에서는 찰나에 불과했으나 내 몸은 그것을 실제처럼 받아들인 것이다. 그렇기 때문에 지친 것으로도 모자라 육신이 피로했던 거다.

―믿기지 않는다. 기억을 끌어낸 심상 훈련이 이런 식으로 작용할 줄은 몰랐다.

남천철검이 놀라움을 금치 못했다.

나 역시 마찬가지였다. 단순한 심상을 넘어서 실제와 다름없는 기억을 반복하니 이런 기이한 일이 벌어졌다. 어쩌면 천기의 진정한 능력은 이것일지도 몰랐다.

—그런데 무리하면 안 될 것 같다, 운휘.

내 생각도 그렇다. 수백 번은커녕 수십 번도 무리다.

"하아… 하아…"

너무 지친다. 스무 번을 반복하고 나니 정신적으로도 육체적으로도 피로가 보통이 아니었다. 연달아 하는 것은 절대로 피해야 할 것 같았다. 아니면 이것에 더 익숙해질 때까지는 조금씩 횟수를 조절해야 할지도.

'운기를 해야겠어.'

—그래라.

일각 정도의 시간 동안 선천심법을 운기하고 나니, 연이은 천기로 소모된 선천진기와 체력이 어느 정도 회복되었다. 더 반복했으면 쓰러졌을 것 같다.

—운휘.

그때 남천철검이 나를 불렀다. 녀석이 왜 불렀는지 곧 알 수 있었다. 파스스스!

"크윽."

연공실 벽에 반쯤 박혀 있던 가주 소익헌이 비틀거리며 빠져나왔다. 정신을 차린 모양이다. 소익헌은 혼란스러운 얼굴로 나를 쳐다보았다. 패배 때문인지, 아니면 자신을 뛰어넘은 나로 인한 것인지 알수는 없지만 충격이 컸나 보다.

"너…"

"운기부터 하시는 게 좋을 텐데요."

검초를 피해서 맞췄다고는 하나 진축아회검을 맞았다. 검초의 기운이 전신과 오장육부로 스며들어서 이를 해소하지 않으면 나아가 기경팔맥에도 손상이 갈지 모른다.

스스스스! 소익헌의 몸에서 아지랑이가 피어올랐다. 내가 보는 앞에서 차마 운기조식은 못 하고 운공을 통해서 기운을 몰아내고 있었다. 소익헌이 인상을 찡그리더니 내게 물었다.

"왜 손속에 사정을 둔 것이더냐?"

정통으로 검초를 맞추지 않은 것이 의아했던 모양이다.

"죽이기라도 바라셨습니까?"

"…네 목적을 위해서 살린 것이라면 소용없다고 말하마. 네가 혈교의 사람이 아니라는 것을 증명하지 않는 한 절대로…."

"그만 저를 자극하셨으면 좋겠군요."

"뭐?"

"피차 가식적으로 구는 것은 버리도록 하죠."

"너…."

"친부도 아닌 당신에게 손속의 사정을 둔 것이 그동안 키워줬던 혈육의 정 때문이라고 착각하시지 않았으면 합니다."

'…!!'

그런 나의 말에 소익헌의 두 눈동자가 지진이 난 것처럼 흔들렸다. 내가 진실을 알고 있으리라고는 생각지 못했던 것 같다.

"네… 네가 그걸 어떻게?"

그의 반응을 보면 어머니가 그에게 진실을 밝히지 말아달라거나 그와 비슷한 부탁을 했을 것 같다. 혼란스러워하던 그가 다시 입술을 뗐다.

"…알고 있었던 것이냐?"

"두 형님, 아니 당신의 자식들을 바라보는 눈빛부터 확연하게 다른데 제가 모르리라 생각하셨습니까?"

소익헌이 굳은 얼굴로 침을 삼켰다. 그리고 내게 말했다.

"…네 어미에게 들은…."

그의 말이 미처 끝나기도 전에 나는 청령검을 날렸다. 슉! 선천진기가 담긴 청령검이 엄청난 속도로 날아가 소익헌의 옷을 살짝 스치더니 연공실 벽면에 깊게 박혔다.

"그 입으로 어머니를 담지 마시죠. 가증스럽습니다."

그런 나의 말에 소익헌은 입을 열지 못했다. 애초에 그와 좋게 풀고 싶은 생각은 더 이상 없었다. 오직 자신의 마음이 편하고자 모든 행동에 책임감이라는 당위성을 부여한 자를 이제 와서 부친이라 생각하고픈 마음은 눈곱만큼도 없었다.

입을 닫고 있던 소익헌이 겨우 입술을 뗐다.

"나는 네게…."

"할 만큼 하셨다고 말하고 싶습니까?"

"…."

"양 부인이나 그 자식들로부터 저나 영영이를 지키려고 했다는 헛소리는 하지 않으시길 바랍니다."

소익헌의 얼굴이 일그러졌다. 스스로 책임을 다하고 있다는 착각에 빠져 있었으니 심란하겠지. 하지만 그도 진실을 마주할 필요가 있었다.

"어머니를 위해서 친자식처럼 대하려고 노력했다. 지키기 위해서 그랬다. 그건 결국 당신의 이기심에 당위성을 부여하기 위한 것이 아닙니까?"

"네가 어찌!"

"당신이 진심으로 나와 영영이를 보호할 생각이었다면 양 부인과 강하게 맞서서라도 지켜냈어야 할 일이 아닙니까? 다른 자식들과 공평하게 대하기 위해 방관했다는 개소리를 지껄이실 겁니까?"

"끄윽."

소익헌의 입에서 피가 흘러나왔다. 운공에 집중해야 하는데 정신이 흐트러지면서 충격을 받은 모양이다. 상관없었다.

"뒤에서 당신이 뭘 챙겼는지는 관심도 없습니다. 그게 책임과 의무라고 생각했다면 단단히 착각하신 거라 말씀드리죠."

"하아…."

소익헌의 얼굴이 한없이 어두웠다. 그동안 스스로에게 당위성을 주었던 책임감이 개소리란 것을 알려줘서일 테지.

"나는… 나는 그저 너를 보호…."

"밖으로 내치는 것이 보호입니까?"

"…."

"그저 책임을 회피하신 거죠. 내 자식도 아닌 녀석한테 할 만큼 했다, 이제부터는 어찌 되더라도 내 탓이 아니다, 이게 당신의 본심이 아닙니까?"

"쿨럭쿨럭."

피가 섞인 기침을 하면서도 소익헌은 아무런 대답도 하지 못했다. 스스로를 위로하던 가면을 벗겨놓았으니 심란했을 것이다.

"당신이 그렇게 속마음을 포장하고서 저를 밖으로 내보내지 않았다면 혈교에 납치당할 일도 없었겠죠."

'…?!'

소익헌의 두 눈이 커졌다.

혈교 얘기가 나오니까 반응을 보이는 것 봐라. 사람 말은 끝까지 들어야지.

"만약 스승님이 저를 구해주시지 않았다면 당신이 생각했던 대로 혈교의 주구가 되었을 겁니다."

인상을 찡그리는 그에게 나는 품속에서 무언가를 꺼내서 던졌다. 그것을 받아 든 소익헌이 놀라움을 금치 못했다.

"이건…."

"만사신의 어르신의 각패입니다."

"이걸 어찌?"

"제가 단전을 회복한 것이 혈교의 사술이나 사공이라 생각하고 싶으셨겠죠. 하지만 그게 진실입니다."

참 이런 식으로 만사신의의 각패를 활용하게 될 줄은 몰랐다. 뭐 이것에는 거짓이 없었다. 실제로 만사신의가 나를 치료해주려고 했으니 말이다. 이제부터 나의 주특기를 발휘할 시간이다.

"스승님께서는 만사신의 어르신과 오랜 교분이 있으셨습니다. 덕분에 다시 단전을 회복할 수 있었죠."

"하아…."

소익헌의 입에서 탄성이 흘러나왔다. 중원 최고의 신의라 불리는 자가 나를 치료해줬다고 해서 놀란 모양이다. 하지만 중요한 건 지금부터거든.

"저한테 후기지수 자격이 없다고 하셨죠?"

스릉! 그 말과 함께 내가 남천철검을 뽑자 소익헌이 의아해했다.

그런 그의 의아한 얼굴을 개의치 않고 나는 기수식을 취했다.

"너… 설마?"

소동패검의 기수식에 소익헌의 눈동자가 흔들렸다. 나는 머릿속에서 자연스럽게 떠오르는 기억의 궤적을 따라 몸을 움직였다. 소익겸이 연무를 펼치던 검로를 그림자처럼 따랐다. 촥! 촤촥! 무거운 중검의 묘리가 남천철검을 통해 발휘되었다. 그 모습을 보며 소익헌이 어안이 벙벙해서 중얼거렸다.

"네가 어찌…."

단순히 초식을 따라 하는 수준이 아니었기에 이런 반응을 보이는 것도 당연했다. 지금 나는 오랫동안 초식을 연마했던 태상가주 소익겸의 소동패검과 거의 흡사한 수준으로 연무하고 있었다. 일초식에서 오초식이 이어지면서 소익헌이 눈을 떼지 못했다. 그리고 끝이라고 여긴 순간, 이어지는 후반부 육초식에 소익헌의 입에서 소리가 튀어나왔다. 촥! 촤촥!

"아닛!"

소익겸이 전사하면서 실전된 후반부의 초식들이 나의 손에서 펼쳐지자, 소익헌이 커진 눈으로 입을 다물지 못했다. 전수받지는 못했더라도 그는 이 후반부 초식을 알아볼 수밖에 없을 거다. 적어도 소익겸의 연무를 한 번이라도 봤다면 말이다. 팍! 마지막 십초식의 소동패검의 비기 중압검격을 펼치자 연공실 바닥이 움푹 파였다. 선천진기로 펼쳐서 그런지 그 위력을 어느 정도 살릴 수 있었다. 초식을 마친 나는 소익헌을 쳐다보았다. 그의 표정이 가관도 아니었다. 그런 그에게 말했다.

"이래도 자격이 없다고 생각하십니까?"

그런 나의 물음에 소익헌이 호흡마저 제대로 고르지 못한 채로 물었다.

"네, 네가 어찌 그걸?"

나는 품속에서 미리 준비해둔 종이를 꺼내 들었다. 청령검의 연무 기억을 보기 전에 소동패검의 나머지 후반부 초식의 구결을 연공실에 있던 지필묵(紙筆墨)으로 적어놓은 것이었다.

"만사신의 어르신께서는 누군가를 치료하실 때 그 대가를 받습니다. 못해도 각패라든지 혹은 소중한 비급도 될 수 있죠."

"그럼 아버님께서?"

뒷말을 잇지 않았는데 소익헌이 지레짐작했다. 덕분에 나는 자연스럽게 그런 것처럼 고개를 끄덕이는 것으로 상황을 그럴듯하게 꾸며갈 수 있었다. 소익헌의 두 눈이 내가 들고 있는 종이에서 떠나지 않았다. 실전된 비기를 보았으니 눈이 돌아갈 만도 하지. 이제부터는 당신이 애원할 차례다. 나는 초식의 구결이 적혀 있는 종이를 소익헌에게 흔들어 보이며 말했다.

"누가 부탁해야 할 입장일까요?"

만곡리 흑현정

연회가 있기 전에 누이동생인 영영이와 어릴 적 이후 처음으로 긴 대화를 나눴다. 덕분에 어머니가 돌아가신 후 멀어졌던 그 아이와의 관계가 조금이나마 가까워진 것 같다. 영영이가 어떻게 된 일인지 영문을 물었지만 나는 사실을 말할 수가 없었다. 그래서 소익헌에게 이야기한 것과 동일하게 말했다. 다른 이는 몰라도 유일하게 피가 이어진 누이동생에게만큼은 거짓말하고 싶지 않았다. 마치 가주 소익헌처럼 어쩔 수 없었다는 식으로 자기 합리화를 하는 기분이 들었기 때문이다. 하지만 사실을 밝힌다면 까딱하면 영영이도 혈교와 엮일 수 있었다. 위치가 확고하지 않은 상태에서 알린다는 것은 섣부른 짓이었다.

─내가 볼 때는 네 동생도 완전히 믿는 것 같진 않던데.

'그래?'

나와 같은 느낌을 받았나 보다. 여자의 감인 걸까, 아니면 혈육의 감인 걸까? 영영이도 내가 뭔가를 숨기고 있다는 사실을 어느 정도 눈치채고 있는 것 같다.

—마음 씀씀이가 좋네.

그래. 나보다 훨씬 어른인 아이다.

—모순 아냐. 어른인 아이는 뭐냐?

'…'

대충 알아들었으면 따지지 마라.

영영이가 혈교에 휘말리지 않게 하려면 내가 해야 할 일은 정해져 있다. 누구도 넘볼 수 없는 힘과 세력을 갖추는 것! 그러기 위해서는 백련하가 혈교의 정권을 잡을 수 있도록 도와야 한다.

—그렇다고 해도 중심은 잃지 마라, 운휘.

'중심…'

—힘과 권력은 부차적인 것이다. 거기에 휩쓸리면 스스로를 통제하지 못하고 가라앉게 될 거다. 결국 중심이 되는 것은 너다.

남천철검의 조언이 고맙게 생각되었다. 이 녀석들이 가까이 있기에 고난에도 중심을 잃지 않은 것일지 몰랐다.

—흠흠.

—알아서 모셔라.

칭찬을 하면 반응이 제각각 다르긴 했지만.

슬슬 시끌벅적해졌다. 장원의 본당에 마련된 연회장으로 의풍 조가의 손님들, 그리고 소장윤의 지인들이 하나둘씩 들어오고 있었다. 정작 소장윤을 비롯한 소영현 형제는 부상 때문에 참석하지 못했다. 형산파의 손님들까지 오면 본격적으로 연회가 시작될 것이다.

조생남은 들어오자마자 나와 사마영을 뚫어져라 노려보았다. 가주 소익헌의 눈치를 보느라 피했지만 낮에 있었던 일로 어지간히 마음에 담아뒀나 보다.

　─좀생이 같네.

　그러게 말이다. 저런 놈에게 누이동생을 줄 오라버니가 어디 있겠는가.

　연회장의 가장 상석에 있던 가주 소익헌이 나와서 의풍 조가의 손님들을 맞이했다.

　"하하핫. 어서 오시지요."

　호탕하게 웃으면서 반기는데 어떤 면에서는 대단하다는 생각이 들었다. 내상이 아직 치료되지 않아서 쉬고 싶을 텐데 말이다. 저런 그를 여태껏 친부라고 생각했다니. 그와 거래하고 연공실에서 나오기 전에 청령검에게 물었었다.

　'청령검.'

　─말하렴.

　'어머니가 돌아가시기 전에 혹시 가주에게 내 친부에 관한 진실을 밝혔어?'

　─….

　이것이 제일 궁금했다. 시종 출신이라 여겼던 어머니를 소익헌이 이곳으로 데려왔다고 했다. 그렇다면 대체 어머니의 진짜 정체는 무엇일까? 또 친부는 누구일까? 어머니는 숨을 거두는 순간까지도 내게 이 사실을 밝히지 않았다. 당시에는 어렸고 출생의 비밀이 밝혀지면 상처받을지도 모른다는 생각에 그랬을 수도 있다. 하지만 가주 소익헌에게는 마지막에 밝히지 않았을까?

　─미안하구나.

　청령검 역시도 모르고 있었다. 가주 소익헌도 임종 전의 어머니를 만났지만 그에 관한 이야기는 전혀 없었다고 했다. 조금이라도 분란을 일으킬 것은 남기지 않은 것일까? 정작 어머니와 친부에 관한 것을 모르니 절반의 진실만 알게 된 셈이었다.

—답답하겠네.

'그렇네.'

회귀 전이나 회귀 후나 인생이 복잡한 것은 변함이 없는 것 같다. 그러던 차에 연회장 안으로 형산파의 손님들이 들어왔다. 형산일검 조청운과 형산여협 조일혜였다.

"오오! 조 대협, 조 여협."

그들이 오자마자 의풍 조가의 가주인 조생원이 교분을 쌓기 위해 얼른 인사했지만, 낯을 많이 가리는 형산일검 조청운은 형식적인 인사만 하고 내게 다가왔다.

"사제, 먼저 와 있었군."

"오셨습니까, 사형."

"괜찮으면 같이 앉아도 되겠나?"

그런 그의 물음에 나의 시선은 자연스럽게 상석으로 향했다. 상석에 있는 소익헌과 양 부인이 난처함을 금치 못하고 있었다. 형산일검 조청운과 의풍 조가주 조생원의 자리는 상석에 마련해뒀는데, 이쪽에 앉겠다고 하니 당연히 그럴 수밖에 없었다. 가주 소익헌도 이를 어찌해야 하나 망설이던 찰나, 형산여협 조일혜가 적절하게 나서서 해결해주었다.

"사형, 연회에는 주최 측이 정해준 자리가 있어요. 나중에 자리를 옮겨도 되니, 지금은 안내에 따르는 것이 좋을 듯하네요."

"아아."

조청운이 못내 아쉬워했다. 아무래도 낮에는 본가 내 분위기가 좋지 않아 연회 때를 기다렸던 것 같다. 아마도 궁금한 것은 남천검객의 안부겠지. 거짓말에도 법칙이 있다. 어느 정도 사실을 기반으로 말을 만들어야 하는데, 무(無)에서 유(有)를 만들 때를 가장 주의해야 한다.

슥! 나는 포권을 취하며 예의 있게 말했다.

"사저의 말씀대로 하시죠. 가주께서 실망하실 겁니다."

"허 참."

"합석할 기회야 얼마든지 있지 않습니까?"

"알겠네. 그렇게 하세나."

조청운이 내게 술잔을 마시는 시늉을 했다. 보내길 잘한 것 같다. 술을 주거니 받거니 하다 보면 실수를 하기 마련이다. 미리 준비된 것이 아니라면 이 자리는 피하는 게 맞았다.

—나는 네가 그냥 거짓말에 타고난 줄 알았는데.

'사실을 기반으로 하지 않으면 탄로 나기 마련이야.'

—신기하네.

형산일검 조청운이 남천검객과 인연이 있을 줄은 몰랐기 때문에 주의할 필요가 있었다. 남천철검에게 물어서 합을 맞춰봐야겠다.

'괜찮겠어?'

—뭐, 네가 악의를 가지고 그러는 건 아니니 괜찮다.

사실 돌아가신 남천검객과 관련하여 거짓말할 때마다 남천철검에게 늘 미안했다. 녀석이 넓은 마음으로 이해해줘서 다행이다. 형산일검 조청운과 조일혜가 지정된 자리에 착석하고 모든 자리가 채워지자 연회가 시작되었다. 연회는 늘 주최자의 말로 시작된다. 나는 상석에서 일어나는 가주 소익헌을 쳐다보았다. 그와 눈이 마주쳤다. 나는 슬며시 고개를 끄덕거렸다. 그러자 소익헌의 표정이 살짝 굳었다.

내 신호를 알아들었다면 이제 공표해주셔야죠. 소익헌이 깊은숨을 내쉬더니, 이내 표정을 바꾸며 연회장 안에 있는 사람들을 차례로 훑은 뒤 웃는 낯으로 운을 띄웠다.

"본가를 찾아주신 여러 무림의 귀빈들께 이 소 모가 인사 올리겠습니다."

척! 그가 포권을 취하자 손님들도 모두 자리에서 일어나 포권을 취했다. 정파인들은 이런 예를 중시하곤 한다. 스스로를 낮추는 것 또한 덕목 중의 하나다. 포권을 취하고서 손님들이 자리에 앉자, 소익헌이 말을 이었다.

"연회를 시작하기에 앞서 손님들께 이 소 모가 드릴 말씀이 있습니다. 실례가 되지 않는다면 경청해주시기 바랍니다."

그런 그의 말에 엉뚱하게도 의풍 조가주 조생원이 반응했다.

"하하하하하. 소 가주께서는 참으로 화통하십니다. 차차 이야기하자고 하더니, 이런 자리에서 공표하시려는 겁니까?"

그 말에 옆에 앉아 있던 조생남이 씨익 하고 미소 지었다.

아무래도 오해를 한 것 같았다. 낮에 혼담을 나눴다고 하더니, 가주 소익헌이 모두가 보는 앞에서 조생원과 영영이를 맺어주려 하나 보다고 여긴 것 같다.

—부전자전인가 보네.

그런 것 같다. 헛물을 켜는 것마저 닮았다.

"하아."

나와 같은 원탁에 앉아 있는 영영이가 깊은 한숨을 내쉬었다. 혼담이 맺어질까 봐 걱정되는 모양이었다. 그때 가주 소익헌이 의풍 조가주 조생원에게 포권과 함께 고개를 숙이며 말했다.

"송구하오나, 의풍 조가의 가주께는 이 소 모가 사과의 말씀을 드려야겠습니다."

"…그게 무슨 말씀이신지?"

"제 부족한 여식은 아무래도 가주의 아드님 후처로 어울리지 않는 것 같습니다. 혼담을 넣어주신 것은 감사합니다만, 아드님이 더 좋은 배필을 찾기 바라겠습니다."

'…!!'

한순간 연회장이 정적으로 물들었다. 겸양 있게 말했지만 소익헌의 말은 결국 혼담에 관한 단호한 거절이었다. 잔뜩 기대하고 있던 조생원과 조생남의 얼굴이 동시에 일그러졌다. 나는 영영이를 슬쩍 쳐다보았다. 녀석이 기쁨을 숨기지 못해 입꼬리가 활짝 올라가 있었다.

―보람 있는걸.

소담검의 말대로 소익헌과 담판을 지은 보람이 있었다. 이제 당분간 소익헌이 영영이의 혼담을 추진하는 일은 없을 것이다. 저 여자가 손을 쓰지 않는다면 말이다. 양 부인이 심기 불편한 얼굴로 술잔을 잡고 있었다. 이번 영영이의 혼담도 저 여자가 꾸민 짓이었다. 꼴 보기도 싫은 영영이를 치워버리면서 친정과 같은 강서성 삼대 무가 중 하나인 의풍 조가와 돈독한 관계를 맺기 위해 꾸민 술책이었다.

[양 부인.]

전음을 들은 양 부인이 흠칫거리며 나를 쳐다보았다.

[앞으로 제 귀에 당신의 헛짓거리가 들려오지 않기를 바랍니다.

제 입에서 상스러운 소리가 또다시 나온다면 그날은 각오하셔야 할 겁니다.]

그녀가 몸을 부르르 떨었다. 분노인지 공포인지는 알 수 없지만 경고는 알아들었을 거다.

나는 소익헌을 쳐다보았다. 이제 그걸 공표하셔야지요. 혼담을 거절한 파문이 가라앉기도 전에 소익헌이 다시 입을 열었다.

"이 소 모가 여러분께 공표하고자 하는 것은 이번 무림 대회의 논무에 본가의 삼남인 운휘가 후기지수 대표로 참가하게 되었음을 알려드리기 위함입니다."

됐다. 혈마검 탈환 임무의 첫 번째 단계를 달성했다. 본가에 복귀하여 하루를 넘기지 않았으니 성공적이라 할 수 있었다.

연회가 한참 진행되는 도중 나는 밖으로 나왔다. 이제 이곳에서의 볼일은 끝났다.

"으음."

술과 맛있는 음식들로 넘쳐나는 연회 도중에 빠져나와서 그런지 조성원이 아쉬움을 금치 못했다.

"왜 이렇게 빨리 가시려는 겁니까? 날도 저물었는데."

임무를 위해 주어진 보름 중 고작 하루 만에 후기지수 대표 자리를 얻어냈다. 좀 더 여유롭게 움직여도 된다고 여긴 모양이다.

"할 일이 있어."

"할 일?"

"사형의 말에 토 달지 마요."

사마영의 한 소리에 조성원이 입을 꾹 닫았다. 그녀 때문에도 그

랬지만 막 연회장에서 누군가 나왔기 때문이다. 누이동생 소영영이
었다.

"오라버니, 정말 지금 출발할 거야?"

"스승님께서 시키신 일도 있고 가주께는 미리 말씀드렸어."

"무림 대회장에 가는 거면 같이 가면 좋을 텐데. 스승님과 사백께
서도 오라버니랑 같이 가고 싶어하셨는데."

그것도 부랴부랴 출발하는 이유 중 하나다. 형산일검 조청운이
생각 이상으로 호의적으로 나와 부담스러웠다.

"같이 가면 안 될까? 내가 스승님께 내일 일찍 출발하자고 말씀
드려볼게."

그 말과 함께 영영이가 사마영을 힐끔 쳐다보았다. 뭐지? 사마영
을 쳐다보는 녀석의 얼굴이 상기되어 있었다. 절대 연회장에서 마신
술 때문이 아니었다.

―반했네, 반했어.

소담검이 재잘거렸다.

머리가 지끈거리려고 했다. 안 돼. 영영아, 걔는 여자야. 지금 이
자리에서 사실을 밝힐 수도 없고 미치겠다.

"소저, 무림 대회장에 가면 사형을 다시 볼 수 있으니까 너무 아
쉬워하지 마요."

사마영이 영영이를 달랬다. 그것이 불을 지피는 격이었다. 영영이
내가 아닌 사마영을 바라보며 눈빛을 반짝이더니 말했다.

"그렇겠죠?"

목소리에 설렘이 가득했다. 저렇게 티를 내는데 사마영은 아무것
도 모르는 것처럼 해맑게 웃고 있었다. 아무래도 지금 당장 출발해

야 할 것 같다.

"영영아, 그때 보자꾸나."

"오라버니? 오라버니!"

부랴부랴 인사한 후에 나는 두 사람을 이끌고 장원 바깥으로 향했다. 영영이가 쫓아올까 무서워 서둘렀다. 사마영이 영문을 모르겠다는 표정을 짓고 있었다. 정말 몰라서 저러는 건가. 저 잘생긴 인피면구는 꽤나 위험한 것 같다.

─정말 인피면구 때문인 것 같아?

소담검이 알 수 없는 말을 중얼거렸다.

그건 또 무슨 소리야?

그때였다.

'…?!'

장원의 입구 쪽으로 가려는데, 익숙한 검이 느껴졌다.

'청령검.'

청령검이 빠르게 가까워지고 있었다. 뒤를 돌아보니, 본당 쪽에서 가주 소익헌이 경공을 펼치며 우리가 있는 곳으로 오고 있었다. 미리 연회 도중에 가겠다고 말해놨는데 왜 쫓아오는 거지?

"잠시만 자리를 비켜줘."

그런 나의 말에 사마영과 조성원이 먼저 장원 바깥으로 나갔다. 나는 가까이 다가온 소익헌에게 물었다.

"왜 오신 겁니까? 나머지는 무림 대회가 끝나고 말씀드린다고 했을 텐데요."

나는 후반부 다섯 초식 중에 두 초식의 구결만을 넘겼다. 나머지 초식을 전부 넘기면 언제 그가 마음을 바꿀지 모르기에 조치를 취한 것이었다.

"그것 때문이 아니다."

그게 무슨 소리지? 설마 나를 배웅하기 위해서 나온 것은 아닐 테고. 원래도 그랬지만 우린 서로 그럴 만큼 살가운 사이가 아니었다. 그때 소익헌이 품속에서 무언가를 꺼냈다. 일렁이는 횃불에 보이는 그것은 둥근 옥패였다.

"가져가거라."

소익헌이 옥패를 내게 내밀었다.

"이게 뭡니까?"

"…네 어미가 처음 만났을 때 가지고 있던 것이다."

'…!!'

어머니가 가지고 있던 옥패라고?

깊은 숲속의 한 동굴. 모닥불의 일렁이는 불빛이 동굴을 밝히고 있었다.

"와, 이제 좀 살 것 같습니다."

인피면구를 벗은 조성원이 개운하다는 표정을 지었다. 근 열흘이 넘게 인피면구를 벗지 못했던 녀석의 얼굴에는 여드름이 울룩불룩 올라와 있었다. 그런 반면 사마영의 피부는 옥처럼 깨끗하기만 했다. 그녀의 말로는 인피면구를 만드는 장인의 실력에 따라 피부에 부담이 덜 가게끔 제작할 수도 있다고 한다. 그걸 보면 조성원의 인피면구를 제작한 자가 상대적으로 제작 능력이 떨어지는 것 같다.

"제 건 아버지가 만들었거든요."

그녀가 길쭉하게 피부가 늘어나는 인피면구를 자랑했다.

호오. 이건 처음 알게 된 정보다. 사대 악인 중 한 사람인 월악검 사마착이 인피면구 제작에도 조예가 깊을 줄이야. 하긴 워낙 악명이 자자한데 민얼굴로 돌아다니진 않겠지. 필요한 만큼 실력이 느는구나.

"사마 대주의 아버님께 제 것도 부탁드리고 싶네요."

조성원이 부럽다는 듯이 말했다.

─꼭 부탁하는 모습을 보고 싶은데.

소담검이 키득거리며 중얼거렸다.

그래, 과연 사마영 부친의 정체를 알고도 저런 소리가 나올지 궁금하긴 했다. 얼어붙어서 말도 못 붙일 것 같았다. 둘이 인피면구에 관해 대화를 나누는 사이, 나는 조심스럽게 품속에서 무언가를 꺼내서 두 사람이 보이지 않게 가려서 보았다. 그것은 손바닥의 삼 분의 일 정도 크기인 옥패였다.

'이게 어머니를 만났을 때 가지고 있던 거라고?'

가주 소익헌은 이것을 내게 넘겼다. 왜 이것을 주냐고 묻자 자신보다 내게 더 필요한 물건인 것 같다고 했다.

─뭔지 알겠어?

'모르겠어.'

─네가 모른다고?

옥패에는 문양이 새겨져 있었다. 학이 날고 있는 모습이었는데, 이게 무엇을 의미하는지 모르겠다. 옥패의 군데군데가 둥글고 거칠게 파여 있었다. 하급 첩자라고 해도 나름 팔 년 동안 첩자 생활을 했는데, 이런 문양은 본 적이 없었다. 이게 그저 장신구인지 아니면 표식인지도 알기 어려웠다.

'흠. 날아오르는 학…. 비학(飛鶴)?'

혹 무림의 문파 중에 비학이란 문구나 표식이 들어가는 곳이 있나. 나는 남천철검에게 물어보았다.

'혹시 알 것 같아?'

—모르겠다. 전 주인께서는 운남성과 그 주변을 토대로 활동하셨기 때문에 이런 문양을 보았다면 기억했을 거다.

나름 아는 것이 많은 남천철검도 이를 몰랐다.

중원에 알려진 무림 문파, 방파, 무가만 해도 수천에 달했다. 물론 이 중에서 제대로 명성을 쌓은 곳은 몇백여 곳에 불과했고, 그걸 감안하면 모든 곳을 알기란 힘들었다.

'뭘 의미하는지는 알겠어?'

보통 학이 상징하는 것은 세 가지다. 장수(長壽), 고귀함, 그리고 신령스럽다 하여 선금(仙禽)이라고도 한다. 사실 무가에서는 가문의 상징으로 학을 잘 쓰지 않는다. 오히려 문가에서 쓰곤 한다. 무가는 용맹스러움을 표현하기 위해 범이나 늑대 같은 맹수를 상징으로 쓰곤 하는데, 간혹 격조 높고 뼈대 있는 무가에서 쓴다는 이야기는 들어본 적이 있다.

'대체 뭘까?'

이것이 어머니의 과거와 관련 있는 것일까? 아니면 친부와 관련 있는 것일까? 출생의 비밀을 알게 되면서 더욱 궁금해진 것은 어머니가 어째서 부상을 입고 익양 소가의 가주 소익헌에게 발견되었는가, 하는 거였다.

—네 어머니도 무림과 관련 있는 거 아냐?

그런 가능성도 무시하기 힘들었다. 뭔가 어머니와 관련된 단서가 더 있다면 좋을 텐데 아쉽다. 소담검 이 녀석은 어머니가 지나가던 장물아비에게서 구한 것이라 도통 아는 게 없었다.

슥!

"뭘 보고 있는 거예요?"

뒤에서 느껴지는 인기척. 어느새 사마영이 내 뒤쪽으로 돌아서 다가오고 있었다. 월악검의 피를 이은 그녀의 한계는 실제로 붙어보지 않는 이상 가늠하기 어려울 것 같다. 중단전을 개방하지 않았다고 해도 기척을 이만큼 숨기다니. 나는 옥패를 주먹으로 움켜쥐었다.

"허락 없이 뒤로 다가오지 마시죠, 소저."

"부단주께서 되게 아련한 눈빛으로 뭔가를 보고 있길래 궁금해서 그랬어요."

"가리고 본다는 게 무슨 의미인 줄은 아시죠?"

가끔 보면 그녀는 지나치게 순수하다. 아무래도 그만큼 타인들과의 교류가 적어서인 듯하다. 품속으로 옥패를 집어넣는데 그녀가 뒤로 다가와 내 어깨에 턱을 올려놓았다.

"보지 말라고는 하지 않아서 그랬어요. 화나신 거예요?"

"어깨에 턱을 올리지…."

고개를 슬쩍 돌리는데 사마영의 얼굴이 너무 가까웠다. 확실히 그녀는 아름다웠다. 모닥불에 지는 음영마저도 신비로워 보일 정도였다. 그녀의 입에서 나오는 얕은 호흡이 뺨에 닿으니 묘한 느낌마저 받았다.

"흠흠."

조성원이 크게 기침 소리를 냈다. 이에 사마영이 칫 소리를 내며 턱을 떼고서 일어나더니, 모닥불 앞으로 걸어갔다. 그러고는 신경질적으로 조성원의 뒤통수를 한 대 때렸다.

"아니, 왜 때리는 겁니까?"

"친근감의 표시예요."

"아오, 진짜…."

"뭐요? 오랜만에 대련 한판 할까요?"

앙칼진 사마영의 목소리에 조성원이 머리를 긁적이더니 웃어 보였다.

"친한 사이에 그럴 수도 있는 거죠. 하하하하핫."

—비굴하다, 거지.

소담검이 쯧쯧거리며 혀를 찼다.

실력과 서열에서 밀린 조성원은 그녀에게 꽉 잡혀 지냈다. 그나저나 저 미모로 오밤중에 숨결을 가까이 하니까 나조차도 순간 넘어갈 뻔했다.

—운휘, 진정한 무인이라면 아름다운 여자가 작정하고 유혹하는 것을 늘 주의해야 한다고 전 주인께서 말씀하셨다.

—에휴. 네 전 주인이 왜 평생 혼자였는지 알겠다. 쯧쯧.

—… 그게 무슨 의미인가?

두 검이 아웅다웅하는 목소리가 머릿속을 울렸다. 나는 의아한 눈빛으로 사마영을 쳐다보았다.

'유혹?'

내가 쳐다보자 그녀는 천진난만한 얼굴로 "왜 그러시나요?" 하고 말했다.

검을 들 때의 잔혹함, 해맑게 웃는 얼굴, 나를 쳐다보던 그윽한 눈빛. 무엇이 사마영의 진짜 얼굴인지 모르겠다.

* * *

호남성에서 호북성으로 넘어가기 전에 석문현이라는 곳이 있다. 첫 번째 임무를 달성하면 그곳으로 향해야 한다. 거기서 송좌백, 송우현 형제와 합류하여 무림 대회가 열릴 호북성 무한시에 가기로 되어 있었다. 하지만 우리는 주어진 보름보다 훨씬 빠르게 일을 달성했기에 석문과 천자산 사이에 있는 만곡리로 왔다. 반나절이 채 안 되는 거리이기에 언제든 석문으로 갈 수 있어 들렀다.

"후우. 여긴 여전하군요."

조성원이 거리의 사람들을 보며 중얼거렸다.

호남성의 남쪽이 정파의 영역이라면 호남성의 북쪽은 흑도와 사파로 넘쳐난다. 특히 경계면에는 장강수로십팔채를 비롯해 흑룡회 등 악명 높은 사파 집단들도 자리했다. 그래서인지 이곳 만곡리에서 사파인들을 보는 것은 그리 어렵지 않은 일이었다. 흉악한 인상에 상처투성이의 무인들. 누가 봐도 나는 흑도다 하는 자들이 거리에서 쉽게 눈에 띄었다.

"정말 그곳에 들르실 겁니까?"

"그럼 개방을 찾아갈까?"

그런 나의 말에 조성원이 입을 다물었다. 개방을 찾아가기에는 아직 시기상조인 것을 알아서였다. 지금 우리가 향하는 곳은 만곡리의 실질적 주인이라 할 수 있는 흑현정이었다. 평범한 주루를 표방하고 있지만 이곳은 하오문의 세 본타 중 한 곳이다. 분타도 아닌 본타라는 말이 이상하게 들리지만, 하오문은 문주의 개념이 없는 걸로 알고 있다. 대표적인 무림의 점조직인 하오문은 세 루주를 중심으로 운영된다. 나는 이 중 하나인 흑현정의 루주를 만난 적이 있었다. 물론 회귀 전에 말이다.

만곡리의 북쪽 마을 어귀로 가자 검은 차양이 군데군데 쳐져 있는 주루가 모습을 드러냈다. 보통 기루들과 달리 온통 흑색투성이인 이곳이 흑현정이다. 차양 아래의 탁자에서 술을 마시는 손님들 대부분이 사파나 흑도의 무림인들이었다.

'용케 이런 곳에 왔군.'

소익헌의 대담함은 인정할 만했다. 혼자서 사파인들이 넘쳐나는 한복판에 왔었다는 게 용했다. 내가 하오문의 본타 중 하나인 이곳을 찾은 이유는 두 가지, 아니 이제는 세 가지구나, 어쨌든 세 가지 목적이 있어서였다.

[고수들이 꽤 많은데요. 괜찮겠습니까?]

조성원이 걱정스러웠는지 전음으로 물었다.

녀석의 말대로 흑현정 내부에서는 상당히 강한 기도들이 풍겨 나오고 있었다. 세 본타 중에 대놓고 정보 장사를 하는 곳인 만큼 강자들이 이곳을 지키고 있는 것은 당연한 일이었다.

[왜? 겁나?]

[거, 겁이 왜 납니까? 괜찮습니다.]

작은 도발에 조성원이 애써 괜찮은 척했다.

나는 피식 웃으며 말했다.

"가자."

검은 차양막 탁자들을 가로질러 우리는 흑현정 입구로 들어갔다. 그러는 내내 주위 시선들이 우리에게 쏠려 있었다. 그도 그럴 것이 지금 우리의 모습은 흑도의 무리라기보다는 정파의 신출내기로밖에 보이지 않았기 때문이다. 안으로 들어가자 수많은 취객의 소리로 시끌벅적했다. 흑현정 건물 자체가 워낙 컸기에 일층에 있는 손님들만 거의 백여 명은 되는 듯했다.

"어서 옵…. 응?"

우리가 들어서자 인사를 하던 어린 점소이가 의아함을 감추지 못했다. 바깥의 흑도 무리들과 다를 바 없는 표정이었다. 나는 자연스럽게 녀석에게 말했다.

"빈자리는?"

눈알을 굴리며 나를 훑어보던 점소이가 옅게 웃더니, 따라오라고 했다. 하필이면 안내한 곳이 일층 한복판이었다. 덕분에 수많은 사파와 흑도 무림인들 사이에 갇힌 격이 되어버렸다.

"저거 일부러 이쪽 자리 준 거 맞죠?"

사마영의 눈매가 날카로워졌다.

사실 이곳에서는 이와 같은 일이 비일비재했다. 어리숙한 느낌이 조금이라도 들면 이런 짓궂은 장난은 흔한 일이었다. 사마영은 그 점소이가 다시 오면 한마디 하려고 벼르고 있는데, 가슴이 드러나는 붉은 경장을 입은 여인들 중 한 사람이 이곳으로 다가왔다. 몸을 파는 기녀처럼 보였지만 이들 한 명 한 명이 이류 고수 수준은 됐다.

"어서 오세요, 소협들. 주문하시겠어요?"

소협이라는 말에 주위의 흑도 무림인들이 힐끔거리며 우리를 쳐다보았다. 의도대로 되었다. 좀 더 흑도나 사파의 무리처럼 하고 올 수 있었지만 우리는 일부러 정파의 느낌을 물씬 풍기면서 이곳에 왔다. 나는 여유롭게 미소 지으며 그녀에게 말했다.

"이층으로 가고 싶소."

"이층이요?"

"흑로께서 빚은 술이 그렇게 맛있다지요."

그런 내 말에 그녀가 고개를 돌려 어딘가를 쳐다보았다. 흑현정 곳곳에는 붉은 경장의 여인들 외에도 흑의를 입은 사내들이 벽면에 서 있었다. 그들 중 한 사람이 고개를 끄덕였다.

"특별한 술은 한 분만 맛볼 수 있다는 건 아시지요?"

의뢰자만 이층으로 오를 수 있다는 얘기였다. 절차를 알기에 나는 순순히 동의했다.

"두 사람은 국수라도 시켜 먹고 있어요."

사마영과 조성원을 일층에 남겨둔 나는 붉은 경장의 여인의 안내에 따라 위층으로 올랐다. 그러자 자연스럽게 흑도인들의 시선이 내게로 향했다. 정보를 의뢰하러 왔음을 알기에 저럴 것이다. 이층에 오르자 가운데 집회장이 있고, 사방으로 방이 마련되어 있었다. 집회장 한가운데에 탁자가 놓였는데, 그곳에 술을 따라 마시는 흑건에 후줄근한 옷을 입은 노인이 있었다.

'다르다.'

─뭐가?

청령검의 기억 속에서 보았던 노인과 다른 얼굴이었다. 이 노인의 얼굴에는 흉터가 없었다.

─다르다고?

소담검이 의아해하는데, 노인이 내게 말을 걸었다.

"조시구요."

조시구 소추추. 이것은 하오문에서 의뢰를 받는 방법이다.

"소추추요."

그런 내 말에 노인이 빙그레 웃더니 손으로 맞은편 자리를 가리켰다. 탁자 맞은편에 앉자 노인이 잔을 앞에 두었다. 총 세 개의 잔이었다. 잔 안에는 '상(上)', '중(中)', '하(下)'라는 문구가 적혀 있었다. 나는 술병을 들어 '하' 잔에 따른 후 말했다.

"의뢰는 두 가지, 귀 문이라면 그리 어려운 일은 아니라고 생각합니다."

그 말과 함께 품속에서 은전 열 냥을 꺼냈다. '상중하'는 의뢰의 난이도를 뜻한다. '하'를 택한 것은 이들에게 크게 어려운 일이 아니라고 판단해서였다.

"이야기하시게."

"일 년 하고 석 달 전쯤에 손님이 찾아오지 않았습니까?"

"손님?"

"익양 소가의 삼남을 찾아달라는 의뢰를 하러 왔을 겁니다."

그 말에 노인의 인상이 굳었다. 노인이 내게 말했다.

"의뢰자의 정보는 밝힐 수 없네, 소형제."

"알기는 하나 보군요."

모를 리가 없을 것이다. 사파의 정보 단체인 하오문에 찾아와서 정파인을 찾아달라고 했으니 말이다.

"아송을 찾아주십쇼."

그런 내 말에 노인이 턱수염을 쓰다듬더니 물었다.

"이유를 알 수 있나?"

"내 시종입니다."

그런 내 말에 노인의 눈매가 가늘어졌다. 그가 내 얼굴을 뚫어지게 쳐다보더니, 이내 목젖이 파르르 떨렸다. 누군가와 전음을 나누는 듯했다. 이윽고 노인이 내게 말했다.

"참으로 공교롭군. 시종에 이어 그 부친은 공자를 찾고 있는데, 정작 사라졌다는 공자가 이렇게 멀쩡히 나타나 시종의 행방을 찾다니 말이야."

과연 삼대 정보 단체다웠다. 그저 내 시종이란 말에 나의 정체를 곧바로 알아냈다. 의도대로 되었다. 내가 이곳에 온 이유 중 하나는 하오문에 의도적으로 정보를 흘리기 위함이었다. 가주 소익헌이 흑현정에 들러서 내가 혈교에 납치당했다고 알렸기에, 그들은 내가 혈교의 주구가 되었다는 정보를 가지고 있을지도 몰랐다. 무림 대회에 출전하기 전에 만약의 변수를 줄일 필요가 있었다.

"노부가 알기로 공자는 분명⋯."

"운이 좋았지요. 스승님의 도움이 없었다면 이렇게 이곳에 의뢰하러 올 일도 없었겠지요."

그런 내 말에 노인이 나를 뚫어지게 쳐다보았다. 그러고는 탁자에 올려둔 열 냥을 내 쪽으로 밀어놓고서 말했다.

"시종에 관한 행방과 공자의 스승님에 관한 정보를 교환하는 것은 어떤가?"

나는 노인의 배짱에 속으로 혀를 내둘렀다. 정보 상인이 도리어 내게 정보를 사려 하는 것인가.

—알려줄 거야?

어차피 알려질 일이었다. 나는 빙그레 웃으며 열 냥을 다시 앞으로 밀어놓고서 말했다.

"어차피 알게 될 일에 괜한 돈을 쓰시려 하는군요."

"그냥 이야기해주겠다는 겐가?"

"아닙니다."

"그럼?"

"의뢰는 어차피 두 가지였습니다."

또 다른 의뢰. 그것은 품속에 있는 옥패였다. 어머니에 대한 단서를 찾기 위함이었다. 적어도 정보 단체인 이들이라면 옥패에 새겨진 문양을 알아볼 수 있지 않을까?

노인이 내게 말했다.

"의뢰는 받아들이겠네. 그럼 자네 스승님의 존함을 알려줄 수 있겠나?"

"성은 호이고 이름은 종 자 대 자이십니다."

"호…종대? 남천검객!"

그런 나의 말에 노인이 놀라움을 금치 못했다. 반응을 보면 아직 익양 소가에서 있었던 일이 여기까지 퍼지진 않았나 보다. 남천검객의 위명에 술잔을 잡고 있는 노인의 손이 파르르 떨렸다. 팟!

그런데 전혀 예상치 못한 일이 벌어졌다. 노인이 갑자기 금나수를 펼치며 내 손목을 낚아채려는 것이 아닌가. 나는 다급히 노인의 손을 쳐낸 후에 탁자에서 몸을 튕겨내며 거리를 벌렸다.

"이게 무슨 짓입니까?"

그런 내 말에 노인이 성난 얼굴로 말했다.

"네놈이 남천검객의 제자라고?"

성난 얼굴의 노인. 변수가 생겨버렸다. 의도와는 다른 상황이 되었다. 탁자에서 거리를 벌린 나는 흑의의 노인과 그 주변을 경계했다. 노인이 손을 쓰는 순간 계단과 집회장 내 별실들 앞을 지키고 있던 흑의의 사내들이 병장기를 뽑고서 거리를 좁혀왔다. 숫자는 총 열두 명. 포위하듯이 그들은 조금씩 앞으로 발을 밟아 나갔다. 하나같이 고수들이었다.

'남천, 알고 있는 자야?'

노인이 갑작스레 적대적인 태도를 보이자, 나는 혹시나 하는 마음에 물었다.

—모르겠다. 전 주인과 오랫동안 함께했지만 저런 얼굴은 처음 본다.

그 말에 나는 노인을 유심히 살펴보았다. 상처 하나 없는 얼굴.

'인피면구인가.'

어찌 된 영문인지는 모르겠지만 변수가 생겼다. 아무래도 노인의 태도를 보면 남천검객과 인연이 있는 듯했다. 그런데 그 적의가 나에게로 향한 이유를 알 수 없었다.

"정보를 파는 곳에서 고객을 상대로 위협을 해도 되는 겁니까?"

나의 말에 노인이 고개를 절레절레 흔들며 말했다.

"남천검객이 행방불명된 지 어언 십오 년을 넘어 십육 년째다. 한데 네놈이 사라졌던 남천검객의 제자라고?"

노인의 목소리에 담긴 분노. 그것이 남천검객에게 호의적인 자라 내가 가짜라고 여겨서 그런 것인지, 아니면 남천검객과 적대적인 관계라 그런 것인지 가늠할 수가 없었다. 그런 사이 포위망이 좁혀져 왔다.

—이상하군.

남천철검이 의아해했다.

—하오문은 사파나 흑도라고 해도 정보 단체라 중립에 가깝다. 한데 이렇게 노골적으로 적의를 드러내는 것은 처음 본다.

그건 나 역시 마찬가지였다. 내가 알기로도 이들은 외부에서 공격적으로 나오지 않는 한 먼저 적대적으로 구는 법이 없다. 그렇기에 나 역시도 남천검객의 제자라는 사실을 밝힌 것이다. 어떻게 해야 할지? 아무리 무공이 강해졌다고 해도 사파의 고수들이 넘쳐나는 한복판에서 힘으로 빠져나가는 것은 쉬운 일이 아니었다.

흠칫! 그런데 어디선가 강렬한 시선이 느껴졌다. 이층 집회장의 반대편 대나무 발로 가려진 별실 입구에 검은 인영이 보였다. 대나무 발 사이로 나를 쳐다보고 있는데, 그 느낌이 뱀처럼 사이하기 짝이 없었다.

'뭐지?'

경계심이 들려는데 내 귓가로 전음이 들려왔다.

[노부의 전음에 의식하지 말게.]

노인의 목소리였다. 쳐다보지 말라는 그의 말에 나는 의아했지만 일부러 주변을 둘러싼 자들을 경계하는 척했다. 왜 갑자기 전음을 보내는지는 알 수 없었다. 그러자 전음이 이어서 들려왔다.

[조호경수란 별호를 들어봤나?]

'조호경수?'

들어본 적이 없는 별호였다. 혹시나 하는 마음에 남천철검에게 물었는데….

—조호경수? 조호경수 곽경?

'알아?'

—알다마다. 그는 운남성 복호현의 무가 출신이다.

운남성이면 남천검객과 동향이다. 그자를 아는지 물으면서 진짜 제자인지 판가름하려는 건가. 내게 검의 소리를 듣는 능력이 없다면 어디 가서 남천검객의 후인인 척은 절대로 못 할 것 같다. 명성만큼이나 무슨 인연들이 이리도 많은지. 나는 남천철검에게서 들은 말을 노인에게 그대로 전달했다.

[운남성 복호현 출신인 조호경수 곽경 대협을 말씀하시는 건지?]

그런 나의 전음에 노인의 눈에 이채가 띠었다. 이것으로 이 상황을 해소시킬 수 있을까?

[과연.]

[그건 왜 물어보신 겁니까?]

[남천검객의 제자다운 배짱이로군.]

말과 달리 노인의 표정은 여전히 성난 상태였다. 지금 설마 연기를 하는 것인가? 그때 노인이 다시 전음을 보냈다.

[하나 배짱도 봐가면서 부리는 법일세.]

[…그게 무슨?]

[별실에 파옹사 나육형이 있네.]

파옹사 나육형? 설마 저 대나무 발 뒤에 서 있는 사이한 기운의 남자가 나육형이라고? 나는 순간 속으로 놀라움을 감추지 못했다.

―왜 놀라는 거야?

'…파옹사 나육형이 있어.'

―누군데 그래?

정사의 최고 고수를 일컫는다면 팔대 고수와 사대 악인을 손꼽는다. 하지만 이 넓은 중원 무림에 얼마나 많은 고수들이 있겠는가. 초인의 영역에 들어선 그들 외에도, 한두 단계 격이 떨어지긴 해도 명성이 자자한 고수들이 있었다. 정파에 북영도성, 무쌍강검과 같은 자들이 있다면 사파에는 파옹사 나육형, 대마경 항익과 같은 자들이 그 대표적인 예다.

ㅡ대단한 고수라는 거네?

대단한 것보다 위험한 자다. 내가 알기로 파옹사 나육형은 사대 악인만큼이나 위험한 자이다. 무공도 무공이지만 성정이 간교하고 포악한 걸로 악명 높은데, 그의 원한을 샀던 자들 중에 무사한 자는 손에 꼽을 만큼 모두가 꺼리는 악인이었다.

ㅡ운휘, 조심해야 할 것 같다.

'왜?'

ㅡ파옹사 나육형… 전 주인에게 한쪽 눈을 잃었다.

…이런, 산 넘어서 산이로군. 하필이면 남천검객에게 원한을 품고 있었다. 어쩐지 대나무 발 앞에 서서 저런 불길한 기운을 스멀스멀 풍기며 쳐다보는 데엔 다 이유가 있었다. 파옹사 나육형 정도의 고수라면 정말 위험하다.

그때 노인이 내게 육성으로 다그쳤다.

"네놈이 남천검객의 제자라고? 어지간히 우리 흑현정을 우습게 보았구나."

그러고는 전음으로는 다른 말을 했다.

[자네가 정말 남천검객의 제자인지는 아직 확신할 수 없지만, 이번만큼은 도와주도록 하겠네.]

뭔가 이상하다고 했는데 지금 노인은 연기를 하는 것이었다. 그는 파옹사 나육형이 나설지도 모른다고 여겨, 일부러 내가 진짜 남천검객의 제자가 아닌 것처럼 몰아붙이고 있었다.

[노부의 장단에 맞추게.]

[어르신의 배려에 감사드립니다.]

도움을 준다는데 이를 거부할 이유가 있겠는가. 노인이 내게 말했다.

"우리의 정보망을 우습게 여기지 말거라. 지금이라도 사실을 밝힌다면 노부를 기만한 대가는 적당한 선에서 끝내도록 하겠다."

노인의 의도를 알아차린 나는 포권을 취하며 난처하다는 듯이 말했다.

"과연 흑현정의 정보력은 대단하시군요."

나는 두 손을 들고서 항복의 의사를 밝혔다. 서로 합을 맞추기로 했으니, 굳이 자존심을 따질 필요가 없었다. 그러자 흑의의 사내 둘이 내게 다가와 구속하듯이 양팔을 붙잡았다. 남천철검과 소담검을 건드리려고 하기에, 살기를 섞어 경고했다.

[검에 손끝 하나 대기라도 한다면 다른 의도가 있다고 생각할 겁니다.]

이에 그들은 검을 건드리지 않고 나를 밑층으로 데려갔다.

"사형!"

밑으로 내려가자 나를 발견한 사마영과 조성원이 당황해서 나서려고 했지만, 전음을 보내 간단히 사정을 설명하고 잠시 이들의 장단에 맞추라고 명했다. 덕분에 본의 아니게 흑현정 일층에 있는 사파인들의 이목을 제대로 받을 수밖에 없었다.

흑의의 사내들이 우리를 끌고 간 곳은 지하였다.

'이런 장소도 있었나?'

회귀 전에도 세 번 정도 이곳에 왔던 기억이 있다. 그런데 한 번도 흑현정의 지하로 내려온 적은 없었다.

'피 냄새.'

지하로 내려오자 비릿한 혈향이 코끝을 자극했다. 아무리 객잔의 탈을 쓰고 있는 사파의 정보 단체라지만 지하실의 사용 용도가 너무 노골적인데. 벽면 곳곳에 보이는 쇠고랑들부터 혈흔들. 이것 때문인지 조성원은 잔뜩 긴장해서 기도를 높이고 있었다. 만약의 사태에 대비하는 것이었다.

[주군, 대체 이게 무슨 일입니까?]

[…계속 긴장하고 있어.]

나 역시도 공력을 끌어올리며 만전을 기하고 있었다. 지하 복도를 따라 들어가자 이윽고 집회장만 한 크기의 넓은 공간이 모습을 드러냈다. 그곳에 언제 내려온 것인지 흑의의 노인이 기다리고 있었다. 아무래도 내려오는 다른 길이 있었던 모양이다.

"놓아드려라."

노인의 명에 흑의의 사내들이 우리를 붙잡고 있던 손을 놓고서 가벼운 목례와 함께 뒤로 물러났다. 나는 노인에게 포권을 취하며 말했다.

"다시 한 번 배려에 감사드립니다."

그 말에 노인이 고개를 저었다.

"임시방편에 불과하네. 저 간교한 자가 쉽게 속으리라 생각지는 않겠지?"

내 생각과 같았다. 파옹사 나육형처럼 간교한 자가 한번 피어난 의혹을 가볍게 접을 리가 없었다. 노인이 먼저 손을 쓴 것은 절묘한 수였다. 노인이 동북쪽 방향을 손으로 가리켰다. 그곳에 통로가 있었는데, 미세한 바람이 통풍구처럼 들어오고 있었다.

"저 통로로 나가면 이곳 흑현정에서 반 리(里) 정도 떨어진 곳으로 나갈 수 있네."

아, 비밀 통로가 지하에 있었구나. 하긴 정보를 다루는 단체일수록 모든 것에 신중해질 수밖에 없다. 파옹사 나육형이 움직이기 전에 저곳으로 빠져나간다면 만곡리를 벗어날 수 있을 것이다. 그런데 통로의 입구 쪽을 흑의의 사내들이 가로막았다. 스릉! 게다가 뒤쪽에 있던 사내들이 검을 뽑고서 나와 사마영, 조성원의 사이를 갈랐다. 마치 도중에 끼어드는 것을 막으려는 것처럼 말이다.

"이야기가 다른걸요."

눈매가 매서워진 사마영이 검을 뽑으려고 했지만 나는 손을 들어 이를 만류했다. 그리고 정중하게 그에게 물었다.

"저희를 도와주시는 게 아니었습니까? 이게 무슨 의도이신지?"

"상황이 여의치 않아 서둘러 데려오긴 했지만 확인 절차를 거쳐야 하지 않겠나."

"확인이라 하시면?"

"노부가 아까 전에 말하지 않았나? 자네가 남천검객의 제자인지 확신할 수 없다고 말일세."

슥! 노인이 품속에서 장갑 같은 것을 꺼내서 꼈다. 은빛 윤기가 나는 장갑의 재질로 봐서는 보통 물건이 아닌 듯했다.

—운휘, 아무래도 이자가 조호경수 곽경인 것 같다.

'뭐?'

—손에 차고 있는 저 장갑은 은현수다. 흑철과 은을 섞어 만든 장갑으로 날카로운 병장기를 거뜬히 막아낸다. 저것의 주인은 조호경수 곽경이다.

'아까 정파 사람인 것처럼 말했잖아.'

—조호경수 곽경은 전 주인과 연이 있다. 한데 이십여 년 전 일가가 몰살당한 후에 사라져서 전 주인께서 매우 안타까워하셨다.

일가가 몰살당했다고? 그럼 사라졌던 자가 사파로 전향했다는 소리가 아닌가. 남천철검이 곧바로 알아보지 못했다는 것은 역시 저 얼굴은 인피면구이고, 목소리 또한 노인 흉내를 내는 것일지도 몰랐다. 조호경수 곽경으로 짐작되는 노인이 장갑을 끼고서 입을 열었다.

"남천검객이 사라진 뒤 십 년이 지나고 노부가 이곳에서 루주로 일할 동안 여섯 차례 정도 그와의 관계를 주장하는 고객들을 만났었지."

'음….'

보아하니 그를 상대로 속였던 자들이 꽤 있었던 듯했다.

"하나같이 그의 행적을 찾아서 남겨진 유산이나 검보를 노리는 병신 같은 놈들이었네."

"…저도 그렇다고 생각하십니까?"

"지금까지는 그런 놈들과 다른 듯하네."

"한데 은현수를 손에 끼신 이유는 무엇입니까?"

그런 나의 말에 노인의 눈동자가 살짝 흔들렸다. 은현수까지 알아봐서 놀란 모양이었다. 물론 내가 아니라 남천철검이 알아본 것이지만 효과는 있었다.

"점점 기대하게 만드는군."

그 말과 함께 노인이 기수식을 취했다. 범이 달려들 것만 같은 기세를 연출하고 있었는데, 기어코 손을 섞으려는 듯했다.

"자네가 정녕 남천검객의 제자라면 성명검법을 모른다고 하지 않겠지."

팟! 말이 끝나기가 무섭게 노인이 내게 신형을 날렸다. 그의 수공은 조법(爪法)에 가까웠다. 호랑이가 앞발을 들어 적의 머리통을 후리듯이 노인의 손이 굉장한 기세로 내 머리를 노렸다. 스릉! 이에 나는 남천철검을 뽑아 도리어 그의 머리를 찔렀다. 노인이 조법의 방향을 틀어 검을 튕겨냈다. 창! 손에 부딪혔는데 마치 병장기들끼리 부딪치는 듯한 금속성이 들렸다. 흑철과 은을 섞어 만들었다고 하더니, 저 장갑 자체가 하나의 병장기였다.

노인의 왼손이 그 틈에 턱으로 치고 올라왔다. 슥! 나는 등허리를 살짝 뒤로 젖히며 이를 피해냈다. 그 상태에서 손목에 힘을 빼고서 검을 회전시키며 노인의 왼 손목을 베려고 했다. 팟! 노인이 빠르게 손을 빼낸 후에 제대로 된 조법의 초식을 펼쳤다. 범이 용맹하게 사냥감을 덮치는 것처럼 그의 두 손이 내 안면을 거칠게 뜯어내려 들었다. 스스스스! 나의 발이 구름을 걷듯이 사뿐히 뒤로 빠졌다. 성명운보였다. 뒤로 네 보 정도 벌리며 조법을 피한 나는 그대로 검초를 펼쳤다.

'호아세검!'

성명검법 일초식 호아세검(虎牙勢劍). 범처럼 맹렬한 기세로 상대를 제압하기 위한 검초다. 검초를 보는 순간 노인의 입에서 탄성이 흘러나왔다.

"성명검법!"

그는 확실하게 성명검법을 알아보았다. 전율을 느낀 것처럼 그의 전신이 파르르 떨려왔다. 검초를 알아본 그가 늙은 얼굴과는 어울리지 않게 전의가 넘치는 눈빛으로 절초를 펼쳤다. 전신을 활용한 조법의 극치. 마치 수십 마리의 범이 동시에 덮치는 듯했다. 맹렬한 검식과 조법이 격렬하게 부딪치면서 파공음과 함께 파란 불꽃이 튀었다. 눈이 좋은 자였다. 그의 조(爪)가 정확하게 검식을 막아내고 있었다. 역시 그는 성명검법과 겨뤄봤던 경험이 있었다. 그러나⋯.

"엇?"

검초의 변화에 노인이 당혹스러워했다. 나는 그 틈을 놓치지 않았다. 번개처럼 변초를 써서 그가 펼치는 절초의 허점을 노렸다. 푸푹!

"큭!"

어깨의 요혈과 쇄골 쪽의 요혈을 찔린 그가 다급히 신형을 뒤로 뺐다. 그의 경험은 보완이 전혀 되지 않은 성명검법에 그쳐 있었다. 진성명검법이 아니라 보완된 성명검법만으로도 충분히 우위를 점할 수 있었다.

"⋯손속에 사정을 뒀군."

노인이 내게 말했다. 그의 말대로 요혈을 찔렀지만 도중에 힘을 뺐다.

"제 신분을 증명하기 위한 승부가 아닙니까."

그런 나의 말에 노인이 흡족한 미소를 지었다. 그러고는 내게 포권을 취했다.

"흑현정의 루주, 아니 조호경수 곽경이 남천검객의 후인에게 정식으로 인사하겠네."

노인이 자신의 정체를 밝히며 나를 남천검객의 제자로 인정했다. 나 역시 정중하게 포권을 취했다.

"부디 노부의 무례를 용서하게."

"저도 혹시나 하는 마음에 저지른 무례를 사과드립니다."

"그게 무슨… ?!"

고개를 돌린 노인의 표정이 굳어졌다. 통로의 입구 쪽을 막았던 흑의의 사내들이 바닥에 쓰러져 있었고, 그곳에 사마영과 조성원이 서 있었다.

"하!"

노인이 실소를 금치 못했다.

34화

파응사 나육형

역시 사마영과 조성원의 실력은 믿고 맡길 만했다. 혹시나 하는 마음에 조호경수 곽경을 상대하는 동안 흑의의 사내들을 처리하라고 했는데, 그 짧은 사이 해냈다. 하긴 사마영 정도의 무위라면 혼자서도 가능할 일이었다.

곽경이 고개를 절레절레 흔들며 말했다.

"뛰어난 동료들을 뒀군."

"제 사제와 벗입니다."

벗이라는 말에 조성원의 입술이 실룩거렸다. 외부적으로 수하라고 알리지 않아 좋은 거냐. 하지만 곽경의 관심사는 다른 데 있었다.

"사제? 그럼 자네도?"

척! 사마영이 눈치껏 포권을 취하며 인사했다.

"둘째 제자인 마영이 곽 대협께 인사 올립니다."

이에 곽경이 놀라움을 금치 못했다.

"대협께서 오랫동안 자취를 감추셔서 걱정했건만 이렇게 훌륭한 후인들을 양성하고 계셨을 줄이야."

그의 목소리에 묻어나는 존경심. 이걸 보면 남천검객 호종대는 정말 호인이라 할 만했다. 이렇게 많은 이들의 존경을 받는 삶을 살아가는 것은 쉽지 않을 터인데 말이다.

착! 나는 들고 있던 남천철검을 착검했다. 그 모습을 본 곽경이 물었다.

"검면이 녹슬어 있어서 알아보지 못했는데 남천철검이 아닌가?"

—오, 알아보네.

—흠흠.

소담검이 남천철검을 추켜세워줬다.

보통 검과 달리 한철을 섞어서 만든 남천철검은 일반 장인들이 다룰 수가 없어서 녹이 슬어 상한 검면 부분을 복구하지 못한 상태였다. 그런데도 용케 남천철검을 알아보는 곽경이었다.

"부족하지만 스승님께서 검을 빌려주셨습니다."

줬다는 표현은 일부러 삼갔다. 그렇게 표현하면 남천검객이 은퇴한 게 되어버린다. 죄송스럽지만 그의 위명이 아직 더 필요했다.

"허어, 이렇게 대협의 검을 다시 보게 되다니, 감회가 남다르군."

곽경이 추억에 잠긴 얼굴을 했다. 저 인피면구 속의 실제 얼굴이 궁금해졌다. 그때 곽경이 아차 하고 비밀통로를 가리키며 말했다.

"이러고 있을 게 아니로군. 나육형 그자만 아니라면 옛 지인의 후인과 담소를 나누고 싶은데, 안타깝구먼. 지체할 시간이 없을 테니 서두르게."

파옹사 나육형, 그자 때문에 일이 꼬이기는 했다. 정작 이곳에 왔던 목적을 달성하지 못했다. 그때 곽경이 내게 조용히 전음을 보냈다.

[아송이라는 시종은 찾게 되면 본타나 분타 어디에서든 정보를 찾아갈 수 있도록 조치를 취해놓겠네.]

다행히 곽경은 의뢰를 등한시하지 않았다.

[아, 그러고 보니 의뢰가 두 가지라고 하지 않았나?]

또 두 번째 의뢰도 잊지 않았다.

나는 사마영과 조성원에게 먼저 통로로 나가라고 한 뒤, 품속에서 옥패를 꺼냈다.

[혹시 이 옥패를 아십니까?]

옥패를 본 곽경이 인상을 찡그렸다. 그 역시도 처음 보는 것일까? 곽경이 이를 유심히 살펴보다가 내게 물었다.

[이걸 어디서 얻은 것인가?]

[⋯송구합니다. 그것만큼은 말씀드릴 수 없습니다.]

[흠.]

[알고 계신 겁니까?]

[옥패에 비상하는 학의 문양이 그려졌군.]

[맞습니다.]

곽경은 학이 날아오르는 문양을 쓰는 무가나 일가를 알고 있을까? 그런데 곽경의 입에서 내가 몰랐던 것이 튀어나왔다.

[옥패를 유심히 보면 음각이 곳곳에 새겨진 모습이 마치 만월을 보는 것 같지 않나?]

그 말에 옥패를 돌려서 바라보았다. 문양에만 신경 쓰느라 이 둥근 옥패 자체가 달 모양이라고는 전혀 생각지 못했다. 마치 하나의 예술품을 보는 듯했다. 그렇다면 학의 문양과 더불어 달(月)과도 관련 있는 곳이어야 하나.

인상을 쓰고 있던 곽경이 입을 뗐다.

[이제 갓 약관에 불과한 자네는 모를 수도 있겠군.]

[네?]

[비월영종(飛月英宗).]

비월영종? 한 번도 들어본 적이 없었다. 문양에 있는 것처럼 학이라는 문자도 붙어 있지 않았다.

[무쌍성을 지배하는 사대 무종을 알고 있나?]

모를 리가 있겠는가. 정사를 넘어 오직 무(武)를 추구하는 자들만이 모여서 세운 곳이 바로 무쌍성이다. 수많은 무인이 각자의 무종을 만들어 계승해나갔는데, 그 안에만 크고 작은 수백여 무종이 있다고 들었다. 이런 수많은 무종 중에서 무쌍성을 이끌어가는 네 개의 무종이 있다. 그것이 바로 사대 무종이다. 이들은 무림인들 대부분이 알 정도로 명성이 널리 알려졌다. 해왕성종, 무천정종, 섬경무종, 풍영팔류종. 이 중 무천정종과 풍영팔류종은 심지어 중원 팔대 고수들마저 배출했다.

[비월영종은 한때 오대 무종이 될 뻔했던 곳일세. 지금은 젊은 세대에게 잊혀가고 있지만.]

오대 무종이 될 뻔했다고? 그 말인즉, 무쌍성의 사대 무종과 버금가는 세를 구가했었단 건가? 어안이 벙벙했다. 무가와 관련 있을지도 모른다고 짐작했지만 설마 현 무림의 패권을 쥐고 있는 양대 세력 중 하나인 무쌍성이 거론될 줄은 몰랐다.

[노부의 예상이 맞다면 그 옥패의 문양은 비월영종과 관련 있어 보이네.]

[그럼 옥패의 학은 대체 뭡니까?]

[학은 노부가 기억하는 게 맞다면 비월영종의 유래와 관련 있어 보이네.]

[유래?]

[노부도 정확히 아는 건 아닐세. 아무래도 이건 하급 의뢰가 아니라 상급인 듯하군.]

남천검객과의 인연이 있어도 공짜는 없군. 하긴 공사를 구분해야겠지.

[값은 치르겠습니다.]

[알겠네. 하나 우리 역시도 워낙 오래전 일이라 조사를 해야 하네. 지금은 시간이 없으니 정보는 분타나 다른 본타에서 가져가도록 해놓겠네. 이제 가게!]

서둘러야 하기에 나는 포권을 취하고서 부랴부랴 통로로 신형을 날렸다. 반 리나 된다고 하더니 확실히 통로는 길게 이어졌다. 이동하는 도중에 남천철검이 나를 불렀다.

—운휘.

'왜?'

—비월영종은 들어본 적이 있다.

'들어본 적이 있다고?'

남천검객의 연배나 활동 시기를 고려하면 남천철검이 충분히 알수도 있었다. 녀석도 옥패의 표식만으로는 비월영종을 떠올리진 못했나 보다.

'뭘 아는데?'

—아아, 네가 기대하는 것처럼 자세한 무언가는 알지 못한다. 다만 비월영종의 종주인 비월검객 하성운이 예전에 전 주인과 대결을

약조한 적이 있었다.

'하성운이라고?'

어머니의 성이 '하'였다. 비월영종 종주의 성이 하가라면 어머니와 관련 있는 것일까?

—그건 모른다.

잠깐, 그런데 약조한 적이 있었다는 말은 왠지 겨루지 못했다는 말로 들리는데?

—네 말대로다. 전 주인께서는 비월검객과 겨루지 못했다.

'어째서?'

—모르겠다. 무쌍성에 내부적인 문제가 있다고 들었다. 그 후로 얼마 있지 않아 정사 대전이 터지면서 약조는 흐지부지되었다. 그래서 전 주인께서 실망을 금치 못했던 걸로 기억한다.

정사 대전 때문에 대결이 흐지부지되었다라…. 그럼 그 사이에 대체 무슨 일이 있었던 거지? 남천검객마저 대결하고 싶을 정도의 고수가 있었다면, 흑현정의 루주 곽경의 말대로 충분히 오대 무종이 될 뻔했다는 말이 납득됐다. 한데 지금은 무쌍성의 비월영종을 아는 이가 없었다.

'…후우.'

머릿속이 복잡해졌다. 아직까지 어머니가 무쌍성과 관련 있다고 확신할 수는 없다. 하지만 어머니의 옥패가 정말로 비월영종의 것이라면 이십여 년 전 대체 무슨 일이 벌어졌던 것일까? 그렇게 한참을 비밀 통로를 뛰어가던 차에 두 인영이 보였다. 사마영과 조성원이었다.

"부단주님."

"기다리고 있었습니다."

통로의 절반쯤 되는 곳에서 대기하고 있던 그들이었다. 합류하자마자 우리는 더 빠른 속도로 통로를 달렸다. 얼마 있지 않아 빛이 보였다. 빛은 위에서 아래로 비치고 있었는데, 위를 올려다보니 줄사다리 같은 것이 있었다.

"여기로 올라가면 될 것 같은데요."

"그렇네…."

내 말이 끝나기도 전에 사마영이 겁도 없이 먼저 사다리를 타고 올라갔다. 조성원은 매사에 조심스러운데 그녀는 전혀 그렇지가 않았다. 위쪽에서 그녀의 목소리가 들려왔다.

"아무도 없어요. 올라오면 될 것 같아요. 이거 우물인데요."

"우물?"

그녀의 말대로 우리는 줄사다리를 타고 위로 올랐다. 정말로 출구는 우물이었다. 한 폐가 건물에 있는 우물이었는데, 일부러 이렇게 보이도록 방치해둔 것 같았다.

"무사히 빠져나왔으니 다행이군요. 그럼 석문현으로 가도록 하죠."

폐가 건물을 나오자 마을이 모습을 드러냈다. 북동쪽으로 이어졌다고 하더니 정말 마을의 어귀였다. 이대로 빠져나가면 될 것 같았다. 우리는 서둘러 마을을 나와 석문현 방향으로 향했다. 그런데 숲으로 들어서면서 문제가 생겼다.

[부단주님, 앞쪽에 매복이 있는 것 같아요.]

사마영의 말대로였다.

언덕 너머에 숲길을 가로막는 약 스무 명의 무리가 있었다. 검을 가진 이가 없어서 이 정도로 근접해서야 인기척을 알아차렸다.

'적인가.'

이만큼이나 거리가 가까워져서야 알아차릴 정도면 은신에 능숙한 자들이었다.

[어떡할까요?]

그녀의 물음에 나는 후퇴의 손짓을 보냈다. 굳이 매복해 있는 자들과 싸워서 시간을 낭비할 이유가 없었다. 피해서 가는 편이 나았다. 그렇게 방향을 틀려고 하는 순간이었다.

'…?!'

우리 뒤쪽에 인영 하나가 서 있었다. 사마영도 그렇고 나조차도 그 인기척을 전혀 알아차리지 못했다. 뒷짐을 쥐고 있는 반백의 사내를 보는 순간 온몸에 소름이 돋았다. 뱀 문양이 그려진 안대를 쓰고 있는 그는 흑현정 이층에서 보았던, 그 사이한 기운을 풍기던 자였다.

―운휘… 파응사 나육형이다.

―재가?

너희들이 그렇게 말하지 않아도 나도 알아차렸다. 비밀 통로로 빠져나왔는데 저자가 어떻게 우리의 뒤를 가로막고 있는 거지? 옆을 보니 조성원이 몸을 부르르 떨고 있었다. 개방 출신이라 그런지 녀석도 단번에 나육형을 알아본 모양이었다.

'미치겠군.'

저자를 피해서 도망친 것인데, 이렇게 쫓아올 줄은 생각도 못 했다. 상대는 무림에서도 악명이 드높은 초절정의 고수였다. 어쩌면 스승님인 기기괴괴 해악천과 같은 영역에 들어선 자일지도 몰랐다. 그때 파응사 나육형이 고함을 내질렀다.

"갈!!"

그 소리가 어찌나 컸는지 고막이 찢어질 것 같았다. 대체 왜 소리를 질렀나 싶었는데, 언덕 너머에서 스무 명의 무리가 빠르게 나타났다. 그들이 누군지 의아했는데 파응사 나육형의 수하들이었나 보다. 제대로 진퇴양난의 상황이었다.

'…'

잠시 망설이던 나는 나육형을 향해 공손한 목소리로 외쳤다.

"후배 소운휘가 파응사 어르신께 인사 올립니다."

일단 교섭을 시도해봐야겠다. 남천철검의 말대로 파응사 나육형이 남천검객과 원한 관계가 있다면 이를 풀어야 할 것 같았다.

파응사 나육형이 입을 열었다.

"네놈 같은 후배를 둔 적은 없다만."

목소리에 실린 공력이 보통이 아니었다. 못해도 형산일검 조청운과 버금가거나 그 이상의 고수가 틀림없었다. 최악의 상황이었다. 뒤쪽 무리들 중에도 고수들이 제법 끼어 있었다. 나육형 하나만으로도 우리 셋이 동시에 합공해도 승산이 있을까 말까 한 판국인데, 난감하기 그지없었다.

"선배, 뭔가 오해가 있으신 듯합니다."

그런 나의 말에 파응사 나육형이 피식 하고 웃었다. 그러고는 말했다.

"하오문에서 비밀 통로로 네놈들을 몰래 빼내준 것만 봐도 네놈이 남천검객의 후인이 아니라고 부정할 순 없겠지?"

저자가 어떻게 비밀 통로의 존재를 알고 있는 거지? 이건 흑현정의 루주인 곽경조차 예측하지 못한 상황인 듯했다. 파응사 나육형이 오른손을 내밀었다. 스르르르! 그러자 그의 손목에 감겨 있던 검붉은 채찍이 뱀처럼 스멀거리며 풀려났다. 그를 파옹사라고 불리게 만든 독문 무기였다. 무림에서 채찍을 다루는 이는 그리 많지 않은데, 그중 한 사람이 나육형이었다.

"호종대 놈은 어디 있느냐?"

그의 목적은 오직 남천검객인 듯했다. 물론 부가적으로 그 제자라고 밝힌 나 역시도 목적이겠지. 그의 채찍에서 강렬한 살기가 뿜어져 나왔다.

스릉! 사마영이 검을 뽑았다. 조성원이 우려의 목소리로 말했다.

"사마 소저, 저자는⋯."

"별수 없잖아요. 어차피 말이 통할 자도 아니고."

그녀의 말이 맞았다. 나육형은 말로 어찌 속일 수 있는 적이 아니었다. 모든 수단과 방법을 가리지 않고 저자와 맞부딪쳐도 살아남을 수 있는 확률은 그야말로 몇 푼에 불과했다.

스릉! 나 역시 남천철검을 뽑았다. 그리고 사마영과 조성원에게 말했다.

"지금부터 두 사람이 얼마나 빨리 저들을 처리하느냐에 따라 승패가 갈릴 겁니다."

내가 가리킨 자들은 나육형의 수하들이었다.

"주군?"

"부단주님?"

그들이 놀라서 나를 쳐다보았다. 내가 한 말의 의미를 깨달았기 때문이다. 그때 파옹사 나육형이 어처구니없다는 목소리로 말했다.

"크하하하하하하핫. 세 놈이 동시에 덤벼도 본좌의 공격을 몇 수 막을까 말까 한 판국에 네놈 혼자서 나를 상대해? 배짱을 넘어서 제대로 돌았구나."

그 말이 끝나기가 무섭게 나육형의 손이 움직였다. 그러자 그의 채찍이 살아 있는 것처럼 휘어지며 나를 향해 뻗어왔다. 그 기세가 엄청나서 단숨에 거목도 부러뜨릴 것만 같았다.

"서둘러요!"

나는 사마영과 조성원에게 외치고서 날아오는 채찍을 향해 신형을 날렸다. 실력을 숨기고 자시고 할 상황이 아니었다. 중단전을 개방한 나는 단숨에 성명신공을 오성으로 끌어올렸다. 채앵! 채찍과 남천철검이 부딪쳤다. 그 순간 손바닥이 찌릿하며 신형이 세 보가량이나 밀려났다. 나육형이 인상을 찡그렸다.

"이걸 막아?"

하단전의 내공과 전혀 다른 선천진기의 힘에 의아한 모양이었다. 그러나 그것은 그리 오래가지 않았다.

"역시 네놈은 호종대 놈의 제자가 맞구나. 놈도 기도를 알아차릴 수 없었는데 그 스승에 그 제자로구나."

나육형은 정말 남천검객과 제대로 겨룬 것 같았다. 선천진기가 기도로 드러나지 않는다는 사실마저도 알고 있었다. 하지만 나 역시도 이 한 번의 부딪침으로 그와 나의 격차를 확연하게 알 수 있었다. 공력에서 그가 나보다 앞섰으나, 다행히 그 차이는 굉장할 정도는 아니었다. 비도살왕 한지상이 물려준 선천진기 덕분에 육성의 토대까지 마련했기 때문이다. 다만 무위의 차이는 어쩔 수가 없었다.

'…목숨을 걸어야 하나.'

내가 그를 꺾을 수 있는 수단은 오직 그뿐이었다. 나육형이 피식

하며 웃었다.

"머리를 굴린다고 하여 본좌를 상대할 수 있을 것 같으냐? 지금의 본좌는 네놈의 스승이 온다고 해도⋯ ?!"

그때 나육형의 표정이 굳어졌다. 내게서 생겨나는 변화 때문이었다. 슈우우우우! 전신의 피가 빠르게 돌면서 온몸이 타오를 것만 같았다. 나육형의 표정이 굳어졌다.

"네놈, 그건 대체?"

피부에서 올라오는 수증기. 이것은 피를 빠르게 순환시키는 진혈금체의 증상이었다. 해악천이나 쌍둥이들처럼 특수한 체질도 아닌 내가 과연 얼마나 진혈금체를 감당할 수 있을까?

"서둘러요!"

소운휘가 홀로 파웅사 나육형을 향해 신형을 날린 순간, 사마영의 사고는 앞을 달리기 시작했다. 아버지 몰래 나온 중원 무림. 처음으로 목숨의 위기가 느껴질 만한 적을 만났다. 엎친 데 덮친 격으로 적은 고수라 할 만한 수하들을 데리고 있었다.

'위험해.'

소운휘의 판단은 정확했다. 지금 모두가 그 한 명을 상대하는 것은 어리석었다. 나육형을 어찌어찌 처리한다고 해도 남은 적들을 상대할 여력이 없을지도 모르기 때문이다. 사고가 거기까지 미친 그녀는 곧바로 행동으로 이어갔다. 팟! 신형을 날린 그녀는 나육형의 수하들을 향해 검을 휘둘렀다. 그녀가 검을 휘두른 대상은 이들 무리 중에서 가장 기도가 높은 자였다. 찢어진 눈매의 삼십 대 중년인이었는데, 그는 파웅사 나육형의 제자인 명정이었다. 절정의 고수인 그는 사부에게 채찍 다루는 재주를 배웠다.

명정이 그녀를 비웃었다. 하필 덤벼도 자신에게 덤비는 우책을 범한 것일까?

"어리석은 것."

명정은 채찍을 휘둘러 사마영이 가까이 다가오지 못하도록 막으려 했다. 그러나 그녀의 움직임은 그의 예상을 뛰어넘었다. 월악검 사마착의 독문 보법은 철저하게 상대의 시야를 속이고 현혹하는 데 치중되어 있었다. 명정의 시야에서 사마영의 모습이 사라졌다.

'없어졌어?'

눈앞에서 사라진 그녀. 하나 그의 시야를 벗어났을 뿐이었다. 명정은 다급히 소리가 나는 곳을 향해 채찍의 방향을 틀었다. 촤르르르! 채찍이 회전하며 휘어지더니 뱀처럼 소리가 나는 방향으로 쇄도했다. 명정은 당연히 그녀가 물러설 거라고 여겼다. 그러나 소리가 난 곳의 바닥으로 사마영이 미끄러지면서 아주 낮은 자세로 파고들고 있었다. 그녀의 검이 명정의 발목을 베려 했다.

"헛?"

명정은 생각할 겨를도 없이 위로 뛰어올랐다. 그 순간 그는 태어나서 한 번도 겪어본 적이 없는 최악의 고통을 맛보고 말았다. 푹!

'…!!'

그녀의 검은 원래부터 그곳을 노린 것처럼 휘어지며 국부를 찔러 버렸다.

"끄아아아악!"

다른 곳도 아니고 국부를 당했다. 말로 형용할 수 없는 고통에 명정의 신형이 흐트러졌다. 그 순간 그녀의 검이 명정의 턱을 찔렀고 머리의 정수리를 뚫고 나왔다.

"컥!"

명정은 단말마의 비명과 함께 그대로 절명하고 말았다. 파응사 나육형의 수제자가 한 번도 들어본 적 없는 무명에게 죽임을 당할 거라고 누가 예상이나 했겠는가. 나육형의 수하들이 순간 할 말을 잃었다. 그런 그들을 사마영이 도발했다.

"시간 없으니까 전부 덤벼."

"이, 이 새끼가!"

"죽여!"

나육형의 수하들이 일제히 그녀를 공격했다. 위태로운 상황에서도 사마영은 조금도 위축되지 않고 적들을 상대해나갔다.

'하⋯.'

그런 그녀의 모습에 조성원은 혀를 내둘렀다. 그녀와 대련하면서 모든 초식이 철저하게 상대를 죽이는 것에 치중해 있다는 것은 알았지만 이 정도일 줄은 몰랐다. 적들의 눈을 찌르는 것은 예삿일에 불과했다.

[뭐 해요! 서두르지 않으면 부단주님이 위험해요!]

그녀의 전음에 조성원은 아차 싶었는지 적들에게 신형을 날렸다.

* * *

슈우우우우! 온몸에서 피어오르는 수증기. 그것은 혈액이 빠르게 순환하며 열이 올라 체내의 수분이 증발하면서 일어나는 현상이다. 진혈금체는 특수한 체질만이 익힐 수 있다. 그리고 이것을 감당하기 위해 육신을 더욱 크게 키워야 한다. 즉, 해악천이나 쌍둥이와 다르게 내가 이것을 실전에서 써먹을 수 있는 시간은 반의반 각이 채 되지 않을 것이다.

"네놈, 그건 대체…."

의아하겠지. 남천검객에게서 본 적이 없는 재주일 테니까. 나는 지체할 것 없이 곧바로 나육형에게 신형을 날렸다. 오성의 성명신공과 진혈금체의 조합은 내게 폭발적인 역량의 상승을 가져왔다. 팟! 순식간에 나의 신형이 앞으로 파고들었다. 나 스스로도 믿기 어려울 만큼 움직이는 속도가 빨라졌다. 그러나 상대는 파옹사 나육형이었다.

"흥!"

나육형이 내게 채찍을 휘둘렀다. 너울이 치는 것처럼 공간을 가로지르며 채찍이 날아왔다. 이렇게 넓은 거리에서 활용할 수 있는 무기가 과연 몇이나 될까?

'진비추형검!'

진성명검법 삼초식 비추형검. 검이 여덟 갈래로 휘어지며 부드러운 버들가지처럼 뻗어 나갔다. 파도처럼 몰아쳐 오는 채찍과 검초가 부딪쳤다. 채채채채챙! 나육형이 휘두르는 채찍은 흡사 뱀이 움직이는 것처럼 자유자재로 휘어지며 비추형검의 검초를 흘려보냈다. 검이 부드럽다고 해도 채찍의 부드러움만 할까. 유(柔)와 유(柔)의 대결은 오히려 내게 불리하게 작용했다. 초식에서 우위를 점했다고 생각했는지 부드럽게 휘어지던 채찍이 위로 솟구쳤다가 용이 꼬리를 내려치듯이 패도적으로 쇄도했다.

나는 검을 수평보다 비스듬하게 잡고서 이를 막아냈다. 그 상태에서 힘을 빼며 다리를 굽힌 후, 용수철처럼 몸을 튕겨냈다.

'진잠합공검!'

진성명검법 이초식 잠합공검(潛蛤公劍). 상대의 공격을 역으로 받아치며 반격하는 검초였다. 팡! 원래는 이 상태에서 초식이 이어져야 했지만 채찍의 힘이 워낙 강했고, 거리가 벌어지다 보니 신형을 날릴 수밖에 없었다. 팟! 촤르르르! 내가 신형을 날림과 동시에 채찍이 회오리를 치며 그의 몸을 보호했다. 채찍을 이런 식으로 다루다니 놀라웠다. 하지만 어떻게든 빈틈을 노려야 한다.

—충격을 줘라.

남천철검이 내게 말했다.

나도 같은 생각이었기에 십성 공력으로 회오리치는 채찍을 향해 검을 휘둘렀다.

"뚫을 수 있을 성싶으냐!"

채찍이 돌아가는 속도가 빨라졌다. 차아아앙! 검이 채찍과 부딪치는 순간 기이하게도 금속성이 터져 나왔다. 그와 동시에 회전하던 채찍이 검에 감겨버렸다. 나육형의 눈이 커졌다.

"호오?"

나 역시도 내심 놀랐다.

공력에서 밀렸기 때문에 반신반의했는데, 진혈금체로 육신이 강화되면서 채찍에 담긴 힘을 견딜 수 있었다. 다만 발바닥이 한 보 이상 밀려났다. 아까보다 확연하게 격차가 줄었지만 아직 나육형이 공력으로 우위였다.

'그래도 해볼 만하다.'

적어도 맞수를 교환하는 게 가능해졌다. 압도적으로 차이가 날

경우 상대가 공력으로 밀어붙이면 답이 없다.

—서둘러라, 운휘. 진혈금체는 육신에 후유증이 크다.

'알고 있어.'

진혈금체를 유지할 수 있는 시간은 짧다. 게다가 이것이 풀려버리면 몸에 과부하가 생긴다.

'풀어야 해.'

검에 감겨 있는 채찍을 풀어낼 겸 나육형을 공격하기 위해 성명검법 육초식을 펼쳤다.

'진축아회검!'

나는 앞을 향해 강하게 진각을 밟았다. 그리고 찌르기 자세에서 검을 잡아당긴 손을 왼쪽으로 돌렸다. 감겨 있던 채찍이 검이 회전하면서 풀리려 했다. 그 순간, 미처 풀려나기도 전에 나육형이 채찍을 강하게 잡아당겼다. 팍!

'큭!'

그 역시 십성 공력을 발휘했는지, 몸이 위로 부웅 떠오르며 그에게로 끌려들어 갔다.

"걸렸구나, 이놈."

나육형의 왼손이 매의 손톱처럼 조법의 형태가 되어 내 심장을 움켜쥐려 했다.

—운휘야!

나는 재빨리 왼손으로 소담검을 뽑았다. 그리고 팔뢰단검술을 펼쳤다. 조법을 펼치던 나육형의 왼손이 변초를 일으키며 단검을 피하더니, 교묘하게 내 팔목을 노렸다. 팍! 시큰거리는 고통에 소담검을 떨어뜨렸다. 앗! 나육형이 번개처럼 떨어지는 소담검을 발길질로 옆으로 걷어찼다. 소담검이 놈의 발길질에 날아가 버렸다.

"역시 애송이로구나."

나육형이 비릿하게 입꼬리를 올리며 내 가슴으로 다시 조법을 날렸다.

바로 그때였다. 슈르르륵! 나육형의 눈동자가 파르르 떨렸다. 그의 동공에는 반짝이는 얇은 실 같은 것이 비치고 있었다. 그가 놀란 나머지 황급히 보법을 펼치며 몸을 옆으로 날렸다. 촤! 그와 동시에 그의 귀를 무언가가 스치고 지나왔다. 바로 소담검이었다.

'칫.'

소담검이 날아간 순간 나는 은연사를 날려 검병을 낚아채서 잡아당겼다. 그러나 아쉽게도 회심의 한 수가 실패로 돌아갔다. 슥! 살짝 잘려나간 귓가를 만지며 나육형이 어처구니없다는 표정을 지었다.

"네놈, 대체 뭐냐?"

그건 내가 하고 싶은 말이다. 정말 괴물 같은 자였다. 그 짧은 순간에 사각 지대를 노린 은연사를 간파하다니. 나는 다급히 놈에게로 소담검을 날렸다. 팟! 그동안 왼손으로 섬영비도술을 펼치는 것을 부단히 연습했다. 그것이 실전에서 얼마나 통할지 확인할 기회였다.

"흥!"

소담검이 날아오자 나육형이 이를 빠르게 잡아채려고 했다. 그 순간 나는 팔을 옆으로 뻗었다가 잡아당겼다. 팍! 팍! 허공에서 소담검의 궤적이 두 번이나 꺾이면서 그의 조법을 피해 왼쪽 허벅지로 방향을 틀었다. 좀 더 익혔다면 변화를 더 줄 수도 있었겠지만 지금은 이게 한계였다. 나육형이 다급히 채찍을 잡아당겼다.

'이런!'

덕분에 검을 잡고 있던 신형이 잡아당겨지면서 소담검이 비껴 나가고 말았다. 나는 다시 은연사에 선천진기를 불어넣어 이를 잡아당겼다. 소담검이 놈의 등으로 날아왔다. 슈르르륵!

"같은 수법이 통할 것 같으냐!"

나육형이 재빨리 몸을 회전하며 발차기로 소담검을 위로 쳐냈다. 그 상태에서 놈이 은연사를 향해 수도를 내리쳤다.

"끊어주마!"

팅!

'…?!'

나육형의 눈이 휘둥그레졌다. 내심 불안한 마음이 들었는데 그의 심후한 공력에도 은연사는 끊기지 않았다.

"보통 줄이 아니구나."

나육형이 은연사의 탄력에 놀라워했다. 하지만 이내 은연사의 줄을 잡고서 이를 잡아당겨 뽑으려고 했다. 쿵! 그때 나는 기회를 놓치지 않고서 놈이 잡아당기는 힘에 몸을 맡겼다.

"엇?"

그리고 거리가 가까워지는 순간 바닥에 세차게 진각을 밟고서 다시 한 번 진축아회검을 펼쳤다. 휘리릭! 검이 회전하며 반쯤 감겨 있던 채찍이 풀려났다. 그리고 축아회검이 회오리를 치며 폭풍 같은 기세로 나육형의 머리로 쇄도했다. 은연사를 잡아당기려던 나육형이 다급히 몸을 뒤로 빼며, 오른손을 거칠게 내려치듯이 사선을 그었다. 팍! 촤악! 그 순간 풀려났던 채찍이 꿈틀거리며 진각을 내려찍은 오른쪽 종아리를 후려쳤다.

"끄윽!"

다리가 마치 잘려나가는 것만 같았다. 하지만 다행히 진혈금체로 몸을 보호하고 있었다. 이를 악물고서 초식을 펼쳤지만 신형이 뒤틀리면서 축아회검이 비껴 나가고 말았다.

'미친!'

고개를 슬쩍 움직인 것만으로 초식을 피해버리다니. 그 짧은 순간에 이걸 계산한 거다.

"드디어 걸렸구나!"

그것을 놓치지 않고 나육형이 나의 가슴을 발로 걸어찼다. 퍽!

"윽!"

오장육부가 뒤집힐 것만 같은 고통과 함께 몸이 뒤로 튕겨 나갔다. 나육형이 채찍을 잡아당기며 내게 신형을 날리려 했다. 그 순간 나는 은연사에 선천진기를 불어넣었다. 슈륵! 푹!

"큭!"

은연사 줄이 감겨 들어오며 놈의 등에 꽂혔다. 아무리 그렇다고 해도 찰나의 순간에 벌어진 일이기에 이것만큼은 피하지 못했다. 다만 놈은 등에 소담검이 꽂히는 순간 앞으로 몸을 날려 이것이 깊이 박히는 것을 방비했다.

"이 빌어먹을 애송이 놈이!"

놈이 일갈과 함께 소담검을 뽑아서 내게 던졌다. 엄청난 속도로 날아오는 소담검을 나는 다급히 등을 젖히면서 피했다. 패앵! 은연사의 줄에 걸린 소담검이 뒤로 날아가다 멈췄다. 하지만 나육형의 공력이 실려 있는 덕분에 내 왼쪽 팔이 뒤로 잡아당겨지면서, 나는 이 기세를 죽이기 위해 몸을 회전시켜야만 했다. 파파파파파팍!

"큭!"

겨우 기세를 죽인 나는 바닥에 착지했다. 어지러움이 몰려왔다.

"헉… 헉…."

호흡이 거칠어졌다. 입안이 바짝 말라서 침조차 삼켜지지 않았다. 서서히 진혈금체를 유지할 수 있는 시간적 한계가 오고 있었다.

'젠장.'

지금까지 만났던 적들과 나육형은 확연하게 달랐다. 상승의 경지에 오른 초절정 고수답게 내 모든 공격을 다채로운 방법으로 대응했다. 경험이라는 게 이렇게나 큰 영향을 끼칠 줄이야. 너무 어려운 상대였다.

나육형의 입꼬리가 올라갔다.

"역시 한계가 왔구나."

거칠어진 호흡 때문에 놈이 내 상태를 알아차렸다. 그러고는 거리를 벌렸다. 시간을 끌어서 진혈금체에 한계가 오는 것을 노리려는 모양이었다. 나보다 우위의 실력을 지녔음에도 주도면밀했다.

나육형이 이죽거리며 말했다.

"네놈 정말 남천검객의 제자가 맞느냐? 지금 네 몸에서 일어나는 증상은… 마치 기기괴괴의 진혈금체를 보는 것 같구나."

'…?!'

놈이 진혈금체를 알아봤다. 남천검객이나 해악천과 같은 세대의 고수인 것은 알았지만 이렇게 금방 파악할 줄이야. 내가 아무 말 없이 호흡을 고르자 놈의 눈매가 가늘어졌다.

"네놈 대체 정체가 무엇이냐? 어떻게 정사에서 자취를 감춘 최고수들의 재주를 한 몸에 익히고 있는 거지?"

"하아… 하아… 대답해줄 의무는 없습니다만. 알고 싶으면 제게 무릎이라도 꿇는다면 한번 고려해보죠."

나는 일부러 놈을 도발했다. 거리를 벌리고 계속해서 채찍으로 공격해온다면 내가 불리할 수밖에 없었다.

나육형이 살기 어린 목소리로 중얼거렸다.

"흥! 상관없다. 어차피 네놈의 팔다리를 전부 자르고 입만 열게 하면 언제든지 알아낼 수 있는 것이니."

사파의 악인이 아니랄까 봐 입에서 무시무시한 소리를 쉽게도 내뱉는다. 나는 최대한 기운을 집중했다. 조금이라도 흐트러지면 필시 당하고 만다.

그때 나육형의 표정이 굳었다.

"이게 대체?"

놈의 시선이 향한 곳은 사마영과 조성원, 그리고 나육형의 수하들이 겨루고 있는 곳이었다. 나와 정신없이 겨루는 사이 놈의 수하들이 절반 이상 죽어 나갔다. 그를 견제하느라 곁눈질로 보았는데, 사마영은 적들 사이를 종횡무진하면서 하나씩 죽여 나가고 있었다. 역시 월악검 사마착의 독녀다웠다.

으득! 나육형이 쓰러진 누군가를 보고서 표정이 무섭게 일그러졌다. 아무래도 아끼는 수하이거나 제자로 보였다. 분노로 흐트러질 만도 했는데 놈의 시선은 악랄한 절세검초를 펼치는 사마영에게서 떨어지지 않았다. 놈이 나와 사마영을 번갈아 쳐다보았다.

"네놈이 믿는 바가 있었구나."

그녀의 검술 실력이면 짧은 시간 안에 수하들이 전부 죽겠다고 판단했는지, 시간을 끌려던 나육형의 기세가 달라졌다. 승부를 보려는 모양이었다.

"호종대 놈도 아닌 너 같은 애송이에게 비기를 쓰게 될 줄이야."

휙! 휙! 휙! 휙!

나육형이 쥐고 있던 채찍을 좌우로 회전시키기 시작했다. ∞자 형태로 회전하는 채찍의 속도가 점차 빨라지더니, 채찍에 닿는 바닥이 두부라도 된 것처럼 으깨졌다. 공방일체가 된 채찍에는 어떠한 틈도 보이지 않았다. 저것에 몸이 휩쓸린다면 나는 고기 조각처럼 찢겨 나가게 될 것이다. 손발이 떨려왔다. 잘못되면 죽을 수도 있다는 공포감. 한 번 죽어봤기 때문에 두렵지 않다는 것은 거짓이었다.

그때 남천철검의 목소리가 머릿속에 들려왔다.

―운휘, 기억이 찰나라고 했나.

'…?'

그 순간 손등에 있던 천기의 점에서 푸른빛이 일렁였다. 시야가 스멀거리며 눈앞의 광경이 바뀌었다. 지금보다 훨씬 젊어 보이는 나육형의 모습이 보였고, 그가 지금처럼 ∞자 형태의 비기를 펼치고 있었다.

'이건….'

―집중해라.

남천철검의 목소리가 끝나기 무섭게 비기를 펼치고 있는 젊은 나육형이 무서운 속도로 앞으로 치고 나왔다. 그리고 이어지는 공방. 찰나의 순간, 승부의 결판이 났다.

'아!'

눈앞에 보이던 광경이 바뀌며 다시 나육형이 비기를 펼치기 전으로 돌아왔다. 남천철검이 내게 말했다.

―견뎌라, 운휘.

녀석의 의도를 알아차린 나는 말없이 녀석의 기억에 집중했다. 지금 내 몸은 천기를 유지할 수 있는 상태가 아니었지만 과거 남천 검객과 나육형의 대결만이 유일하게 승부에서 이길 수 있는 단초였다. 한 번, 두 번, 세 번, 네 번, 다섯 번.

"쿨럭."

속이 뒤틀리며 입에서 피가 흘러나왔다. 진혈금체를 쓰면서 지쳐 버린 체력으로는 이게 한계였다. 천기가 연기처럼 흩어지며 다시 현실로 돌아왔다. 무섭게 회전하는 채찍 사이로 나육형의 올라가는 입꼬리가 보였다. 피를 흘리는 모습에 승기를 확신한 듯했다.

"죽여주마!"

폭풍과도 같은 기세로 나육형의 신형이 앞으로 뻗어왔다. 풍압만으로 몸이 튕겨 나갈 것만 같았다. 여섯 번이나 천기로 보았던 기억 속의 비기보다도 훨씬 강한 위력을 지녔다.

'집중, 집중해야 해.'

나는 오직 한가운데만을 뚫어지게 쳐다보았다. 회전하는 중심부. 그 미세한 틈. 팟! 마치 죽음을 향해 나아가는 것처럼 나는 나육형의 비기를 향해 몸을 날렸다. 그리고 십성 공력을 끌어올리고서 회전의 중심부를 향해 한 치의 망설임도 없이 검을 꽂았다. 파파파파 파파팍!

"끄으으으!"

검을 잡은 손이 격렬하게 흔들리며 살점이 찢겨 나갈 것만 같았다. 그 상태에서 나는 이를 악물고 강하게 진각을 밟았다.

'역축아회검!'

한 번도 해본 적이 없지만 남천검객의 기억을 여섯 번이나 체화

했다. 검이 반대 방향으로 회전하면서 ∞자 형태로 태풍처럼 몰아치던 채찍의 회전에 균열이 일어났다. 파파파파파팍! 검을 앞으로 밀어 넣는 순간 그렇게나 무섭게 회전하던 채찍이 멈춰버렸다. 나육형의 눈동자가 흔들렸다. 나의 검에서 남천검객의 그림자라도 발견한 것일까? 그때 놈이 눈을 번뜩이며 웃었다.

"본좌가 비기의 약점을 보완하지 않았을 것 같으냐!"

그 말과 함께 놈이 채찍을 잡고 있는 오른손을 반대 방향으로 회전시키려 했다. 그 순간 나는 왼손을 거칠게 잡아당겼다. 팍! 그와 함께 회전하려 하던 놈의 채찍이 도중에 멈춰버렸다. 우득!

"끄윽!"

왼쪽 어깨가 뽑혀 나갈 것 같았다.

"아닛?"

갑자기 멈춰버린 채찍에 나육형이 당혹감을 감추지 못했다. 그의 채찍 끝에 은연사의 줄이 얽혀 있었다. 덕분에 그의 엄청난 공력을 한 팔로 감당해야 했고 급기야 왼팔이 탈골되고 말았다.

—지금이다!

고통스러워도 기회는 오직 지금뿐이었다. 나는 마지막 여력을 다해 놈의 하나뿐인 눈을 향해 검을 찔러 넣었다. 팟!

"크윽!"

과거와 동일하게 펼쳐지는 광경에 새파랗게 질린 나육형이 채찍을 잡고 있던 손마저 놓고서 뒤로 몸을 날렸다. 바로 그 순간이었다. 나의 신형이 매처럼 수평으로 미끄러지며 단숨에 놈을 따라잡았다. 나육형의 하나뿐인 눈이 커졌다.

"이, 이런!"

순식간에 따라붙은 경신법에 당황한 그가 손을 들어 올리려고 했지만, 이미 늦었다. 나의 검이 놈의 눈을 관통했다. 푹!

"끄아아아아아악!"

눈을 찔린 나육형의 입에서 절규와도 같은 비명이 터져 나왔다. 나는 더욱 힘을 줘서 그대로 놈의 안면을 관통시키려 했다. 팍! 그때 나육형이 눈에 박힌 검을 움켜쥐었다. 회광반조인 걸까? 검을 움켜잡은 놈의 손은 꿈쩍도 하지 않았다.

"끄으으! 이노오오옴! 같이 가자!"

놈이 그 상태로 내 얼굴을 향해 손을 뻗어왔다. 왼팔이 탈골되면서 내게는 놈의 마지막 발악을 막을 만한 여력이 없었다. 이대로 양패구상으로 끝나는 건가 아찔했다. 바로 그 순간이었다. 촥!

"컥!"

단말마의 비명이 들렸다. 그러더니 놈의 손이 바로 코앞에서 멈췄다. 경련이라도 일어난 것처럼 파르르 떨리던 손이 이내 밑으로 떨어졌다.

'…?!'

앞을 가렸던 손이 떨어지면서 눈앞에 머리가 잘려 나가서 피가 뿜어져 나오는 모습이 보였다. 그 뒤로 온몸이 상처투성이가 되어서 피에 절은 검을 들고 있는 사마영이 보였다.

'하!'

절묘한 순간에 나타나 나육형의 목을 벤 것이었다. 얼마나 지쳤는지 거친 호흡을 내뱉고 있던 사마영이 내게 활짝 웃으며 말했다.

"늦지 않았죠?"

활짝 웃는 사마영. 저런 얼굴을 하고 있지만 잔뜩 상기되어서 거칠어진 호흡을 보면 얼마나 지쳤는지 알 수 있었다. 몸 곳곳에 베이고 찔린 상처들이 가득했다. 역시 스무 명이 넘는 고수들을 상대하면서 무리한 모양이었다. 그래도 대단하긴 하다. 정말로 그들을 먼저 처리하고 마지막에 지원마저 해내다니.

—진짜 간 떨어지는 줄 알았어.

소담검, 너한테 간이 있었냐?

긴장이 풀리면서 나는 바닥에 털썩 주저앉았다. 투툭! 투툭!

"큭!"

진혈금체가 풀리면서 전신에 후유증이 밀려들었다. 근육이 전부 파열된 것처럼 아우성을 치면서 나를 괴롭혔다. 역시 특수한 체질이 아니면 부작용이 더 많은 기술이었다.

"부단주님!"

사마영이 나를 부축하려 했다. 싸울 때 흉신악살 같은 모습을 보면 딱 월악검 사마착의 후인인데, 내게 하는 행동을 보면 순진무구한 소녀와도 같다. 알다가도 모를 그녀였다.

"세상에…."

그때 탄성을 내뱉는 목소리가 들려왔다. 내 뒤로 조성원이 한쪽 다리를 절뚝거리면서 걸어왔다.

'종아리를 베였군.'

녀석도 상처가 많은 걸 보면 상태가 그리 좋지 않기는 마찬가지였다. 싸움이 길어졌다면 필시 이곳이 우리의 무덤이 되었을 것이다.

"파, 파응사 나육형을 이긴 겁니까?"

조성원이 믿기지 않는다는 표정으로 말했다. 그가 이런 반응을 보이는 것도 당연했다. 파응사 나육형은 어찌 보면 남천검객이나 기기괴괴와 같은 세대의 초고수였다. 그런 자를 꺾은 것은 기적이나 다름없었다.

"운이 좋았다."

솔직히 그와 나는 간극이 확실했다. 적어도 나보다 격이 높은 고수였지만 그를 예상치 못하게 할 재주와 여러 가지 변수들이 합쳐지면서 그를 죽일 수 있었다.

'천기가 없었다면…'

그의 비기를 절대로 꺾지 못했을 거다. 천기로 반복적으로 비기를 보면서 나육형이 남천검객에게 패배했던 과정을 살폈다. 그도 무인인 이상 분명 보완책을 마련했을 거라 짐작했다. 예상이 조금만 빗나갔어도 죽는 건 나였을 거다.

'천운인가.'

살아남은 것이 정말 기뻤다.

"고마워요, 소저."

나는 사마영에게 고마움을 표했다. 그런 나의 인사에 그녀가 황건 사이로 삐져나온 머리카락을 꼬면서 배시시 웃었다. 설마 쑥스러워하는 건가?

"흠흠."

조성원이 헛기침을 하며 나를 뚫어지게 쳐다보았다. 그 표정을 보면 자신도 목숨을 걸고 싸웠는데 알아달라는 것만 같았다.

"그래. 너도 고맙다."

조성원이 피식 하고 웃었다. 본인이 생각해도 이 상황이 웃긴 모양이었다. 알면 뭐하러 낯간지럽게 칭찬을 들으려 한 거냐? 녀석이 괜히 화제를 돌렸다.

"파옹사 나육형이 죽은 걸 무림인들이 알게 되면 모두가 놀라겠군요. 그 정도면 존자급이나 혈성급의 고수가 아닙니까?"

호들갑을 떠는 녀석에게 나는 고개를 저었다. 분명 대단한 고수가 맞지만 이번에 겨루고서 확실히 알게 되었다. 이십여 년 전에는 어땠는지 모르지만 그는 절대로 해악천의 상대가 되지 못했다.

'형산일검과 비등할지도.'

잠깐이었지만 형산일검과도 겨뤄봤었다. 파옹사 나육형은 그보다 조금 우위이거나 거의 동급의 고수로 보였다.

―미친 늙은이는 얼마나 강하다는 거냐?

'…인간을 초월한 열두 괴물들을 제외하면 거의 수위급에 속할 것 같은데.'

―동의한다.

남천검객의 검으로서 해악천을 오랫동안 봐왔던 남천철검이기에 내 말에 동의했다.

의아해하는 조성원에게 말했다.

"시답지 않은 소리 하지 말고… 큭."

욱신! 말을 하다 보니 어깨가 너무 아팠다. 축 늘어진 내 어깨를 본 조성원이 다가와서 말했다.

"어깨가 탈골되었군요. 다시 끼워야겠는데 괜찮겠습니까?"

"…할 줄 알아?"

"이 정도는 당연히 알죠."

하긴 외가 무공의 진수 중 하나인 항룡십팔장을 익힌 녀석이다. 적어도 인체에 관해서는 해박할 것이다. 고개를 끄덕이자 녀석이 내 팔꿈치와 어깨를 붙잡고서 말했다.

"아플 겁니다. 하나… 둘… 셋!"

녀석이 빠진 어깨를 강하게 안쪽으로 밀어 넣었다. 우두둑!

'끄읍!'

순간 입에서 비명이 터져 나올 뻔했다. 예전에도 한 번 뼈를 끼워 본 적이 있었는데, 역시나 고통스러웠다.

"버틸 만하죠?"

"…"

이상하게 얄밉네. 나름 이 녀석의 윗사람이라고 내색하지 않으려고 했는데, 너무 아파서 곧바로 대답할 수가 없었다. 통증이 조금이나마 가시고 나서야 입을 열 수 있었다. 나는 두 사람에게 말했다.

"후우. 일단 시신들을 처리하고 운기조식을 할 수 있도록 안전한 장소로 자리를 옮기죠."

숲길 한가운데에 시신들이 넘쳐났다. 혹시 문제가 될 수 있으니 흔적을 숨기는 편이 나았다. 당장은 완전히 처리할 여력이 없으니, 체력을 회복하기 전에 적어도 수풀 사이에 숨기기라도 해야 할 것 같았다.

"흐읍."

나는 자리에서 몸을 일으켜 세우려 했다. 그러나 진혈금체의 후유증으로 인한 전신 근육의 경련으로 그대로 다시 주저앉았다.

"부단주님, 일단 쉬고 계세요. 저희가 시신들을 처리할게요."

사마영이 내게 쉴 것을 권고했다. 두 사람도 상태가 좋지 않아서 미안했지만 아무래도 조금이나마 움직이려면 선천진기로 운기조식을 해야 할 것 같았다.

"…부탁할게요."

"에이. 부단주님과 저 사이에 무슨 부탁이에요."

'…?!'

부단주님과 저 사이? 뭔 소리냐, 하는 표정으로 쳐다보자 그녀가 신이 나서 부리나케 시신들로 달려갔다. 지쳐 보였는데 아직도 저 정도 체력이 남았나 보다. 도통 종잡을 수가 없는 그녀였다.

"후우."

일단 빨리 조금이라도 운기를 해야겠다. 이곳에 오래 머무는 것 은 위험했다. 선천심법을 운기했다. 그러자 심장에서 불을 지핀 것처 럼 뜨거운 기운이 올라오며 전신으로 퍼져 나갔다. 선천진기였다.

'응?'

그런데 선천진기에 변화가 생겨났다. 소주천을 한 번 하자 중단전 의 상태를 알 수 있었는데, 선천진기의 그릇이 미세하지만 조금 커 졌다. 목숨이 경각에 달할 만큼 위기를 겪게 되면 선천진기가 좀 더 성장하는 것은 알고 있었지만 놀라웠다.

'고생한 만큼 성장하는 건가.'

참 특이한 힘이었다. 생명의 중심이라 할 수 있는 원기로 성장하 는 기운이라 그런 걸지도 몰랐다. 기쁜 일이지만 일단 서둘러야겠 다. 그렇게 두 번 정도 소주천을 했을 때였다.

—….

'…?!'

눈이 저절로 떠졌다. 이명이 들려왔는데, 이곳으로 빠르게 다가오 고 있었다. 하나뿐이었지만 이게 정말로 한 명인지 판단할 수가 없 었다.

'큭.'

적어도 반의반 각 정도만 운기해도 몸을 운신할 수 있을 텐데. 이명이 들렸다는 것은 병장기를 지녔다는 소리였다. 만곡리 쪽에서 오고 있는 것으로 보아 분명 무림인들이 틀림없는데, 이게 좋은 일인지 아닌지 알 수 없었다. 나는 부들거리며 몸을 일으켜 세웠다. 그래도 두 번 정도 소주천을 했다고 다리에 겨우 힘이 들어갔다.

"다들!"

나의 외침에 시신들을 수풀로 옮기던 사마영과 조성원이 쳐다보았다.

"일단 멈추고 자리를 피하죠. 누군가 이곳으로 오고 있…."

"부단주님!"

그 순간 사마영이 외침과 함께 나를 향해 신형을 날렸다. 나는 그녀가 왜 이런 행동을 했는지 뒤에서 들리는 소리 때문에 알 수 있었다. 이명은 다가오고 있었는데, 그보다 더 빨리 도착한 이가 있었다.

촤르르르! 그녀가 다급히 검을 뽑았다. 차아아앙! 금속성과 함께 그녀의 신형이 뒤로 밀려났다. 고개를 돌리자 뒤에 분노한 얼굴의 한 중년인이 서 있었다. 처음 보는 얼굴이었지만 나는 길게 늘어진 채찍을 보고서, 그의 정체를 단번에 짐작할 수 있었다. 파옹사 나육형의 제자로 보였다. 그에게 두 제자가 있다는 이야기를 들은 적이 있는데, 그중 한 명인 듯했다. 두 제자가 전부 죽임을 당했으리라 생각했는데 그게 아니었다.

'하아… 미치겠군.'

정말 산 넘어 산이었다.

"이놈들, 감히 스승님을 해하다니!"

분노를 토해내는 중년인. 명정과 명해 중 누군지는 모르겠다. 나육형의 두 제자 모두 절정의 고수로 알고 있는데, 지금 내겐 저자를 감당할 여력이 없었다. 사마영을 쳐다보니 그녀 또한 손이 심하게 떨리고 있었다.

'아….'

역시 그녀도 지쳤다. 그 많은 고수를 상대하고 아직 쉬지도 못했다. 체력이 남아 있을 리 만무했다.

"빌어먹을!"

조성원의 입에서도 거친 소리가 터져 나왔다. 그도 그럴 것이 나육형의 제자로 보이는 중년인 뒤쪽에서 약 스무 명의 무리가 달려오고 있었다.

'두 패로 나눈 거였구나.'

그걸 보고서 나는 짐작할 수 있었다. 나육형과 그 수하들은 비밀통로를 정확히 아는 것이 아니라, 나올 만한 곳을 예측해서 인원을 나눴던 것이다. 저들은 아마도 다른 곳을 지키다가 온 것이리라. 이를 어찌해야 하나.

나육형의 제자로 보이는 중년인이 우리를 향해 소리쳤다.

"네놈들을 오체분시해서 구천을 떠도는 스승님의 한을 풀겠다!"

분노를 토해내는 나육형의 제자의 눈은 우리를 응시하고 있었다. 놈은 지금 우리의 상태가 좋지 않다는 것을 단번에 알아차렸다. 그러니 저렇게 지껄일 수 있는 것이었다. 그렇지 않다면 제 스승과 동문, 그리고 무리를 전부 죽일 정도의 실력자들에게 경거망동할 수 있겠는가.

슥! 나는 다시 검집에 손을 가져갔다. 별 수 없었다. 적이 최상의 상태일 때만 나타나는 법은 없지 않은가. 후들거리는 다리를 보며 나육형의 제자가 비웃음을 흘렸다.

"그딴 몸으로 검이나 제대로 휘두르겠느…. 응?"

그때 놈이 말하다 말고 가늘어진 눈으로 어딘가를 쳐다보았다. 우리가 가려고 했던 숲길 쪽이었다. 뭔가 싶어서 고개를 돌렸는데, 그곳에서 엄청나게 뚱뚱한 남자가 이곳을 향해 쿵쿵거리며 뛰어오고 있었다. 저런 몸으로 뛴다는 게 놀라울 정도였다. 대체 누구지?

"멈춰라, 이것들아!"

가까이까지 온 뚱뚱한 남자가 소리쳤다. 그 모습에 나육형의 제자가 어처구니없어했다.

"어이, 돼지. 목숨을 부지하고 싶으면 무림의 일에 끼어들지 말고 꺼져라."

그런 그의 경고에도 불구하고 뚱뚱한 남자는 뒤뚱거리면서 우리 곁으로 다가왔다. 그러자 사마영이 그를 견제하며 검을 겨냥하려 했다. 그런데 뚱뚱한 남자의 입에서 뜻밖의 말이 나왔다.

"하! 이놈들, 어디로 샜나 했더니, 아주 제대로 사고를 쳤구나. 파웅사 놈을 죽여? 크하하하하하핫."

호탕한 웃음소리. 그 소리를 듣는 순간 눈이 번뜩 뜨였다.

'이자는….'

반면 나육형의 제자는 다른 것으로 거슬렸나 보다.

"파웅사 놈을 죽여? 이 돼지 놈이 감히!"

촤아아악! 놈이 뚱뚱한 남자에게 채찍을 휘둘렀다. 일렁이는 파도처럼 엄청난 기세로 날아오는 채찍. 그런데 그 채찍을 뚱뚱한 남자가 낚아채듯이 잡아버렸다. 팍! 터무니없을 만큼 쉽게 낚아채는 바람에 나육형의 제자가 순간적으로 당황했다. 하지만 그것도 잠시, 놈은 재빨리 채찍을 회수하려 했다. 바로 그 순간이었다. 파악! 부웅!

"헉!"

채찍을 회수하려던 나육형의 제자의 몸이 도리어 이쪽으로 끌려 날아왔다. 놀란 놈이 조법을 펼치며 뚱뚱한 남자를 공격했는데….

탁! 우두둑!

"끄악!"

뚱뚱한 남자가 놈의 손을 잡고서 그대로 꺾어버렸다. 그래도 절정의 고수였는데, 그런 자를 애송이처럼 다루는 뚱뚱한 남자였다. 꽉!

뚱뚱한 남자가 놈의 목을 움켜쥐었다. 나육형의 제자가 당혹스러워하며 겨우 입을 열었다.

"컥… 컥…. 대… 대체 당신은…."

"고작 네놈 따위가 본좌의 제자를 노려?"

"제자?"

그때였다. 뚱뚱한 남자의 몸에 변화가 생겨났다. 우두두두둑! 두두둑! 평범한 신장으로 보였던 그의 골격이 빠르게 재배치되며 커져갔다. 그것은 축골공을 풀면서 일어나는 현상이었다. 몸이 커지면서 상반신의 옷이 찢겨 나갔다.

'…?!'

나육형의 제자의 두 눈이 커졌다. 살이라고 생각했던 부분은 전부 근육이었다. 우람하다 못해 엄청난 질량을 자랑하는 근육에 나육형의 제자를 따라온 수하들도 입을 다물지 못했다. 근육질의 거구가 된 사내가 귀밑 부분의 피부를 거칠게 찢었다. 인피면구 속에서 드러난 얼굴은 바로 기기괴괴 해악천이었다.

'…!!'

"기…기기…괴괴!"

나육형의 제자의 얼굴이 새파랗게 질려버렸다.

"알아도 늦었다."

꽉! 해악천이 경악해서 어쩔 줄 몰라 하는 놈의 머리통을 커다란 손으로 움켜쥐었다. 그러고는 병마개를 따듯이, 그대로 놈의 머리를 몸통에서 뽑아버렸다. 콰득!

"끄으으으읍!"

복수를 꿈꿨던 나육형의 제자의 최후는 끔찍하기 짝이 없었다.

"제, 젠장!"

"도망쳐어어어어어!"

그 죽음에 아연실색한 무리가 누구 할 것 없이 도망치기 위해 산개하려 했다. 그런데 그런 그들 앞을 복면을 쓴 무리가 가로막았다. 혈교의 무사들이었다.

"이, 이게 대체…."

당황해하는데 해악천이 복면인들에게 심드렁한 목소리로 명했다.

"흥! 전부 죽이거라."

"충!"

그의 명이 떨어지기가 무섭게 복면인들이 그들을 유린하기 시작했다.

명을 내린 해악천이 내게 다가와 위아래로 훑어보더니 말했다.

"집 나가니 고생이지, 이놈아. 클클."

이 웃음소리가 이렇게 반가울 줄이야.

* * *

다음 날 이른 아침, 석문현의 동북쪽에 있는 한 허름한 장원.

이곳은 혈교의 은신처들 중 하나였다. 장원 입구로 송좌백, 송우현 형제, 그리고 그들의 부대주를 맡고 있는 하문찬, 이규 등이 금의환향을 하듯이 득의양양하게 걸어오고 있었다. 송좌백이 신이 나서 부대주 하문찬에게 말했다.

"녀석은 아직 오지도 못했겠지."

보름이라는 기간이 주어졌는데 겨우 사흘 만에 가문의 후기지수 대표를 쟁취한 송좌백이었다. 그는 당연히 자신이 소운휘보다 빨리 도착했을 거라 여겼다. 이번만큼은 스승인 해악천이 자신을 칭찬할 거라고 확신했다.

"누구십니까?"

입구를 지키는 문지기들이 그들을 가로막았다. 송좌백이 자신의 허리에 매고 있는 파란 띠를 손으로 가리키고는 신분을 알리는 각패를 꺼내 보였다. 슥! 문지기가 조용히 묵례하며 예를 취했다.

"들어가십쇼."

문지기들이 양옆으로 갈라져서 입구를 열었다.

대문 안으로 들어가려 하던 송좌백이 문득 멈춰 서서 싱글거리며 물었다.

"소운휘 부단주는 아직 안 왔지? 하긴 내가 좀 빨리 도착하긴…."

"오셨습니다."

"뭐?"

웃고 있던 송좌백의 표정이 굳었다.

그런 그에게 문지기가 신이 나서 속삭이는 목소리로 말했다.

"지금 본당에 난리가 났습니다."

"왜, 왜?"

"소운휘 부단주와 대주들이 파응사 나육형의 수급을 가지고 복귀했습니다."

'…!!'

그 말을 들은 송좌백의 얼굴이 급격히 시무룩해졌다.

무림연맹

귀주성 동남쪽, 강구현 서쪽 외곽의 장원.

본당 회의실로 급보가 들어왔다. 의자에 앉아 있는 백련하와 혈수마녀 한백하, 난마도제 서갈마의 탁자 맞은편 앞에 한 혈교의 무사가 한쪽 무릎을 꿇고는 보고했다.

"익양 소가, 조항 송가 모두 후기지수 대표 자리를 무사히 쟁취했습니다."

내심 불안해하고 있던 세 사람의 표정이 동시에 풀어졌다. 첫걸음부터 실패했다면 곤란할 뻔했다.

"다행이군."

"그러게 말입니다."

그런데 다음 보고에 그 분위기가 바뀌고 말았다.

"소운휘 부단주 쪽에서 중간에 문제가 생겼었습니다."

"문제? 무슨 일이죠?"

내색하지 않으려 했지만 백련하의 눈빛은 걱정스럽기 짝이 없었다. 그런 그녀의 물음에 무사가 보고를 이어갔다.

"후기지수 대표 자리를 쟁취할 당시 익양 소가의 가주가 만곡리 흑현정에 의뢰를 했다고 하여 소운휘 부단주가 그것을 알아보기 위해 만곡리로 향했었습니다."

"…계획에 어긋나는군요."

혈수마녀 한백하가 인상을 찡그리며 말했다. 이에 서갈마가 본의 아니게 변호를 했다.

"혹 흑현정에서 의뢰를 받았을 수도 있으니 그냥 넘어가기도 힘들지 않겠소?"

"계속하세요."

그런 두 사람의 대화를 아랑곳하지 않고 백련하가 보고를 재촉했다. 이에 무사가 말을 이어갔다.

"흑현정이 당시 본교의 행사라 의뢰를 거절했다는 것을 알아낸 소운휘 부단주가 복귀 도중 파옹사 나육형과 조우했습니다."

"파옹사?"

그 말에 모두의 표정이 굳었다. 파옹사 나육형이라면 사파에서 악명 높은 악인이 아니던가. 남천검객과 대결하고도 살아남을 만큼 초고수로 알려져 있었다.

"특별히 그와 접점이 없으면 싸울 일은…. 설마?"

백련하의 머릿속에 남천검객이 스쳐 지나갔다. 지금 소운휘는 무림 대회에 참가하기 위해 익양 소가의 소생이자 남천검객의 제자를 표방하는 중이었다. 무사가 들고 있는 보자기를 열었다. 그 안에 머리를 집어넣을 수 있을 만한 크기의 목함이 들어 있었다. 백련하의 두 눈이 커져서 자리에서 일어났다.

"…지금 그건?"

불길한 예감이 든 백련하는 저 안에 그의 수급이 들어 있기라도 할까 봐 불안했다. 나육형은 존자급이나 혈성급의 고수가 아니면 상대할 수 없는 초고수였다. 무사가 목함의 뚜껑을 열었다. 그 순간 모두의 입에서 탄성이 흘러나왔다.

"아!"

"하….'

목함 안에 든 것은 반백에 두 눈이 없는 머리였다. 파응사 나육형과 안면이 있던 난마도제 서갈마는 어처구니없어했다.

"이게 어찌 된 일인가? 해 형, 아니 사존께서 개입한 건가?"

"아닙니다. 사존과 저희가 도착했을 때는 소운휘 부단주와 두 대주가 파응사를 비롯한 그 제자와 수하들을 모두 죽인 후였습니다."

"세상에. 그럼 그들이 파응사를 처리했다고요?"

어지간한 일에는 무표정하게 대응하는 혈수마녀 한백하였지만 놀라움을 감추지 못했다. 지금은 어떨지 모르지만 예전의 파응사라면 자신조차 승부를 장담할 수 없는 고수였다. 설령 합공이라 하더라도 그런 고수를 잡았다는 것 자체가 정말 대단한 일이었다.

"대체 어떻게 잡았다고 하던가요?"

"전해 듣기로는 부단주가 파응사에게 간계를 써서 속였다고 합니다. 그가 거기에 넘어가서 방심한 데다, 부단주가 자신의 목숨을 미끼로 걸었기에 겨우 죽일 수 있었다고 들었습니다."

"하! 자신의 목숨을 미끼로 걸었다고요?"

"그렇습니다."

혈수마녀 한백하가 기가 찬 듯 웃었다. 자신보다 윗줄의 고수를 어찌 죽였나 궁금했는데, 스스로의 목숨을 미끼로 삼았다고 하니 배짱을 넘어 대담할 지경이었다.

'소 공자, 당신은 정말….'

백련하는 속으로 혀를 내두르며 자리에 털썩 주저앉았다. 그가 무사하다는 것도 다행이었지만, 자신을 놀라게 할 줄은 몰랐다.

'아닌가.'

생각해보면 그는 매번 자신의 예상을 뛰어넘었다. 참 특이한 남자였다.

난마도제 서갈마가 다시 입을 열었다.

"세 사람은 무사하다던가?"

"사존께서 제때 도착하시지 않았다면 부상으로 위험할 뻔했지만 무사합니다. 남은 기간을 꽉 채워서 정양하다가 무한시로 출발하겠다고 사존께서 전해달라 하셨습니다."

남은 기간을 정양한다는 것은 부상이 가볍지 않다는 말이었다. 서갈마가 납득이 갔는지 고개를 끄덕였다. 그러고는 파옹사의 머리를 쳐다보며 기가 찬다는 듯이 중얼거렸다.

"그놈들이 괜히 진 것이 아니었군."

그놈들이란 자신의 두 제자를 의미했다. 한 명은 비록 파문시켰지만 심혈을 기울여 키운 녀석들이었다.

어느 정도 안도했는지 백련하가 말했다.

"그리해야죠. 회복되지 않고 무림 대회로 향하면 계획에 차질이 생길 테니까요. 사존의 판단이 옳습니다."

"감사합니다, 아가씨."

무사가 예를 표했다.

173

보고가 끝났다고 판단한 혈수마녀 한백하가 무사에게 말했다.

"보고가 끝났다면 수급을 가지고….."

"아직 끝나지 않았습니다. 사존께서 첨언을 꼭 전해달라고 하셨…. 으음."

그러고는 뒷말을 우물쭈물했다. 대체 무엇이기에 그러나 싶어 백련하가 물었다.

"무엇을 전해달라는 거죠?"

"파응사의 수급을 동봉했으니, 성과로 인정해서 소운휘 부단주를 단주로 승격시켜달라고….."

그 말에 보고를 듣던 세 사람의 얼굴이 벙쪄버렸다.

잠시 후 난마도제 서갈마가 피식 웃더니, 고개를 절레절레 흔들었다. 지극히 기기괴괴다운 첨언이었다.

* * *

늦은 밤, 안휘성 오하현의 한 평범한 규모의 장원.

대문 바깥에는 문지기들도 서 있어서 아무 일 없이 평화로워 보였다. 그러나 문을 열고 몇 발짝만 앞으로 걸어가면 차마 입을 뗄수 없을 만큼 참혹한 광경이 펼쳐졌다. 하나같이 사지가 잘려 나가서 죽은 시신들. 그 시신들을 검은 복면인들이 빠르게 정리하고 있었다. 시신들이 있는 곳을 따라가면 장원의 본당으로 이어졌는데, 본당 안방에서 죽립의 여인이 창밖을 쳐다보고 있었다. 얼마나 많은 이들을 죽였는지 여인의 검은 경사가 붉은빛으로 물들었다.

"달이 밝네. 죽기에 딱 좋은 날이야. 안 그래?"

창밖의 보름달을 바라보던 그녀가 고개를 돌려 무릎을 꿇고 있는 한 중년인을 쳐다보았다. 아혈을 점혈당했는지 중년인이 벙어리처럼 미친 듯이 고개를 흔들었다. 이에 그녀가 피식 웃으며 손을 들었다. 그러자 옆에 있던 복면인이 중년인의 목에 갖다 대고 있던 서슬 퍼런 도 날을 떼었다. 중년인이 눈물을 글썽이며 안도했다.

죽립의 여인이 가까이 다가오며 허리를 숙여 중년인의 턱을 붙잡았다. 그러고는 자신의 죽립을 위로 들어 보였다.

'…?!'

피를 연상케 하는 붉은 안광을 내뿜는 눈동자. 이를 보는 순간 중년인은 눈이 커져서 몸을 파르르 떨었다. 그녀는 현 혈교에서 가장 정점에 가까운 여인, 백혜향이었다.

"네 솜씨면 이 눈도 가릴 수 있다지?"

그 말에 중년인이 머뭇거렸다. 이에 그녀의 다섯 손가락이 중년인의 허벅지를 파고들었다. 푹!

"끄으읍."

"할 수 있어, 없어?"

이에 중년인이 고통스러워하며 고개를 끄덕거렸다. 백혜향이 빙그레 웃더니 일어났다.

"진즉에 협조했으면 얼마나 좋아. 달밤에 피도 안 보고."

그런 그녀의 모습에 중년인은 속으로 기가 찼다. 그가 본 그녀는 그야말로 살성이었다. 누군가를 죽이면서 저렇게 해맑게 웃는 자는 본 적이 없었다.

"사흘을 줄게."

그 말을 마지막으로 그녀가 안방을 나갔다. 마루 위를 걸어 나오는 그녀에게 복면인들 중 한 사람이 다가왔다. 눈가의 잔주름이 많은 것을 보면 나이가 많다는 걸 짐작할 수 있는 자였다.

"벌써 왔네?"

그런 그녀의 말에 복면인이 고개를 살짝 숙이며 말했다.

"다섯 명 모두 침투에 성공했습니다."

다섯 명 모두 침투했다는 말은 대체 무슨 의미일까? 그 말에 그녀의 붉은 입꼬리가 올라갔다. 그러고는 중얼거렸다.

"우리 련하는 몇 명이나 넣었으려나."

이에 복면인이 비웃음이 담긴 목소리로 대답했다.

"그쪽에는 그만한 여력이 없을 겁니다. 설사 침투시켰다고 해도 저들은 절대 우승할 수 없습니다. 염려 마십시오. 반드시 검을 아가씨께 갖다 바치겠습니다."

* * *

보름을 넘어 스무날이 지났다.

정파 무림의 성지라 불리는 호북성의 무한시(武漢市).

이제 막 우리는 무한시의 초입에 들어섰다.

'오랜만이네.'

회귀 전에는 이곳이 내 주 무대였다. 언제 들킬지 모르는 심장 떨리는 첩자 생활을 팔 년이나 이어온 곳이었다.

─만곡리와는 분위기가 완전 다른데.

당연하지. 이곳은 정파의 성지다. 중원 팔대 고수 중 두 사람이 지키고 있기에, 이곳 호북성만큼은 사파나 흑도의 문파가 존재하지 않왔다. 무당파의 장문인 태극검제 종선 진인, 무림연맹의 맹주 무한제 일검 백향묵. 두 사람은 무림연맹의 최고 전력이자 정신적 지주였다.

—무림연맹에는 괴물들이 많네?

소담검이 내 말에 놀라워했다.

그래, 무림연맹에만 초인이라 불리는 팔대 고수가 두 명이나 속해 있다. 그것으로도 모자라 팔대 고수를 두 명이나 배출한 무쌍성과도 손을 잡았으니, 당연히 혈교는 정사 대전에서 패할 수밖에 없었다.

—아니, 단순히 숫자만 계산해도 패할 게 뻔하지 않아?

소담검이 이해할 수 없다는 듯이 말했다. 이에 어느 정도 무림의 사정을 알고 있는 남천철검이 대신 답해줬다.

—당시 혈마는 사파였지만 천하제일에 가까운 자라 불렸다. 그리고 그를 보좌하던 육존자 십이혈성 중에도 오대 악인의 일인이 있었다. 동맹만 아니었다면 그렇게 밀리는 상황이 아니었던 것으로 알고 있다.

—응? 육존자 십이혈성?

아, 몰랐구나. 정사 대전에서 패하기 전에 혈교는 육존자 십이혈성 체제였다. 그중 절반 가까이가 전사하면서 지금의 사존자 칠혈성 체제가 된 것뿐이다. 그리고 오대 악인 중 두 사람이 죽고, 새로운 괴물인 살흉(殺凶)의 절심이 등장하면서 지금의 사대 악인 시대가 열리게 되었다.

—그래도 지금 불리한 거 아냐? 무림연맹에 팔대 고수 중 두 사람이 있다며? 혈교는 쥐뿔도 없잖아.

'아니, 그렇지 않아.'

사존자 중 한 사람이 초인의 영역에 들어선 것으로 알고 있다. 누군지는 혈교에서 정보를 감춰, 하급 첩자에 불과한 내 귀엔 들어오지 않았다.

—오!

일존이 아닐까 짐작하는데, 모를 일이다. 칠혈성과 달리 사존자의 무위는 크게 차이가 나지 않으니 말이다. 뿐만 아니라 딱 여섯 달 뒤쯤 큰 사건이 터진다.

—사건?

'팔대 고수가 바뀌거든.'

회귀 전 십 년 사이에 팔대 고수의 두 명이 바뀐다. 그중 제일 빠른 한 사람이 바로 무당파의 장문인인 태극검제 종선 진인이다.

—어떻게 죽는데?

살흉 절심의 손에 죽는다. 더 놀라운 것은, 다른 곳도 아닌 무당산에서 최후를 맞이한다. 이렇게 되면 결과적으로 혈교와 무림연맹의 전력은 거의 비등해진다고 할 수 있다. 회귀 전 무림은 각 세력이 절묘하게 균형을 이룬다. 혈교, 무림연맹, 무쌍성, 그 외에 중립을 표방하고 있는 초인들.

—…운휘 네 말대로라면 지금까지의 평화로운 시기는 폭풍전야라고 할 수 있겠군.

'그래.'

지금은 폭풍전야다. 무림연맹과 무쌍성의 동맹 파기, 그리고 태극검제 종선 진인의 죽음은 무림을 다시 혼란의 전국 시대로 되돌린다. 물론 일부 사건들로 그 시기가 더욱 빨라지고 있지만.

"저곳이구나."

일행의 선두에서 앞장서고 있던 해악천이 한 객잔을 손으로 가리켰다. 차양막 위로 남색 작은 깃발이 바람에 휘날리고 있었다. 객잔의 이름은 도연 객잔. 무림연맹의 성에서 조금 떨어진 외곽에 있는 이곳에서 우리는 무림연맹에 침투해 있는 첩자와 접선하기로 했다.

"젠장, 덥구나. 어서 가자."

해악천이 뒤뚱거리면서 객잔으로 달려가다시피 했다. 축골공으로 골격을 강제로 줄이고, 인피면구에다 근육을 두꺼운 옷으로 가리면서 해악천은 남들보다 더욱 더워 보였다.

—고생이네, 미친 늙은이.

그러게 말이다.

한여름의 무한시는 열탕이나 다름없었다. 원래 그의 임무는 난마도제 서갈마가 맡기로 되어 있었다. 후기지수 논무가 끝나는 마지막 날에 무림연맹의 성 밖에서 대기하다가 만약의 사태를 대비하거나 퇴로를 여는 임무였다. 해악천의 체구나 인상착의가 워낙 많이 알려져서 서갈마가 맡겠다고 했는데, 해악천이 극구 우겨서 축골공까지 익혀가며 맡았다.

"어휴, 덥긴 하네요."

숨소리에 옆을 쳐다보니 조성원도 땀범벅이 되어 있었다. 인피면구로 얼굴을 가려서 더욱 더운 모양이었다. 내공을 운기하면 더위가 어느 정도 가신다. 하지만 운신하는 내내 운기를 할 수 있을 만큼 내공이 남아돌거나 아끼지 않는 고수들이 몇이나 될까. 해악천조차 축골공을 유지하느라 내공을 아끼는 판국에 말이다.

—네 옆에 있네.

'응?'

왼쪽을 쳐다보니 사마영이 있었다. 그녀는 인피면구를 썼는데도 땀 한 방울 흘리지 않고 뽀송뽀송한 얼굴을 유지하고 있었다. 내가 쳐다보자 그녀가 싱긋거리며 웃었다.

'…'

음. 더운 것보다 내공 소모가 낮다는 건가.

그러고 보니 나도 땀이 거의 나지 않았다. 특별히 내공으로 몸을 보호하는 것도 아닌데, 이상하게 땀이 난다거나 덥다는 느낌이 없었다.

―선천진기 때문이다. 전 주인께서 선천진기는 의식하지 않아도 해가 되는 것으로부터 몸을 보호한다고 하셨다.

'아…'

내가 의식하지 않아도 가끔씩 중단전에서 뜨거운 기운이 일어난 것도 그 때문이구나.

객잔으로 가니 해악천과 송좌백, 송우현 형제가 차양막이 있는 한 자리를 차지하고서 물을 벌컥벌컥 마시고 있었다.

'자리가…'

여섯 사람이 앉을 자리였는데, 이 덩치 커다란 세 사람이 앉으니 공간이 없었다. 이왕이면 개별 의자를 놔두지, 저렇게 긴 목판 의자를 뒤가지고.

객잔은 손님들로 바글거렸다. 무한시 외곽임에도 불구하고 무림 대회를 앞두고 있어서 그런지 객들이 많았다. 반 이상이 무림인들이었다. 특별히 유명하거나 강한 자들은 없어 보였다.

'으음.'

그보다 분위기를 보니 우리는 자리가 날 때까지 계속 서 있어야 할 판국이었다. 해악천도 그걸 의식했는지 내게 말했다.

"우리는 여기 있을 터이니, 너희들은 혹여 안에 자리가 있나 찾아
보거라."

"알겠습…."

대답을 하는데 그때 누군가의 목소리가 들렸다.

"안쪽에도 자리가 없으니 젊은이들 괜찮다면 우리와 합석하는
게 어떻겠는가?"

소리가 난 곳을 쳐다보니, 좀 떨어진 차양막 아래에 두 명만 앉아
있는 이들이 있었다. 그 두 명 중 흰머리에 모시옷을 입은 지긋한 노
인이 우리에게 말을 건 것이었다. 노인은 우리 쪽을 바라보고 있었
는데, 그 앞에 등지고 앉은 사내는 등허리에 비파처럼 보이는 무언
가를 검은 천으로 감싸서 메고 있었다. 해악천이 괜찮다며 고개를
끄덕였다. 이에 노인을 향해 포권을 취하며 인사했다.

"호의에 감사드립니다."

그리고 일행들과 함께 그곳에 다가가 합석하려 하는데….

'…?!'

등지고 있는 자를 본 순간, 나는 그 자리에 얼어붙고 말았다.

—왜 그래?

소담검이 의아해하며 물었다.

'여, 열왕패도야.'

—…!!

짙은 눈썹에 짧은 턱수염을 기른 강렬한 인상의 중년인. 그는 중
원 팔대 고수의 일인인 열왕패도 진균이었다.

열왕패도(熱王覇刀) 진균. 중원에서 열두 초인 중 하나라 불리는

그는 같은 팔대 고수인 무상도 정천과 더불어 도(刀)의 정점에 올랐다고 알려졌다. 정사 어디에도 속해 있지 않지만 워낙 대쪽 같은 성격을 지닌 것으로 유명하여 불의에는 절대 타협하지 않는 위인이었다. 전생에 딱 한 번 멀찌감치 떨어져서 봤던 이 절세고수를 바로 눈앞에서 볼 거라고 누가 상상이나 했겠는가.

'열왕패도가 어떻게 여기에 있는 거지?'

내가 알기로 그는 이런 무림의 행사에 관심이 없었다. 심지어 회귀 전에도 그가 무림 대회에 찾아왔다는 이야기는 들어본 적이 없었다.

'황당하네.'

그 유명한 팔대 고수의 일인이 무림연맹 외곽에 있는 객잔에서 차양막 아래 앉아 한적하게 술을 마시고 있을 줄이야.

—뭔가 어울리지 않는데.

내 말이 그거였다. 앞에 모시옷을 입고 유유자적하게 있는 노인과 달리, 열왕패도 진균은 워낙 인상이 강렬해서 전장 한복판에 있어야 할 것 같았다. 순간 얼어붙어서 발걸음을 멈칫했을 뿐이었는데, 술잔을 기울이고 있던 진균이 나를 올려다보았다. 시선만으로 마치 나를 관통하는 느낌이었다. 헤아릴 수 없는 역량은 그의 기도를 평범하게 보이게 했지만, 그 위명 때문인지 절로 위축되게 만들었다. 어떻게 해야 할지 망설이던 나는 그에게 인사하려 했다. 상대는 무림의 대선배. 응당 그래야 할 것만 같았다. 슥!

그러자 열왕패도 진균이 손을 들어 이를 만류했다. 그리고 내게 말했다.

"어떻게 알아본 건가?"

그는 내가 자신을 알아본 것을 한눈에 알아차렸다. 내 뒤에 있는 사마영이나 쌍둥이의 부대주들이 의아해했다. 그녀는 열왕패도 진균을 알아보지 못했다. 진균은 반박귀진의 경지에 이르러 그 얼굴을 익히 알지 못한다면 평범한 무사로밖에 보이지 않기 때문이었다. 반면 정보를 다루는 개방 출신답게 조성원은 그를 알아본 모양이었다. 뭔가 싶어 그를 쳐다보고는 마찬가지로 얼굴이 굳었다.

[왜 그러세요?]

[…열왕패도 진균입니다.]

내가 답하자 사마영이 놀라움을 감추지 못했다. 무림에 나와 처음으로 아버지와 명성을 같이하는 절세고수를 보았으니, 그런 것 같았다.

"왜 대답을 못 하는 겐가, 젊은이?"

진균의 물음에 나는 황급히 입을 열었다.

"예전에 먼발치에서 어르신을 뵈었던 기억이 있습니다."

그는 저렇게 보여도 해악천보다 나이가 많은 것으로 알고 있다. 팔대 고수급 경지에 오른 자들은 노화마저도 느리게 진행된다고 들었다.

"나를 보았다고?"

그렇다. 확실하게 봤다. 물론 미래에서였지만.

"한데 어째서 자네를 본 기억이 없을까?"

그의 말에 심장이 덜컹 내려앉았다. 먼발치에서 보았다고 했는데, 이런 식으로 대응할 줄은 몰랐다. 혹시 우리의 정체를 의심하고 있는 것일까? 그럴 확률도 배제할 순 없었다. 그 정도 되는 고수라면 기감으로 이 객잔 안에 있는 모든 자들의 기도를 손바닥 들여다보듯 알 수 있을 것이다. 나는 차마 고개를 돌리지 못했지만 뒤를 의식할 수밖에 없었다. 조금 떨어진 곳에 앉아 있는 해악천.

'아….'

그러고 보니 회귀 전 열왕패도 진균은 해악천의 팔을 자를 운명이다. 지금으로부터 약 오 년 후에 말이다. 물론 이제는 모른다. 회귀 전에는 해악천이 독단적으로 움직였기 때문에 그런 사태가 일어난 것으로 알고 있다. 다만 지금이 걱정된다.

'혹시 알아차리면 어떡하지?'

열왕패도 진균은 대쪽 같고 불의를 참지 못하지만 특별히 사파나 혈교를 경멸한다거나 하진 않는 것으로 알고 있다. 만약 그랬다면 진즉에 정사 대전에 참여했을 것이다. 그러나 미래에 일어날 일을 알고 있어서 그런지 괜히 걱정이 되었다.

[무슨 일이냐?]

그때 귓가로 해악천의 전음이 들려왔다. 내가 자리에 앉지 않고 서 있는 것을 보고서 이상한 낌새를 알아차린 모양이다. 이를 어쩌나. 아직 해악천은 진균의 존재를 눈치채지 못했다. 한데 괜히 여기서 부딪치게 만들면 임무는 물론이거니와 최악의 사태가 될 수도 있었다.

[별일 아닙니다.]

이렇게 둘러대도 곧 해악천은 움직일 거다. 얼른 진균과의 연결고리를 찾아야 한다.

'생각해라. 생각해라, 소운휘. 아!'

마침 머릿속에서 뭔가가 스쳐 지나갔다. 오 년 전인가 유명했던 한 사건.

"선배님께서 모르시는 것도 당연합니다. 동정호에서 뵈었는데 그 많은 인파 속에서 어찌 저를 기억하시겠습니까?"

"동정호?"

나의 말에 진균이 인상을 찡그렸다. 오 년 전 열왕패도 진균은 일가를 데리고 동정호에 왔었다. 그때 그에게 원한 관계가 있었던 흑도의 무리가 그의 가족들을 노렸고, 진균이 그들을 몰살시켰다.

"저도 아버님을 따라 나왔다가 뵌 기억이 있습니다."

"…자네 부친의 존함을 여쭤봐도 되겠나?"

"부친의 성은 소이고 이름은 익 자에 헌 자를 쓰십니다."

그 말에 맞은편에 앉아 있던 모시옷의 노인이 입을 뗐다.

"호오, 익양 소가의 가주가 아니신가. 이거 몰랐는데 명문 가문 출신이었구먼."

이를 들은 열왕패도 진균이 인상을 풀고서 고개를 끄덕거렸다. 다행히 익양 소가의 본가와 동정호는 매우 가깝다. 이 연결고리를 떠올리느라 머리에 진땀이 나는 줄 알았다.

"이거 오해를 한 것 같구먼. 우리는 젊은이가 풍채가 남다른 저어른의 제자라고 생각했네만."

풍채가 좋다고 돌려 말하는 노인. 그의 시선이 향한 곳은 정확히 해악천의 등이었다. 약간 거리가 있었지만 해악천도 이쪽이 나누는 대화를 의식하고 있는지, 꼼짝하지 않고 듣고 있었다.

"아… 저분은 제 아버님과 오랜 교분을 나누신 지인분이십니다. 호돈금장이라 불리셨다는데 혹시 알고 계시는지?"

나는 미리 준비해둔 해악천의 신분을 밝혔다. 실제로 예전에 있던 자였다. 다만 당사자는 비명횡사하고 그 신분만 써먹는 것이었다.

"그런가."

노인과 진균의 표정을 보니 몰랐다. 다행이었다. 안다면 괜히 피곤해질 테니까. 노인이 너털웃음을 짓더니 내게 물었다.

"허허. 이곳까지 온 것을 보니 젊은이도 무림 대회의 후기지수 논무에 참가하러 왔겠구먼."

"그렇습니다."

이건 굳이 속일 이유가 없었다. 나의 대답에 노인이 잘됐다는 식으로 말했다.

"이 친구의 손주 녀석과 좋은 대결을 할 수 있겠군."

'손주?'

노인이 가리킨 '이 친구'는 열왕패도 진균이었다. 잠깐, 그럼 이번 후기지수 논무에 진균의 손자가 출전한단 말인가? 나는 머릿속이 지끈거리기 시작했다. 또다시 미래의 일부가 바뀐 것 같았다.

—이런 행사에 관심 없다고 하지 않았어?

'맞아.'

그런데 왜 출전하는 건지 알 수 없었다. 설마 열왕패도 진균이 무림연맹과 돈독한 관계를 맺으려는 것일까?

그때 객잔 안에서 누군가 걸어 나왔다. 훤칠한 외모에 장신의 청년이었는데, 열왕패도 진균과 마찬가지로 등허리에 검은 천으로 감싼 비파 형태의 무언가를 가지고 있었다.

'…패열도.'

아마 저 기이한 형태의 무언가는 도(刀)일 것이다. 도신의 길이가 짧고 도면이 굉장히 넓은데, 열왕패도 진균의 독문 무공을 펼치기에 적합하게 제작된 것으로 알고 있다. 한데 중단전을 개방하지 않은 상태로 진균의 손자가 어느 정도 수준인지 짐작할 수가 없었다. 그래서 중단전을 슬쩍 개방했는데….

'…쉽지 않네.'

풍겨지는 기도가 절정의 끝을 달리고 있었다. 중단전을 개방하지 않으면 상대하기 힘든 수준이었다. 과연 팔대 고수의 피를 이었다.

'응?'

그런데 진균의 손자의 시선은 사마영에게 향해 있었다. 그녀에게서 풍기는 기도를 읽은 모양이었다. 비슷한 연배에게서 강자의 기운이 읽히니 자신보다 아래로 보이는 나는 안중에 들어오지 않았나 보다.

"조부님, 계산을 치르고 왔습니다."

왜 객잔 안에서 나오나 했더니 계산을 하고 나온 것이었다. 손님들이 많아서 점소이가 분주하게 왔다 갔다 하다 보니, 찾아서 값을 치른 것 같았다.

"한데 이분들은?"

이에 진균이 나를 슬쩍 올려다보았다. 스스로 소개하라는 의미로 보였다. 이에 나는 포권을 취하며 정중하게 예를 갖춰 말했다.

"익양 소가의 삼남인 소운휘라고 합니다."

그 말을 듣자 웃고 있던 노인의 표정에 의아함이 묻어났다. 그것은 진균의 손자도 마찬가지였다. 아마도 익양 소가에서 버림받았다는 소문을 들어서일까? 한데 그런 나의 예상과 달리….

"아니, 익양 소가에서는 삼남을 후기지수 대표로 보낸 것인가? 노부는 당연히 자네가 장남일 거라 생각했다네."

응? 설마 모르는 건가?

노인은 나에 대한 소문을 모르는 듯했다.

─관심도 없던 거 아냐?

소담검의 말에 그럴 수 있겠다는 생각도 들었다. 노인이 누군지는 모르겠지만 열왕패도 진균과 같은 무림의 정점에 서 있는 고수가 무림에 알려지지도 않은 내게 관심을 가질 리가 없었다. 들었어도 한 귀로 흘려보냈으리라.

그때 진균의 손자가 포권을 취하며 말했다.

"진용이라고 합니다. 공의 이름을 듣고 싶군요."

스스로를 진용이라 밝힌 진균의 손자가 말을 건 상대는 다름 아닌 사마영이었다. 이거 대놓고 없는 사람 취급을 하는 건가? 아무래도 자신보다 약하다고 생각한 이는 거들떠보지 않는 성격인 듯했다. 생각보다 오만한 녀석이었다. 하지만 이 녀석이 모르는 게 있었다.

"저는 마영이라고 합니다."

사마영은 그를 쳐다보지도 않고 다른 방향에 있는 노인과 진균을 향해 포권을 취하며 이름을 밝혔다. 대놓고 똑같이 무시한 것이었다. 이에 진용의 미간에 주름이 생겨났다. 사마영은 내게 함부로 대하는 자들에게 좋게 대하는 법이 없었다. 이에 노인이 웃으면서 말했다.

"허허허허. 젊은 친구가 재치가 있군."

그 말의 의미를 알아들은 진용이 부끄럽다는 듯이 고개를 숙였다. 끝까지 나와는 눈을 마주치지 않았다. 조금이라도 융통성이 있다면 분위기를 잘 활용해서 호탕하게 내게 사과할 법도 할 텐데 말이다. 그때 진균이 술잔에 손가락을 살짝 집어넣었다. 그러더니 이를 빼서는 손가락을 가볍게 튕겼다. 그 순간 그의 손가락에 맺혀 있던 술 방울이 진용의 복부로 날아들었다. 팡!

"윽!"

진용이 복부를 움켜쥐고서 고통스러워했다.

'…!!'

눈앞에서 보고도 믿기지 않는 신기였다. 고작 손끝에 맺힌 술 방울에 내력을 실어서 충격을 줄 정도라면 얼마나 심후한 내공을 지닌 것일까? 진균이 내게 말했다.

"아들 녀석과 달리 하나뿐인 손주라 그런지 너무 오냐오냐 키운 것 같군. 소 형제, 부디 기분 푸시게."

─어우, 가정교육 보소.

대쪽 같다는 이야기는 들었지만 손주한테 손을 쓸 정도였다. 진균이 고개를 돌려 그를 쳐다보았다. 이에 그의 심기가 불편한 것을 깨달은 진용이 다급히 내게 포권을 취하며 사과했다.

"진 모가 소 형제께 무례를 범했습니다. 부디 용서해주십시오."

사과는 했지만 특별히 진심이 담기지는 않았다. 그저 자신의 조부에게 보이기 위함이었다. 살짝 골탕을 먹여볼까. 나는 전혀 개의치 않는다는 듯이 손사래를 치며 말했다.

"아닙니다. 제가 부족하여 진용 공자의 눈에 차지 못했으니, 가문의 위명에 누를 끼친 것 같아 오히려 그게 마음에 걸릴 뿐입니다."

그 말에 진용의 표정이 굳었다. 언뜻 겸양스럽게 말한 것처럼 들리지만 나는 녀석에게 제대로 한 방 먹인 것이었다. 아니나 다를까, 진균의 표정이 무섭게 뒤틀렸다. 탁! 자리에서 일어난 진균이 낮은 목소리로 진용에게 말했다.

"이 할아비의 얼굴에 먹칠을 하는구나. 따라오거라. 대회에 나가기 전, 버릇을 단단히 고쳐주마."

진용의 얼굴이 새파랗게 질렸다. 이거 재밌네. 이런 식으로 대쪽 같은 성격을 이용할 수도 있구나. 노기에 찬 진균은 보이는 게 없는지 뒤도 돌아보지 않고 성큼성큼 가버렸다.

"허어. 이 친구가 또."

노인이 고개를 절레절레 흔들더니 내게 말했다.

"논무에 참여한다고 했으니 나중에 볼 수 있겠군. 좋은 결과가 있기를 바라네."

그 말과 함께 노인이 급히 진균을 따라갔다. 새파랗게 질린 얼굴로 나를 원망하는 듯한 눈빛으로 쳐다보던 진용도 다급히 뒤따라갔다.

* * *

진균을 뒤따라간 노인이 그의 심기를 달래려고 했다.

"너무 뭐라고 하지 말게. 자네 손주가 일부러 그랬겠나. 익양 소가의 삼남보다 그 뒤에 있는 친구가 더 뛰어나니 호승심이 가서 그런 것 아니겠나."

그런 노인의 말에 진균이 고개를 저었다. 그러고는 마음에 들지 않는다는 목소리로 말했다.

"그렇다면 더욱 혼나야 하네."

"그게 무슨 소리인가?"

"진짜 주의해야 할 상대를 알아보지 못했으니 말이야."

그 말에 노인의 표정이 의아해졌다. 진균은 손주가 이런 논무에 나가는 것을 못마땅하게 여겼지만, 굳이 나간다면 몇 명의 후기지수를 제외하고는 적수가 없을 거라 여겼다. 그런데 오늘 처음 본 익양 소가의 삼남을 높이 평가하고 있었다.

"대체 그게 무슨 소린가?"

노인이 볼 때 익양 소가의 삼남은 또래 후기지수 중에 제법 강하기는 했지만, 그 정도가 한계였다. 우승 후보감은 절대 아니었다. 이에 진균이 무거운 목소리로 말했다.

"녀석이 이기지 못할 상대일 수도 있단 말이네."

'…?!'

[마음에 안 드는 사람이네요. 할아버지가 팔대 고수지, 본인이 팔대 고수인가요.]

사마영이 내게 전음을 보내며 투덜거렸다. 역시 사대 악인인 월악검 사마착의 여식이라 그런지, 그녀는 전혀 위축되거나 겁을 먹지 않았다. 반면 조성원은 한바탕 폭풍이라도 겪은 듯이 벙쪄 있었다. 송좌백과 송우현을 보좌하기 위해 따라온 두 부대주인 하문찬, 이규 등은 열왕패도 진균이 보여준 신기에 놀라워할 따름이었다. 그때 귓가로 해악천의 전음이 들려왔다.

[…누구이더냐?]

역시 눈치를 챘다. 떨어져 있어도 해악천 정도 되는 고수라면 술방울 하나로 보여준 신기를 봤을 것이다.

[열왕패도입니다.]

[그게 별일이 아닌 것이더냐?]

해악천의 목소리가 고조되어 있었다. 그것은 두려움이 아니라 명백한 호승심이자 전의였다.

[아쉽군. 이런 상황만 아니라면 한번 겨뤄보고 싶은 놈이었건만.]

내 예상대로였다. 해악천은 그와 겨뤄보고 싶어했다.

[송구스럽습니다. 저도 갑작스럽게 마주쳐서….]

[흥. 됐다. 네놈 생각이야 뻔하지. 본좌가 놈과 부딪치기라도 할까 봐 그랬겠지.]

말투를 들어보니 괜한 기우였던 것 같다. 아무리 기기괴괴라는 별호가 있는 그리고 해도 정파 무림의 중심부에서 호승심을 부릴 만큼 어리석지는 않았다. 그보단 해악천이 내심 대단하다는 생각이 들었다.

'부끄럽네.'

—왜?

수많은 무림인들 가운데 정점에 가까운 열두 초인 중 한 사람을 가까이서 보았다. 해악천은 전의를 불태운 반면 나는 솔직히 두려움을 느꼈다. 확연한 격차에서 오는 위압감에 억눌린 것이다.

—부끄러워할 필요 없다, 운휘.

남천철검이 달래듯이 말했다.

'응?'

—지금의 너보다 강한 전 주인 역시도 팔대 고수의 아성을 넘지 못했다. 조급하게 마음먹지 마라.

녀석의 말이 맞았다. 팔대 고수의 영역은 조급해서 될 문제가 아니었다. 하지만 상대의 역량이 어떻든 누구이든 간에 호승심을 불태우는 해악천의 전의만큼은 배울 필요가 있었다. 그때 해악천이 다시 전음을 보냈다.

[왔다.]

접선자가 온 것인가. 해악천의 말에 고개를 돌려보니, 그들의 탁자 쪽으로 유엽도를 차고 있는 한 중년인이 다가오고 있었다. 아! 무림연맹에 침투해 있는 첩자가 그였구나.

―아는 사람이야?

모를 리가 있겠는가. 상급 첩자 도영현. 그는 첩자들 중에서 가장 오랜 경력을 지닌 세 조장 중 한 명이었다. 근 구 년간이나 투입되어 있을 만큼 노련한 첩자였다. 이맘때쯤 나 역시 첩자로 투입되어서 그에게 간단한 교육과 당시 무림연맹 현황을 전해 들은 기억이 있다.

―너보다도 오래 있었네.

듣고 보니 그렇네. 나 역시도 구 년을 채우진 못했으니까.

첩자로 구 년은 절대로 쉬운 일이 아니다. 무림연맹에 보낸 수많은 첩자들 중에 오 년을 넘긴 자가 열 손가락에 꼽히니 말이다. 그런데 그런 그도 십 년을 채우지 못하고 죽는다.

"첩자의 마지막은 정해져 있네. 큰 기대는 하지 말게나."

…아직도 그가 한 말이 뇌리에서 잊히지 않는다. 그는 일말의 희망도 주지 않았다.

뭐 어찌 되었든 이번 임무에 상급 첩자 도영현의 도움이 꼭 필요하긴 했다. 그는 무림연맹에서 성 외곽 경비를 맡은 고월당의 부당주를 역임하고 있었기에, 후에 검을 탈취했을 때 그의 역할이 중요했다.

―어? 그냥 지나치는데?

소담검의 말처럼 도영현은 해악천이 아닌 다른 차양막 자리로 갔다. 그곳에 미리 도착한 것처럼 손을 흔드는 자들이 있었다.

'제대로 하고 있는 거야.'

―제대로 하고 있다고?

인적이 드문 밤이 아니고는 미쳤다고 이렇게 인파가 많은 곳에서 대놓고 아는 척을 하겠는가. 아마 이곳이 도영현의 접선 장소 중 하나일 것이다.

―그게 무슨 소리야?

장기 투입된 첩자들은 여러 곳의 접선지를 가지고 있다. 그들의 접선지는 평소 동료들과 자주 가는 운신 경로에 포함되는 장소다. 혼자서 움직이면 의심을 받게 되기 때문이다. 아마도 미리 차양막 자리를 잡아둔 저 세 명의 남자들은 같은 고월당의 무사들일 거다. 그리고 저들은 이곳 객잔의 단골일 것이다.

'이제 곁눈질로 주위를 훑어볼 거야.'

―어? 진짜네.

내 말대로 도영현은 빠르게 주위를 훑었다. 그 찰나, 나는 특정 자세를 취했다. 나뿐만이 아니라 다른 차양막에 있는 송좌백 역시도 같은 자세를 취하고 있었다.

―아, 이게 암호로구나. 그 임무를 맡았다는?

'맞아.'

잘 기억하고 있네. 접선지에서 그와 직접 마주치는 것은 누가 임무에 투입되는지 알려주기 위함이다. 이름으로 알려줄 수도 있지만 그렇게 되면 혼선이 올 수도 있다. 도영현이 두 번 정도 자연스럽게 주위를 훑었다. 이제 끝났다.

―이 정도만으로 충분해?

'첩자의 기본이야.'

두세 번 정도 훑어보는 것만으로 얼굴 정도는 숙지할 수 있어야 한다. 나 역시도 한두 번이면 얼굴을 기억할 수 있다. 얼굴을 숙지한 도영현이 덥다는 시늉을 하며 자연스럽게 목을 가렸다. 누구한테 전음으로 알릴까나. 아… 송좌백 녀석이 갑자기 흠칫하고 몸을 움직였다. 어설프잖아. 여기에 첩자 추적대라도 있었다면 단번에 알아차렸을 것이다.

해악천 역시도 혀를 차고 있었다.

* * *

접선지에서 정보를 얻은 우리는 무림연맹의 성 외곽에 있는 마을로 왔다. 워낙 많은 사람들이 오가는 무림연맹이기에 외성 주변에도 이렇게 커다란 마을이 자리하고 있었다.

마을에 있는 한 객잔의 숙소. 우리가 머물 수 있는 방 세 개가 미리 계산되어 있었다. 그중 가장 우측 방에 들어가 침상 밑의 세 번째 목판을 뜯어내자, 손바닥만 한 크기로 접힌 서지가 숨겨져 있었다. 상급 첩자 도영현이 미리 숨겨둔 현 무림연맹의 내부 현황이었다. 성내 경비들의 위치부터 가장 취약한 위치, 그리고 경비들의 교대 시간까지 상세히 적혀 있었다. 우리는 이 내용을 반 시진에 걸쳐서 외웠다. 그리고 종이는 당연히 불태워버렸다.

모든 준비가 끝나자 해악천이 우리에게 말했다.

"이제 안으로 들어갈 수 있는 것은 네놈들뿐이다. 본좌는 후기지수 논무의 마지막 날까지 성 외곽을 벗어나 있을 거다. 알겠느냐?"

"알겠습니다."

해악천은 성안으로 들어갈 수 없었다. 무림 대회인 만큼 정파 무림의 거성들이 집합하게 된다. 해악천의 기도를 읽어낼 정도로 뛰어난 고수들은 드물겠지만 성내에는 중원 팔대 고수의 이인인 태극검제 종선 진인과 무한제일검 백향묵이 있다. 이들이라면 해악천이 축골공을 하고서 인피면구로 얼굴을 가린다고 해도 기도를 알아차릴 확률이 높다. 그렇기에 그는 성안으로 들어가지 않기로 했다. 잠입하는 것은 우리들뿐이다.

성안으로 들어가면 또 일행은 둘로 나뉘게 된다. 나 소운휘 조와 송좌백 조가 따로 움직이며 각자가 후기지수 논무의 우승을 노린다. 마지막에 두 사람 모두 결승에 오른다면 송좌백이 양보하기로 했다.

착! 해악천이 천으로 감싸고 있던 것을 풀고서 탁자 위에 올렸다. 그 안에는 두 개의 검집이 있었다. 겉으로는 평범해 보이나 이 검집들은 보통 검집보다 조금 더 길고 두꺼웠는데, 특수 제작이 되어 있어 안에 또 다른 검 하나를 숨길 공간이 있었다.

"어떻게 해야 하는지는 숙지되어 있겠지?"

"그렇습니다."

"지금부터 검집을 몸에서 떼는 일이 없어야 할 거다."

"명심하겠습니다."

검집을 건네받은 나는 남천철검을 검집에 바꿔 넣었다.

―헐렁한 옷을 입은 느낌이다, 운휘.

안에 공간이 비어 있으니 그렇겠지. 지금은 넓은 집을 즐기고 있어. 며칠 후면 다른 손님이 들어올 테니까.

"아직 열흘 정도 여유가 있는데, 네 녀석은 그동안 미리 해둬야 할 일이 있지?"

"그렇습니다."

해악천의 말대로 해야 할 일이 있었다. 후기지수 논무가 있기 전까지 남천철검의 검면에 있는 녹을 벗겨내야 했다. 그래야 모두가 남천철검을 알아볼 수 있을 테니 말이다.

* * *

땅땅! 쇠를 두드리는 소리가 여기저기서 울려 퍼졌다. 풀무질 소리와 뜨거운 열기, 쇠가 달궈지면서 나오는 연기가 곳곳에 가득 차 있었다.

나는 지금 마을 서쪽에 있는 대장간 거리로 왔다. 무림연맹의 성외곽 마을은 무림인들이 좋아할 만한 것들로 가득했는데, 그중 하나가 이곳 대장간 거리였다. 여느 대장간들과 다르게 병장기를 다루는 데 특화된 장인들이 많았는데, 내가 찾는 이는 한철도 다룰 수 있는 뛰어난 장인이었다. 대장간의 숫자만 해도 마흔 곳이 넘었는데, 유명한 곳에 들른다면 주문이 밀려 있을 게 뻔해서 비교적 한가한 곳을 찾아야 했다.

—한가한 곳에서 한철을 다룰 수 있겠어?

'생각해둔 곳은 있는데….'

—있는데?

'그곳이 지금도 있는지 모르겠다.'

—그게 무슨 소리야?

회귀 전, 이곳 대장간 거리에 굉장한 장인이 나타난다. 선조 대대로 검을 만들어온 장인으로 무림연맹의 맹주인 무한제일검 백향묵의 보검 묵선(黙鮮)을 수리하면서 이름을 날리게 된다. 팔대 고수 중 한 사람의 병장기를 수리했으니, 유명해지는 것은 당연한 일이다. 원래 아는 사람만 알던 곳이라 들은 기억이 있는데, 지금이라면 그 사람에게 부탁할 수도 있지 않을까?

─근데 어째 다 바빠 보이지 않아?

그랬다. 후기지수 대회를 앞둬서 그런지 대장간들이 하나같이 바빠 보였다. 나 이외에도 병장기를 손보는 이들이 꽤 많은 것 같았다. 얼마 있지 않아 나는 대장간 거리의 가장 구석에 자리한 한 허름한 대장간을 발견했다.

─진짜 저기 맞아?

다른 대장간들은 휘장을 감아둔다든가 눈에 띄게 한 반면 이곳은 굉장히 허름했다. 심지어 안에서 쇠를 두드리는 소리조차 들리지 않았다.

그때 남천철검이 말했다.

─전 주인께서 말씀하셨다. 세상사는 무와 이치가 같아 상승의 경지에 오를수록 티가 나지 않는다고.

─그건 또 무슨 소리야?

─원래 맛있는 식당도 허름해 보이는 곳이 많지 않은가. 전 주인께서는 그렇게 숨겨진 식당들을 많이 발견하셨다.

─네 전 주인은 모르는 게 있긴 하냐?

─크흠.

뭐, 꼭 남천검객의 말이 아니더라도 알려지지 않으면 당연히 허름할 수밖에 없을 거다. 일단은 들어가서 장인을 만나보면 알 수 있지 않겠나. 그렇게 대장간 거리의 구석을 찾아가려고 하는데, 머릿속에 한 맺힌 이명들이 연달아 들려왔다.

—제발… 제발 죽여줘.

—이렇게는 살 수 없어.

—차라리 녹여줘.

이 소리들은 언젠가 들어본 적이 있었다. 아, 그래! 그때 백혜향이 들고 있던 검도 이런 소리를 냈던 것 같다. 검이 계속 죽고 싶다는 이야기를 했었다. 이명들은 허름한 대장간에서 들려오고 있었다. 나는 조용히 그곳으로 다가갔다. 드르렁! 드르렁! 그리고 대장간 안으로 들어갔는데, 안쪽에서 코 고는 소리가 들려왔다. 풀무질을 하는 곳 앞에서 사십 대의 남자가 빨개진 얼굴로 술병을 들고 대(大) 자로 뻗어서 잠들어 있었다.

'뭐지?'

남자 주변에는 부러진 쇳조각들이 넘쳐났다. 쇳조각들 옆에 망치가 나뒹구는 걸 보면 직접 부순 것 같았다.

—….

오싹하게 하는 이명 소리가 더 안쪽에서 들리고 있었다. 호기심이 생긴 나는 안으로 들어가 보았다. 대체 이런 소리들이 왜 나는지 궁금증을 이길 수가 없었다. 그리고 안에 들어간 나는 경악을 금치 못했다.

'…!!'

그곳에는 백여 자루가 넘는 금이 간 검들이 거대한 향로 같은 곳에 꽂혀 있었다. 그런데 그 검들이 하나같이 똑같은 모양을 하고 있었다.

—쟤들 대체 뭐야?

나는 어처구니가 없다는 목소리로 중얼거렸다.

"묵선…."

향로에 꽂혀 있는 망가진 검들은 전부 묵선이었다. 아니, 묵선을
따라 만든 검인가.

묵선은 무림연맹의 맹주인 무한제일검 백향묵의 보검이다.

뜻밖의

회귀 전 무림연맹에서는 큰 출진 시에 맹주 백향묵이 출진 연사를 하곤 한다. 연사 끝은 사기를 돋우기 위해 검을 뽑는 것으로 마무리된다. 그렇기에 그의 보검 묵선을 기억했다. 그런데 이렇게나 많은 검이 묵선과 동일한 형태를 하고 있었다. 심지어 검면에 있는 특유의 원형 반점 문양조차 말이다.

─제발… 죽여줘.

─부숴줬으면 좋겠어.

거대한 향로에 꽂혀서 괴로워하는 검들. 검들은 하나같이 멀쩡한 것이 없고 전부 금이 가거나 부서지기 직전의 상태였다. 말 그대로 쓸 수 없는 검이라고 할 수 있었다.

'왜 이렇게 괴로워하는 거야?'

나의 물음에 대답한 것은 남천철검이었다.

─… 그건 우리도 정확하게 알 수 없다. 다만 검으로서 죽음을 바라는 순간은 스스로의 가치를 훼손당했을 때가 아닐까?

'가치를 훼손당해?'

검의 가치란 무엇일까? 애초에 그것은 병장기이다. 활검이니 뭐니 온갖 미사여구를 갖다 붙여도 효과적으로 적을 상대하고 죽이기 위해 탄생했음을 부정할 수 없다. 그렇다면 그런 역할을 수행하지 못해서 그렇다는 말일까?

―저 정도로 상태가 좋지 않으면 우리 말도 들리지 않을걸. 궁금하면 직접 말을 걸어봐.

소담검의 말에 나는 눈살을 찌푸렸다. 그냥 듣는 것만으로도 소름이 끼치는데 이걸 잡아보라고? 사실 그냥 평범한 검이었다면 굳이 잡고 싶은 생각이 없었다. 하지만 팔대 고수 중 한 사람인 무한제일검의 검과 똑같은 묵선이라는 것이 마음에 걸렸다. 고민하던 나는 결국 녀석의 말대로 검병에 손을 갖다 댔다.

―죽여줘어어어어어어!

오싹! 그 순간 온몸에 닭살이 돋았다. 검의 절규가 머릿속을 관통하는데 분노나 한에 가까운 소리였다. 그런데 검을 잡고 나서 나는 본능적으로 알 수 있었다.

'…막 탄생한 검이었나?'

감정이 쏟아져 나오는 것과 달리 검의 자아가 굉장히 약했다.

'이봐, 이봐!'

―제발… 제발 나를 부숴줘.

내가 하는 말에 전혀 귀를 기울이지 않고 있었다. 못 듣는 건지 안 듣는 건지 알 수 없었다. 대체 왜 이렇게 검들이 괴로워하는지 영문을 알 수 없어 답답해지려는 순간이었다. 손등의 천기가 푸른빛으로 일렁였다. 그와 동시에 시야가 스멀거리며 바뀌더니 무언가가 보였다. 장소는 바로 이곳이었다. 다른 것이 있다면 밖이 깜깜한 밤이었고, 바닥에 주정뱅이처럼 누워 있던 장인이 멀쩡한 모습으로 서 있다는 점이었다. 검의 시야는 사방으로 열려 있었다. 그렇기에 검을 쥐고 있는 사람의 모습이 보였다. 얼굴을 보는 순간 나는 놀라움을 금치 못했다.

'백향묵!'

저 얼굴을 어찌 잊으리오. 그는 무림연맹의 맹주 무한제일검 백향묵이 틀림없었다. 나는 그저 누군가 묵선의 모조품을 의뢰라도 한 것일까 여겼는데 본인이 직접 이곳에 왔을 줄은 몰랐다.

"확인해보겠네."

백향묵의 말에 장인이 고개를 끄덕였다. 검을 쥔 백향묵이 기수식을 취했다.

'오!'

그 모습에 나는 심장이 두근거렸다. 지금 나는 팔대 고수의 일인이 펼치는 연무를 볼 수 있는 기회를 얻은 셈이었다. 백향묵이 눈짓하자 장인이 기다렸다는 듯이 들고 있던 검은 천으로 자신의 눈을 가렸다.

"후우."

호흡을 가다듬은 백향묵이 검초의 연무를 시작했다. 검의 시야로 지켜보는 연무.

'…!!'

이를 지켜보는 나는 온몸에 소름이 돋았다. 검을 휘두르는 궤적과 그 흐름 자체가 완전히 차원이 달랐다. 무한시로 오는 동안 나는 하루도 쉬지 않고 남천검객 호종대가 펼치는 연무를 보았다. 하루 하루가 달라지고 있는 남천검객조차 도저히 범접할 수 없을 만큼 백향묵의 검은 완벽 그 자체였다.

'이게… 무한제일검의 검법….'

검의 정점에 올랐다고 해도 과언이 아닐 만큼 검의 궤적은 충격적이었다. 그의 독문 검법인 묵선대진검(黙鮮大眞劍)은 현 무림에서 최고로 꼽히는 사대 검법 중 하나라 불릴 만했다.

'하….'

그의 검법을 보고 나서 나는 깨달았다. 성명검법은 아직까지 더 발전할 가능성이 있었다. 남천검객이 검초를 보완하고 상승시킨 것처럼 더욱 강하게 만들 여지가 충분했다. 가슴속 깊이 열의가 치솟았다.

"좋군."

연무를 마친 백향묵의 입에서 흡족한 목소리가 흘러나왔다. 이에 검은 천으로 눈을 가리고 있던 장인이 입을 열었다.

"충분합니까?"

"아직이네."

천을 풀려고 하던 장인이 이를 멈췄다. 그러고는 초조한지 마른 입술 위로 혀를 날름거렸다.

'뭐가 아직이라는 거지?'

나는 이해할 수가 없었다. 그의 검초를 완벽히 소화할 만큼 뛰어난 검이었다. 여기서 또 무엇을 확인하려는 거지? 그때 백향묵이 검병 위의 검신에 두 손가락을 모은 검결지를 갖다 댔다. 그러고는 검결지로 검신을 쓸어내렸다. 그 순간….

―끄아아아아아아아!

검이 미친 듯이 비명을 내질렀다. 고막이 찢어질 것처럼 절규하는 검의 검신이 피처럼 붉게 물들어갔다.

'…?!'

이게 무슨 현상인지 알 수 없었다. 멀쩡하던 검신이 선홍빛으로 붉게 물드는데 검이 심하게 고통스러워하고 있었다. 검신이 반 정도 물들던 찰나였다. 쩌저저저적! 검면에 금이 가며 갈라졌다. 그와 동시에 선홍빛으로 물들던 검의 색이 다시 원래대로 돌아왔다. 이런 기이한 현상도 놀라웠지만 정말로 나를 놀라게 한 것은 백향묵의 변질된 기운이었다. 정기가 넘치던 그의 기운이 살의로 물들어갔다. 마치 살성을 보는 듯했다.

"흥!"

푹! 사람이 바뀐 것처럼 백향묵이 신경질적으로 바닥에 금이 간 검을 꽂아 넣었다. 그러고는 두 눈을 감고서 호흡을 가다듬었다. 그러자 얼마 있지 않아 살의로 가득했던 기운이 정화되듯이 되돌아왔다. 정기가 넘치는 모습으로 돌아온 그는 혀를 차며 장인에게 말했다.

"다시 만들게."

냉담한 말과 함께 대장간을 나가버렸다. 눈에 있던 검은 천을 벗은 장인이 씁쓸한 얼굴로 금이 간 검을 쳐다보았다. 이를 끝으로 시야가 스멀거리며 다시 현실로 돌아왔다.

'…괴로웠겠구나.'

나는 어째서 검이 괴로워했는지 알 것 같았다. 백향묵이 보였던 그 살의 가득했던 기운이 무엇인지는 알 수 없지만, 그것이 검을 회생할 수 없는 상태로 만들었다. 태어나자마자 폐기에 가까운 상태가 되었으니 괴로워하는 것도 당연했다.

'괴로워하지 마라. 너는 잘못된 게 없다.'

나는 녀석에게 달래듯이 말했다. 그러자 절규하던 녀석이 소리를 멈췄다. 그러고는 내게 아이와도 같은 목소리로 말했다.

─고마워.

쩌저저저저적! 그 말이 끝나기가 무섭게 검면 전체에 금이 가더니, 이내 검의 쇳조각이 가루가 되어 바닥에 쏟아져 내렸다. 남은 것은 오직 검병뿐이었다.

─이게 뭔 일이야?

나도 모르겠다. 검이 왜 저절로 가루처럼 으스러졌는지 말이다. 이게 무슨 영문인지 알 수 없어 하는데, 머릿속으로 백향묵이 펼쳤던 검초가 뇌리에 각인되듯이 떠올랐다. 천기가 제대로 발동되었을 때와 같은 현상이었다. 검초를 펼치기 위한 운기 경로는 정확히 알 수 없지만 적어도 검초의 궤적은 정확히 알 것 같았다.

'아…'

검초가 머릿속에 각인되자 뭔가 간질간질한 느낌이 들었다. 손을 뻗으면 닿을 것만 같은 기분. 이 한 번으로는 알 수 없었다. 나의 시선은 자연스럽게 향로에 꽂혀 있는 다른 묵선검들에게로 향했다.

'…한 번 더 볼까?'

내 예상이 맞다면 다른 묵선들도 이런 과정을 거치고서 금이 간 것 같다. 그렇다면 다시 한 번 묵선대진검을 볼 수 있지 않을까?

─운휘, 뒤를 봐라.

'뒤?'

남천철검의 그 말에 나는 고개를 돌렸다. 그런데 뒤쪽에서 커다

래진 두 눈으로 나를 뚫어지게 쳐다보고 있는 장인이 보였다. 아직 술이 깨지 않았는지 얼굴이 붉은 장인.

'이런.'

너무 집중했었나 보다. 대장간의 주인인 장인이 깬 것도 눈치채지 못하다니. 제대로 실례했다는 생각에 나는 그에게 포권을 취하며 사과하려고 했다. 그런데 장인이 헐레벌떡 내게 뛰어왔다. 그러고는 말했다.

"무림인인가? 아니, 무림인이겠지?"

'응?'

뭔가 술이 덜 깬 건지 말투가 횡설수설했다.

"그렇습니다만, 한데….."

내가 말하기도 전에 장인이 몸을 숙여 바닥에 떨어진 쇳가루를 만졌다. 갈아버린 것처럼 고운 쇳가루. 장인의 미간에 주름이 생겨났다. 이렇게 되면 꼭 내가 검을 일부러 이리 만든 것처럼 되어버리지 않나.

"이건 제가 부수려고 그런 게 아니라….."

이를 만지던 장인이 내 말을 끊고서 말했다.

"혹시 향로에 있는 다른 검들도 부숴줄 수 있겠나?"

"네?"

그의 입에서 나온 뜬금없는 말에 나는 순간 당황했다. 멋대로 들어와서 검을 부쉈다고 뭐라 할 줄 알고 지레 당혹스러워하고 있었는데, 영문을 알 수가 없었다.

"삯은 치르도록 하겠네."

심지어 삯마저 치르겠다니 왜 그런지 모르겠다. 검을 그렇게 부수고 싶다면 스스로 처분해도 되지 않겠는가. 표정에서 이런 생각이 드러났는지 장인이 내게 말했다.

"이 검들은 내가 혼을 담아서 만든 것들이네. 하지만 더 이상 쓸 수 없게 되어버렸지. 내 자식 같은 아이들을 내 손으로 부술 수 있 겠는가?"

아… 어째서 검을 향로에 꽂아놨는지 알 것 같았다. 혼을 담아 만든 검들이 어처구니없이 부서지고 버림받은 것을 기리기 위함인 듯했다.

"해줄 수 있겠나 없겠나? 그것만 말하게."

나로서는 거절할 이유가 없었다. 그렇지 않아도 검을 천기로 살펴 보고 싶은 터였다. 주인이 허락한다면 마음 편하게 살펴볼 수 있으 니 나쁘지 않은 조건이었다.

"알겠습니다. 한데 이 검들은 혹시…."

"미안하네. 의뢰자가 아니니 검에 관한 질문은 일절 사양하겠네."

내가 미처 말을 꺼내기도 전에 장인이 대답을 거부했다. 내심 무 림연맹의 맹주 백향묵이 어째서 묵선의 모조 검들을 만드는지 궁금 했는데 저렇게 완강하게 거절하는 걸 보니 묻기도 힘들었다.

장인이 내가 메고 있는 검집을 손으로 가리키며 말했다.

"보아하니 자네도 검을 다루는 듯한데, 삯으로 검을 손봐줘도 되 겠는가? 보다시피 금전으로 치르기에는 형편이 넉넉하지 않네."

의도치 않았는데 잘됐다. 그렇지 않아도 남천철검의 손질을 부탁 하려 했던 차였다. 나는 검집에서 남천철검을 뽑았다. 스릉! 이를 본 장인이 인상을 찡그렸다. 녹슨 것을 보고 그러나 싶었는데 의외의 것을 짚어냈다.

"안에 넣은 검보다 검집이 조금 커 보이는데 괜찮나?"

장인이 아니랄까 봐 곧바로 알아차린 그였다.

"괜찮습니다. 그보다 이걸 봐주십시오."

나는 그에게 남천철검을 넘겼다.

검을 받아 든 장인이 남천철검의 녹슨 검면을 살펴보았다. 그가 과연 한철마저 다룰 수 있을지 궁금했다.

"한철이 섞였군."

우려와 달리 장인은 녹슨 부분만 보고서 곧바로 한철이 섞였다는 사실을 알아냈다. 몇몇 대장간에 들고 갔을 때는 전혀 알아보지도 못했었다. 과연 후에 명장이라 불릴 장인다웠다.

"명검이 이런 꼴이 되다니. 검을 십 년 넘게 습한 곳에 방치라도 해둔 겐가?"

장인이 나를 나무랐다. 십오 년이 넘게 동굴에 방치되었으니 맞는 말이었다.

"…사정이 있었습니다. 녹을 벗길 수 있겠습니까?"

"어렵지 않네. 다만 한철이 섞이면 작업이 조금 까다로워서 적어도 닷새에서 엿새 정도는 걸릴 듯하네."

그 정도면 충분했다. 열흘이나 시간이 남았고 닷새 동안 금이 간 모조 목선들을 천기로 살펴보면, 나 또한 앞으로 나아갈 수 있는 계기가 되지 않을까?

* * *

남천철검을 장인에게 맡긴 나는 숙소로 향했다. 곧바로 다른 목선들을 천기로 살펴보고 싶었지만 사마영과 조성원에게 금방 다녀오겠다고 말했기에, 다시 숙소로 돌아가서 말을 전하기 위해서였다. 일이 잘 풀려서 좋기는 했지만 한 가지가 마음에 걸렸다. 백향묵의 살의가 담긴 기운에 붉게 변해가던 검신. 그것은 아무리 봐도 정도를 추구하는 무한제일검 백향묵과는 어울리지 않았다. 정도라기보다는 오히려 사도에 가까웠다.

'대체 뭘까?'

의아해하고 있는 찰나였다. 대장간 거리를 막 벗어나려는데, 인파 속에서 누군가 나를 가로막았다. 죽립에 흑의를 입고 있는 다소 신장도 작고 왜소한 체구의 청년이었다. 무기를 들고 있지 않고 특별한 기운도 느껴지지 않아 인파 때문에 막혔나 보다 싶어서 지나치려는데, 청년이 내 팔목을 붙잡으려 했다.

'뭐지?'

나는 슬쩍 비켜서며 이를 피하려 했다. 그런데 청년의 손이 교묘하게 이를 따라오며 붙잡으려 들었다. 워낙 뛰어난 금나수의 수법이라 손을 쓰지 않고는 막기 어려워 보였다. 결국 나는 손을 썼다. 타타탁! 그자의 손과 얽히며 순식간에 두세 수가량이 부딪쳤다. 손과 손이 부딪치자 청년의 눈에 이채가 띠었다. 놀라기는 나 역시 마찬가지였다. 이 청년의 공력은 내가 상상한 것 이상이었고, 오히려 나를 억누르려 하고 있었다.

파팍! 청년이 팔목을 잡으려던 것을 바꿔서 내 손바닥을 움켜쥐었다. 그러고는 자신을 향해 강하게 잡아당겼다. 안 되겠다 싶어서 나는 하단전의 공력을 십성까지 끌어올렸다. 그런데….

'헛?'

촤르르르르르! 죽립의 청년이 나를 골목 구석까지 몰아붙였다. 말도 안 되는 공력이었다. 드러난 얼굴만 봤을 때는 나와 동년배로 보였는데, 이런 공력을 지녔을 줄은 꿈에도 몰랐다. 당혹스러워하고 있는데 청년의 입에서 전혀 예상치 못한 목소리가 들려왔다.

"너 살아 있었네?"

'백혜향!'

놀랍게도 그 목소리는 백련하와 더불어 혈교의 두 교주 후보 중 하나인 여인의 것이었다. 내 귀가 잘못된 것이 아니라면 분명 백혜향이 틀림없었다. 참으로 당혹스럽기 짝이 없는 상황이었다.

─뭐? 그 천년 묵은 여우 같은 계집애? 걔가 왜 여기 있는 거야?

그건 내가 묻고 싶은 말이었다. 어찌 보면 혈교의 교주가 될 후보 중의 한 사람인데, 이건 대담한 걸 넘어서 오만할 지경이었다.

'두렵지도 않은 건가?'

이곳은 정파 무림의 성지였다. 평소에도 삼엄하기 그지없는 무림연맹이지만 무림 대회로 더욱 경계가 높아진 상태였고, 현재 정파의 최고수들이 집결하고 있었다. 그런 곳에 잠입하다니 정말 대단한 강심장이었다.

"역시 날 알아보네?"

"목소리를 들었는데 알아보지 못할 이유가 있겠습니까, 백혜향 아가씨?"

"이젠 내 이름도 알고 기특하네."

백혜향이 씨익 하고 웃었다. 인피면구를 쓰고 있는데도 그녀의 웃음은 늘 불길하기 짝이 없었다.

"계곡에 떨어졌다고 들었는데 용케 살아남았다, 너?"

"덕분에 죽을 뻔했지요."

그녀의 말에 울컥하는 마음이 들었다.

내가 뭘 얼마나 밉보였다고 사람을 보내 동귀어진까지 시켰는지 모르겠다. 물론 예상은 했다. 아마도 내가 아닌 기기괴괴 해악천을 움직이기 위함이었겠지.

"많이 섭섭했나 봐? 그래도 살아 있으니까 된 거 아냐?"

"굉장히 쉽게 말씀하시는군요."

그녀는 참 뻔뻔하기 짝이 없었다. 백련하와는 정반대되는 성격의 소유자였다.

"계속 이렇게 저를 붙들어두실 작정이십니까?"

그녀는 여전히 나를 밀어붙인 상태로 있었다. 솔직히 하단전만으로 그녀의 공력을 뿌리치는 것은 무리였다.

―중단전을 개방할 거야?

'아니.'

굳이 그럴 필요는 없었다. 이곳이 인적 드문 곳이라면 모를까, 몇 발짝만 걸어 나가면 대장간 거리다. 사람들로 북적거리는 곳에서 그녀가 내게 살수를 펼친다? 아무리 대담한 성격의 소유자라고 해도 그런 짓을 섣불리 하지는 못할 것이다.

"저를 죽이실 게 아니라면 놓아주십쇼."

"못 본 사이에 자신감이 늘었네. 실력이 늘어서 그런 거야?"

물론 그녀와 처음 만났을 때보다 나는 무공 실력이 한참이나 일취월장했다. 하지만 나의 자신감은 상황에서 비롯된 것이었다.

"정체가 드러나는 걸 원하시진 않을 텐데요."

돌려서 말했다. 탁 까놓고 여기서 그녀의 정체를 밝힌다면 어떻게 될까? 그런 내 말을 알아들었는지 그녀가 묘한 표정을 짓더니 피식 하고 웃었다.

"역시 흥미로워."

'응?'

협박한 것이나 마찬가지였는데 화를 내기는커녕 대범한 반응을 보였다. 해악천보다도 가늠하기 힘든 성격이었다. 그런데 그녀의 입에서 전혀 예상치 못한 말이 흘러나왔다.

"너 같은 녀석은 그 아이에게 어울리지 않아."

'그 아이?'

설마 백련하를 말하는 건가? 백혜향이 나를 붙들고 있던 손을 놓았다. 그리고 말했다.

"기회를 줄게."

"…무슨 말씀이십니까?"

"내 밑으로 들어와."

"네?"

뜬금없는 발탁 제의에 나도 모르게 반문이 튀어나왔다. 분명 그녀의 귀에 스승님인 기기괴괴 해악천이 백련하 산하가 되었던 말이 들어갔을 텐데, 이건 무슨 뜬금없는 소리인가.

"네 능력을 십분 발휘하게 해줄게. 그 아이 밑에 있어봐야 네 미래는 핏빛일 뿐이야."

나를 기용하겠다는 것인가? 만약 육혈곡의 사건이 없었다면 고민해볼 만한 제의였다. 유리한 쪽에 붙는 것이 나쁜 건 아니니까. 그러나 한 번 목숨을 노렸던 자가 또다시 그러지 않을 거란 보장은 없었다.

"제의는 감사합니다만 스승님께서 원치 않으실…."

"나는 너를 원하는 거야."

'…?!'

이건 또 무슨 소리지? 사존자 중 한 사람인 기기괴괴가 아닌 나를 원한다고? 이해가 되지 않았다. 머릿속에서 수많은 수가 얽혔다. 여러 가지 변수들이 있었다. 가령 나를 먼저 끌어들인 후에 스승님인 해악천에게 손을 뻗는 수일 수도 있고, 아니면 내부에 분란을 일으키기 위함일 수도 있었다. 나는 정중하게 그녀에게 말했다.

"저는 부족한 게 많아서 아가씨께 도움이 되지 못합니다. 그리고 어찌 제자가 스승님과 다른 길을 걸을 수 있겠습니까? 부디 말씀을 거두어…."

그 순간이었다. 등골이 오싹해질 만큼 그녀에게서 엄청난 살의가 일어났다. 팟! 찰나에 나는 고개를 뒤로 젖혔다. 그와 함께 내 앞에 그녀의 우수가 멈춰 있었다. 조금만 늦었다면 그대로 안면이 관통되었을지 몰랐다.

"거봐. 피했잖아."

"네?"

"네게서 느껴지는 이질감, 계속 이상하다고 생각했거든."

"그게 무슨…."

"이제 막 절정의 벽을 넘은 녀석이 나의 일수를 알아채고서 피한다고?"

'…?!'

백혜향의 말에 나는 입을 열 수가 없었다. 그녀는 지금 나를 시험한 것이었다.

"어째서 내 감은 네가 이보다 강하다는 생각이 들까?"

"…"

무서운 여자였다. 중단전을 개방하지 않았는데, 내가 실력을 감췄다는 것을 알아차렸다. 기감으로는 선천진기를 전혀 감지할 수 없을 텐데, 대체 무슨 수로 알아낸 건지 알 수 없었다.

"무공을 익힌 지 고작 일 년 만에 이 정도 수준이라고? 나를 제외하고 이렇게 성장이 빠른 건 처음인걸."

"오해가 있으신 것 같은데…"

"생각이 바뀌었어."

백혜향이 묘한 표정으로 갑자기 혀를 날름거렸다. 꼭 맛있는 음식을 앞에 두고 있는 표정에 가까웠다.

"네 정(精)을 받으면 본교의 역사상 최고의 혈마가 탄생할 것 같은데."

'…!!'

이 여자 지금 무슨 소리를 하는 거야? 정을 받는다니? 당황해하는데 그녀가 내게 웃으면서 말했다.

"잘 키우면 군사나 호법 정도로 생각했는데 아니야. 너 정도면 내 부군감으로 손색이 없겠어."

부군감? 백혜향의 입에서 나오는 말들은 나를 당혹스럽게 했다.

─운휘야, 얘 진짜 천년 묵은 여우인가 봐. 너 이러다 꼼짝없이 잡아먹히겠어.

'무슨 소리야!'

소담검의 말에 나는 경기를 일으켰다. 다른 여자들은 몰라도 백혜향만큼은 절대 아니었다. 백혜향이 손을 내 뺨 위로 얹었다. 그러고는 말했다.

"어때? 나쁘지 않잖아. 내 부군이 되면 본교의 이인자가 될 수도 있어."

그녀의 치마폭 아래서 말인가.

백혜향은 지금 내 뺨을 매만지고 있었다. 그런데 그녀가 한 가지 간과하는 사실이 있었다. 지금 그녀는 남자 얼굴을 인피면구로 하고 있어서 전혀 유혹하는 느낌이 들지 않았다.

"못 들은 걸로 하겠습니다."

그런 내 말에 그녀의 눈빛이 사나워졌다.

"왜? 백련하가 더 마음에 들어?"

"그런 의미가 아닙니다."

"걔보다 나와 함께하는 밤이 더 마음에 들걸."

온몸에 소름이 돋았다. 남자 얼굴로 제발 그런 노골적인 말 좀 하지 말라고.

그때 그녀가 피식 하고 웃더니, 귀밑 부분의 피부를 붙잡고 뜯어냈다. 인피면구가 벗겨지며 그녀의 얼굴이 드러났다. 일 년 만에 본 백혜향의 얼굴은 확실히 백련하와 닮아 있었다. 검은 머리카락에 검은 눈동자라 더욱 그랬다. 마치 쌍둥이자매 같았다. 백련하가 좀 더 청초한 느낌에 가깝다면 그녀는 날카로우면서도 묘하게 색기가 넘쳤다.

"인피면구를 벗으셔도 됩니까?"

"여분의 인피면구는 얼마든지 있어."

그녀의 대담한 행동에 나는 혀를 내둘렀다. 정파 쪽에 얼굴이 알려지지 않아 이렇게 과감하게 나오는 것일까?

"나같이 매력적인 여자의 부군이 될 수 있는 기회는 많지 않아, 소운휘."

이렇게 막무가내로 들이대는 건 처음이었다. 그것도 혈교의 교주 후보가 이리 나오니 부담스럽기 짝이 없었다. 차라리 수하로 섭외당하는 게 속 편할 듯하다. 아무래도 화제를 돌려야 할 것 같다.

"이곳엔 왜 오신 겁니까?"

그런 내 말에 그녀가 입꼬리를 올리며 말했다.

"너와 같은 이유일 것 같은데."

"그런데 이렇게 제게 신경 쓰실 여유가 있으십니까?"

그 말에 그녀가 깔깔거리며 웃었다.

"어차피 검은 내 손에 들어오게 되어 있어. 너는 그런 거 신경 쓸 필요 없어. 내 곁에 있을 수 있는 이번 기회에만 집중하는 게 좋을 거야."

"제가 당신의 정체를 폭로해도 그러실 수 있을 것 같습니까?"

나는 좀 더 강하게 나갔다. 사실 이것은 우리 쪽에서도 우려했던 부분이었다. 백혜향 측에서 후기지수 논무 때 우리의 정체를 밝힐 수도 있기 때문이었다. 그런데 백련하는 절대로 그렇게 하지 않을 거라 확신하듯이 말했다. 오히려 우리 쪽에서 검을 얻어서 빠져나가는 순간을 노리면 노렸지, 논무 도중에 그런 짓을 하지는 못할 거라 했다.

"못 할걸."

"…어째서 말입니까?"

나의 물음에 그녀가 피식 하고 웃더니, 손을 가로로 펴고서 말했다.

"이렇게 놓고 보면 그 아이와 나는 숙명적으로 대립할 수밖에 없는 사이지. 하지만…"

그녀가 손을 세로로 기둥처럼 세웠다.

"이렇게 놓게 된다면 우리는 같은 위치에 있지. 정파인들 앞에서 본교에 내분이 벌어지고 있다는 사실을 그 아이나 너같이 영리한 녀석이 노출할 수 있을 것 같아?"

'하!'

백련하와 똑같은 말을 할 줄이야. 적인 정파인들 앞에서는 같은 혈교인이라는 소리였다. 암묵적으로 약점이 될 만한 치부를 드러내는 짓만큼은 서로 하지 않겠다는 거였다. 그녀의 말이 맞았다. 여기서 서로의 정체를 폭로해봐야 정파인들을 더욱 결속시킬 뿐이었다.

'이런 식은 안 되겠군.'

어차피 그녀는 내가 백련하 측에 가담했다는 사실을 인지하고 있었다. 그렇다면 확실하게 맺는 게 나았다. 나는 정중한 목소리로 말했다.

"제안은 감사합니다. 백혜향 아가씨의 부군 자리가 매력적인 제안이긴 하지만 지금 제 그릇에는 분수 넘치는 자리 같습니다."

최대한 나를 낮췄다. 그런 내 말에 백혜향의 입꼬리가 올라갔다.

"지금 네 그릇이라는 말은, 후에는 어찌 될지 모른다는 소리네?"

이 여자 은근히 숨은 의미를 잘 찾아내네. 나는 누군가의 치마폭에 휘둘릴 생각이 없었다.

"난 말이야, 내가 가지고 싶다고 마음먹은 건 절대로 놓치지 않아."

탐욕. 그렇다. 그녀가 백련하와 다른 점이 이것이다. 자신의 욕망에 솔직하다.

"이번만큼은 예외로 두셨으면 좋겠습니다."

"아니, 강제로라도 가져야겠어. 네가 더 마음에 들었거든."

백혜향이 팔목을 잡고 있던 손에 더욱 힘을 주고서, 다른 손으로 빠르게 내 혈도를 점하려 했다. 내가 재빨리 그녀의 손을 막으려 하자, 그녀가 변초를 써서 번개처럼 내 손을 움켜쥐고 부러뜨리려 들었다.

'후우.'

순간적으로 나는 중단전을 개방했다. 그러자 선천진기가 치솟으며 손을 움켜잡았던 그녀의 손이 튕겨 나갔다. 백혜향의 눈에 이채가 띠었다.

"내 예상이 맞았네."

네, 맞습니다. 그래서 더 힘을 감출 생각이 없습니다. 그렇지 않다면 이 자리에서 당신한테 제압당해서 끌려갈 판국이니까. 팍! 나는 빠르게 소담검을 뽑아 내 팔목을 붙잡고 있는 그녀의 손목을 노렸다. 당연히 손목을 놓고 피할 거라 여겼지만 백혜향은 고작 검지와 중지만으로 소담검의 날을 잡아냈다.

"이 정도로 벗어날…."

팍! 그녀의 말이 끝나기도 전에 발차기가 어깨를 강타했다. 그 짧은 찰나에 백혜향은 소담검을 잡고 있던 손을 놓고서 이를 막아냈다. 그러나 제대로 실린 공력에 옆으로 세 보가량 밀려났다. 내 노림수는 이것이었다. 덕분에 드디어 그녀의 손아귀에서 벗어날 수 있었다. 타타탁! 나는 보법을 펼치며 그녀와 거리를 벌렸다. 백혜향의 입술이 실룩거렸다. 기분이 나쁘다기보다는 마치 신이 나서 죽겠다는 표정이었다.

"제법이네. 적당히는 안 되겠는걸."

오싹! 그 순간 그녀의 몸에서 붉은 아지랑이가 피어올랐다. 강렬한 살의가 주위를 잠식하려 들었다. 아무리 뒷골목이라고 해도 바깥쪽에 저리 사람이 많은데 전혀 개의치 않는 건가?

'젠장.'

정말 곤란했다. 하필 남천철검을 맡겼을 때 이런 상황이 벌어지다니. 해원명륜권이나 단검술만으로 그녀를 상대할 수 있을까? 팟! 백혜향의 신형이 흐릿해지며 그림자가 늘어지듯이 나를 향해 좁혀왔다. 바로 그때였다. 착! 눈앞에 은빛 섬광이 스쳐 지나가며 내게 손을 뻗던 백혜향의 신형이 일 보 뒤로 빠졌다. 백혜향이 날카로운 눈매로 내 앞에 서 있는 자를 노려보았다.

'사마 소저?'

그녀는 바로 사마영이었다.

"너 누구야?"

사마영이 백혜향에게 검을 겨냥하며 물었다. 평소의 여유 같은 건 없었다. 백혜향에게서 뿜어져 나오는 강렬한 살의에 긴장이라도 한 것일까?

"비켜."

백혜향이 냉랭한 목소리로 명령하듯 말했다. 이에 사마영이 제대로 기수식을 취하며 기운을 끌어올렸다. 그리고 다른 한 손으로 손짓하며 말했다.

"할 수 있으면 해봐."

"건방지네."

그 말과 함께 백혜향의 신형이 사마영에게로 뻗어왔다. 두 여인이 부딪치려는 순간, 나는 바닥을 향해 세차게 진각을 밟았다. 쾅! 파파파팍! 파편이 튀어 오르며 백혜향을 덮쳤다.

"가만히 있어요."

"넷?"

나는 재빨리 사마영의 허리를 감고서 왼손을 뒤로 뻗었다. 그러자 은연사의 실이 일직선으로 날아가 골목 바깥의 한 대장간 건물 기둥에 묶였다. 그 상태에서 선천진기를 주입했다. 촤르르르! 슉!

'…?!'

나와 사마영의 신형이 날아가듯이 굉장한 속도로 골목 밖으로 빠져나왔다. 지나가는 인파가 놀라서 우리를 피하고 난리도 아니었다.

"부, 부단주님."

사마영이 허리를 감고 있는 내 팔을 잡고서 얼굴을 붉혔다. 뭔가 부끄러웠나 보다. 하지만 나의 시선은 그림자가 져 있는 골목에서 떨어지지 않았다. 그곳에서 백혜향이 어처구니없다는 표정을 짓고 있었다. 이런 식으로 빠져나갈 줄은 몰랐겠지.

"그래서 그냥 갔다는 것이더냐?"

"네."

해악천의 물음에 나는 고개를 끄덕이며 답했다. 다행히 아직 그가 숙소에 머물러 백혜향이 이곳에 있다는 정보를 알릴 수 있었다. 사실 그녀는 그냥 가지 않았다. 소름 끼치는 전음을 보내고서 사라졌다.

[지금 벗어난다고 해도 머지않아 내 아래 눕게 될 거야.]

'…?!'

혼란스럽다, 혼란스러워.

차마 이 말만은 해악천에게 전달할 수가 없었다. 그냥 그녀가 나를 섭외하려 한다는 정도만 알렸다. 하지만 중요한 것은 섭외가 아니었다.

"역시 노리고 있군."

백혜향도 혈마검을 노린다는 것이 문제였다.

"여전하구나."

해악천이 혀를 찼다. 아마도 그녀의 대담한 잠입 때문에 그러는 모양이다. 이것은 최악의 변수로 작용할 수 있었다.

"네놈 생각은 어떠하냐?"

"…만약 백혜향 아가씨가 논무에 출전한다면 더 우승하기가 힘들어질 겁니다."

백혜향과 잠깐이나마 겨루고 나서 알았다. 그녀는 그 나이 또래라고는 도저히 믿기지 않을 만큼 강했다. 해악천이 언젠가 내게 얘기했었다. 백혜향의 무(武)에 관한 재능은 가히 하늘이 내렸다고 해도 과언이 아닐 만큼 범인들의 규격을 넘어섰다고 말이다. 턱수염을 만지작거리던 해악천이 입을 열었다.

"논무에 아가씨는 나오지 않을 게다."

"네?"

"정파가 주관하는 논무에 나와 애송이들인 후기지수들과 겨루는 것은 아가씨의 자존심이 허락지 않을 게다."

듣고 보니 일리는 있었다. 해악천의 말대로 명색이 혈교주의 자리를 노리는 여인이었다. 그런 여인이 정파인들의 평가를 받는 자리라 할 수 있는 후기지수 논무 대회에 나간다는 것은 격에 맞지 않았다. 설사 그녀의 연령대가 후기지수들과 차이가 없다고 해도 말이다.

"그 뒤가 문제겠군. 클클."

해악천이 혀를 내둘렀다. 그녀 역시도 혈마의 태생이다 보니 그리 미워하진 않는 것 같았다. 다만 이렇게 되면 혈마검을 탈취하는 데 더한 어려움이 생긴다. 운 좋게 무림연맹의 비고에서 혈마검을 빼낸다 해도 이것을 백혜향에게 빼앗기지 않고서 무사히 운송해야 하는 문제에 직면한 셈이었다.

"어찌하는 게 좋겠습니까?"

후도 그랬지만 전도 문제였다. 이번 일처럼 그녀가 작정하고 나를 노린다면 혈마검 탈취는커녕 모든 계획이 무산될 수도 있었다.

그런 내 말에 고민하던 해악천이 결론 내렸다.

"계획을 바꾼다."

* * *

원래 해악천은 무림연맹의 외곽을 벗어나 대기하고 있을 예정이었다. 그러나 백혜향이라는 변수에 계획을 바꿨다. 무림연맹의 성 내부로 들어갈 순 없지만, 그 바깥인 이곳에서 대기하기로 했다. 언제 상황이 급변할지 모르기에 내린 조치였다. 해악천은 여기서 두 가지 당부를 했다.

"아가씨가 또다시 네 녀석을 노린다면 지체 말고 도망치거나 내공을 담아 소리쳐라. 본좌가 그곳으로 갈 것이다."

해악천은 아직 내 무위로는 그녀를 상대할 수 없다고 판단했다. 물론 이를 부정할 순 없었다. 중단전을 개방했을 때조차 그녀가 내뿜는 살의에 위압감을 느꼈으니까 말이다.

"돌아다닐 때는 무조건 삼인 일조로 움직여라."

다소 불편하지만 해악천의 말이 맞았다. 혼자 다니는 것보다 셋이 있다면 적습에 대처하기 쉬워진다. 사실 나는 괜찮았다. 조성원이나 사마영이 심심할 따름이었다. 왜냐하면 대장간 안에 들어간 나를 계속 기다려야 했기 때문이다. 그래서 이들을 달래기 위해 대장간의 볼일이 끝나면 매번 사마영이나 조성원이 원하는 식도락 탐방을 하고 있다. 마을이 워낙 크다 보니 생각보다 유명한 숙수들의 식당이 많았다. 어제 먹은 호북식 오리 구이도 별미였다.

그렇게 사흘이 지났다. 우려했던 것과 다르게 백혜향은 나타나지 않았다. 다행이지만 여전히 경계심을 풀 수 없었다. 나흘째 되는 날 나는 향로에 꽂힌 검들 중에 일흔다섯여 자루를 쇳가루로 만들었다. 기억을 보고 나서 달래주면 어김없이 검들은 으스러졌다. 파스스스! 일흔다섯 번이 넘는 천기.

이제는 무한제일검 백향묵의 검초 묵선대진검이 완전히 머릿속에 각인되었다. 실제로 펼치는 것 또한 가능했다. 아쉬운 점은 검초의 내공 운용법을 정확히 알지 못해 실질적인 위력은 절반가량에도 미치지 못한다는 것이다. 좀 더 높은 상승의 경지에 오른다면 운용법마저도 흉내 낼 수 있을지 모른다. 하지만 지금의 내게는 이 정도가 한계였다.

'이 정도로 할까?'

천기는 무리할 수 있는 능력이 아니었다. 물론 연달아서 하지 않고 운기를 해가면서 한다면 좀 더 많이 할 수 있지만, 행하면 행할수록 심적 소모도 컸다. 향로의 남은 검들을 쳐다보던 나는 문득 그런 생각이 들었다.

'지금이라면 성명신공 육성도 가능하지 않을까.'

일흔다섯 번이나 팔대 고수의 연무를 보았다. 그걸 보면서 나흘 동안 몇 번이나 심상에 빠졌는지 모른다. 분명 그것은 깨달음이었다.

'…나 스스로 의식하지 못하고 있을지도 모른다.'

충분히 준비는 되어 있다. 그렇다면 해볼 만한 가치는 있었다. 나는 두 눈을 감고 중단전의 선천진기에 집중했다. 그리고 천천히 성명신공을 끌어올렸다. 일성, 이성, 삼성, 사성, 오성….

"후우."

호흡을 내뱉으며 기운을 끌어올리자, 파팍! 쩌저저저적! 순간 발밑의 목판이 갈라지며 날카로운 기운이 몸 바깥으로 빠져나왔다. 그것은 예기라 불리는 것이었다. 남천철검은 성명신공이 육성의 경지에 오르면 선천진기의 기운을 날카로운 검처럼 벼릴 수 있다고 했다. 나는 검결지를 쥐고서 나무 기둥을 그어보았다. 촥! 그러자 검으로 벤 것처럼 기둥에 날카로운 상흔이 생겨났다.

"핫."

나도 모르게 웃음이 나올 뻔했다. 드디어 육성의 갈피를 잡았다. 그동안 백향묵의 검 연무를 계속해서 보았던 것이 마침내 효과를 드러냈다. 제대로 된 초절정의 영역을 밟게 된 것이다.

'지금이라면 가능할지도 모른다.'

육성 이상의 경지에 올라야만 펼칠 수 있는 성명검법의 마지막 칠초식 십이천경검(十二天景劍). 상승의 검초라서 이전까지는 펼치고 싶어도 할 수 없던 초식이다. 시험해보고 싶으나 여기서 펼치면 대장간이 엉망이 되겠지.

'아아아.'

감회가 남달랐다. 드디어 남천검객이 올랐다던 육성의 경지를 밟았다. 초입에 불과하지만 부단히 단련하여 육성을 완성한다면 생전의 남천검객과 같은 영역에 이르게 된다.

땅땅땅! 쇠를 두드리는 소리가 작업장에서 들려왔다.

열기가 넘쳐나는 작업장으로 건너가니, 장인이 쉴 새 없이 남천철검의 검면을 뜨거운 용광로에 담갔다가 빼면서 망치질하고 있었다. 녹은 이미 어제 제거되었지만 그동안 관리가 안 되었던 검면을 바로잡는 과정이라고 했다.

─하아….

남천철검의 호흡 소리가 들려왔다. 굉장히 좋아하고 있었다.

─…자식, 너무 좋아하는데.

그러게 말이다. 오랜만에 이 소리를 들으니 닭살이 돋았다.

그래도 이 과정을 겪고 나면 남천철검은 다시 태어나게 될 거다. 붉게 달아오른 검신에서 은은한 빛이 나오는 걸 보면 확실히 보검으로 거듭나고 있었다.

'내일이면 끝나겠지?'

하루가 남았다. 내일 검을 받으면 이제 무림연맹의 성으로 들어갈 거다. 그때부터 진짜 임무가 시작된다. 오늘 할당량도 채웠고 성과도 있었으니 이제 나가서 사마영과 조성원을 데리고 예약해둔 등정 객잔으로 가야겠다. 그곳 동파육이 그리도 맛있다는데 이틀 전에는 예약이 다 차서 앉지도 못했다.

* * *

마을 한복판에 있는 등정 객잔.

바글거리는 손님들만 봐도 얼마나 인기가 많은지 알 수 있었다. 입구에서부터 동파육 특유의 팔각향이 코끝을 자극했다. 절로 침이 고였다.

"드디어 먹네요."

"등정 동파육!"

"둘이 먹다가 하나가 죽어도 모른다던데, 나 먹다가 쓰러질 수 있어요."

"그럼 부단주님이 업고 숙소에 가실 겁니다."

"헤에. 그럼 안심하고 쓰러져야겠네요."

식탐이 있었는지 음식과 관련해서는 죽이 잘 맞는 사마영과 조성원이었다. 두 사람은 신이 나서 나보다 먼저 객잔 안으로 들어갔다. 어린 점소이가 달려와 우리를 맞이했다.

"이틀 전에 오셨던 분들이죠?"

눈썰미가 좋은 녀석이 우리를 알아보았다. 녀석이 씨익 하고 웃더니 따라오라며 안내했다. 좋은 자리를 부탁한다고 했더니, 이층 마을 풍경이 보이는 창가 자리를 비워놓았다. 나는 녀석에게 수고했다고 동전을 주었다. 녀석은 입이 찢어져서 귀에 걸렸다.

"주문은 당연히 동파육이죠?"

"두말하면 잔소리죠."

사마영이 신이 나서 답했다. 점소이가 내려가고 나서 우리는 다른 손님들이 동파육 먹는 것을 구경했다. 뭔가 내가 먹는 것도 아닌데 대리만족하는 느낌이었다. 동파육은 돼지 살코기와 쫄깃한 비곗살이 있는 부위를 삶고 졸인 요리로 입에 감기는 식감이 일품이다.

먹는 사람마다 저리 행복한 표정을 짓는 걸 보면 정말 맛있겠지?

―운휘야.

그러던 차에 소담검이 나를 불렀다. 녀석이 왜 불렀는지 알 것 같다. 객잔 안으로 무림인들이 대여섯 명 들어왔다. 지금 들어온 이들은 이곳 객잔에 있는 무림인들보다 훨씬 강한 자들이었다. 기감만으로 이 정도는 쉽게 알아차릴 수 있었다.

'둘 때문에 그렇지?'

―응.

그들 중 두 사람이 지닌 검이 명검인 듯했다. 들리는 이명부터 강한 존재감이 느껴졌다. 천기가 열린 후부터 천선 역시 강해지면서 나도 검의 소리로 얼마나 명검인지 구분이 가능해졌다.

"음."

사람들이 동파육 먹던 것을 구경하던 사마영의 시선도 잠깐 밑으로 향했다. 당연히 그녀도 기감으로 알아차렸을 거다. 얼마 있지 않아 여섯 명의 남녀가 이층으로 올라왔다.

'아!'

나는 한눈에 그들을 알아보았다. 세 명의 남녀는 호남성 무림지회에 속해 있는 후기지수들이었고, 다른 세 명은 청성파와 사천당문, 전진교의 후기지수였다. 전자의 셋은 당연히 같은 호남성 무림지회 출신들이라 안면이 있었고, 다른 세 명은 회귀 전 무림연맹에서 알게 된 이들이었다.

―쟤들인가 봐.

나의 눈은 자연스럽게 청성파와 전진교의 젊은 도사들에게 향했다. 긴 눈썹이 늘어진 청성파의 도사는 청명이라는 도호를 가졌고,

훗날 일양검객이라 불리게 된다. 전진교의 도사 현진은 현무당의 부당주가 될 뛰어난 검수였다. 이 두 사람이 들고 온 검은 아무래도 청성과 전진에서 지원해준 명검인 듯했다.

'지극히 정파다운 녀석들이지.'

내 기억 속에 이들은 꽤 괜찮은 정파인들이었다. 도가 문파 출신들답게 사리사욕이 없고 의협심도 뛰어났다. 그런데 이처럼 학과 같은 녀석들이 하필이면 저런 녀석들과 함께 오다니.

'귀찮아지겠군.'

"어!"

아니나 다를까였다. 하필 녀석들이 예약해둔 자리가 우리 바로 옆인 게 화근이었다. 저 세 명은 소장윤과 붙어 다니는 무리인 도일찬과 조강, 강혜소와 형제자매 관계였다. 당연히 내 별명을 누구보다 잘 알았다. 도일찬의 형인 원릉 도가의 도경욱이 우리가 있는 곳으로 다가왔다.

"이야, 이게 누구야? 우리 율랑현의 소 아우가 아닌가."

인사라기보다는 비꼬는 말투에 가까웠다. 녀석의 그 말에 다른 한 명도 다가왔다. 수녕 조가의 조익이었다.

─애네 아직 소문을 못 들었나 본데.

아무래도 그런 것 같다. 하긴 소장윤 무리와 다르게 후기지수 대표인 녀석들이었다. 내가 익양 소가로 돌아왔을 때 이미 무한시로 향하고 있었을 테니 모르는 것도 당연했다. 조익이 아는 척을 했다.

"아니, 여기서 보게 될 줄이야. 오랜만이네, 소 아우."

그래도 율랑현 망아지 소리는 하지 않았다. 예전에는 얼굴만 마주쳐도 율랑현 망아지라고 하더니 말이다. 아마도 같이 온 일행들을 의식해서일 거다.

"아시는 분인가 봅니다."

일행 중에 두 명이나 아는 척하니 관심이 갔는지 청성파의 청명이 물었다. 그 말에 조익이 실실 웃더니 속삭이는 척 말했다.

"그전에 했던 이야기 기억하십니까? 익양 소가에서 쫓겨난 그 친구 말입니다."

말이 속삭이는 거지 대부분이 들을 수 있었다. 녀석의 그 말에 사마영의 눈빛이 확 변했다. 그녀가 나서게 되면 일이 더 커질 수 있으니, 나는 자리에서 일어나 청성파의 청명에게 포권을 취했다.

"청성의 청명 도사님이 아니십니까?"

그런 내 말에 청명이 의아해하며 포권을 취했다.

"청명입니다. 공자께서는 저를 아십니까?"

"모를 리가 있겠습니까? 청성파가 낳은 신성인 청명 도사님을 모르는 게 더 이상한 일이지요."

칭찬은 고래도 춤추게 한다고 했다. 띄워주는 내 말에 청명 도사의 입가에 미소가 피어났다. 회귀 전에 알고 있던 대로 천성이 선한 사람다웠다.

척! 나는 다른 두 명에게도 포권을 취하며 인사했다.

"전진교의 현진 도사님과 사천 당문의 당혜화 소저께도 인사 올립니다. 익양 소가의 삼남인 소운휘라고 합니다. 이렇게 명성이 높은 두 분을 뵙게 되어 영광입니다."

당당한 나의 인사에 두 남녀도 포권을 취했다.

"익양 소가의 공자님이셨군요. 당문의 당혜화라고 합니다."

"전진교의 현진입니다."

인사의 중요성이라는 것이 이렇다. 먼저 상대를 알아보고 인사하는 것만으로 적당히 체면을 높여줄 수 있다.

"어…떻게?"

왜? 내가 이들을 모를 거라 생각했어? 너희보다 훨씬 더 잘 알걸. 나를 깎아내리려고 했던 도경욱과 조익의 표정이 좋지 않았다. 내가 선수 칠 거라고는 생각지 못했나 보다.

"율랑…."

이를 참을 수 없었는지 조익이 뭔가를 말하려고 했다. 그때 내가 녀석에게 어깨동무를 했다.

"오랜만입니다, 조 형."

나는 친한 척 웃으면서 말했다. 그러자 녀석이 어처구니없어하며 내 팔을 뿌리치려고 했다.

"언제부터 친…."

그러나 팔을 뿌리치기 위해 손을 들어 올리기도 전에 녀석의 목을 감싸고 있던 내 팔목에 힘이 들어갔다. 꽈악!

'…?!'

목 뒤로 공력을 가했기 때문에 녀석의 몸이 일순간 경직되었다. 조금만 잘못 움직이면 목이 그대로 꺾일 거다. 녀석이 얼마나 당황했는지 흔들리는 눈으로 나를 쳐다보았다. 나는 녀석에게 전음을 보냈다.

[웃어. 목이 꺾여서 후기지수 논무에 나가고 싶지 않다면.]

꽈악! 힘이 더욱 들어가자, 녀석이 화들짝 놀라 억지로 입꼬리를 올렸다. 이에 나는 활짝 웃으면서 후기지수들에게 말했다.

"이렇게 타지에서 동향 사람을 보다니 참 반가운 일입니다."

어깨동무에 어색한 웃음을 짓고 있는 조익. 그 모습을 본 도경욱의 목젖이 떨렸다. 아마 전음으로 무슨 짓을 하는 거냐고 영문을 묻기 위해서일 거다. 하지만 대답할 턱이 있나. 사람의 목은 취약한 부위 중 하나다. 목이 부러질 수도 있다는 압박감에 조익은 전음은커녕 말조차 하기 힘들 것이다.

[어이, 도경욱.]

나의 전음에 도경욱의 두 눈이 커졌다. 그도 그럴 것이 녀석들은 내가 무공을 익힐 수 없는 몸이라 생각하고 함부로 굴었었다. 한데 전음을 들었으니 멍청이가 아니고서는 내공이 있다는 것 정도는 알아차렸을 거다.

[너 어떻게 내공을….]

[그건 네가 알 바 아니다. 경고하지. 단전이 회복되기 전을 생각해서 괜히 내게 시비 걸 생각은 버려라.]

나의 경고에 녀석의 표정이 굳었다. 조금이라도 경각심이 있다면 물러날 테고, 알량한 자존심이 우선이라면 헛짓거리를 하려고 들겠지. 그 전에 함부로 못 하도록 멍석을 깔아놔야겠다. 나는 어깨동무를 한 상태로 청성파의 청명과 전진교의 현진, 사천 당문의 당혜화를 쳐다보며 웃으면서 말했다.

"본가의 후기지수 대표로 참여하게 되니, 이렇게 명성이 자자한 분들과 연도 맺게 되고 영광입니다."

"후기지수 대표?"

그런 내 말에 모두가 의아함을 감추지 못했다. 반응을 보니 아무래도 이 녀석들이 말해줬든가 아니면 익양 소가의 후기지수 대표는 장남인 소영현이라고 알려진 모양이다.

"아, 모르셨을 수도 있겠군요. 제 형님들께서 몸이 편찮으셔서 부득이 제가 후기지수 대표로 나오게 되었습니다."

여기서 이렇게 후기지수 대표라고 말해놓는다면 더는 함부로 굴지 못하겠지. 나는 너희들이 알고 있던 예전의 율랑현 망아지가 아니다.

"영현 형의 몸이 편찮다고?"

도경욱이 이해할 수 없다는 눈으로 나를 쳐다보았다. 나는 아무렇지 않게 말했다.

"모르셨나 보군요. 그렇게 되었습니다."

그 말과 함께 어깨동무로 목을 압박하던 조익에게서 팔목을 뗐다. 목이 부러질 뻔했던 녀석은 겁을 먹었는지 내게서 떨어졌다. 실력의 차를 여실히 느꼈겠지.

"영현 오라버니께서 정말 몸이 많이 안 좋아?"

강혜소의 언니인 강혜미가 걱정스러운 목소리로 내게 물었다. 예전부터 나를 함부로 대하던 것이 몸에 배어 있어서 자연스럽게 하대하는 그녀였다. 나는 가볍게 고개를 끄덕이며 답했다.

"그래. 걱정되면 나중에 문병이라도 가봐, 혜 누이."

"너…."

그녀가 순간 아차 싶었는지 말을 잇지 못했다.

─왜 그러는 거야?

왜 그러겠는가. 업신여기면서 자신더러 깍듯하게 누나 대접을 하라고 했는데, 내가 누이라고 해서 심기가 뒤틀려 그렇겠지. 나는 빙그레 웃으면서 그녀에게 말했다.

"뭐 잘못된 거라도 있어, 누이?"

그녀의 볼살이 파르르 떨렸다. 내게 화가 난 모양인데, 애초에 내 나이가 한 해 더 많았다. 나를 흘겨보던 그녀가 빈정 상한 목소리로 말했다.

"그것참 안타깝게 되었네. 오라버니가 나왔다면 좋은 결과를 얻었을지도 모를 텐데. 네가 후기지수 대표라니."

어리긴 어렸다. 감정이 상했다고 판단력이 흐려져서 유치하게 굴어댔다. 소영현과 소장윤 형제를 상대할 때도 느꼈지만 회귀 전 내가 어쩌다 이런 녀석들에게 괴롭힘을 당했는지 이해되지 않을 정도다. 그때 자리에 가만히 앉아서 듣고 있던 사마영이 풋 하고 웃었다. 이에 강혜미가 눈살을 찌푸리며 그녀에게 말했다.

"지금 비웃은 건가요?"

"네."

"네에?"

"사형의 실력조차 제대로 파악하지 못하면서 평가하는 모습이 재밌네요."

그런 그녀의 말에 강혜미의 눈꼬리가 매섭게 올라갔다. 반면 청명과 현진 등이 난처함을 금치 못했다. 대문파 출신답게 청명은 일류의 벽을 넘어섰고 현진은 벽을 넘기 직전이라 어느 정도 내 실력을 짐작하고 있었다.

화가 났는지 부들거리던 강혜미가 도경욱에게 말했다.

"도 오라버니."

"혜 매."

"그래도 같은 호남 무림지회의 동도인데, 오라버니께서 논무 전에 너무 자만심이 들지 않도록 한 수 가르쳐주시는 게 어떨까요?"

―여우 같은 계집애네.

소담검이 혀를 내둘렀다.

그 와중에 자신이 손을 쓰는 우를 범하지 않고 도경욱에게 떠넘긴 것이다. 그런 그녀의 말에 도경욱은 섣불리 답하지 못했다. 당연했다. 익양 소가의 후기지수 대표가 되었다는 것은 망아지라 불리던 시절과 다르게 가문에 인정받았을지도 모른다는 의미도 된다. 녀석이 망설이자 강혜미의 목젖이 떨렸다. 이에 도경욱이 난처한 표정이 되었다. 전음으로 녀석을 다그치나 보다. 아⋯ 그러고 보니 도경욱과 강혜미는 약혼한 사이였다.

'귀찮군.'

이런 애송이들을 상대로 감정 소모를 하는 게 귀찮았다. 적당히 눌러놓는 편이 나을까, 고민하고 있던 찰나였다.

"소 사숙!"

누군가의 외침 소리에 모두의 시선이 계단 쪽으로 향했다. 그곳에 훤칠한 남청색 도복의 청년이 서 있었다.

―운휘야, 쟤 개 아니야? 형산일검의 제자.

소담검의 말대로 청년은 형산일검 조청운의 첫째 제자인 서일주였다. 그와 이곳에서 마주칠 줄은 몰랐다. 그 말인즉, 형산파의 사람들이 도착했다는 거겠지? 영영이도 왔겠구나.

"사숙?"

그때 청성파의 청명이 의아해하는 목소리가 들려왔다. 그리 반응하는 것도 당연했다. 지금 이곳에는 사숙이라 불릴 만한 연배로 보이는 자가 없었다. 물론 그 사숙은 나였다. 형산일검과 사형 사제를 맺은 나였기에 서일주는 자연스럽게 나를 소 사숙이라 부르게 되었다.

그때 서일주를 알아본 전진교의 현진이 인사했다.

"형산파의 서 형이 아니십니까?"

"현 형, 오랜만에 뵙습니다."

같은 도가 계열의 대문파라고 서로를 알아보는 그들이었다. 당혜화를 비롯한 청명, 그리고 호남 지회 출신의 세 명도 형산이라는 말에 포권을 취하며 예를 갖췄다. 전진교의 현진이 의아해하며 물었다.

"한데 서 형, 사숙이라니 그게 무슨 소리입니까?"

'호오.'

이거 잘됐는데. 잘만 이용하면 귀찮은 일을 간단히 처리할 수 있겠다.

나는 서일주를 바라보며 포권을 취했다.

"오셨군요."

그런 내 말에 서일주가 당황하더니 손사래를 치면서 말했다.

"사숙, 어찌 그러십니까? 말씀 편하게 해주십시오. 안 그러시면 나중에 제가 스승님께 혼이 납니다."

공손한 서일주의 태도에 모두가 놀란 눈으로 나를 쳐다보았다. 정파 무림은 유독 항렬이나 배분을 중히 여기는 곳이 많았다. 같은 항렬을 가진 서일주가 내게 사숙이라고 하니 영문을 몰라 하던 현진이 물었다.

"서 형, 혹시 여기 계신 소 형께서 귀파의 속가 제자이십니까?"

"아아, 모르고 계시는군요."

그 말과 함께 서일주가 나를 슬며시 쳐다보았다. 이야기해도 괜찮냐고 허락을 구하는 것이었다. 나는 고개를 끄덕였다. 이에 서일주가 나와 탁자에 앉아 있는 사마영을 조심스럽게 두 손으로 가리키며 현진에게 말했다.

"여기 계신 서 사숙과 마 사숙은 남천검객 호종대 대협의 후인이 십니다."

'…!!'

그 말에 여섯 사람뿐만 아니라 객잔 이층이 순식간에 정적으로 물들었다. 그렇지 않아도 호남 무림지회 녀석들과 다투는 분위기 때문에 주위 사람들이 귀를 열고서 우리에게 집중하고 있었다. 그런 와중에 남천검객이 거론되자 모두가 놀라움을 금치 못했다.

"남천검객이라니?"

"호종대 대협의 후인이라고?"

객잔 이층이 술렁거렸다. 말문을 잃었던 청명이 휘둥그레진 눈으로 내게 물었다.

"그, 그게 정말입니까?"

이에 나는 겸양의 표정을 지으며 아무렇지 않다는 듯이 답했다.

"부족하지만 스승님께 무공을 사사했습니다."

"아아아!"

청명의 입에서 탄성이 흘러나왔다. 전진교 현진의 태도는 빨랐다. 내게 정중하게 고개를 숙여 포권을 취하며 말했다.

"진즉에 말씀하시지 그랬습니까? 서 형의 사숙이시면 제게도 사숙이 되십니다. 하마터면 큰 결례를 범할 뻔했습니다."

항렬을 중시하는 도가 계열 대문파의 제자다운 처세였다.

"제게도 사숙이 되십니다."

탄성을 내뱉고 있던 청명 역시도 내게 고개를 숙이며 예를 갖췄다. 같은 도가 계열이라 일사천리였다. 한순간에 나는 세 사람의 사숙뻘이 되어버렸다.

"이것 참 난처하군요."

의도한 것이었지만 나는 괜히 곤란한 척을 했다. 그러고는 강혜미를 비롯한 도경욱과 조익을 넌지시 차례로 훑어보았다. 그들은 어안이 벙벙해서 나를 쳐다보고 있었다.

나는 그들에게 빙그레 웃으며 말했다.

"아까 뭐라고 하셨죠? 한 수 가르쳐주신다고요?"

'…?!'

그 말에 주위가 술렁였다. 남천검객의 후인이 등장한 것만으로도 충분히 화젯거리였는데, 그 후인에게 한 수 가르쳐준다는 이들이 누군가 싶어 이목이 더 집중된 것이다. 이에 세 사람이 당혹감을 감추지 못했다.

"누가 한 수 가르쳐주시겠습니까?"

이윽고 누구 할 것 없이 동시에 손사래를 치는 진풍경을 볼 수 있었다.

* * *

"아아, 배부르다. 완전 만족."

식당을 나오는 사마영이 귀엽게 살짝 나온 배를 두드리며 말했다. 등정 객잔의 동파육은 명성만큼이나 정말 맛있었다. 과연 일품이라 할 만했다. 형산일검의 제자인 서일주 덕분에 귀찮은 일을 피하고 식사를 즐길 수 있었다. 뭐 아직까지 위층에 있는 호남 무림지회의 세 사람은 속이 거북했겠지만 말이다.

"포장도 되는 것 같은데 챙겨갈까요?"

조성원의 말에 사마영이 동의했다.

"맞네요. 아까 그 형산파의 서일주 도사도 동파육을 포장해서 갔잖아요."

그녀의 말대로 서일주는 동파육을 포장해서 갔다.

얘기를 들으니 형산파 일행들은 곧장 무림연맹의 성안으로 들어갔다고 했다. 대문파답게 그들의 숙소는 안에 마련되어 있기 때문이었다. 영영이도 성안에 있는 듯했다.

"부단주님?"

두 사람이 애절한 표정으로 쳐다보았다. 이에 나는 피식 웃으며 고개를 끄덕였다.

"주문하고 오겠습니다!"

조성원이 신이 나서 객잔 안으로 부리나케 달려갔다. 녀석이 들어가고 나서 나는 문득 해악천이나 쌍둥이 형제 몫도 사가면 좋을 것 같다는 생각이 들었다. 그래서 사마영에게 이를 부탁했다. 그녀가 객잔 안에 들어가자, 여섯 살배기 한 아이가 내게 다가왔다.

"저기, 저기요. 이거 받으세요."

"응? 나?"

아이가 내게 작게 접힌 서지를 주었다. 그러고는 볼일이 끝났다는 듯이 쏜살같이 어딘가로 달려갔다. 뭔가 싶어서 아이가 준 서지를 펼쳐보았다.

'……'

나는 한숨을 내쉴 수밖에 없었다. 서지에는 이렇게 적혀 있었다.

보검을 잃고 싶지 않다면 아무도 대동하지 말고 혼자서 대장간으로 와라.

* * *

날이 저물 무렵이라 대장간 거리에는 사람이 드물었다. 의도적으로 이 시간대를 노렸다는 것을 알 수 있었다. 대장간 안으로 들어가자 식어가는 용광로와 나뒹굴고 있는 망치, 주조 도구들이 보였다. 향로가 있는 안쪽에서 인기척이 느껴졌다. 한 사람뿐이었다.

"들어와라."

목소리가 들려서 안으로 들어가니, 구석에 장인이 혈도가 점해졌는지 쓰러져 있었다. 그리고 죽립을 쓴 복면인이 향로에 걸터앉아 있었다.

—운휘!

남천철검의 목소리가 머릿속을 울렸다. 복면인의 손에 남천철검이 들려 있었다. 거의 복구가 끝났는지 검신에서 은은한 광채를 보이는 남천철검을 복면인이 손으로 매만지고 있었다.

"좋은 검이군. 이게 그 유명한 남천철검인가?"

복면인이 내게 말을 걸었다.

나는 차갑게 식은 목소리로 답했다.

"너… 뭐야?"

그런 나의 물음에 복면인이 피식 하고 웃더니, 남천철검을 바닥 목판에 꽂았다. 그러고는 팔짱을 끼고서 오만한 목소리로 내게 말했다.

"아가씨의 전언을 전하러 왔다."

"아가씨?"

그제야 나는 녀석의 정체를 짐작할 수 있었다. 복면인은 백혜향이 보낸 자였다. 죽립도 모자라 복면으로 얼굴까지 가린 것을 보면 분명 후기지수 논무에 참가하는 녀석일 테지.

"무엇을 말이지?"

"후기지수 논무를 포기해라. 그리고 돌아가서 백련하 아가씨께 목숨을 부지하고 싶다면 항복하라고 전해라."

녀석의 말에 나는 어처구니가 없었다. 나를 어지간히 우습게 여겼나 보다. 이에 살짝 보폭을 앞으로 가져가자….

"멈춰."

복면인이 남천철검의 검병을 쥐고서 고정하더니, 검면에 발바닥을 밀어 넣었다. 남천철검의 검면이 녀석의 힘에 의해 살짝 휘어지려 했다.

"검을 잃고 싶진 않겠지?"

이제는 검을 가지고 협박했다. 내가 요구에 응하지 않으면 당장에라도 검을 부러뜨려버릴 기세였다. 녀석의 눈이 나를 응시하고 있었다. 이에 나는 고개를 절레절레 흔들며 웃었다.

"무슨 의미지?"

녀석의 물음에 나는 낮게 깔린 목소리로 말했다.

"백혜향 아가씨의 전언이 아니라 네놈의 전언이겠지?"

'…?!'

그 말에 녀석의 눈동자가 살짝 흔들렸다. 그 순간 나는 왼손을 뻗었다. 그러자 은연사의 줄이 번개처럼 뻗어 나가 남천철검에 휘감겼다. 촤르륵!

"아닛?"

은연사에 공력을 주입하자 이내 줄이 빨려 들어오며 내 손에 남천철검이 쥐어졌다. 나는 당혹스러워하는 녀석에게 검을 겨냥하고서 말했다.

"검이 어쨌다고?"

제일군사

―운휘.

'괜찮아?'

―괜찮다. 어차피 나는 한철이 섞여 있어서 어지간한 힘으로는 휘어질 수가 없다.

녀석의 말대로 남천철검은 전혀 휘어지지 않았다. 철이라는 것은 단단한 성질만 띠는 것이 아니라 탄력 또한 가지고 있다. 특히 보검이라 불리는 것들은 더욱 뛰어나다.

그나저나 검으로 협박하다니 불쾌하군.

"이번엔 뭐로 협박할 거냐?"

그런 나의 말에 복면인이 향로에서 일어났다.

"몸에 비술을 지닌 것 같다고 하더니, 방금 그건 뭐지?"

'못 봤군.'

녀석은 은연사의 얇은 실을 제대로 보지 못한 것 같다. 역시 내가 느낀 그대로였다. 복면인은 굳이 중단전을 개방하지 않아도 상대할 수 있을 정도의 무위를 지녔다.

녀석이 권법의 기수식을 취했다.

"곱게 논무를 포기했었어야지."

팟! 복면인이 내게 신형을 날렸다. 녀석의 주먹이 내 안면을 향해 직선으로 뻗어왔다. 나는 가만히 선 상태로 녀석의 주먹에 검을 사선으로 그었다. 타탁! 녀석이 보법을 펼치며 검을 피한 후에 옆으로 몸을 틀어 내 왼쪽으로 발차기를 날렸다. 발차기의 궤적이 독특하게 꺾이며 나를 노렸다. 그러나…. 파팍! 나는 그대로 녀석에게 몸을 가까이 한 후에 목을 움켜잡았다.

"헉!"

녀석이 놀라워했다. 그러거나 말거나 나는 그대로 녀석을 바닥에 내려찍었다. 쾅!

"크헉!"

그와 동시에 녀석이 두 다리로 내 몸을 감으려 했지만, 나는 검으로 녀석의 발목을 찔렀다. 검이 관통하자 녀석이 비명을 지르려고 했다. 나는 녀석의 턱을 주먹으로 올려쳤다. 우두둑!

"끄읍."

치아가 부딪치면서 부서지는 소리가 들렸다. 얼굴을 가린 복면이 붉게 젖어들며 녀석이 얼굴과 몸을 부르르 떨었다.

타타타탁! 나는 녀석이 움직이지 못하게 점혈한 후 죽립과 복면을 벗겼다. 이십 대 초반으로 보이는 얼굴이 드러났다.

"인피면구군."

얼굴이 다치면서 인조 피부가 위로 밀려나 있었다. 인피면구를 뜯어보니 선해 보이는 얼굴과는 전혀 관련 없는 흉터투성이에 험악한 인상의 얼굴이 드러났다.

"너 정체가 뭐야?"

무공 실력만 보면 일류 고수의 끝을 달리고 있었다. 적어도 총대주급은 됐다.

고통스러워하던 녀석이 부러진 이를 드러내며 내게 말했다.

"당장 점혈을 푸는 게 좋을 거다."

"잡혀 있는 주제에 묻는 말에나 답하지 그래."

"왜 네놈더러 혼자 오라고 했을 것 같으냐? 주변에 나의 수하들이 있…"

녀석이 말을 미처 끝내기도 전에 대장간 입구 쪽에서 우당탕거리는 소리가 들려왔다. 곧이어 뭔가 질질 끌려오는 소리와 함께 향로가 있는 안쪽으로 사마영과 조성원이 들어왔다. 그들 손에는 세 명의 복면인들이 있었다. 기절했는지 의식이 없는 녀석들을 두 사람이 거추장스럽다는 듯이 내려놓았다.

사마영이 내게 말했다.

"주변에 이 세 명뿐이던데요, 부단주님."

"…?!"

그런 그녀의 말에 녀석의 표정이 당혹감으로 물들었다. 멍청한 놈이다. 설마 내가 곧이곧대로 혼자 오라는 서지를 지킬 거라 생각했던 건가. 당연히 주변에 대장간을 감시하는 수상한 자가 있으면 잡아오라고 명을 내리고서 들어왔다. 그나저나 저쪽도 소수 정예긴 하군.

조성원이 쓰러진 녀석들을 손으로 가리키며 말했다.

"이 녀석들 일류 고수들이더군요."

믿는 바가 있었군. 본인과 더불어 일류 고수 셋이면 충분히 나를 제압할 수 있으리라 여겼던 모양이다. 하긴 평범한 후기지수 정도의 수준이라면 가능한 전력이다.

나는 당혹스러워하는 녀석에게 말했다.

"어디 소속이야?"

인피면구까지 착용하고 온 거라면 분명 논무에 참가하려는 녀석이다. 나이도 동년배인 걸 보면 단순한 대주는 아닐 것이다. 적어도 혈성급에 준하는 고수의 제자일 확률이 높았다.

"네놈에게 말할 것 같으냐? 나를 풀어주지 않는다면 아가씨께서 네놈을…."

짝! 사마영이 다가와 녀석의 뺨을 때렸다. 역시 말보다 행동이 빠른 그녀였다.

"부단주님이 묻는 말에 답변이나 해."

"이, 이게 감히…."

짝! 그녀가 녀석의 반대쪽 싸대기를 날렸다. 놈이 화가 나서 씩씩거리는데 사마영이 녀석의 손을 붙잡았다. 나도 뭘 하려나 궁금해하는데, 그녀가 녀석의 검지를 잡고 말했다.

"지금부터 대답하지 않을 때마다 손톱을 하나씩 뽑을 거야."

'…?!'

녀석의 표정이 기이하게 일그러졌다.

"내, 내가 이런 협박에 조금이라도 굴복할 것 같으냐?"

뚝!

"끄아… 읍!"

나는 녀석의 입을 틀어막았다. 사마영이 어느새 녀석의 손톱을 뽑아서 들어 보이고 있었다. 협박과 고문이라는 것은 어느 정도 시간의 유예를 두는데, 그녀는 일말의 망설임도 없었다. 어느새 중지의 손톱을 잡고 있었다. 뒤에 서 있는 조성원이 혀를 내두르며 고개를 돌렸다.

"끄으으…. 내게 이러고도 아가씨께서 네놈들을…."

똑! 사마영이 녀석의 중지 손톱을 뽑아버렸다. 고통의 신음을 흘리는 녀석의 두 눈에선 눈물까지 흘러내렸다. 그래, 손톱을 뽑으면 죽을 것같이 아프지. 나는 녀석에게 비아냥거리는 목소리로 말했다.

"아아, 미안. 내 보좌가 말보다 행동이 좀 빨라서 말이야."

"끄으으으."

"이제 답할 생각이 좀 드나?"

효과는 굉장했다. 녀석이 미친 듯이 눈알을 위아래로 움직였다. 나는 틀어막은 입에서 손을 떼고 물었다.

"어디 소속이야?"

"하아… 하아… 오혈성의 둘째 제자인 요업이다."

오혈성? 권퇴혈우 황강의 제자였나? 권법과 퇴법의 달인이라는 이야기는 들었었다. 하지만 하급 첩자였던 나는 마주칠 기회가 전혀 없던 위인이었다.

"솔직히 말해. 백혜향 아가씨가 보낸 거 맞아?"

나의 물음에 요업의 두 눈이 흔들렸다. 당연히 아닐 거라 생각했다. 왜냐하면 그녀는 나를 자신의 부군으로 노렸었으니까. 그런데 뜬금없이 후기지수 논무를 포기하고 돌아가라는 것부터 앞뒤가 맞지 않았다.

"대답이 없네."

사마영이 녀석의 손톱을 또다시 뽑으려고 했다. 녀석이 화들짝 놀라서 말했다.

"아, 아니다! 아가씨께서는 네놈을 감시하라고만 하셨다."

역시 예상이 어느 정도 들어맞았다. 감시만 하라고 한 것은 의아 했지만 말이다.

"그런데 왜 그딴 협박을 한 거지?"

"그, 그건…. 으아아아악. 말할 테니까, 그만 뽑아!"

대답이 조금만 늦어져도 손톱을 뽑으려고 하니까 요업이 기겁을 했다.

"그럼 말해."

"사, 사형이 시킨 일이다. 아가씨께서 네놈을 죽이지도 건들지도 말라고 하셨기에 돌려보내게 만들라고 하셨다."

"네놈의 사형?"

뭔가 이해되지 않았다. 이건 녀석들의 주군이라 할 수 있는 백혜 향의 분부를 넘어선 짓이었다. 물론 그 말도 안 되는 협박이 성공해 서 내가 후기지수 논무에 참여하지 않는다면 성과가 될지 모르겠지 만 말이다.

"고작 그딴 이유로 부단주님을 노린다고!"

뚝! 사마영이 녀석의 손톱을 뽑아버렸다.

"끄아악! 대답했는데 왜?"

나는 녀석의 입을 틀어막았다. 아무리 아프다고 해도 이 녀석 생 각보다 엄살이 심했다. 그래도 명색이 오혈성 제자란 놈이 체면이 있으면 이라도 악물어야지.

나는 고통스러워하는 녀석에게 물었다.

"너… 솔직히 알고 있지?"

모를 리가 없었다. 나와 일면식도 없는 녀석이 나를 노렸다. 아무 이유도 없을 리가 있나.

"이제 엄지손톱만 남았네."

사마영의 말에 녀석이 몸을 부르르 떨더니 입을 열었다.

"아, 아가씨께서 네놈이 자신의 부군이 될 거라 한 말을 듣고서 시킨 일이다."

그런 녀석의 말에 사마영이 휘둥그레진 눈으로 나를 쳐다보았다.

아아, 미치겠다. 백혜향이 그런 쪽으로 나를 노린 사실은 그녀에게도 말하지 않았었다. 그나저나 그럼 이놈의 사형이라는 작자는 내가 백혜향의 부군이 될까 봐 이런 짓을 저질렀다는 말이 되잖아.

"부단주님… 저한테 말씀하시지 않은 게 있었네요."

뚝!

"끄아아악! 대, 대답했는데 왜? 으읍!"

나는 녀석의 입을 틀어막았다.

불쌍한 놈. 이번 건 그녀가 홧김에 손톱을 뽑은 듯했다.

"아니, 하도 얼토당토않은 소리라 이야기하지 않은 겁니다."

내가 왜 사마영의 눈치를 보는 건지 모르겠다. 변명 아닌 변명을 들은 그녀가 심드렁한 표정을 지으며 중얼거렸다.

"그래서 그 여자가 부단주님을 노렸군요."

우두둑! 우두둑! 사마영이 두 주먹을 움켜쥐자 손에서 뼈마디가 꺾이는 소리가 들렸다. 눈에 살기마저 어린 것이 당장 누구 한 사람 잡을 기세였다. 사마영이 요업의 심장에 손을 갖다 댔다.

"읍읍읍!"

녀석이 얼마나 당황했는지 새파랗게 질린 얼굴로 몸을 비틀었다.

"뭐 하려고요?"

그런 나의 물음에 그녀가 냉담한 목소리로 말했다.

"남의 걸 노렸으니 죽여야죠."

'…?'

남의 거라니 이건 또 무슨 소리야? 당혹스러워하는데 남천철검의 목소리가 머릿속을 울렸다.

—여난의 상이로다.

사람 심란하게 만드는 소리를 해대네.

나는 그녀의 손목을 잡고 녀석의 심장 부근에서 떼어냈다. 그녀가 못마땅하다는 듯이 입술을 삐쭉 내밀고서 말했다.

"왜요? 부단주님을 노렸잖아요!"

"안 죽여도 됩니다."

"…네?"

사마영이 영문을 알 수 없어했다.

기겁하고 있던 요업이 내 말에 안도했는지 얼굴색이 다시 원래대로 돌아왔다.

그렇게 좋아할 일이 아닐걸? 이제 이 혈마 일족들의 성격을 어느 정도 알 것 같거든. 여기서 이 녀석을 죽여버리면 이 녀석 사형에게 명분을 주는 셈이 된다.

* * *

마을 외곽에 있는 한 장원 안.

부채질을 하면서 하얗게 드러난 다리를 꼬고 앉아 있던 백혜향의 미간에 주름이 잡혔다. 그녀 앞에서 무릎을 꿇고 있는 네 사람의 표정이 좋지 않았다. 특히 요업은 죽을죄라도 지은 것처럼 벌벌 떨고 있었다.

'왜 도와주지 않는 거야?'

요업은 고개를 슬며시 들고 그녀 뒤에 서 있는 한 청년을 쳐다보았다. 수습하도록 도와주겠다고 했는데, 한 마디도 내뱉지 않는 것이 원망스러울 지경이었다. 찢어진 눈매에 백옥 같은 피부를 지닌 청년. 그는 요업의 사형이자 오혈성 권퇴혈우 황강의 첫째 제자인 상현명이었다.

'칫.'

그는 자신의 계획이 꼬인 것에 짜증이 제대로 나 있었다. 내심 사존의 제자가 자신의 사제를 죽여주길 바랐다. 그랬다면 이번 일을 빌미로 백혜향에게 놈이 아가씨를 기만했으니 부군감이 아니라 당장 죽여야 한다고 청할 생각이었다.

[사형!]

요업의 전음성에 상현명이 조용히 대답했다.

[가만히 있어. 내가 나서는 게 더 도움이 안 되니까.]

그 말은 옳았다. 백혜향의 분노는 그녀의 수족이라 할 수 있는 일혈성조차 감당하기 어려울 정도였다. 물론 괜히 끼어들었다가 자신도 연루될지 모른다는 생각이 더 컸다.

백혜향이 의자에서 일어났다. 그러고는 천천히 걸어 나와 무릎을 꿇고 있는 세 사람을 쳐다보며 입을 열었다.

"내가 지켜만 보라고 했지."

"…그렇습니다."

"주인의 명을 어기는 개는 어떻게 해야 하지?"

"…죽어야 합니다."

"그럼 죽어."

촥! 그녀가 손에 쥐고 있던 부채를 횡으로 그었다. 그 순간 일렬로 앉아 있던 세 사람의 목이 잘려 나갔다. 잘린 목에서 피가 분수처럼 뿜어져 나왔다. 바닥을 뒹구는 머리통들을 보며 요업이 기겁했다.

"아, 아가씨 제발 살려주십시오. 일부러 그런 것이 아닙니다. 저는 그저…."

탁!

'…?!'

그때 누군가 그의 머리를 움켜잡았다. 그러고는 그대로 돌려버렸다. 우두둑!

"컥!"

목이 꺾인 요업은 그대로 숨을 거두었다. 요업의 목을 꺾은 자는 그의 사형인 상현명이었다.

'젠장.'

요업이 혹여 자신을 언급이라도 할까 봐 두려웠던 그는 재빨리 놈을 죽여버렸다. 자신의 손으로 오랫동안 봐왔던 사제를 죽였기에 기분이 처참하기 짝이 없었다.

슥! 그때 상현명의 목에 피에 젖은 부채의 끝이 닿았다. 백혜향이 얼굴을 가까이 하며 물었다.

"누가 네 멋대로 죽이래?"

팍! 상현명이 다급히 무릎을 꿇고 말했다.

"아가씨의 명을 함부로 어긴 것도 모자라 변명을 하기에 사문을 욕보이는 것 같아 처벌…."

펙!

"끄억!"

미처 말을 끝내기도 전에 그녀의 발차기가 안면을 강타했다. 코가 부러졌는지 콧구멍에서 피가 흘러내렸다.

"죄송…."

펙!

"끄헉!"

그가 다시 자세를 잡으려 하는데, 백혜향이 턱을 걷어찼다. 턱이 으스러질 것 같은 고통과 함께 상현명은 뒤로 발라당 넘어지고 말았다. 그런 그에게 몸을 숙인 백혜향이 부채로 가슴을 꾹 눌렀다.

"개는 개답게 분수를 알아야지."

꾸우욱!

"끄으윽."

철선도 아닌데, 부채의 끝이 칼날이라도 된 것처럼 그의 가슴을 파고들었다. 조금만 더 들어간다면 목숨이 위험할지 몰랐다.

'주, 죽일 건가?'

죽을지도 모른다는 생각에 상현명의 두 눈동자가 미친 듯이 흔들렸다.

그때 부채가 손 한 마디 정도 깊이에서 멈췄다.

"후기지수 논무가 아니었다면 이것으로 끝나지 않았다."

그 말과 함께 그녀가 일어나서 콧방귀를 뀌고는 장원의 마루 위로 올라갔다. 참가자가 다섯 명에서 네 명으로 된 것이 목숨을 살렸다.

"며, 명심하겠습니다."

상현명이 얼른 머리를 바닥에 조아리며 말했다. 하지만 아래로 향한 그의 얼굴은 아수라처럼 분노로 물들어 있었다.

'소운휘… 아가씨의 부군은 내 자리다.'

그 살의는 애꿎은 소운휘에게로 향하고 있었다.

* * *

하루가 지났다.

지금 나는 무림연맹의 성안으로 들어가는 대문 앞에 서 있었다.

무림 대회에 참석하는 수많은 무림 무가, 방파, 문파 들이 줄지어 대문 앞으로 들어가고 있었다. 그 수만 해도 천을 훌쩍 넘겼다. 이미 도착한 이들부터 앞으로 올 이들까지 합친다면 그 규모는 수천, 아니 수만에 이를 것이다. 곳곳에 명성을 날리는 문파들도 보였다. 유엽도보다 훨씬 큰 도를 허리에 차고 있는 녹색 경장의 사람들은 하북 팽가 사람들이었다. 나이보다 조숙하게 콧수염을 기른 저 청년이 녹현당의 당주가 될 팽우진이겠지? 기억하기로는 꽤나 거친 녀석이었다. 화도 많고 말이다.

성안으로 들어가면 그놈도 있겠지?

—누구 말이야?

'…모용수.'

—아… 회귀 전에 널 죽이는 데 일조했다는 그놈?

황룡당주 모용수. 후기지수들 중에 쌍룡이라 불리는 놈이다. 그놈도 이번 대회에 참석했던 것으로 알고 있다. 영웅의 탈을 쓴 개새

끼다. 이제 성안으로 들어가면 그 개새끼를 비롯해 무림연맹의 제사장로 백위향도 볼 수 있겠지. 지금도 놈들을 생각하면 가슴속 깊은 곳에서 살심이 치솟는다. 다시금 그들을 보게 되는 순간이 올 줄이야. 감정이 고조되어갔다.

"엇?"

그때 사마영이 어딘가를 보고서 기가 찬다는 소리를 냈다. 하북 팽가의 사람들이었다. 다른 사람들이 줄을 서서 기다리는 것과 달리, 그들은 오자마자 얼마 있지 않아 성내에서 무사들이 나오더니 직접 신분을 확인하고서 안으로 안내했다.

"이거 차별 아닌가요?"

사마영의 말에 나는 어쩔 수 없다며 어깨를 으쓱했다. 무림연맹 내에도 당연히 차등 대우가 있다. 연맹에서 석좌를 차지하고 있는 대문파나 오대 세가, 명성이 뛰어난 자들은 평범한 소문파나 무가들과는 대우 자체가 달랐다.

"별수 없소. 우리는 대문파가 아니라 기다려야 하오."

송좌백이 아는 척하면서 사마영에게 말했다. 익양 소가나 조항 송가도 나름 호남성을 주름잡고 있었지만 대문파나 오대 세가에 비하면 그 명성이 부족했다. 아마도 무림연맹 기준으로 보면 상중하에서 중급 정도 될 것이다. 상급이 아니면 저렇게 즉시 통과는 안 된다.

"반 시진 정도만 기다리면 될 테니까 그동안 심심하지 않게 내가 말 상대를 해드리겠소."

그럼 그렇지. 여전히 사마영을 좋아하는 송좌백이었다. 틈만 나면 그녀에게 말을 걸지 못해 안달이 나 있었다. 물론 그녀는 관심이 없었지만 말이다.

"훗."

하북 팽가의 팽우진이 줄서 있는 사람들을 향해 코웃음을 치면서 안으로 들어갔다. 특별대우를 받았다고 꼭 저렇게 티를 내는 놈들이 있다.

"재수 없네요."

그녀가 팽우진을 보면서 한마디 했다. 그러던 차에 하북 팽가 일행을 안내하고 있던 무사들 중 한 사람이 이쪽을 쳐다보더니 갑자기 부리나케 뛰어왔다. 설마 했는데 무사가 우리 앞에 와서는 말했다.

"혹시 익양 소가의 소운휘 공자와, 그 옆에 계신 분은 마영 공자가 아니십니까?"

응? 어떻게 우리를 아는 거지?

"그렇습니다만…."

내가 대답하자 무사가 갑자기 포권을 취하며 고개 숙여 인사했다.

"무림연맹의 무사 포 모가 남천검객의 후인들께 인사 올립니다."

웅성웅성! 주변이 술렁였다.

"남천검객의 후인들?"

"저 친구들이?"

한순간에 줄을 서고 있던 모든 무림인들의 시선이 나와 사마영에게 집중되었다. 심지어 안내를 받아서 먼저 앞서가던 팽가의 사람들조차 멈춰 서서 쳐다볼 정도였다.

이거 너무 주목받으니까 부담스럽네.

"즉시 통과시키라는 명을 받았습니다. 제가 안내하겠습니다."

포 모라는 연맹의 무사가 손을 들자, 하북 팽가 사람들을 안내하던 무사들 일부가 우리 쪽으로 와서 짐을 받아 들었다. 불공평하다고 투덜거리던 사마영의 입술이 실룩거렸다. 즉시 통과라는 말에 기분이 좋아졌나 보다.

"저희도 일행입니다!"

송좌백이 다급히 편승하기 위해 끼어들었다. 이에 포 모라는 연맹의 무사가 의아한 표정을 지으며 물었다.

"누구신지?"

"조항 송가의 송좌백, 송우현입니다."

녀석이 기대감에 차서 말했다.

그러자 포 모라는 연맹의 무사가 고개를 저으며 단호한 목소리로 답했다.

"죄송합니다. 조항 송가는 언질받은 바가 없습니다. 절차대로 줄을 서서 들어오시기 바랍니다."

그 말에 송좌백의 얼굴이 시무룩해졌다.

"절차대로 들어가려 했는데 누구는 즉시 통과시킨다기에…."

송좌백이 시큰둥한 말투로 구시렁거렸다. 그냥 내버려둘까 하다가 송좌백의 시무룩해진 얼굴을 보고 마음이 약해져 무림연맹 무사인 포 모에게 부탁했다. 난처해하며 안 된다고 하던 포 모는 안 그러면 내가 절차대로 줄을 서겠다고 하자 송좌백과 송우현을 통과시켜주었다.

─그냥 줄 서게 내버려두지 그랬어.

그럴 걸 그랬다. 즉시 통과가 되자마자 이 녀석 어찌나 우쭐거리면서 가던지. 줄을 서고 있던 사람들 절반이 녀석을 욕했을 거다. 하북 팽가의 팽우진과 별반 차이가 없었다.

"우와."

성벽을 통과하자 펼쳐지는 거대한 광장에 사마영의 입에서 탄성이 흘러나왔다. 이곳은 무림연맹이 자랑하는 창천장(蒼天場)이다. 푸른 하늘을 만들겠다는 정파의 정신을 기려 붙여진 이름이다. 창천장 주변을 둘러싸고 있는 높은 건물들 역시도 장관이었다.

"진짜 크네요."

확실히 무림연맹은 조경부터 시작해 겉으로 드러나는 위용에 굉장히 신경을 많이 썼다. 연맹의 무사인 포 모의 안내를 받으려는데, 누군가 다가왔다.

'응?'

하북 팽가의 팽우진이었다. 녀석은 자신의 일가 사람들의 만류에도 불구하고 우리가 있는 곳으로 굳이 와서 내게 포권을 하며 말을 걸었다.

"하북 팽가의 팽우진이오."

뭐 하는 거지? 일단 인사를 받아줬다. 나 역시 포권을 취하며 녀석에게 말했다.

"익양 소가의 소운휘입니다."

나의 인사에 녀석이 사마영과 나를 차례로 쳐다보며 씨익 웃더니, 자신의 머리카락을 뒤로 쓸어 넘기며 멋들어진 자세를 취했다.

"호종대 대협의 후인이라 들었소. 논무에서 멋진 승부를 내보도록 합시다."

허세가 가득한 모습이었다. 하북 팽가의 사람들이 얼굴을 손으로 가리며 부끄럽다는 듯이 일행이 아닌 척 시선을 피하고 있었다. 왜 만류했는지 알 것 같았다. 그런데 전혀 그렇지 않음에도 이렇게 멋있는 척하는 모습을 어디서 많이 봤는데….

―좌백이 같네.

소담검의 말대로였다. 누구랑 많이 닮았다고 했더니 송좌백을 빼 닮았다. 이런 거에 누가 반응하려나 싶었는데, 주위에서 성문을 통과한 사람들이 수군거리며 관심을 보이고 있었다.

'하.'

어떤 의미로 참 대단한 녀석이었다. 회귀 전에는 본체만체하던 녀석이 이런 식으로 나를 이용해서 자신을 띄우다니.

그런 와중에 송좌백 녀석이 앞으로 나서며 팽우진에게 포권을 취했다.

"조항 송가의 송좌백이오. 나도 잘 부탁하오."

참 거울을 보는 듯했다. 송좌백 녀석도 만만치 않게 멋있는 표정을 지으며 치명적인 척하고 있었다. 주위의 주목을 받지 못해 안달이 난 듯했다.

그러나 정작 팽우진은 조항 송가라는 말을 듣고 전혀 관심 없다는 듯이 살짝 고개를 끄덕이더니, 대답도 하지 않고 그냥 가버렸다. 이에 송좌백의 얼굴이 일그러졌다.

"…씨발. 무례하잖아."

괜히 민망했는지 투덜거리며 포권을 취한 손을 급히 내렸다.

그러게 뭐하러 끼어들었는지. 제 잘난 맛에 사는 저런 녀석들은 상종하지 않는 게 답이다.

"역시 재수 없네요."

사마영도 팽우진이 마음에 들지 않는다며 작게 중얼거렸다.

지금 무림연맹의 성안에는 무림 대회로 수많은 무림인들이 모여 있었다. 그중에는 별별 특이한 성격의 군상들도 많았다. 딱히 시비를 거는 게 아니라면 일일이 상대해봐야 피곤할 뿐이었다.

"이쪽으로 오시죠."

지켜보던 무림연맹의 무사 포 모가 일렬로 대기되어 있던 마차 중 하나로 우리를 안내했다. 무림연맹은 성이라 그런지 굉장히 넓었다. 마차를 타고 드넓은 창천장을 둘러서 성의 동쪽 편으로 가자 백여 채가 넘는 객당 건물들이 모여 있는 곳이 모습을 드러냈다.

여기서 우리는 나뉘어야 했다. 즉시 통과가 되어 들어오기는 했지만 송좌백, 송우현이 머무는 객당은 보통 무림인들이 머무는 숙소이기에 먼저 내려야만 했다. 반면 우리는 좀 더 안쪽에 자리한 장원 같은 곳으로 오게 되었다. 숙소로 따지면 특실이라고 해야 할까? 일반 숙소가 수백 명이 한 실, 한 실에 들어가는 것에 비해 우리에게 배정된 숙소는 건물도 화려하고 방도 넓었다. 심지어 마당에 정원까지 있었다. 다행히 송좌백 조를 먼저 숙소에 들여보냈기에 망정이지 이걸 봤다면 얼마나 투덜댈지 안 봐도 훤했다.

"좋네요."

사마영이 흡족함을 감추지 못했다. 특별대우를 받아 좋아하지 않을 사람이 어디 있겠는가.

짐을 풀자 연맹의 무사 포 모가 우리에게 말했다.

"두 분께서는 혹시 시간을 내어주실 수 있을지…."

당연히 이런 말이 나올 줄 알았다. 우리를 즉시 통과시킨 윗선이 있을 테니 말이다.

"누군지 여쭤봐도 되겠습니까?"

"제일군사님께서 모셔오라고 하셨습니다."

제일군사? 그 말에 나와 조성원이 동시에 놀랐다. 아무것도 모르는 사마영만 의아한 표정으로 쳐다볼 뿐이었다. 무림연맹의 세 군사 중 한 사람이자 총군사(總軍師)라 불리는 자가 바로 제일군사 제갈원명이었다. 맹주 백향묵 다음으로 실권을 지닌 이인자였다. 회귀 전에는 가까이서 본 적도 없는 무림연맹의 실세를 보게 될 생각을 하니 묘하게 긴장되었다.

* * *

무림연맹의 본관 근처에 있는 군사부 부지.

가장 중심부에 있는 건물이 총군사부로 제갈원명이 일하는 곳이다. 좌측에 있는 건물에는 제삼군사인 백위향이 있다. 그를 보고 싶은 마음이 굴뚝같았으나 지금은 그럴 틈도 없고, 공교롭게도 제삼군사부는 현재 특별 임무로 비어 있다고 했다.

―운휘!

총군사부의 건물로 들어서는데 남천철검이 나를 불렀다.

'왜 그래?'

―안에 강한 병장기가 있다.

'강한 병장기?'

나는 검 이외에 다른 병장기 소리는 들을 수가 없다. 그런데 남천철검이 이런 말을 할 정도면 보통 병장기가 아니란 소리였다.

'뭔데?'

―어디서 느껴본 적이 있는데.

느껴본 적이 있다고? 제갈원명의 병장기인가. 그 역시도 상당한 고수인 것으로 알고 있었다.

―도인 것 같은데.

소담검의 말에 나는 의아했다. 제갈원명은 장법의 고수로 정평이 나 있었다. 그 말인즉, 총군사부 안에 제갈원명이 아닌 다른 손님이 있다는 의미가 된다. 누가 있는지 궁금해졌다.

"따라오시죠."

나와 사마영은 무림연맹의 무사 포 모를 따라 건물로 들어갔다. 삼층 건물로 되어 있는 총군사부의 맨 끝 층에 제갈원명의 집무실이 있었다. 그곳 앞에 서자 남천철검이 말했다.

―아…! 알 것 같다, 운휘.

'알 것 같다고?'

―안에 북천도가 있다.

북천도? 잠깐만, 어디서 많이 들어봤는데….

그러던 사이에 문이 열리며 집무실 안이 모습을 드러냈다. 방 안의 가장 상석에는 대학사처럼 품격이 느껴지는 오십 대 중후반에 백의를 입은 중년인이 있었다.

'제갈원명!'

그가 바로 제일군사인 제갈원명이었다. 집무실에는 그만 있는 것이 아니었다. 두 사람이 더 있었다. 우측에는 갈색 무복을 입은 반백의 중년인이 있었는데, 그의 의자 옆에 도 한 자루가 세워져 있었다. 그런데 특이한 게 있다면 중년인의 오른팔 소매가 헐렁했다. 팔 한쪽이 없는 듯했다.

'…팔 하나가 없다? 아!'

그제야 나는 그가 누군지 알아차렸다.

―누군데?

'북영도성!'

북영도성(北英刀晟) 곽형직. 한때 서남 무림에는 남천검객, 북동 무림에는 북영도성이 있다는 말이 있을 만큼 그와 더불어 차세대 중원 팔대 고수로 각광받던 절세고수였다. 다만 행방불명된 남천검객과 달리, 불운한 대결로 한 팔을 잃고 무림에서 거의 은퇴하다시피한 인물이었다. 저 병기가 북천도가 틀림없다면 그는 곽형직이 분명했다. 그런데 이자가 대체 왜 여기에 있는 거지?

─왜? 회귀 전에도 있었던 거 아냐?

아니다. 회귀 전 북영도성은 무림연맹과 연이 없었다. 심지어 그의 후인인 북정도 장명조차 무림연맹과 상관없이 혼자서 백팔비무로 명성을 떨쳤던 것으로 기억한다. 나를 향해 고개를 돌리는 청의의 청년. 눈을 감은 것처럼 가는 눈매를 가진 저 녀석이 북영도성의 제자인 장명인 듯했다.

입구에서 머뭇거리는 내게 제갈원명이 말했다.

"들어오시게."

이에 나는 포권을 취하며 예를 표했다.

"익양 소가의 삼남 소운휘가 무림연맹의 제일군사께 인사를 올립니다."

"마영이 무림연맹의 제일군사께 인사 올립니다."

사마영이 눈치껏 따라서 인사했다.

제갈원명의 시선이 나와 사마영을 번갈아 쳐다보았다. 그러더니 내게 말했다.

"소 형제, 실례가 되지 않는다면 등에 차고 있는 검을 보여줄 수 있겠는가?"

검을 보여달라…. 왠지 내 귀에는 신분을 증명해달라는 것처럼 들렸다. 이에 나는 망설임 없이 검을 뽑았다. 스릉! 그리고 검병과 검날의 끝을 잡고서 공손히 살펴보라고 내밀었다. 그러자 제갈원명이 옆에 앉아 있는 북영도성에게 살짝 눈짓을 보냈다. 북영도성 곽형직이 내게 말했다.

"소 형제, 검을 이리로 가져오게."

제갈원명과 달리 무뚝뚝한 말투였다. 뭔가 불신이 가득했다. 그런 그에게 나는 고개를 살짝 숙이며 예를 갖췄다.

"인사가 늦었습니다. 북영도성 곽형직 대협을 뵙게 되다니 영광입니다."

그 말에 곽형직의 눈에 이채가 띠었다. 내가 자신을 알아보리라고 생각지 못했나 보다. 곽형직이 내게서 받아 든 검을 살폈다. 녹을 벗기고 장인의 손에 다듬어진 남천철검은 새로 만들어진 것처럼 광이 흘러나오고 있었다.

"과연."

곽형직이 탄성을 흘리며 고개를 끄덕거렸다. 그러고는 내게 검을 넘겼다. 남천철검이라는 것은 증명된 듯했다. 그런데 이게 끝이 아니었다.

"장명아."

그의 말에 옆에 있던 장명이 자리에서 일어났다. 그런 장명에게 곽형직이 자기 의자 옆에 걸쳐두고 있던 북천도를 넘겼다. 의아해하는 내게 제갈원명이 말했다.

"불쾌해하지 말게, 소 형제. 자네 외에도 남천검객의 후인이라 밝혔던 자만 십 년 사이에 열 손가락을 넘긴다네."

그리고 보니 흑현정의 루주인 조호경수 곽경도 그런 이야기를 했었다. 가짜 남천검객의 후인들을 봤었다고 말이다.

"여기 계신 북영도성 대협은 호종대 대협과도 수차례 겨뤄본 적이 있네. 자네의 검을 판명할 수 있지."

흐음. 그런데 꼭 이런 식으로 증명해야 하는 건가. 검초를 보여주는 것만으로도 충분히 확인할 수 있지 않은가. 보아하니 그의 제자인 장명과 겨뤄야 할 분위기였다. 그런데 제갈원명이 빙그레 웃으며 말했다.

"겸사겸사 확인하고 싶어서 그런 것이니 곽 대협의 시험에 응해 줄 수 있겠나?"

"네?"

"두 사람 모두 저쪽에 서게나."

제갈원명은 접대 의자에서 떨어진 곳을 가리켰다. 미리 치워뒀는지 충분히 검을 휘두를 수 있을 만큼 공간이 비워져 있었다. 대체 뭘 하려는 건지 알 수 없었다.

제갈원명이 손짓하자 뒤쪽에 서 있던 호위무사가 뭔가를 가지고 왔다. 바둑알을 담은 목함이었다. 북영도성 곽형직이 흑알과 백알을 한 움큼 탁자 위에 깔아놓았다. 그러고는 말했다.

"먼저 장명이가 보여주거라. 백알만 베어라. 소 형제는 옆으로 물러서게."

백알만 베라고? 내가 물러서자 곽형직이 탁자에 있던 바둑알들을 색에 상관없이 빠른 속도로 손가락으로 마구 튕겼다. 공력이 실린 바둑알들이 장명에게 날아갔다. 스릉! 북천도를 뽑은 장명이 화려하게 도초를 펼치며 날아오는 바둑알들을 베어냈다. 곽형직의 손가락이 얼마나 빠른지 바둑알이 뒤섞여 보였는데, 장명은 익숙하게 이를 베어냈다.

바닥에 갈라져서 떨어지는 바둑알들. 정확하게 백알만 반으로 갈라져 있었다. 도초를 저렇게 펼치는데 실수로라도 흑알을 하나도 건드리지 않았다. 삼십여 알 끝에 곽형직이 이를 멈췄다.

"보았나? 성명검법으로 이렇게 할 수 있겠나?"

"…."

이제 알 것 같았다. 굳이 제자에게 이걸 시킨 것은 시험하기 위함이었다. 자신의 제자만큼 성취를 보일 수 있는지 내게 증명해 보이라는 소리였다. 남천검객의 제자임을 증명하는 것과 동시에 남천검객의 명예가 걸려 있는 시험이었다.

"한 수 보여주십시오."

장명이 내게 공손하게 포권을 취하며 말했다. 하지만 그 눈빛은 호승심으로 가득했다. 일종의 대결이었으니 말이다.

─할 수 있겠어?

'글쎄.'

솔직히 한 번도 해본 적이 없었다. 이런 식으로 바둑알을 구분해서 검초로 베어내는 것 자체를 말이다. 장명의 도를 다루는 실력은 정말 발군이라 할 만큼 뛰어났다.

내가 망설이자 곽형직이 내게 말했다.

"정히 힘들면 검초만 보여줘도 되네."

"…."

─지금 도발하는 것 같은데.

곽형직은 일부러 나를 도발하고 있었다. 적어도 장명에 버금가는 모습을 보여주지 않으면 남천검객의 명예에 금이 갈 판국이었다.

'…살짝 보여줘야겠는데.'

나는 자리에 가만히 서서 바닥에 작은 원을 그렸다. 그리고 그 안에 들어갔다.

곽형직이 내게 물었다.

"원은 왜 그렸나?"

"이 안에서 벗어나지 않고 해보겠습니다."

그 말에 곽형직을 비롯한 장명이 동시에 인상을 찡그렸다. 도발에 도발로 맞선 것뿐이었다. 인상을 찡그리고 있던 곽형직의 입술이 살짝 비틀려 올라가더니, 이내 바둑알을 움켜쥐고서 탁자 위에 올려놓았다.

"과연 자네 말대로 되나 보도록 하지. 흑알을 베게."

탕! 그 말이 끝나기가 무섭게 곽형직이 바둑알을 무작위로 튕겼다. 흡사 탄지신통(彈指神通)을 연상케 할 만큼 바둑알이 빠르게 날아왔다. 그 순간 나는 가만히 선 상태로 검을 뽑았다. 스릉! 중단전을 개방하는 순간 안력이 강해지며 바둑알들이 천천히 날아오기 시작했다. 그리고 비어 있는 궤적들이 보였다. 흑알과 백알이 뒤섞여서 내게 날아오는데, 머릿속에 검초가 그려지자 나는 그대로 그것을 행했다.

성명검법 삼초식 비추형검. 부드러운 버들가지처럼 궤적의 변화가 두드러지기에 이 바둑알을 베는 시험에 가장 적합한 검초였다. 촤촤촤촤촤촥! 검을 가르는 소리와 함께 바닥에 검은 알들이 반으로 갈려져서 떨어졌다. 곽형직의 손이 쉴 새 없이 움직이며 바둑알을 튕겼다. 이를 바라보는 장명의 눈이 내 발바닥에서 떨어지지 않았다. 정말로 원에서 벗어나지 않고 이를 행할 수 있는지 확인하기 위해서였다.

촥! 중단전을 개방한 나의 눈에는 곽형직이 튕기는 바둑알들이 느리게 날아오는 것처럼 느껴졌기 때문에 그리 어려운 일이 아니었다. 그렇게 삼십 알 정도 베었을 때였다. 바둑알을 튕기던 곽형직이 이를 멈췄다. 바닥에는 반으로 갈라진 검은 알투성이였다. 나의 발은 조금도 원을 벗어나지 않았다.

"스승님, 저도 다시 해보겠습니다."

정말로 성공하자 전의가 불탔는지, 장명이 스승인 곽형직에게 말했다. 이에 곽형직이 미간에 주름을 잡고서는 고개를 저었다. 장명이 의아해하자 곽형직이 바닥을 손가락으로 가리키며 말했다.

"…모르겠느냐?"

"네?"

영문을 모르는 장명에게 나는 왼손을 내밀었다.

이를 본 장명의 두 눈이 터질 듯이 커졌다.

'…!!'

나의 왼손에는 사이사이 섞여 있던 백알 열다섯 개가 하나도 남김없이 쥐어져 있었다. 왼손에 들려 있는 바둑알을 보고 놀라워하는 장명. 이 정도면 충분히 승부가 나지 않았을까. 북영도성 곽형직의 제자인 장명도 실력이 뛰어났지만 나는 그보다 두 수 위의 기량을 보여줬다.

미간에 주름을 잡고 나를 쳐다보고 있는 곽형직.

"손으로 잡아보게."

그가 바둑알 하나를 손가락으로 튕겼다.

좌르르르! 오른손에 남천철검을 잡고 있기에 왼손에 쥐고 있던 바둑알들을 놓고서 왼손으로 이를 잡아냈다. 곽형직의 눈동자에 이채가 띠었다.

"왼손을 다룰 줄 아는군."

"그렇습니다."

보통 무인들과 나의 차이점이다. 팔뢰단검술과 섬영비도술을 다루기 위해 나는 왼손도 연마했다. 이에 그의 입술이 실룩거렸다. 내가 자신의 제자보다 더 뛰어난 역량을 보여준 것이 불만스럽기라도 한 것일까? 그런데 갑자기 그의 한쪽 입꼬리가 올라갔다.

"호 형이 제자를 잘 키웠구나."

방금 전처럼 무뚝뚝한 말투가 아니었다. 오히려 옛 지인을 대하듯이 살가워진 말투였다.

"네가 모자란 것이 아니니 부끄러워할 필요가 없다."

그런 곽형직의 말에 장명이 내게 포권을 취하더니 경탄스러워하며 말했다.

"대단한 검술 솜씨입니다. 소 형께서는 바둑알 구분하기를 처음 해보셨을 텐데 저보다 잘하시다니 참으로 부끄럽기 그지없습니다."

승복하는 모습을 보여줬다. 나와의 실력 차를 깨끗이 받아들인 모양이었다.

─누구랑은 다르네.

소담검의 말에 나도 그 녀석이 떠올랐다. 열왕패도 진균의 손자인 진용. 조부의 명성과 스스로의 실력에 취해 오만하기 짝이 없었었다. 그에 비하면 장명은 그야말로 군자였다.

곽형직이 내게 말했다.

"초면에 시험을 해서 미안하네. 옛 벗의 이름을 더럽히는 자들을 종종 보았기에 본의 아니게 무례를 범했군."

사과하는 그에게 나는 예를 갖춰 답했다.

"아닙니다. 어찌 제가 스승님과 교분이 있는 곽 대협을 탓할 수 있겠습니까?"

"호기로움이 그 스승에 그 제자로군."

곽형직이 흡족해하는 얼굴로 고개를 끄덕거렸다. 남천검객의 명예를 더럽히지 않아서 다행이라는 생각이 들었다. 해악천과 더불어 남천검객 호종대는 내게 스승이다. 제자가 어찌 스승의 명예를 더럽힐 수 있겠는가.

"아쉽군. 제자를 육성하는 것만큼은 노부가 호 형을 앞선다고 자부했건만."

곽형직은 제자들 간의 간접적인 대결의 패배를 아쉬워했다. 사실 장명 정도면 동년배 후기지수들 중에서 다섯 손가락에 꼽힐 만큼 굉장한 실력을 갖췄다고 할 수 있었다. 다만 상대가 나빴을 뿐이었다.

장명이 고개 숙여 사죄했다.

"제자가 미진하여 스승님을 욕보였습니다."

"절대 우위라는 것은 없느니라. 위에는 또 다른 위가 있으니, 이를 교훈 삼아 정진토록 하거라."

"명심, 또 명심하겠습니다."

두 사람이 나누는 대화를 보면 바람직한 사제 관계의 본보기였다. 해악천이었다면 자신의 명예를 더럽혔다며 난리가 났겠지. 그나저나 역시 예상대로구나.

―뭐가?

'자신의 제자와 나를 비교하려고 했던 거.'

나만 시험할 수도 있었는데, 자신의 제자인 장명까지 나서게 했다. 누가 더 후인을 잘 양성했는지 가늠하기 위해서였을 것이다.

—북영도성은 예전부터 종종 전 주인과 비견되곤 했다. 그래서 다른 누구보다도 전 주인을 호적수처럼 여겼었다.

호적수라…. 남천철검의 말대로라면 호승심을 가지는 것도 당연했다. 그러고 보면 참으로 안타깝다. 둘 다 차세대 팔대 고수나 새로운 구대 고수가 될지도 모른다고 각광받던 자들이었다. 그럼에도 둘 다 그 벽을 넘지 못하고 불운한 결말을 맞았다.

"본 군사도 사죄를 해야겠네그려."

제갈원명이 자리에서 일어나 정중히 내게 포권을 취했다.

"자리가 자리인 만큼 직접 확인하는 무례를 범한 것을 부디 용서하시게."

사실 어느 정도 각오했었다. 십육 년 가까이 자취를 감춘 남천검객의 제자임을 내세운다는 것은 어느 정도 의심을 감당해야 하는 일이기도 했다. 게다가 상대는 무림연맹의 군사이자 정보를 총괄하는 자였다. 그런 만큼 더 경각심을 가질 필요가 있었다.

"자네는 일 년 넘게 행방불명되었다가 나타났다고 들었네. 단전마저 파훼되어 가문에서 내쫓겼던 친구가 사라진 남천검객의 후인이되어 나타난 것은 흔한 일이 아니지."

제갈원명의 말에 나는 내심 긴장했다. 역시 그 짧은 사이에 나에 관한 기본적인 정보를 수집했다.

"형산일검이 신원을 보장했지만 본 군사로서는 의심의 여지를 조금이라도 줄일 수밖에 없었다네."

형산일검 조청운에게도 물었었구나. 괜히 제일군사가 아니었다. 형산일검과 미리 익양 소가에서 접선했던 것이 다행이었다.

"아닙니다. 이렇게나마 의구심이 풀렸다니 스승님의 명예에 금이 가지 않아 다행이라 생각됩니다."

"그리 말해주다니 감사할 따름이네."

그 말을 끝으로 제갈원명의 시선이 사마영에게로 향했다. 역시 꼼꼼한 성격이구나. 형산일검과는 달리 그냥 넘어가는 법이 없었다. 나에 관한 정보야 워낙 널리 알려져 있으니 구하기 쉬웠을 것이다. 하지만 사마영은 달랐다. 그녀는 인피면구도 썼고 본명을 쓴 것이 아니라 알 도리가 없었다.

"마영이라고 합니다."

나의 눈짓에 사마영이 포권을 하며 다시 소개했다.

"실례가 안 된다면 마 형제는 어찌 호종대 대협의 문하가 되었는지 물어봐도 되겠는가?"

"운남성 애뇌산 인근에서 약초꾼으로 살다 연을 맺게 되었습니다."

당연히 미리 신분을 준비해뒀다. 명산이라 불리는 애뇌산 근방에는 수많은 약초꾼들이 살았다. 남천검객의 고향이 운현현이라는 것까지 감안해서 준비해뒀기에 사람을 파견해서 일일이 찾아다니지 않고는 파악하기 힘들 것이다.

"흐음. 그런가."

제갈원명이 턱수염을 쓰다듬었다. 의구심이 많은 자였다.

"스승님께서 몸이 편찮으실 때, 사제가 몹시 고생했습니다. 그래서 사문에 받아주셨지요."

"남천검객께서 몸이 많이 편찮으신가?"

화제를 돌린 보람이 있었다. 제갈원명이 그쪽으로 관심을 보였다.

"지금은 많이 쾌차하셨습니다. 걱정하지 않으셔도 됩니다."

그런데 몸이 불편하다는 말에 제갈원명의 시선이 내가 아닌 곽형직에게로 향했다. 서로 전음으로 대화하는지 목젖이 떨리고 있었다. 내가 의아하게 쳐다보자 제갈원명이 무안하다는 듯이 말했다.

"허허허. 이것 보게. 손님이 왔는데 차조차 내어주지 않다니, 참 각박한 사람이라 생각하겠구먼. 앉게나."

제갈원명이 비어 있는 객석을 손으로 가리켰다. 북영도성 곽형직의 맞은편 자리였다.

나와 사마영이 자리에 앉자, 밖에서 미리 준비한 것처럼 시종들이 차를 가지고 들어왔다. 차에서 뜨거운 김이 모락모락 올라오는 걸 보면 애초에 이 시험을 통과할 거라고 어느 정도 예측한 듯했다.

'흠.'

나는 문득 궁금해졌다. 북영도성 곽형직은 회귀 전에 무림연맹과 관련이 없었다. 한데 그 짧은 사이에 나의 신분을 확인하고자 이곳에 왔을 리가 만무했다.

—왜, 또 뭐가 바뀐 것 같아?

'그럴지도.'

그렇지 않고서야 그가 이 자리에 있을 이유가 없었다. 게다가 제자까지 데려왔을 정도면 이번 후기지수 논무에 참석시킬지도 몰랐다. 그때 제갈원명이 손짓하자, 그의 집무실에 있던 호위무사들을 비롯해 시종들 모두가 밖으로 나갔다. 심지어 층 전체를 비우는 것 같았다. 내가 의아해하자 제갈원명이 말했다.

"왜 자리를 비웠는지 궁금하겠지."

"…다른 사람이 들으면 안 되는 이야기라도 할 분위기군요."

그런 나의 말에 제갈원명이 빙그레 웃으며 답했다.

"그렇다네. 지금부터 할 이야기는 누구도 들어선 안 되지."

그 말에 내심 복잡해졌다. 누구도 들어선 안 되는 이야기를 우리에게 한다라…. 신분을 증명하는 것은 모르겠지만, 첫 만남에 이런 식으로 은밀한 자리를 만드는 이유가 무엇일까?

[부단주님, 괜찮겠어요? 괜히 엮이면 임무에 지장이 생기지 않을까요?]

사마영이 전음으로 하는 말에 일리가 있다고 여겼다. 나는 자리에서 일어나 제갈원명에게 포권을 취했다.

"송구합니다. 그런 부담스러운 이야기라면 제가 들을 만한 자리가 아닌…."

"부담을 주려는 것이 아닐세. 일단 이야기를 들어보는 게 어떻겠나? 자네와 관련 없는 이야기라면 자리에서 일어나도 좋네."

대체 무슨 말을 하려고 그러는 것일까? 당최 예상이 가지 않았다. 그런 의문을 대변하듯이 곽형직이 내게 말했다.

"자네 스승과도 관련 있을지 모를 이야기이네. 정히 원한다면 집무실을 나가도 좋네."

남천검객과도 관련 있다고? 그 말에 나는 잠시 멈칫했다. 여기서 전혀 관심 없다는 듯이 굴면 오히려 의심받는 상황이 되어버린다.

'아….'

이런 식으로 걸고 넘어갈 줄이야. 남천검객의 제자라는 이름이 발목을 붙잡은 격이었다.

"알겠습니다."

나는 일단 자리에 앉았다. 질문을 듣고서 엮여선 안 될 일이라고 판단되면 망설이지 말고 일어나면 된다. 자리에 앉자 제갈원명이 나와 사마영을 번갈아 쳐다보더니 물었다.

"혹시 자네 스승에게서 한쪽 눈이 금안인 자와 겨뤘다는 이야기를 들어본 적이 있나?"

'…?!'

전혀 예상치 못한 이야기였다. 한동안 잊고 있었는데 금안의 사내가 거론되다니.

─운휘.

남천철검이 급격히 관심을 보였다. 당연했다. 자신의 전 주인을 죽음으로 몰고 간 정체불명의 사내가 아니던가. 나는 잠시 고민에 빠졌다. 아무래도 제갈원명과 북영도성이 뭔가를 알고 있는 듯한데, 이들과 정보를 공유해도 될지 말이다.

─어차피 별 정보도 없잖아.

별 정보가 없다니, 소담아.

남천검객을 살해한 자에 관한 정보였다. 다만 살해당했다는 이야기를 발설할 수 없다는 게 문제지.

─운휘… 나를 의식해서 굳이 물어보지 않아도 된다. 나는 현 주인인 네가 그 위험한 자와 엮이는 것을 원하지 않는다.

남천철검의 말에 왠지 가슴이 찡해졌다. 이제는 이 녀석들이 친형제나 가족 같다는 생각을 하고 있는데, 나를 배려하는 걸 보니 괜히 더 신경 쓰였다. 고민하던 나는 일부 사실을 밝히기로 마음먹었다.

"…스승님께 들었습니다."

"역시!"

그 말에 북영도성 곽형직이 격한 반응을 보였다. 이에 제일군사 제갈원명이 그를 진정시키려는 듯이 손을 내밀었다. 그러고는 내게 말했다.

"혹시 자네 스승께서 몸이 불편하셨던 것과 관련이 있나?"

그의 말속에서 나는 어째서 두 사람이 남천검객의 건강에 신경 썼는지 짐작할 수 있었다. 굳이 새로 거짓말을 만들어낼 필요 없이 맞춰 나가면 될 것 같았다.

"그렇습니다."

그런 내 말에 제갈원명이 탄식을 흘리며 말했다.

"허어, 과연 그랬군. 북영도성과도 같구려."

"북영도성과도 같다니 그게 무슨?"

나의 말에 북영도성 곽형직이 자신의 헐렁한 오른팔 소매를 슬쩍 내밀었다. 그러고는 무거운 목소리로 입을 열었다.

"그자가 노부의 팔을 이렇게 만들었지."

"아!"

그 불운한 대결이라는 것이 금안의 사내였었나. 어쩐지 누구와 겨뤘는지에 대해서 세간에 알려지지 않은 것이 이상하다 싶었다.

곽형직이 내게 물었다.

"혹 자네 스승도 그자를 찾아다니셨나?"

'…그동안 북영도성이 무림에서 자취를 감췄던 것이 금안의 사내를 찾아다녔던 거였구나.'

그의 물음으로 이를 짐작할 수 있었다. 하나 안타깝게도 남천검객은 대결 후에 목숨을 잃었다. 찾아다니고 자시고 할 상황이 아니었다.

"아닙니다."

그런 나의 말에 곽형직이 인상을 쓰고서 중얼거렸다.

"결과에 승복한 것인가."

곽형직은 아닌 모양이었다. 그런데 그는 어떻게 살아남을 수 있었던 것일까? 남천검객이나 비도살왕 한지상의 일화를 들어보면 그자는 누군가를 살려둘 만큼 인정이 많은 자가 아니었다.

"자네 스승이 그자에 관해서 언급한 다른 무언가는 없던가?"

"없었습니다."

"조금도 말인가?"

"네."

그런 내 말에 곽형직이 굳은 얼굴로 제갈원명을 쳐다보았다. 제갈원명이 안타깝다는 듯이 고개를 끄덕였다. 이들은 내게서 뭔가 조그만 단서라도 듣고 싶었던 듯했다. 그런데 어쩌겠는가. 그 상황을 전부 지켜본 남천철검마저도 아는 게 없었다.

"혹 왜 그러시는지 여쭤봐도 될는지요?"

나의 물음에 턱수염을 지그시 쓰다듬던 제갈원명이 입을 열었다.

"지금 이야기하는 것은 본 맹에서도 장로급 이상만 알고 있는 기밀사항이네. 자네 스승과도 관련 있기에 말하는 것이니 부디 비밀을 지켜주게나."

"…알겠습니다."

그 정도 기밀이라면 내게 도움이 되면 되었지 나쁠 것은 없었다. 나의 대답에 제갈원명이 무거운 목소리로 입술을 뗐다.

"조만간에 혈교가 다시 일어설 것 같네."

'…어…라?'

갑자기 튀어나온 혈교라는 말에 순간 말문이 막혔다. 어떻게 반응해야 할지를 모르겠다.

—눈앞에 혈교의 첩자가 있다는 걸 알면 더 놀라겠는데.

소담검이 중얼거렸다.

지금 농담할 상황이 아니거든. 심각해하는 내 모습에 제갈원명이 안타깝다는 목소리로 말했다.

"충격이 크겠지. 이것은 기정사실이네."

'음….'

금안의 사내를 이야기하다가 갑자기 혈교로 넘어가다니. 설마 지금 혈교와 그 금안의 사내가 연관되어 있다고 생각하는 건가? 나는 속내를 감추고서 조심스럽게 입술을 뗐다.

"혹 말씀하신 금안의 사내가 혈교와 관련 있는 것입니까?"

"확신할 수는 없지만 칠 할 정도 그렇다고 생각하네."

"…어째서인지?"

"웅천도, 장천제."

응?

—알고 있는 자들이야?

모를 리가 있겠는가. 한때 명성을 떨치던 정파의 최고수들로, 명성만으로는 남천검객과 어깨를 나란히 하던 이들이었다.

—그런데 왜 놀라?

이유는 간단했다. 지금 제갈원명이 말한 두 고수는 제각각 시기는 다르지만 전부 죽은 자들이었다.

"그리고 자네 스승과 여기 계신 북영도성."

'설마?'

"이 네 고수들에게는 두 가지 공통점이 있다네."

뭐라고 이야기할지 짐작이 갔다.

"이들 네 고수는 누가 차기 팔대 고수가 되더라도 이상하지 않은 절세고수들이면서 향후 정파 무림을 책임질 미래였네. 그런 이들이 모두 한 사람에게 당했지."

"…그게 금안의 사내라는 것입니까?"

제갈원명이 고개를 끄덕이며 답했다.

"그렇다네. 솔직히 자네의 스승인 남천검객 또한 오랫동안 자취를 감춰서 그저 추측으로 남겨놓고 있었는데, 이제 자네의 증언으로 사실이 확인되었지."

지금 제갈원명이 하는 말은 이러했다. 향후 정파를 이끌어갈 네 명의 최고수들이 금안의 사내로부터 당했다. 그로 인해 정파의 전력에 손실이 갔다.

─그건 맞는 말이네.

문제는 그게 아니었다. 이것은 무림연맹의 장로들만 알고 있는 기밀이라고 했다. 그 말인즉, 현재 무림연맹, 즉 정파 측의 고위 간부들은 이 금안의 사내가 혈교와 관련 있다고 여긴다는 것이었다. 물론 일리는 있었다. 다시 일어서려 하는 혈교의 입장에서는 정파의 전력을 어떻게든 낮춰야 하니까 말이다. 하지만 이건 혈교가 한 일이 아니었다.

'…설마 상황을 이용하는 건가.'

그럴 가능성도 배제할 수 없었다. 현재 무림연맹은 무쌍성과의 동맹 파기로 사기가 저하되어 있다. 이런 상황을 타개하기 위해 무림 대회를 여는 것이지만 여기서 목적의식을 고취시킨다면 정파에

활활 불을 지피기에 충분해진다. 정파를 상징하는 최고수들마저 죽이고 준동하려 하는 혈교. 무림연맹 입장에서는 정파를 다시 하나로 묶기에 얼마나 좋은 그림인가.

그때 제갈원명이 자리에서 일어났다. 그리고 집무실의 벽면 한복판에 세워진 천으로 덮어놓은 큰 목판을 가리켰다. 목판의 천을 치우자 커다란 중원 전도가 모습을 드러냈다.

'…?!'

중원 전도의 곳곳이 붉은 점으로 표시되어 있었다. 그중 낯익은 곳도 보였다.

'육혈곡?'

순간 나도 모르게 침을 꿀꺽 삼킬 뻔했지만 이를 참았다. 훈련받지 않은 첩자라면 당혹스럽게 할 만한 중원 전도였다. 제갈원명이 입을 열었다.

"정사 대전 이후 본 맹은 오랫동안 혈교의 잔당들을 발본색원하기 위해 정보를 수집해왔네. 이 많은 붉은 점들을 보면 심장이 떨리지 않나?"

점들만 수십 개가 넘었다. 저들 중에 몇몇 곳들은 나도 알고 있었다. 현 무림을 양분하는 무림연맹답게 그 정보력은 경탄이 나올 수준이었다.

"혈교는 정사 대전 이후 점조직처럼 나뉘어 벌레가 파고 먹듯이 아주 서서히 힘을 키우고 있다네."

탁! 탁! 탁! 제갈원명이 목판에 끼워져 있던 목봉으로 몇 군데를 가리켰다. 그중 하나가 바로 육혈곡이었다. 최근 무림연맹에 가입된 중소 문파들이 쳐들어왔으니 당연히 파악했을 것이다.

"등잔 위는 밝더라도 그 밑은 어둡기 그지없다네. 간교한 혈교의 무리는 우리의 턱밑에서 언제든지 찌를 준비를 하고 있지."

뭔가 반응을 보이지 않으면 안 될 것 같았다. 나는 일부러 심각한 표정을 지으며 입을 열었다.

"…혈교가 이십여 년 전에 멸망했다고 여겼는데, 이렇게 숨어 있을 줄은 꿈에도 몰랐습니다. 이건 그냥 넘길 수 없는 일이 아닙니까? 무림에 공표해 그들을 발본색원해야 하지 않겠습니까?"

─대단하다, 대단해.

혈교와 전혀 관련이 없는 것처럼 연기하는 나를 보며 소담검이 혀를 내둘렀다. 모든 것을 다 알고 있는 소담검마저도 대단하다고 하는데, 다소 격해진 나의 반응을 제갈원명은 냉철한 눈으로 유심히 살피고 있었다.

'…남천검객의 제자임이 밝혀졌는데도 의심을 완전히 거두지 않은 건가.'

이 사람은 참 위험하다. 경각심을 조금이라도 늦춘다면 곧바로 파고들 자다.

"자네 말이 맞네. 이 사안은 심각한 일이지. 하지만 저들은 점조직으로 있기에 섣불리 이를 공표했다간 더 수면 아래로 숨게 될 걸세."

"그럼 어찌?"

"이 붉은 점이 찍힌 전도에서 해결된 것이 몇 건인 줄 알겠나?"

그 말에 나는 아무 대답도 하지 않았다. 그러자 제갈원명이 말을 이어갔다.

"고작 삼 할 정도만 처리된 상황이지. 아주 용할 정도로 놈들은 본 맹의 손에서 빠져나갔다네. 자네는 이것이 무엇을 의미하는 줄 알겠는가?"

"…"

제갈원명의 질문의 요지. 그것이 무엇을 의미하는지 나는 대번에 알아들었다. 단지 이를 내 입으로 이야기하는 것이 껄끄러울 뿐이었다. 하지만 대답해야겠지.

"…정보가 유출되고 있군요. 무림연맹에 세작이 있을지도 모르겠습니다."

—너도 대담하네.

첩자인 내 입으로 세작을 거론하는 상황이 일어날 줄이야. 이건 회귀 전에도 겪어본 적이 없는 일이었다.

세작이라는 말을 꺼내자 제갈원명의 표정이 달라졌다.

"과연 남천검객의 제자다운 식견이로군."

방금 전까지 일말의 의심이 담겨 있었다면 지금은 그것이 조금이나마 풀렸다. 완전히 믿는 정도는 아니지만 약간의 신뢰를 찾은 느낌이었다. 아무래도 북영도성 곽형직과는 다른 방법으로 나를 시험했던 것 같다. 제갈원명이 웃으면서 말했다.

"이렇게 자라나는 장강의 뒷물결을 보니 든든하기 그지없구먼. 남천검객께서 검을 맡길 만하네그려."

"아닙니다. 말씀 거둬주십시오. 스승님의 명예에 누가 될까 두렵습니다."

"겸양도 지나치면 미운 법일세."

"…감사합니다."

"자네 말대로 본 맹에도 혈교의 세작이 있네. 파악된 바만 하더라도 열댓 명이 넘지. 아마도 그 이상 더 있을 걸세.”

“그렇게나 말입니까?”

“수만 명을 아우르는 조직에 세작이 없는 것이 말이 되겠나.”

역시 세작들을 일부 파악하고 있었다. 점조직으로 숨은 혈교와 달리, 무림연맹은 만인에게 열려 있다. 그만큼 세작을 심는 것은 어려운 일도 아니었다. 단지 정보의 요추라 할 수 있는 간부급에 세작을 심는 것이 힘들 뿐이었다.

“첩자들을 전부 잡아들이지 않아도 되는 겁니까?”

가만히 듣고 있던 곽형직의 제자 장명이 입을 열었다.

이에 제갈원명이 고개를 저으며 말했다.

“세작이라 하더라도 무작정 잡아들여봐야 계속 새로운 자들이 들어오기 마련일세.”

“하나 내버려두는 것도….”

“정보를 교란하기 위해서일 겁니다.”

그런 나의 말에 제갈원명과 곽형직의 눈에 이채가 띠었다.

세작을 살려두는 이유는 간단했다. 세작을 이용해 거짓 정보를 유출해서 이용할 수 있기 때문이었다. 그것이 교란책이다.

“흠.”

제갈원명이 가는 눈매로 나를 쳐다보았다. 그냥 가만히 있을 걸 그랬다. 의심받지 않기 위해 조금 더 나선다는 것이 너무 아는 체해 버린 것 같다. 그러나….

“이거 탐나는 인재로군. 자네가 후기지수 논무로 한 당의 당주를 노리는 것이 아니라면 제일군사부로 데려오고 싶을 정도일세.”

“과찬이십니다.”

다행히 칭찬을 했다. 그런데 방심하고 있을 때 뜻밖의 말이 이어졌다.

"이 정도 인재라면 내 염치를 무릅쓰고 한 가지 부탁을 하고 싶네 그려."

'부탁?'

점점 상황이 난처해지고 있었다. 제갈원명이 진지한 얼굴로 말을 꺼냈다.

"정파 무림을 위해서 매우 중요한 일이 될 수도 있네. 그리고 이건 자네에게도 하고 싶은 부탁이로군."

"제게도 말입니까?"

장명이 의아한 표정으로 제갈원명을 쳐다보았다. 그의 반응을 보면 사전에 이야기된 것이 아닌 모양이었다. 대체 무슨 부탁을 하려는 것일까?

"걱정 말게. 두 사람이 지금 나가려는 후기지수 논무와도 연관되어 있으니 말일세."

"무슨 말씀이신지?"

"이번 무림 대회에 혈교의 세작들도 참여할 가능성이 다분히 높다네."

"…."

네, 바로 당신 앞에 있습니다.

정말 한 치도 방심할 수 없는 자리였다.

"아마도 그들의 목적은 두 가지로 추측할 수 있네."

"두 가지라면?"

"후기지수 논무에서 순위권에 들게 되면 본 맹의 요직으로 들어

올 수 있지. 아마 그것을 노릴 걸세. 그리고 두 번째는…."

불안하다, 저 입에서 무슨 말이 튀어나올지. 제발 그것이 거론되지 않기를 바라지만 이 정도 정보력이라면….

"본 맹의 비고에 있는 혈마검을 노릴 걸세."

'아아….'

속에서 탄식이 절로 나왔다. 안 그래도 어려운 일이 최악으로 치닫고 있었다. 무림연맹에서 혈마검을 노린다는 사실을 의식하고 있다면 더욱 탈취하기가 어려워진다. 머리를 굴려야 했다. 이 상황을 이용해서 정보를 얻는 것이 활로가 될 수 있었다.

"이번 대회에서 특별히 비고를 개방한다고 했으니 아마도 더더욱 그들은 이번 기회를 놓치지 않으려고 할 걸세."

나는 조심스럽게 입을 열었다.

"그들이 그 검을 노린다면 더욱 경계를 늦추면 안 되겠군요. 혹시 저희에게 할 부탁이 혈마검과 관련 있는 것인지?"

그 말에 제갈원명이 고개를 저었다.

"아니네. 그건 걱정하지 않아도 되네."

"걱정하지 않아도 된다니 그게 무슨 말씀이신지?"

"설사 그들이 천운으로 후기지수 논무에서 우승한다고 해도 비고에서 혈마검을 가져갈 수는 없을 걸세. 닷새 후면 혈마검은 무당산으로 옮겨질 테니 말일세."

'…!!'

"종선 진인께서 무림 대회 기간 동안 혈마검을 맡아주시기로 했으니, 자네들은 걱정할 필요가 없네."

중요한 정보가 그의 입에서 흘러나왔다. 혈마검이 무림연맹의 비고에서 무당산으로 옮겨진다라. 팔대 고수 중 한 사람인 무당의 장문인 태극검제 종선 진인이 맡았으니 그 안전은 확실하게 보장된 것이나 다름없었다.

장명이 입을 열었다.

"그럼 저희들에게 맡기실 일은 무엇입니까?"

"자네들이 해줄 일은 후기지수 논무에서 의심이 될 만한 세작을 찾는 것일세."

'…이것 참.'

상황이 요상하게 돌아가고 있었다. 혈교의 첩자인 나더러 첩자를 찾아달라. 나와 같은 심경이었는지 사마영 역시도 묘한 표정을 짓고 있었다. 제갈원명이 빙그레 웃으며 말했다.

"이왕이면 자네들이 후기지수 논무에서 높은 성적을 거둬 혈교의 세작들이 조금도 요직으로 들어오는 일이 없도록 막아줬으면 한다네."

그런 그의 말에 장명이 일어나 포권을 취하며 힘차게 말했다.

"정파의 일원으로서 어찌 그런 중임을 피하겠습니까? 실망시켜드리지 않겠습니다."

…젠장. 장명이 호기롭게 나선 덕분에 나 역시도 마지못해 같은 말을 할 수밖에 없었다. 본의 아니게 양쪽에 발을 전부 얹게 되었다.

* * *

소운휘가 집무실을 나간 이후.

가만히 앉아서 듣고만 있던 북영도성 곽형직이 입을 열었다.

"제갈 군사, 그게 사실인가?"

"어떤 것이 말인가?"

"아까 전 남천검객의 후인이 있을 때 혈마검을 무당파에 맡긴다고 했는데, 그건 얘기되지 않지 않았나?"

그의 물음에 제갈원명이 옅게 웃었다.

"후후후."

'…?!'

이에 곽형직이 기가 찬다는 목소리로 말했다.

"…자네, 그 아이를 속였군?"

"확실하게 해둘 필요가 있어서 그런 것일세."

"그 아이를 믿지 못하는 건가?"

곽형직 본인이 직접 소운휘를 시험했다. 그 결과, 의심할 여지 없이 진정한 남천검객의 후인이었다. 그런데 제갈원명은 그리 생각하지 않는 모양이었다.

"곽 대협이 직접 확인해줬는데 어찌 믿지 못하겠나. 본 군사 역시도 구 할은 그 아이가 남천검객의 후인이라고 믿네."

"구 할?"

"그저 일 할이 마음에 걸릴 뿐이네."

"어째서인가?"

"그 아이 이외에도 일 년이 넘게 사라졌다가 이번에 돌아온 아이들이 있더군."

"그게 누군가?"

그 물음에 제갈원명이 자리에서 일어나 집무실 탁자 위에 놓인 서지 하나를 살폈다.

"조항 송가의 아이들이네. 같은 호남 무림지회 소속이더군."

"조항 송가? 그게 정말인가?"

제갈원명이 고개를 끄덕이자 곽형직이 인상을 찡그리며 말했다.

"조금이라도 의심할 여지가 있다면 확인해봐야 하지 않겠나?"

"할 걸세."

"어떻게 말인가?"

"이미 미끼를 뿌리지 않았나."

"미끼?"

"거짓 정보에 움직여서 혈마검을 노린다면 한 번에 일망타진할 수 있는 절호의 기회가 아니겠나."

제갈원명이 빙그레 웃으면서 장명을 쳐다보았다. 이에 장명이 탄성을 흘리며 중얼거렸다.

"교란책!"

"후후후. 알겠나? 이렇기 때문에 세작들을 전부 잡지 않는 것이라네."

그런 제갈원명의 말에 장명은 내심 그가 무서운 사람이라는 생각이 들었다. 무(武)가 뛰어난 것만이 능사가 아님을 배웠다. 만약 일 할의 확률로 정말 소운휘가 세작이라면 당할 수밖에 없을 것이다. 그렇게 대화를 나누다 곽형직과 장명 역시도 인사를 나눈 후 집무실을 나서려 했다. 그런데 나가려던 곽형직이 무언가를 발견했다.

"응? 저게 뭔가?"

"무슨?"

그들을 배웅하던 제갈원명이 뒤를 돌아보았다. 의자와 탁자 사이에 끼어서 잘 보이지 않는 곳에 단검 하나가 떨어져 있었다. 장명이 그걸 보고서 말했다.

"저 단검, 소 형의 것 같은데요?"

단검은 다름 아닌 소운휘의 소담검이었다.

정체불명의 시험

"정말 보고하지 않으실 겁니까?"

조성원이 이해할 수 없다는 듯이 내게 말했다.

숙소에서 기다리고 있던 녀석에게 사마영이 제일군사 집무실에서 있었던 일들을 이야기해줬다. 그걸 들은 조성원은 성 밖에 있는 해악천에게 이를 보고한 후 계획을 바꿔서 혈마검을 탈환해야 하지 않겠냐고 주장했다. 자식, 나도 그렇지만 개방의 제자 녀석이 혈교인이 다 됐다. 하긴 혈마검의 탈환이 목적인데, 그것이 다른 곳으로 옮겨진다는 얘길 듣는다면 누구나 녀석과 같은 반응을 보일 것이다.

"부단주님?"

"…."

"뭐 하고 계신 건지?"

내가 아무 말을 하지 않자 조성원이 답답함을 토로했다.

뭘 하긴 뭘 하겠나. 소담검으로부터 우리가 나간 후 어떤 대화가 오갔는지 듣는 중이었다. 원래 내가 가지러 가려 했는데, 장명이 들고 왔었다.

―그래서 말이야. 그 실눈 같던 애가 저 단검, 소형의 것….

자신이 한 건 했다 싶어 신이 나서 조잘거리는 소담검이었다. 덕분에 좋은 정보를 알게 되었다. 하마터면 함정에 빠질 뻔했다.

'…제갈원명.'

무림연맹의 제일군사다웠다. 이런 식으로 함정을 파놓을 줄은 몰랐다. 혹시나 하는 마음에 대화를 엿듣기 위해 소담검을 두고 갔던 것이 나를 살렸다.

―에헴.

소담검이 칭찬에 으쓱해졌는지 괜히 헛기침을 했다. 아무리 머리 좋은 제갈원명이라고 해도 소담검이 자신의 말을 엿들었으리라 무슨 수로 짐작하겠는가.

―맞아, 맞아.

맞장구를 치는 우리 둘에게 남천철검이 말했다.

―다 좋은데 천기로 보면 더 빠르지 않나?

―….

… 그렇네. 천기로 봤으면 굳이 소담검을 통해 들을 필요도 없었는데. 앞으로는 그렇게 해야겠다.

"부단주님?"

답답한 얼굴로 나를 부르는 조성원을 쳐다보았다. 그리고 녀석에게 말했다.

"함정이야."

"네?"

"그런 중요한 정보를 무림연맹 사람도 아닌 우리에게 흘린다는 게 이상하지 않아?"

그런 내 말에 녀석이 인상을 찡그렸다. 소담검이 집무실에 남아 엿들었다고 말할 수는 없으니 납득할 수 있도록 설명해야 했다. 그래도 대충 정황을 알고 나니 끼워 맞추기는 편했다. 그런데 이렇게 조성원과 사마영에게 설명하면서 문득 떠오른 게 있었다.

'…혹시 저쪽에도 정보를 흘린 거 아냐?'

—저쪽이라니? 그 불여우 같은 여자 말이야?

제일군사부의 정보력이라면 우리 이외에도 수상한 자를 많이 포착했을 거다. 그렇다면 필연적으로 백혜향 측도 걸려들 수밖에 없다. 물론 그쪽도 만반의 준비를 했을 테지만 제갈원명은 나에게 이런 식으로 미끼를 던지듯이 백혜향 측을 시험할지도 몰랐다.

—그럼 잘된 거 아냐? 저쪽을 한 번에 정리할 수 있는 기회잖아.

소담검의 말도 일리가 있었다. 하지만 문제가 있다. 만약 백혜향 측에서 함정에 걸려들게 되면 무림연맹에서는 이를 빌미로 정파를 더욱 규합할 뿐만 아니라 혈마검을 단순히 전리품으로 남기지 않고 부수는 강수마저 둘 수 있다.

—그래도 그 불여우만 잡히면 혈마검 없이도 혈교를 통합할 수 있는 거 아냐?

그동안 많이 쫓아다녔다고 제법 통찰력이 높아졌다. 그 말도 맞지만 반면 최악의 경우도 생길 수 있다.

—뭔데?

백혜향 측을 지지하는 세력의 충성도가 문제였다. 그들의 충성도가 우리가 생각하는 것 이상이라면 어떤 식으로든 백혜향을 구하려 할 테고 그리된다면 혈교는 재기도 하기 전에 타격을 입을 수 있다. 이런 걸 보면 그녀의 말이 맞았다. 다른 각도로 본다면 백혜향 측과 백련하 측은 한 몸이나 다름없었다. 서로가 큰 타격을 받지 않는 선에서 내부 전쟁을 마무리 지어야만 혈교는 완벽한 상태로 재기할 수 있다.

─네가 많은 영향을 줬네.

그러게 말이다. 어찌 보면 백혜향은 크게 고생하지 않고 혈교를 손안에 넣을 수 있었는데, 나로 인해 백련하와 마찬가지로 어려운 길을 가고 있는 셈이었다.

─쩝. 그 불여우가 곤란해하는 걸 보고 싶었는데.

나라고 그렇지 않겠나. 그녀가 붙잡혀서 혈교가 약화되는 것은 내게 좋은 일이 아니었다. 혈교에 적을 두고 있는 마당에 의도치 않게 내 정체가 드러나면 나를 보호해줄 울타리가 없어지는 셈이니까 말이다.

'닷새 후라고 했지?'

─맞아.

제갈원명의 말대로라면 분명 닷새 후에 함정을 파두고 기다리고 있을 것이다. 아무래도 백혜향 측과 접선해야 할 것 같다. 적어도 함정에 걸려들지 않도록 이 정보를 알려줘야겠지. 그나저나 어떻게 찾아야 하나? 성내에서는 안 들키려고 저쪽도 철저하게 신분을 숨기고 있을 텐데.

* * *

그날 저녁, 우리는 무림연맹의 성 밖으로 나왔다. 백혜향 측을 찾기 위해서가 아니었다. 대장간의 장인과 약조한 것이 있기 때문이었다. 특별히 무림연맹에 연루된 것이 아니기에 성 밖으로 돌아다니는 것은 자유였다. 그래서 형산일검의 제자인 서일주가 일행들이 성안에 들어갔음에도 혼자서 등정 객잔에 동파육을 포장하러 오지 않았던가.

'그나저나 영영이 얼굴 보기가 힘들구면.'

앞서 형산파의 숙소를 찾아서 영영이를 보려고 했었다. 그런데 구대 문파의 제자들끼리 회동하는 자리가 있어서 외출을 하는 바람에 결국 만나지 못했다. 하긴 그 아이도 서일주에게 우리 소식을 들었을 텐데 얼굴을 비추지 않은 걸 보면 꽤나 바쁜 모양이었다.

슥! 성을 나와 마을로 들어서자 사마영이 살짝 내 옷깃을 잡고서 말했다.

"사혀어어엉."

이목이 많은 곳이라 사형이라 부르는 그녀였다. 무슨 부탁을 하려고 애교까지 섞어 간드러진 콧소리를 낼까.

"대장간에 들렀다가 동파육 포장해가는 거 어떤가요?"

"오홋! 그거 좋은 생각입니다."

그녀의 부탁에 조성원이 신이 나서 거들었다. 확실히 등정 객잔의 동파육은 식어도 맛이 있었다. 쫄깃한 비계와 부드러운 살코기를 베어 먹으면서 술을 곁들이면 그야말로 지상낙원이나 다름없었다. 입에 침이 고였지만 내색하지 않고 말했다.

"모두의 뜻이 그러하다면야."

그 말에 조성원이 씨익 웃으면서 말했다.

"에이, 솔직히 솔깃하셨으면서 안 그런 척하시기는."

이 자식 봐라. 은근슬쩍 나한테 슬슬 농담을 걸기 시작하네. 뭐 선만 넘지 않는다면 격식을 차리는 것보다야 이게 편하기는 하지만.

그때 사마영이 말했다.

"어? 그런데 동파육이 떨어지기 전에 미리 예약해둬야 하는 거 아니에요? 지금 저녁인데."

"아… 그렇네요."

등정 객잔의 동파육은 워낙 인기가 많아서 저녁 무렵이면 동이 나고 만다. 사마영이 조성원에게 말했다.

"먼저 가서 예약하고 있어요. 나랑 사형이 대장간에 다녀올 테니까요."

흠칫! 이때 나는 사마영의 눈이 먹이를 노리는 매처럼 반짝이는 것을 보았다. 뭔가 신이 난다는 듯이 입꼬리가 올라가 있었다. 설마 단둘이 있는 순간을 노리는 건가.

"흠흠. 이번엔 사제가 가서 예약해두고 있어요. 금방 다녀올 테니."

"네에?"

그런 나의 말에 사마영이 반문했다. 내 의중을 파악한 조성원이 눈치껏 그녀에게 말했다.

"흠흠. 그러시는 편이 낫겠네요. 먼저 가서 예약해놓고 기다리시면 금방 다녀오겠습니다."

그 말에 조성원을 바라보는 그녀의 입술이 삐쭉 앞으로 튀어나왔다. 역시 내 예상이 맞았나 보다. 요 근래 둘만 있으면 한 번씩 내게 "부단주님은 어떤 여자가 좋으세요?", "부단주님은 혹시 나중에 혼인했을 때 장인어른이 무서운 사람이면 싫나요?" 하며 뜬금없는 소리를 하는 통에 두려워지고 있었다. 그런 내게 소담검이 중얼거렸다.

—너는 줘도 못….

'그만!'

이상한 소리를 하려고 하네. 조그마한 게 발라당 까져서는.

—…그래, 나 짧다. 그래서 네가 보태준 거 있어!

오랜만에 반항조로 나오는 소담검이다. 에휴, 나도 그녀가 은근히 나를 좋아하는 티를 내고 있는 건 눈치챘다. 뜬금없이 툭툭 내뱉는 말들이 모두 나를 가리키는데, 바보가 아닌 이상 모르는 것이 이상하지 않나. 나는 단지….

—무서운 장인어른을 두고 싶지 않겠지.

'….'

허를 찌르는구먼. 어느 누가 사대 악인 중 한 사람인 월악검 사마착의 하나뿐인 여식을 함부로 탐내겠는가. 나도 그런 평범한 사람들 중 한 사람일 뿐이다. 그때 남천철검이 끼어들었다.

—운휘, 걱정 마라. 전 주인께서 예전에 사고를 쳐서 장가가는 후배 무인에게 말씀하시길, 장인이 아무리 사위가 미워도 죽이기야 하겠냐고 조언해주셨다.

'….'

…됐다. 이런 걸로 너희랑 논쟁을 벌이니 혼란스럽다. 당장 내 몸 하나 건사하기 힘든 판국에 누구를 좋아한다는 것은 내게 사치다.

그런 내 말에 소담검이 중얼거렸다.

—싫지 않으면서 괜히….

그만하라고 했지.

어쨌거나 툴툴거리는 사마영을 등정 객잔으로 보낸 조성원과 나는 대장간 거리로 왔다. 날이 어두워져서 대부분의 대장간들은 불이 꺼져 있었다. 그래, 일은 낮에 하라고 있는 거지.

'과연.'

나는 살짝 기대감을 품고 있었다. 오혈성의 제자를 처리하고 나서 깨어난 장인이 자신을 구해줬다고 오해하면서 내게 보답으로 원하는 것을 들어주겠다고 했다. 혹시나 하는 마음에 소담검을 더 날카롭게 혹은 튼튼하게 만들 수 있겠냐고 했더니, 검이 부서지면서 나온 철가루들이 한철이라 그걸 녹여서 뭔가를 만들어주겠다고 약조했다. 이제 향로에 남은 검도 다섯 자루뿐이라 그것도 처리할 겸 겸사겸사 이렇게 대장간을 찾은 것이었다. 그런데 뭔가 이상했다. 조성원도 그것을 느꼈는지 내게 말했다.

"안에서 아무런 기척도 느껴지지 않습니다."

우리는 서둘러 안으로 들어갔다. 그런데 대장간 안에 있던 대부분의 기구들과 벽면에 걸려 있던 병장기들까지 전부 사라졌다. 마치 당장 폐업이라도 한 것처럼 말이다.

'이게 대체 무슨….'

바닥에 일부 흔적이 남아 있기는 한데, 부서진 날붙이라든가 필요 없는 것들뿐이었다. 중요한 도구들은 전혀 없는 걸 보면 정말 떠난 것만 같았다. 혹시나 하는 마음에 향로가 있는 안으로 들어가 보았다.

'아!'

향로에 꽂혀 있던 다섯 자루의 모조 묵선검들이 사라져 있었다. 다른 부서진 검들은 전부 버리고 갔는데, 모조 묵선검만 사라졌다니 이상했다. 안쪽 거처를 뒤진 조성원이 나와서 고개를 저었다.

"옷가지 같은 것도 없습니다. 거처만 살펴보면 꼭 급하게 떠난 것 같은데요. 무슨 영문인지 모르겠군요."

이상한 일이었다. 하루 뒤에 보자고 한 사람이 갑자기 이곳을 떠난다는 게 말이 되나. 게다가 그는 내가 아니더라도 무림연맹주 백향묵으로부터 의뢰를 받지 않았나.

'설마 납치?'

그런 가능성도 배제할 수 없었다. 그런데 납치를 당한 것치고는 필요한 물건들을 전부 챙긴 것도 이상한 일이었다.

―…무림연맹주가 데려갔을 수도 있지 않을까, 운휘?

남천철검의 말도 일리가 있었다. 다른 부서진 날붙이나 금이 간 것은 전부 버리고 갔는데, 유일하게 모조 묵선검 다섯 자루는 챙겨 갔다. 어쩌면 무림연맹주가 손을 썼을 수도 있었다.

'흠….'

한데 굳이 손을 쓸 이유가 있을까? 생각해보면 무림연맹주가 이것을 긴밀한 일이라 여겼다면 애초에 대장간 거리에 있는 장인에게 모조 묵선검을 만들도록 부탁도 하지 않았을 것이다. 의아하게 여기고 있던 찰나였다.

―뒤야!

소담검의 외침에 나는 생각할 겨를도 없이 몸을 숙였다. 그 순간 머리 위로 뭔가가 스쳐 지나갔다.

'…?!'

나는 재빨리 몸을 앞으로 날리며 신형을 뒤로 돌렸다.

'엇?'

향로 앞에 언제 당했는지 조성원이 기절한 것처럼 바닥에 쓰러져 있었다. 그런데 주변에 아무도 없었다. 심지어 기척조차 느껴지지 않는데 남천철검이 내게 말했다.

―운휘… 지금 네 뒤에 검은 면사의 죽립인이 서 있다. 모르겠나?

'뭐?'

녀석의 말에 나는 등골이 오싹했다. 바로 뒤에 있다는데 아무런 기척조차 느껴지지 않았다. 이런 엄청난 고수가 나타나다니. 그때 뒤에서 목소리가 들렸다.

"뒤를 돌아보지 마라."

변조를 한 것처럼 굵게 들리는 목소리. 조금이라도 움직이면 뒤에서 나를 단번에 찌를 기세였다. 이렇게 날카로운 예기는 평생 처음 느껴봤다.

"누…구십니까?"

긴장된 목소리로 물었다. 그러나 그런 나의 물음에 아무 소리도 들리지 않았다.

―운휘, 그자가 주변을 살피고 있다.

'살피고 있다고?'

나는 순간 갈등이 생겼다. 이자가 조금이라도 나를 죽이겠다고 마음먹는 순간 나는 당하고 만다. 뒤돌아보지 말고 가만히 있으란다고 그냥 당할 수는 없는 노릇이다.

'후우.'

여기서 상황을 타개할 방법은 오직 하나였다. 중단전을 개방해서 전력으로 적에게서 도망가는 것이다. 하지만 조성원이 눈에 밟혔다. 도망치면 녀석이 이자에게 잡히거나 어찌 될지 모른다.

'…허를 찌른다.'

이판사판이었다. 어차피 이곳은 무림연맹의 코앞이고 정파의 성지가 아닌가. 안 된다면 지붕을 뚫고 나가서 내공을 실어 소리라도 치자. 스승님인 해악천이 멀지 않은 곳에 있다.

'흡!'

나는 봉하고 있던 중단전을 개방했다. 그리고 단번에 소담검을 뽑아서 뒤로 휘둘렀다. 그 순간 믿기지 않는 일이 벌어졌다. 탁! 눈에 보이지도 않았는데 소담검이 뒤로 튕겨 나가 바닥에 박혀버리고 말았다. 분명 손을 쓴 것인데 내가 알아차리지 못한 것 같았다. 나는 그 찰나에 뒤로 몸을 날리며 남천철검을 뽑았다.

'…?!'

그런데 상대의 모습이 보이지 않았다.

―운휘, 뒤에 있다.

'젠장!'

소담검을 막는 즉시 몸을 움직여서 내 뒤로 이동한 것 같았다. 신형이 너무 쾌속하면 보이지 않는다는 말이 새삼 와닿았다.

"목숨이 아깝지 않은가 보구나."

뒤에서 들리는 목소리. 살기 하나 띠지 않았는데 심장을 미친 듯이 뛰게 만들었다. 정체를 알 수 없는 자가 내게 말했다.

"네 실력으로는 내 얼굴을 볼 수 없으니 단념하거라."

얼굴을 볼 수 없다고? 순간 머릿속에 한 가지 기지가 떠올랐다. 나는 손에 쥐고 있는 남천철검을 비스듬하게 돌려 검면이 내게 보이도록 했다. 그러자 내 얼굴과 함께 뒤에 있는 검은 면사의 존재가 비쳤다.

'…?!'

검은 면사 틈으로 희미하게 보이는 눈빛이 가늘어지고 있었다.

그자가 나를 보며 입을 열었다.

"잔꾀가 많은 아이로…. 음? 그 검…."

의아해하는 목소리. 나는 그 순간을 놓치지 않고 몸을 회전시켰다. 빠르게 움직이며 검초가 회오리바람처럼 전후좌우 할 것 없이 사방을 베면서 위로 솟구쳤다. 성명검법 사초식 회룡승검(回龍昇劍). 유일하게 후방마저도 상대할 수 있는 검초이기에 이를 노렸다.

'됐다.'

위를 향해 솟구친 나는 그대로 지붕으로 몸을 날렸다. 이대로 검초를 유지하면서 지붕을 뚫고 나가 소리를 지를 생각이었다. 그 순간 검초가 멈춰졌다.

'…!!'

심장이 덜컹거렸다. 어느새 허공으로 따라붙은 검은 면사의 죽립인이 남천철검의 검날을 두 손가락으로 잡고 있었다. 그리고 이를 튕기듯이 휘두르자….

"헉!"

심후한 공력에 의해 내 몸이 바닥에 그대로 내려찍히고 말았다. 쾅! 나무 목판이 갈라지며 볼썽사납게 괴상한 자세로 쓰러졌다. 몸이 부서질 것처럼 아팠지만 나는 이를 참고서 몸을 용수철처럼 튕기며 일으켰다. 바로 앞에 검은 면사의 죽립인이 서 있었다.

─우, 운휘!

더 이상 모습을 숨길 생각이 없는지 죽립인은 남천철검을 들고서 살피고 있었다. 초식을 펼치다가 검을 빼앗기다니 수치도 이런 수치가 없었다. 그때 죽립인이 입을 열었다.

"네가 그 남천검객의 후인이로구나."

검을 보고서 안 것인지 아니면 초식을 보고서 안 것인지 나를 알아보았다.

나는 조심스러운 목소리로 그에게 물었다.

"…선배님께서는 저를 알고 계십니까?"

"모를 리가 있나. 한번 보고 싶었다."

그 말과 함께 죽립인이 손가락으로 남천철검을 튕겼다. 그 순간 남천철검이 화살이라도 된 것처럼 엄청난 속도로 날아와 내 앞 바닥에 꽂혔다. 푹! 티이이이잉! 검이 이렇게나 심하게 떨리는데도 바닥이 갈라지지 않았다. 신묘하기 짝이 없는 실력이었다. 이것만으로 확실하게 알 수 있었다.

'…스승님보다 강해.'

이자는 기기괴괴 해악천을 한참 뛰어넘는 절세고수였다. 이 정도 괴물 같은 역량을 지닌 자는 머릿속에 오직 열두 명밖에 떠오르지 않았다. 그때 죽립인이 내게 말했다.

"검을 들고 덤벼보거라."

"…"

지금 이자의 의도가 무엇인지 모르겠다. 중단전마저 개방한 나를 아이 다루듯이 상대하는 자가 갑자기 덤벼보라니. 설마 나를 시험하는 것일까?

—어떡할 거야?

바닥에 박혀 있는 소담검이 걱정스러운 목소리로 말했다. 그도 그럴 것이 솔직히 승산이 없었다. 어느 정도 부딪칠 만한 구석이 있어야 하는데, 이건 격이 너무 컸다. 그렇다고 도망치자니 그건 이미 실패한 상황이었다.

"생각이 많구나."

검은 면사의 죽립인이 바닥을 살짝 밟았다. 그러자 목판이 갈라지며 위로 튕겨 올라왔다. 길게 튀어나온 목판을 검은 면사의 중년인이 검결지를 쥐고서 몇 차례 슥슥 휘젓자, 놀랍게도 목판이 검의 형태를 닮은 얇은 몽둥이가 되었다. 죽립인이 몽둥이를 쥐고서 내게 말했다.

"최선을 다하는 게 좋을 게다."

설마 저 얇은 나무 몽둥이로 나와 겨루겠다고? 아무리 고수라지만 남천철검은 한철이 섞인 보검이다.

—운휘, 경지에 이른 고수에게 무기는 아무 의미가 없다고 전 주인께서 말씀하셨다.

'…긴장하란 거지?'

—그래.

어차피 선택권은 없었다. 저자의 시험을 통과하는 것만이 유일한 활로였다. 그것이 활로인지는 확신할 수 없지만 말이다.

'육성으로 가야 한다.'

아직 초입에 불과하지만 성명신공을 육성으로 끌어올렸다. 그러자 전신에서 날카로운 기운이 솟구쳤다. 이를 본 죽립인의 입에서 탄성이 흘러나왔다.

"호오. 그 나이에 예기를 방출할 수 있는 수준에 이르렀나."

나를 칭찬하는 것이 아닌가. 대체 무슨 의도인지 알 수 없었다.

'후우.'

호흡을 고르며 선천진기를 가다듬은 나는 면사의 죽립인을 향해 신형을 날렸다. 공력과 초식의 운용, 모든 면에서 상대가 되지 않았

다. 그렇다면 처음부터 최고의 절초가 답이었다. 쿵! 바닥을 향해 진
각을 세차게 밟은 나는 찌르기 자세에서 검을 뒤로 잡아당기고서
손을 왼쪽으로 돌렸다. 강렬한 기운이 고조되며 기세가 검 끝으로
집중되었다.

'진축아회검.'

진성명검법 육초식 축아회검. 성명신공 육성 초입에 이른 축아회
검이 어느 정도 위력일지는 나 역시 몰랐다. 쩌저적! 그때 내가 검
을 뺄으려는 방향으로 목판들에 금이 갔다. 예기가 방출되면서 일
어난 현상이었다. 초식이 발휘되기도 전인데 전조를 보면 그 위력이
능히 짐작 갔다. 나는 있는 힘을 다해 검을 회전시키며 앞으로 뺄었
다. 촤르르르르! 날카로운 기운이 회오리를 치며 앞으로 거친 폭풍
처럼 쇄도했다. 한데 이런 엄청난 위력의 초식을 앞에 두고도 면사
의 죽립인은 나무 몽둥이를 들고 가만히 서 있었다.

'뭘 하려는 거지?'

피하거나 막을 생각이 없어 보였다. 초식이 코앞까지 들이치는 순
간 죽립인의 검처럼 생긴 몽둥이가 움직였다. 스르륵! 회오리를 치
고 있는 검초와 반대 방향으로 크게 회전했다. 그러더니 몽둥이가
살아 있는 것처럼 휘어 감았다. 육성에 이르면서 날카로운 예기마저
발산되고 있는데, 그마저도 가볍게 아울렀다.

'…?!'

그 순간 회오리가 순방향에서 역방향으로 강제로 방향을 틀었다.

'거, 검력만으로?'

남천철검에 닿지도 않고 몽둥이로 검력을 일으켰다. 상상을 초월
하는 검의 고수였다. 대체 어느 정도 경지에 이르면 이런 신기가 가

능할지 모를 정도로 괴물이었다. 우득! 역방향으로 꺾이며 팔이 강제로 뒤틀리려고 했다. 이러다 당할지도 몰랐다.

'역방향?'

그때 머릿속에 묘수가 떠올랐다. 상대가 역방향을 노린다면 나 역시도 역방향으로 순응하면 되지 않겠는가. 나는 그대로 재차 진각을 밟았다.

'역축아회검!'

검이 반대 방향으로 회전하면서 죽립인의 검력에 탄력까지 붙었다. 그러자 검초의 위력이 배로 상승했다.

"호오."

죽립인이 흥미롭다는 듯이 중얼거렸다. 어지간히 우습게 여기는군. 나는 앞을 향해 이를 악물고서 역축아회검을 펼쳤다. 촤촤촤촤촤촤! 회오리치는 검세에 바닥의 목판이 갈리며 눈앞이 나무 먼지들로 뿌옇게 물들었다. 검 끝으로 느껴지는 감각. 공격이 통한 것일까? 그 순간…. 파앙! 보이지 않는 힘에 의해 몸이 뒤로 튕겨 나갔다. 그리고 그대로 나는 커다란 향로를 부수고서 대장간 벽면에 처박히고 말았다. 쾅! 온몸이 부서질 것만 같았다. 적의 힘마저 이용해서 두 배로 치솟은 역축아회검이 전혀 통하지 않았다. 뿌옇게 앞을 가리던 먼지가 어느새 가시고 죽립인이 보였다. 그가 들고 있는 나무 몽둥이의 겉면에 수많은 검흔이 새겨져 있었는데 생채기 수준에 불과했다. 깊게 파고든 검흔은 전혀 없었다.

'하….'

그 정도 위력의 역축아회검으로도 고작 나무 몽둥이조차 부러뜨리지 못했다.

"제법이군."

몽둥이의 검흔을 보고서 중얼거린 죽립인이 내게 몽둥이를 겨냥했다. 그리고 말했다.

"공격은 쓸 만하구나. 방어는 어떨까."

그 말과 함께 죽립인이 나를 향해 저벅저벅 걸어왔다. 내가 몸을 일으킬 시간을 주는 것 같았다.

'젠장.'

벽면에서 힘겹게 나온 나는 남천철검을 쥐고서 긴장된 얼굴로 기수식을 취했다. 고민되었다. 진혈금체와 은연사까지 전부 쏜다면 가능성이 있을까? 하지만 머릿속에서 수많은 연상을 그려봐도 면사의 죽립인에게는 허점이 보이지 않았다.

—뭐라도 해봐야 하는 거 아냐?

그러고 싶지만 진혈금체를 여기서 쓰는 것은 무리수다. 만약 저 괴물 같은 자가 정파 쪽의 사람이라면 오히려 역효과가 날 수 있다. 비장의 수는 확실하게 상대를 죽일 수 있다는 확신이 들 때 쓰는 것이다.

"생각이 많군."

면사의 죽립인이 내게 말했다. 기수식을 취하고서 움직이지 않는 것을 꼬집는 것 같았다.

"생각이 많은 것은 장점이 될 수도 있지만 단점이 될 수도 있다. 자네 스승도 그걸 지적했을 것 같은데."

스륵!

'엇?'

그때 죽립인의 나무 몽둥이가 뱀처럼 휘어지며 내 머리를 노렸다.

거리가 충분해서 닿지 않을 거라 여겼는데, 오산이었다. 나는 다급히 보법을 펼치며 거리를 벌렸다. 타타타탁! 그런데 몽둥이는 살아 움직이듯이 교묘할 정도로 나를 따라왔다. 안 되겠다 싶어서 뒤로 몸을 날리면서 검초를 펼쳤다.

진성명검법 삼초식 비추형검. 부드러운 버들가지처럼 부드러운 검초로 더욱 현란한 궤적을 그려 몽둥이의 움직임을 견제해보려 했다. 그러나….

탕! 탕! 탕! 울려 퍼지는 철 소리.

'…?!'

놀랍게도 몽둥이는 고작 세 번의 찌르기만으로 검초의 궤적에서 결정적인 흐름을 막아 초식을 가볍게 파훼시켜버리고 말았다.

'이럴 수가?'

다른 것도 아니고 진성명검법이었다. 초식을 보완하다 못해 향상시킨 검초의 허점을 단번에 찾아냈다. 어느새 그의 몽둥이는 내 목에 닿아 있었다.

"한 번 죽었군."

'한 번?'

몽둥이가 궤적을 비틀더니 내 가슴을 툭 하고 쳤다. 그러자 심후한 공력에 의해 몸이 뒤로 열 발짝 정도 튕겨 나갔다.

"다시 해볼까."

나를 튕겨낸 면사의 죽립인이 다시 몽둥이를 휘둘렀다. 지금까지는 단순한 기본기였다면 이번에는 초식을 연상케 할 만큼 몽둥이의 궤적에 변화가 담겨 있었다.

'아!'

한데 이것을 보는 순간 나는 정신이 번쩍 뜨였다. 이 궤적을 본 적이 있었다. 그것도 수십 번가량 말이다.

'묵선대진검!'

경지에 이른 고수는 식의 자세 없이 가만히 서서도 검초를 구현해낼 수 있다고 한다. 검의 궤적만으로 초식의 결을 발휘하는 것이다. 이를 검결이라고 한다. 묵선을 통해 천기를 행한 나는 그자가 펼치는 검초를 수십 번도 넘게 보았고, 이렇게 초식의 결로만 구현해내는 것도 무수히 경험했다. 지금 이 검결은 분명 묵선대진검이 틀림없었다. 이것을 펼칠 수 있는 검객은 세상에 단 한 사람뿐이었다.

'무한제일검 백향묵!'

눈앞에 있는 자는 바로 무림연맹주 백향묵이었다. 지금 나는 무림의 정점이라 불리는 팔대 고수와 검을 섞고 있는 것이었다.

'하!'

일말의 의심은 있었지만 이것으로 확실해졌다. 참으로 공교로운 일이었다. 팔대 고수의 일인이자 무림연맹의 수장을 이런 외진 대장간에서 만난 것도 모자라 검을 섞게 되다니.

스르릭! 몽둥이가 나의 요혈을 노려왔다. 제대로 된 초식이 아니라 초의를 담은 검결이라면 내 수준에서 알아보지 못할 거라고 판단한 것 같았다. 하지만 나는 이것을 수십 번도 넘게 보고 머릿속에 각인시켰다. 당연히 검의 궤적을 정확히 알았다. 그때 머릿속에 면사의 죽립인, 아니 백향묵이 했던 말이 떠올랐다.

"생각이 많은 것은 장점이 될 수도 있지만 단점이 될 수도 있다."

'…계산을 하지 말자.'

타타탁! 나는 보법을 펼쳤다. 그리고 백향묵이 휘두르는 검결에 몸을 맡겼다. 검초가 어떻게 날아오고 이걸 어찌 피해야 한다는 생각을 하기보다 직감을 믿어보기로 했다. 슉! 몽둥이가 교묘하게 옆을 스치고 지나갔다. 내가 몸을 천천히 숙이자 머리 위로 몽둥이가 비껴 나갔다.

'…?!'

면사의 틈으로 희미하게 보이는 눈빛이 살짝 흔들리고 있었다. 이어서 몸을 뒤로 젖히며 목의 정중앙을 찌르려던 몽둥이의 궤적을 아슬아슬하게 피해냈다. 그와 동시에 나는 남천철검으로 심장부를 찔렀다. 그러자 면사의 중년인이 훗 하는 소리와 함께 왼손을 내밀어 검을 잡아냈다.

'이때다!'

팍! 나는 그 상태에서 몸을 비틀며 회전시켰다. 회전하는 몸이 가슴 위에 있던 몽둥이를 비껴 타고 이를 지지대 삼더니, 이내 백향묵의 안면을 향해 발차기를 날렸다. 내 발이 백향묵의 안면에 닿으려는 순간이었다. 부웅!

'헛!'

내 몸이 위로 솟구쳤다. 지지대 삼고 있던 몽둥이에서 일어난 힘 때문이었다. 위로 솟구친 나의 두 눈에는 백향묵만이 들어왔다. 두 손으로 남천철검의 검병을 굳게 잡은 나는 곧바로 검초를 펼쳤다.

진성명검법 오초식 유성낙검(流星落劍). 이 순간만큼은 아무런 잡념도 없었다. 오직 단 하나만 생각했다.

'벤다!'

내려치는 강렬한 일검에 백향묵이 몽둥이를 들어 올렸다. 날카로운 예기가 느껴졌다. 지금까지 전혀 느껴지지 않던 그 예기가 모든 잡념을 버린 이 순간에 느껴지다니. 두근! 심장이 강하게 요동쳤다. 어쩌면 백향묵처럼 발산하는 예기를 나 역시도 검에 담을 수 있을 것 같았다.

"흐아아압!"

기합성과 함께 나는 그대로 몽둥이를 내리쳤다. 촤! 보검이라도 된 것처럼 단단했던 몽둥이가 반으로 갈라졌다. 그리고 남천철검의 검날이 백향묵마저 일검양단으로 베어내려는 찰나…. 탁! 백향묵이 두 손가락으로 검날을 잡아냈다.

'…!!'

기가 막힐 따름이었다. 내 생애 최고의 검이라고 할 수 있는데, 그것을 고작 손가락만으로 막아냈다. 엄청난 공력에 의해 내 몸이 그대로 고정되었다. 두 손가락으로 나를 지탱하고 있는 것이었다. 그때 백향묵이 그 상태 그대로 입을 열었다.

"그래, 검은 그렇게 다루는 거다."

슥! 그 말이 끝나기가 무섭게 백향묵의 왼손이 어느새 내 미간에 닿아 있었다. 그와 함께 눈앞의 시야가 검게 물들었다. 정신이 혼미해져 가는데, 백향묵의 목소리가 희미하게 들렸다.

"제자를 잘 키웠군."

* * *

대장간 거리의 뒷골목으로 면사의 죽립인, 아니 무림연맹주 백향묵이 걸어가고 있었다. 그의 양옆으로 어느새 두 명의 죽립인이 따라붙었다. 보통 실력자들이 아닌 게, 소리도 없이 나타났다. 그런 그들에게 백향묵이 말했다.

"전종, 심 장인이 사라졌다. 주변을 수소문해서 누가 이곳을 오갔는지 샅샅이 찾아내거라."

"명을 따르겠습니다."

우측으로 붙었던 죽립인이 빠른 신형으로 사라졌다.

그를 보내고도 앞으로 쉼 없이 나아가고 있는데, 좌측에 있는 죽립인이 놀란 목소리로 말했다.

"맹주, 손에서 피가?"

백향묵의 오른손 검지와 중지 사이에서 피가 흘러내리고 있었다.

"작은 생채기일세."

"아니…."

무림의 정점이라 불리는 팔대 고수의 피. 생채기에 불과하다 해도 그것은 가벼운 일이 아니었다. 왼손을 들어 올린 백향묵이 이를 보더니 피식 웃으며 말했다.

"한 수 가르쳐준다는 것이 두 수 이상을 넘겼군. 이거 수지타산에 맞지 않는 짓을 했네, 백산."

"누구입니까? 이 백산이 당장!"

그런 그에게 백향묵이 손을 들어 올리며 괜찮다고 만류했다. 그리고 나지막한 목소리로 말했다.

"논무에서 정겸이가 제법 긴장해야 할지도 모르겠네그려."

그 말에 백산이라 불린 죽립인이 흠칫 놀랐다. 백향묵이 말한 정겸은 무한제일검이라 불리는 그와 무당파의 장문인 종선 진인이 손수 가르친 공동 전인이었다.

―운휘!

―정신 차려라, 운휘!

"부단주님!"

머릿속과 귓가를 울리는 목소리들. 눈을 떠보니 조성원이 나를 쳐다보며 안도의 숨을 내쉬고 있었다.

―어휴. 너 죽은 줄 알았잖아.

그러게. 나도 의식을 잃을 때 설마 죽는 건가 싶었다. 하지만 마지막에 흐릿하게 들려오던 말을 듣고서 그게 아님을 깨달았다. 머리가 지끈거렸다. 이마를 관통했던 기운은 예기와는 차원이 다른 무언가였다. 한 번도 겪어본 적이 없는 기운. 쿵! 쿵! 심장이 빠르게 뛰면서 뜨거운 기운이 몸 전체로 도는 걸 보면 선천진기가 나를 빠르게 회복시키고 있었다.

"대체 무슨 일이 있었던 겁니까?"

조성원이 영문을 알 수 없다는 듯이 물었다. 주변을 돌아보자 거의 반 이상 초토화되다시피 했다. 부서진 향로, 부서진 바닥, 부서진 벽면. 그 모든 것이 이곳에서 한바탕 전투가 벌어졌음을 알려주고 있었다.

나는 조성원에게 물었다.

"언제 깨어난 거야? 그리고 난 얼마나 기절해 있던 거고?"

"하나만 물어보시죠. 아니, 그런데 이럴 때마다 꼭 여쭤보고 싶은데 사마 대주한테는 경어로 대우해주시고 왜 저한테만 반말…."

"묻는 말에나 답하자, 거지."

"에휴, 이거 남녀차별도 아니고. 아무튼… 저도 막 깨어났습니다. 깨어나자마자 부단주님을 깨웠고요."

남녀차별은 무슨. 너도 사마영의 정체를 알고 나면 경어가 절로 나올 거다.

머릿속으로 소담검에게 물었다.

'얼마나 기절했던 거야?'

─오래 안 됐어. 한 이각 정도?

고작 이각? 정말 오래되지 않았다. 조성원마저 금방 깨어난 것을 보면 해를 가할 생각이 없었던 듯했다. 무림연맹주 무한제일검 백향묵. 대체 무슨 생각으로 나를 시험하고 유유히 사라진 것일까?

'아!'

잠깐만. 나는 주위를 둘러보았다. 그러고 보면 이곳에 나타났던 백향묵은 대장간 내부를 살피고 있었다. 그 말은 그 역시도 이 상황에 대해서 전혀 몰랐다는 의미가 된다.

'그럼 장인이 스스로 사라졌다고?'

아니다. 이건 타인의 소행이다. 제삼자가 장인을 납치한 게 틀림없었다. 며칠 동안 이곳에 들르면서 몇 차례 방문객이 있었으나, 장인은 그들을 모두 돌려보냈다. 나 역시도 모조 묵선검을 부췄던 인연이 아니라면 돌려보냈을지도….

'설마.'

그 순간 머릿속을 스쳐 지나가는 한 남자. 오혈성의 둘째 제자라고 했던 요업. 향로에 있던 모조 검들을 보았던 자는 오직 그뿐이었다.

'백혜향?'

자연스럽게 방향은 백혜향으로 향하고 있었다. 그런데 어째서 그녀가 장인을 납치한단 말인가. 도무지 이해하기 어려웠다. 유일하게 미심쩍은 부분은 백혜향이 지니고 있던 그 괴로워하던 검들과 모조 묵선검의 상태가 비슷하다는 점이었다.

"부단주님?"

나는 자리에서 일어났다. 바닥에 꽂혀 있던 소담검을 회수하고, 검집에 남천철검을 집어넣은 후에 조성원에게 말했다.

"아무래도 뭔가 있어."

"뭐가요?"

이건 말해두는 편이 나을 것 같았다.

"우리를 이렇게 만든 자는…."

흠칫! 나는 하던 말을 멈추고 대장간 입구 쪽을 바라보았다. 그런데 전혀 예상치 못한 인물이 모습을 드러냈다. 죽립으로 얼굴을 가리고 있었지만 턱선과 입술이 드러나면서 누군지 알 수 있었다. 그녀는 바로 백혜향이었다. 그런데 더 당혹스러운 것은 백혜향 뒤로 사마영이 따라 들어오고 있었다.

"이거 꽤 재미있는 일이 있었나 봐?"

백혜향이 입꼬리를 올리며 말했다. 나는 이 상황을 이해할 수가 없어서 사마영을 쳐다보았다.

사마영이 이걸 어떻게 설명해야 하나, 하는 표정을 짓고 있었다.

* * *

불과 반 시진이 채 되지 않았을 무렵.

사마영은 속으로 투덜거리면서 등정 객잔으로 향하고 있었다.

'정말 눈치 없네. 칫.'

적당히 빠져줬으면 오죽 좋았겠나 싶었다. 단둘이 있을 수 있는 기회를 빼앗겨서 아쉬운 그녀였다. 그래도 다시 동파육을 먹을 생각에 기분은 좋아졌다. 객잔 입구에서부터 나는 동파육 특유의 팔각향이 코를 자극하며 군침이 돌게 했다. 객잔에 들어가 포장 주문을 했는데 다행히 재고가 남아 있었다.

"준비하는 동안 기다려주십쇼."

점소이가 가고 나서 그녀는 객잔 기둥에 기대서 기다리려 했다. 한데 사람들이 먹는 모습을 구경하던 그녀는 묘한 시선을 느꼈다.

'…'

객잔 일층에 있는 몇 명이 자신을 몰래 힐끔거리고 있었다. 다른 손님들도 많은데 왜 자신만 쳐다볼까? 심지어 인피면구를 하고 있어서 원래 얼굴도 아닌데, 그 시선이 마음에 걸렸다.

'…조용해.'

그러고 보니 평소와 달리 위층이 조용했다. 아직까지 초저녁이라 객잔에 손님이 바글거려야 하는데 말이다. 신경 쓰지 말까 싶었는데 자신을 살펴보는 시선에서 불쾌감을 느낀 그녀는 뭔가 있다고 생각했다. 사마영은 조용히 위층으로 올라갔다. 이층에는 평소처럼 자리가 가득 차 있었다. 한데 이층 손님들은 동파육을 먹고 술을 마시면서도 조용조용한 목소리로 대화를 나누고 있었다.

'…?!'

그런데 한 가지 더 이상한 점을 발견했다. 그녀가 올라왔는데 근방의 탁자에 있는 손님들조차 눈길 한 번 주지 않았다. 오히려 그것이 더 부자연스럽게 느껴질 정도였다. 의아해하고 있는 사마영의 눈에 누군가가 띄었다. 창가 쪽에 유일하게 혼자 탁자에 앉아 술을 홀짝거리며 동파육에 젓가락을 가져가고 있는 청년이 보였다. 탁자 한

쪽에 올라가 있는 죽립, 그리고 왜소한 체구. 사마영이 쳐다보자 탁자에 있던 청년이 그녀를 향해 고개를 돌렸다. 이층에 있는 다른 사람들과 달리 시선을 전혀 피할 생각이 없는지 빤히 쳐다보고 있었다. 사마영은 천천히 창가 쪽으로 다가갔다. 그러자 창가 주변 탁자에 앉아 있던 사람들 시선이 그녀에게로 움직였다. 사마영이 피식하고 웃었다. 그리고 탁자로 다가가 혼자 앉아 있는 청년 앞에 턱하고 앉았다.

팍! 그 순간 주변에 있던 자들의 손이 각자의 병장기로 향했다. 동파육을 씹으면서 맛보고 있는 청년이 손을 들었다. 신기하게도 주변에 있던 자들이 병장기에서 손을 떼고 다시 자리에 앉았다. 청년이 입을 열었다.

"그럭저럭 먹을 만하네."

여자 목소리가 흘러나왔다. 사마영의 눈에 이채가 띠었다. 청년이 입가심을 하듯이 술잔을 들이켜더니 잔은 내려놓고 말했다.

"너, 소운휘 밑에 있던 개 맞지?"

"당신은 그 여자일 테고요? 이름이 백혜향이라고 했던가요?"

팍!

"감히!"

탁자에 있던 자들 중 누군가가 격하게 자리에서 일어났다. 이에 청년이 쳐다보지도 않은 채 입을 열었다.

"앉아."

"하나…."

"앉으라고 했다."

경고를 받은 누군가가 몸을 살짝 파르르 떨더니 다시 자리에 앉왔다. 그러자 청년이 물었다.

"어떻게 알았지?"

"남자에게서 날 법한 향이 아니거든요."

"향?"

그 말에 청년이 자신의 옷 냄새를 킁킁거리며 맡았다. 그러고는 어처구니없다는 목소리로 중얼거렸다.

"이걸 맡았다고?"

"제 코가 좀 예민해서 말이죠. 그리고 팔각향 사이로 흘러나오는 이 향을 맡지 못할 리도 없고. 남자의 향치고 야시시하잖아요."

청년의 눈매가 가늘어졌다.

"재밌네, 너."

목소리에 미묘하게 살기가 배어 있는데도 사마영은 전혀 기죽지 않았다. 오히려 할 말을 고스란히 입으로 내뱉었다.

"피 냄새가 그런다고 가려지나요?"

"그렇네. 하도 몸에 배서 좀 죽이려고 했는데."

그 말과 함께 청년이 자신의 귀밑 피부를 잡고서 거칠게 뜯어냈다. 그러자 그 속에 감춰져 있던 진짜 얼굴이 드러났다. 그녀는 바로 백혜향이었다.

"인피면구가 아깝지 않나 봐요."

"한 번 들킨 인피면구를 뭐하러 쓰겠어. 그리고 여분이야 넘쳐나잖아. 한데 말이야, 나도 너같이 잘생긴 남자는 싫어하지 않는데… 그 눈빛은 마음에 안 드네."

팟! 그 말이 끝나기가 무섭게 백혜향의 수도가 사마영을 찔러왔다. 얼마나 쾌속했는지 육안으로 놓칠 정도였는데, 놀랍게도 사마영은 자리에 앉아 그 손을 그대로 잡아냈다. 그러자 백혜향의 눈에 이채가 띠었다. 심지어 주변 탁자에 앉아 있는 자들조차도 놀랐는지 눈이 휘둥그레졌다.

"막아?"

백혜향의 입꼬리가 비릿하게 올라갔다. 그 눈빛이 호승심으로 물들고 있었다.

"막으면 안 되나요?"

백혜향의 시선이 사마영의 손으로 향했다. 그녀의 눈매가 가늘어졌다.

"손바닥 굳은살이 많긴 한데… 손은 좀 곱상하네?"

팟! 백혜향의 왼손이 사마영 얼굴로 뻗어왔다. 얼굴에 닿으려는 순간 사마영이 탁자를 위로 걷어찼다. 탁자의 목판 일부가 갈라지며 위로 튀어나와 백혜향의 턱밑으로 날아왔다. 백혜향이 좌수의 방향을 틀어 이를 내리쳤다. 탕! 목판이 으스러지며 힘없이 떨어졌다. 그와 동시에 강한 반탄력이 생겨나며 백혜향의 우수를 잡고 있던 사마영의 오른손이 튕겨 나갔다. 파파파파팍! 순식간에 두 사람의 손이 부딪쳤다. 얼굴로 향하는 손과 이를 막으려는 손 간의 대결이었다. 한 치도 물러서지 않고 격렬하게 부딪치던 손 간의 대결은 백혜향의 승으로 돌아갔다. 그녀의 손에 반쯤 찢긴 인피가 쥐어져 있었다. 사마영이 반쯤 붙어 있던 남은 인피면구를 스스로 떼어냈다.

"하!"

백혜향이 코웃음을 쳤다. 그녀의 얼굴을 보고서 상당히 마음에 들지 않는다는 표정을 짓고 있었다. 반면 인피면구가 찢겨 나가면서 드러난 절세가인의 얼굴에 주변 탁자에서 지켜보던 사내들의 눈이 달라졌다.

"계집도 달고 다니네."

"본인 것은 본인이 챙겨야죠."

백혜향의 그 말에 사마영이 당돌하게 받아쳤다.

"본인 것?"

"점찍은 건 빼앗기지 않는 주의라."

그 말을 들은 백혜향의 눈동자에 더욱 살기가 감돌았다.

"나랑 비슷하네. 나도 점찍은 건 꼭 가져야 하는 주의거든."

"뜻이 통했네요."

"목숨이 두 개라도 되나 봐. 내 앞에서 이렇게 입을 나불대다가 살아서 걸어 나간 사람이 몇 안 되거든."

"제가 그 몇 안 되는 사람에 포함되겠네요."

"어째서?"

"당신도 혈마검을 노린다면서요? 무림연맹의 성 앞에서, 그것도 이렇게 유명한 객잔에서 소리 소문 없이 저를 제압할 자신이 있나요?"

사마영의 도발에 백혜향의 표정이 묘해졌다. 뭔가 불쾌하거나 기분 나쁘다기보다는 흥미롭다는 표정에 가까웠다.

"실력에 자부심이 있나 봐?"

"한바탕 난리 칠 수 있을 정도는 되죠."

"한번 시험해보겠어? 네가 난리 치기 전에 죽을지, 아니면 난리를 쳐서 나를 곤란하게 만드는 게 먼저일지?"

"그것도 재미있겠네요. 한데 그럴 생각이었다면 진즉에 저를 공격했겠죠?"

사마영이 싱긋하고 웃었다. 그 초승달을 그리는 눈매는 매력적이기 짝이 없었다. 이를 본 백혜향이 묘한 표정을 짓더니 혀로 자신의 윗입술을 핥았다. 그것이 야릇해 보이기까지 했다. 사마영이 미간을 찡그렸다.

"너 좀 매력 있네."

"…그쪽으로도 관심이 있나 봐요."

"글쎄."

이도 저도 아닌 대답이었지만 그것이 일말의 긍정처럼 들렸기에 사마영은 속으로 몸서리를 쳤다.

"저는 관심 없다고 말씀드릴게요."

백혜향이 피식 하고 웃었다. 그리고 자리에 앉아 술잔에 술을 따르며 말했다.

"재밌네. 그래, 하고 싶은 말이 뭐지?"

"…."

"굳이 모른 척할 수 있는데, 위험까지 무릅쓰고서 내게 접근한 이유가 있을 거 아냐?"

백혜향의 말에 사마영은 속으로 생각했다. 생각보다 만만치 않은 여자라고 말이다. 하지만 이내 속내를 털어놨다.

"부단주님께서 전달해드리려 하는 정보가 있거든요."

백혜향의 한쪽 눈썹이 위로 치켜 올라갔다.

"소운휘가?"

* * *

사마영이 전음으로 한 간략한 설명에 나는 인상을 찡그렸다. 우연히 등정 객잔에 백혜향이 있는 것을 보고 데려왔다는데, 인피면 구까지 뜯어진 걸 보면 그 사이에 뭔가 일이 있었던 것 같다. 백혜향이 내게 말했다.

"할 말이 있다고 들었는데?"

그렇게 물으면서도 시선은 대장간 내부에 있는 부서진 흔적으로 향하고 있었다.

"그렇습니다."

"그새 생각이 바뀌었어?"

그녀가 혀로 입술을 매만지며 유혹하듯이 물었다. 이에 빠르게 고개를 저으며 답했다.

"…그런 게 아닙니다."

"그럼 뭐하러 날 보자고 한 거지? 이대로 잡혀가고 싶은 것은 아닐 테고?"

"단도직입적으로 묻죠. 닷새 후 혈마검이 무림연맹에서 무당으로 옮겨진다는 정보를 들은 적이 있습니까?"

그런 나의 물음에 백혜향이 미간을 찡그렸다. 반응을 보니 역시나 그 정보를 들은 모양이었다. 과연 무림연맹 제일군사 제갈원명이었다. 나 하나만이 아니라 이참에 조금이라도 수상한 자가 있다면 모조리 일망타진할 계획이었나 보다.

"그 정보를 신뢰하십니까?"

"오 할 정도."

"오 할?"

"그런데 지금 네 말을 듣고서 일 할로 내려갔어."

그녀의 말에 나는 내심 탄성을 흘렸다. 함정이라는 말을 직접적으로 꺼낸 것이 아니었는데, 내가 알고 있다는 사실만 듣고서 신뢰성이 떨어지는 정보라고 단번에 판단한 것이다. 백혜향이 날 보며 입꼬리를 올리더니 말했다.

"내게 그걸 알려주고 싶어서 보자고 한 거야?"

"그렇습니다."

"어째서?"

"아가씨 측과 이쪽은 한 몸뚱어리나 다름없으니까요."

"잘 이해하고 있네. 역시 마음에 들어."

탐욕스러운 눈빛으로 쳐다보는데 굉장히 부담스러웠다. 이래서 접촉하는 것이 껄끄러웠다.

백혜향이 주변에 부서진 흔적들을 향해 고개를 스윽 돌리더니 내게 물었다.

"누구랑 이렇게 격렬하게 대화를 나눈 거지?"

그녀의 물음에 나는 기다렸다는 듯이 말했다.

"무한제일검."

그 말을 듣자 그녀의 표정이 지금까지와 달라졌다.

"…무림연맹주와 손을 섞었다고?"

나는 백혜향을 쳐다보고서 의미심장한 목소리로 말했다.

"누구 덕분에 말이죠."

누구라고 모호하게 표현했지만 가리키는 대상은 분명했다. 그런 나의 말에 오히려 조성원이 이래도 되는 건가 하는 표정을 지었다. 상대는 백혜향. 혈교의 두 교주 후보 중 한 사람이었다. 그 심기를 건드리면 어떻게 나올지 모르기 때문이었다. 하지만 반응은 다행히도 나의 예상에 가까웠다. 무림연맹주 백향묵과 손을 섞었다는 말에 잠시 놀라던 백혜향의 붉은 앵두 같은 입술이 뭐가 그리도 즐거운지 실룩거렸다.

"운이 좋네. 맹주와도 부딪치고. 부러운걸."

그녀의 입에서 나온 말에 나는 등골부터 소름이 올라왔다. 호승심이 아니었다. 그녀는 진지하게 말하고 있었다. 무림의 정점이라 불리는 팔대 고수를 상대로 전의를 불태우고 있는 건가?

"그런데 놈에게서 재미를 본 게 왜 나 때문이라고 생각하는 거지?"

"장인이 없어졌으니까요."

"장인이 없어진 것이 나와 무슨 관계인데? 설마 단순한 직감?"

그녀가 시치미를 뗐다.

"정황상이라고 말씀드리겠습니다."

"어떤 정황?"

나는 부서진 커다란 향로를 눈짓으로 가리켰다.

"저것을 본 자가 아가씨 밑에 있던 수하였거든요. 오혈성의 제자라고 했던가요. 그와 저 이외에 향로 안에 들어 있던 그 검들을 본 자는 아무도 없었습니다."

그런 나의 말에 그녀가 빙그레 웃었다. 그리고 가까이 다가오며 말했다.

"아아, 들켜버렸네."

"…."

애초에 숨길 생각 따윈 일절 없어 보였다. 이렇게 쉽게 밝힐 줄은 몰랐다. 정파 무림의 성지이자 무림연맹의 코앞, 심지어 맹주가 직접 의뢰까지 하고 주기적으로 살피고 있는 장인을 납치하다니 정말 대담함을 넘어서 오만하기까지 했다.

"…뒷수습이 가능하시겠습니까?"

어차피 본인이 한 짓이라 밝혔으니 굳이 돌려서 말할 이유가 있겠는가. 그녀는 지금 무림연맹 맹주의 꼬리를 밟고 서 있었다. 논무가 시작되기도 전에 사달이 날 수 있었다.

"뒷수습을 왜 해?"

"맹주가 장인을 찾으려 들 겁니다."

그런 나의 말에 그녀가 피식 웃으며 말했다.

"대놓고 못 찾아."

"그게 무슨 말씀이신지."

"그것까진 몰라도 돼."

하긴 그것까지 이야기해줄 리야 없겠지. 하지만 짐작 가는 것이 있었다. 아마도 모조 묵선검과 관련 있지 않을까? 천기로 보았던 그 검신이 붉게 물들면서 금이 가는 현상이 마음에 걸렸다.

"그보다 나도 하고 싶은 게 있는데 말이야."

"…어떤 것을?"

백혜향이 고갯짓으로 사마영을 가리켰다.

"얘까지는 마음에 드니까 받아줄게."

"…"

입에 물을 머금고 있었다면 순간 뿜을 뻔했다. 이걸 어떻게 반응해야 할지 난감해하고 있는데, 오히려 사마영이 어처구니없다는 표정으로 입을 열었다.

"누가 누굴 받아준다고요?"

"너도 마음에 들거든. 셋이서 같이 밤을 즐겨도 나쁘지 않을 것 같아."

"쿨럭."

눈치를 보고 있던 조성원이 사레들린 사람처럼 기침을 해댔다. 얼굴까지 빨개져서 어쩔 줄 몰라 하며 시선을 회피하고 있었다.

"농이 지나치십니다."

그런 나의 말에 백혜향이 혀로 윗입술을 핥으며 말했다.

"농 같아?"

아, 혼란스럽다. 혼란스러워.

그 와중에 사마영도 얼굴을 붉히고서 당혹스러워하더니 말까지 더듬으면서 화를 냈다.

"누, 누가 당신이랑 밤을 즐긴다는 거예요!"

"순진한 척하는 거지?"

"아니거든요!"

"재미없네. 난 순진한 거 싫은데."

"까진 것보다 낫거든요."

―놀리는 것 같지?

소담검의 말대로 사마영이 말려들고 있었다. 사마영도 만만치 않은 여자인데 그녀를 저렇게 놀리는 걸 보면 정말 보통이 아니었다. 그냥 내버려두면 그녀의 놀림이 계속될 것 같기에 끼어들었다.

"…말씀처럼 대놓고는 못 찾는다고 해도 계속 여기 있으면 위험하지 않겠습니까?"

그런 나의 말에 백혜향이 말했다.

"왜 추적이라도 들어올까 봐?"

"같이 죽자는 게 아니라면 이쯤에서 해산하는 게 좋을 것 같습니다만."

"항상 퇴로를 준비하는구나, 너는."

"살아야 하니까요."

"솔직하네. 뭐 좋아."

백혜향이 품속에서 무언가를 꺼냈다. 그러고는 내게 던졌다. 가죽에 감싸인 것이었는데, 풀어보니 손잡이가 없는 단검 날이 들어있었다.

"그거 네 거라지?"

'아….'

장인이 만든 그것인 듯했다.

'이렇게 만들었구나.'

단검의 날은 소담검에 덧씌울 수 있도록 제작되었다. 그래서 소담검의 검병 위쪽에 구멍들을 내서 끼워서 고정할 수 있도록 만든 모양이다. 이걸 갖고 있는 걸 보니 납치범은 그녀가 확실했다.

"이걸로 빚은 없다. 다음에는 성 밖에서 마주치면 이렇게 그냥 보내는 일은 없을 거야."

"…?"

백혜향이 죽립을 눌러쓰고서 몸을 돌렸다. 껄끄러운 일이 벌어질 거라는 예상과 달리, 그녀는 화통하게 나왔다. 그저 제멋대로이고 포악하다고만 여겼는데, 생각보다 그릇이 컸다.

밖으로 나가려던 그녀가 잠시 멈춰 서서 말했다.

"맹주의 추적자는 이쪽에서 처리할 거지만 네게 정보를 흘린 자에 관한 건 알아서 처신해야 할 거야."

"…"

"나라면 함정을 파놨는데 아무도 걸려들지 않으면 의심이 커질 테니까."

그 말을 마지막으로 백혜향은 대장간을 홀연히 나가버렸다. 그런 그녀를 보면서 조성원이 혀를 내둘렀다.

"쉽지 않겠는데요."

내가 하고 싶은 말이었다. 무림연맹주, 총군사 제갈원명, 백혜향 마저 얽힌 이 판국에 과연 혈마검을 무사히 탈취할 수 있을지 한 치 앞을 살피기가 어려워졌다.

* * *

어두운 골목에서 추격전이 벌어지고 있었다. 복면을 쓴 두 명이 도망치고 있었고, 이를 죽립을 쓴 무사들이 뒤쫓았다. 한참을 도망 가던 복면인들 앞을 죽립의 무사들이 가로막았다.

지붕으로 도망치려고 했지만, 지붕 역시도 무사들이 막고 있는 바람에 퇴로는 전부 막혀버리고 말았다. 죽립을 쓴 자들 중에 한 사람이 걸어 나왔다.

"도망갈 생각은 버려라. 네놈들이 납치한 장인은 어디에 있지?"

"…."

입을 다물고 있는 복면인을 보며 죽립의 남자가 혀를 찼다.

"쯧쯧. 그래. 쉽게 열지 않겠지. 제압해라."

남자의 명이 떨어지자 죽립인들이 그들을 덮치려고 했다. 그 순간 복면인들이 고함을 외쳤다.

"무쌍성은 원한을 잊지 않고 있다!"

"뭣?"

외침과 함께 복면인 두 사람이 들고 있던 병기로 자신들의 목을
그었다. 순식간에 벌어진 일이라 막아볼 틈도 없었다.

"이런…."

쓰러진 그들을 보며 죽립인들을 통솔하는 남자가 당혹감을 감추
지 못했다. 이들이 무쌍성을 거론하면서 자결하리라고는 전혀 예상
치 못했다. 늦은 저녁이었지만 외침 소리에 어느새 인근으로 사람들
이 몰려드는 기척이 느껴졌다. 입술을 질끈 깨물던 남자가 명했다.

"시신을 가지고 철수한다."

"충!"

죽립인들이 서둘러 복면인들의 시신을 챙겨서 황급히 자리를 피
했다.

* * *

조성원이 들려주는 말에 나는 물었다.

"어디서 들은 거야?"

"성내에 소문이 파다하게 났습니다."

"거기까지 가서 아침 식사를 하고 온 게 이런 이유에서였냐?"

"사람이 많은 곳일수록 정보를 얻기 좋으니까요."

나는 녀석을 보면서 혀를 내둘렀다.

상(上)급 객당의 경우 시종들이 방으로 식사를 가지고 온다. 그런
반면 중소 문파들이나 무가들은 워낙 인원이 많기에 객당의 대형
식당을 이용한다.

"귀동냥을 하기가 좋더군요."

개방 출신이 아니랄까 봐 대단한 녀석이었다. 시키지도 않았는데 아침부터 어딜 가나 싶었더니 정보를 모으고 다녔다. 맹주부터 백혜향까지 엮인 것이 불안했는지, 제 살길을 알아서 잘도 모색한다.

"무쌍성은 원한을 잊지 않고 있다라⋯."

나는 속으로 혀를 내둘렀다. 대체 어떤 식으로 맹주의 추적을 따돌리려나 했더니, 이런 묘수를 썼을 줄이야. 다른 이들은 모르겠지만 나는 이것이 백혜향의 수라고 확신했다.

—속아 넘어가겠어?

'속이는 게 목적이 아니야.'

—그럼?

'혼란을 가중시키는 거지.'

그 외침과 함께 핏자국들이 남아 있었다고 했다. 예상이 맞다면 아마도 혼란을 가중시키는 정보를 고의적으로 내뱉고 자결했을 것이다. 종종 적에게 잡힐 위협이 생기면 첩자들이 써먹는 방법이다. 제삼의 세력으로 시선을 돌리게 만드는 것이다. 구 할로 믿지 않더라도 일 할의 미심쩍음 때문에 혼란을 주게 된다.

'확실하게 누가 납치했는지는 모르는 상황이니까 혼선은 제대로 줬네.'

대신 이 방법은 희생이 불가피하다. 수하들을 이런 식으로 소모성으로 써먹다니, 참 무서운 여자였다.

—그건 백련하도 마찬가지이지 않아?

⋯하긴, 도긴개긴이다. 그녀 역시도 육혈곡을 탈출할 때 이목을 끄는 역할로 몇몇을 희생시켰으니까. 이게 지극히 혈교, 아니 사파다운 방법이긴 했다. 희생까지는 모르겠지만 나라도 이런 식으로 시

선을 돌리게 했을 것 같다.

—왜?

백혜향의 수는 맹주가 보낸 추적자들의 시선을 피하는 것만이 목적이 아니었다. 무림연맹과 무쌍성 사이에 더욱 파문을 주는 게 목적이었다. 안 그래도 동맹이 파기된 마당에 이런 식으로 계속 불을 지펴주면 무슨 사달이 벌어질지 누구도 모를 일이었다.

—약았네, 약았어.

이걸 약았다고 볼 수 있을까?

아무튼 백혜향을 신경 쓸 때가 아니었다.

"어디 가십니까?"

내가 자리에서 일어나자 조성원이 의아해하며 물었다.

"제일군사부."

"네?"

그녀의 말대로 나도 강구한 대책으로 의심을 피해야 하지 않겠나.

* * *

근 반 시진이 넘게 기다려서야 나는 제일군사인 제갈원명을 만날 수 있었다. 아침부터 업무 때문에 바빠서 그러나 싶었는데, 무림연맹 내에 긴급회의가 있어 제갈원명이 늦게 제일군사부로 복귀해서였다. 아마도 예상하기에는 어젯밤의 그 사건과 관련 있지 않을까 추측되었다.

나를 보자마자 제갈원명이 물었다.

"오래 기다리게 해서 미안하네. 회의가 생각보다 길어졌네. 대회와 후기지수 논무가 코앞이라 그런지 많이 바쁘네그려. 용건만 간단히 말해줄 수 있겠나?"

말투를 보면 정말로 바빠 보였다. 내일부터 후기지수 논무가 시작되니 당연한 걸지도 몰랐다. 나 역시도 차를 마시면서 괜히 오래 말을 섞는 것보다야 그게 나았다. 나는 곧바로 본론을 꺼냈다.

"요전에 군사께서 말씀하신 것이 떠올라서 찾아뵈었습니다."

"내가 말한 것? 그게 무언가?"

"후기지수 논무에 출전하여 혈교의 세작을 간별해달라고 하지 않으셨습니까?"

그 말을 들은 제갈원명이 급격히 관심을 보였다.

"그렇게 말했지."

"무림연맹 소속이 아님에도 이런 말씀을 드려도 될지 조심스럽습니다."

나는 일부러 망설이는 모습을 보였다. 원래 이런 식으로 운을 떼야 상대의 흥미를 끌 수 있는 법이다. 제갈원명처럼 머릿속에 천 마리의 구렁이가 들어앉은 자에게 통할 기술은 아니었지만 그냥 꺼내는 것보단 효과적이다. 제갈원명이 물끄러미 쳐다보다 빙그레 웃으며 말했다.

"그게 무언가? 어려워하지 말고 이야기해보게. 정파의 앞날을 책임질 젊은이의 의견을 어찌 가벼이 여기겠는가."

"그렇게 말씀해주시니 감사드립니다."

"어서 말해보게."

"그때 혈교의 세작들이 노리는 바 중에 혈마검도 포함되어 있다고 하지 않으셨습니까?"

그 말이 떨어지기가 무섭게 제갈원명의 눈매가 가늘어졌다. 마치 눈빛이 나를 관통하는 것 같았다. 긴장됐다. 무공을 떠나서 혜안이나 지혜만으로 경지에 이른 제갈원명이기에 작은 말실수로도 파고들 여지가 생긴다. 나를 빤히 쳐다보던 제갈원명이 입술을 뗐다.

"…그래, 그렇게 이야기했지."

"그런데 논무에서 색출하는 것보다 차라리 이렇게 하면 더욱 쉽게 세작들을 잡아낼 수 있지 않겠습니까?"

"그게 무슨 소리인가?"

"조금이라도 수상한 자를 색출하여 정보를 흘리는 겁니다."

"…정보를 흘려?"

나의 그 말에 제갈원명의 표정이 묘해졌다. 이를 개의치 않고 나는 말을 이어갔다.

"그렇습니다. 가령 저들이 원하는 혈마검이 옮겨지는 시기와 장소를 흘리는 거죠."

"호오."

"이때 중요한 건 이것이 가짜 정보여야 합니다."

"가짜 정보?"

"굳이 모험을 할 필요가 없으니까요."

"흥미롭군. 계속 이야기해보게."

"이렇게 가짜 정보를 흘리면 분명 혈교의 세작들이 움직일 겁니다. 그들의 목적 중 하나가 혈마검이라면 더더욱 말이죠."

제갈원명의 눈가 주름이 미세하게 움직이고 있었다. 표정에는 변화가 없으나 내가 자신의 계책을 그대로 읊고 있으니, 아무리 반응을 감추려고 해도 드러날 수밖에 없을 것이다.

"그래서?"

나는 호기로운 목소리로 주먹과 손바닥을 모으며 말했다.

"이때 그들을 추포하는 겁니다. 운이 좋으면 한 번에 혈교의 세작들을 일망타진할 수 있는 기회가 아니겠습니까?"

"…."

말이 끝났는데 제갈원명은 아무런 대답이 없었다. 나를 빤히 쳐다보는데, 무슨 생각을 하는지는 알 수 없었다. 잠시 후 제갈원명이 호탕하게 웃으며 말했다.

"하하하하하핫. 이 얼마나 훌륭한 계책인가. 오늘처럼 호종대 대협이 부럽게 느껴지는 날도 없을걸세."

"과찬이십니다."

제갈원명이 웃는 얼굴로 내게 말했다.

"사실 본 군사도 같은 생각을 했다네. 자네 같은 전도유망한 젊은이가 있으니 이 정파의 미래도 어둡지만은 않네그려."

다행히 통한 것 같다. 이로써 함정에 아무도 걸려들지 않더라도 적어도 그 정보의 유출이 나일 거라고는 의심하기 어려울 것이다. 누가 단겸이 자신들 정보를 엿들었을 거라 짐작할 수 있겠는가.

* * *

소운휘가 집무실을 나가고 얼마 후, 제갈원명이 곁에 있는 중년의 호위무사에게 말했다.

"지금부터 제일군사부의 모든 보안을 재구축한다."

중년의 호위무사가 인상을 찡그리며 물었다.

"…정보가 내부에서 유출되었다고 보십니까?"

"삼 할 확률로."

"알겠습니다. 집무실의 호위무사들과 제일군사부의 주요 인력을
제외하고 전부 교체하겠습니다. 나머지 칠 할은 어디로 보시는지?"

"북영도성과 그 제자에게도 사람을 붙여라. 일거수일투족을 절대
놓치지 말도록."

의심의 화살은 예기치 못한 곳으로 돌아갔다. 하지만 그것이 다
가 아니었다.

"명대로 하겠습니다."

호위무사가 물러나려 하자, 제갈원명이 이를 제지했다.

"잠깐."

"…?"

"소운휘에게도 사람을 붙여라."

"의심의 여지가 있는 겁니까?"

"조금도 여지가 없다는 게 일 푼 정도 걸리는군."

일 할보다 확연하게 줄어들었다. 아주 미약한 의심이었다. 하지만
그 작은 미약함도 놓칠 수 없는 것이 군사의 소임이었다.

"알겠습니다. 사람을 붙이겠습니다."

"만약 확실히 이쪽 사람이라면…."

"…이라면?"

"맹주께 아뢰어 후임 군사로 키워보고 싶구나."

"아아!"

1차 예선전

"오라버니!"

제일군사부를 나와 숙소로 돌아왔는데 뜻밖의 손님이 와 있었다. 바로 누이동생인 소영영이었다. 지금까지 형산파의 일정 때문에 바빠서 보지 못했는데, 본인이 직접 찾아올 줄이야. 말이 속가 제자이지, 형산여협의 수제자로 소문이 나서 그런지 정도 무림지회부터 용봉지회 등등의 모임에 참여하느라 얼굴을 보기가 힘들었다.

"흠흠."

나의 헛기침에 영영이가 슬그머니 사마영에게서 떨어졌다. 아직도 여자인 것을 모르나 보다. 다 큰 처자가 저렇게 자기 감정을 숨기지 못해 달라붙어서야.

―뭘 그래. 사마영도 너한테 그러는데.

그래. 사마영도 은근히 내게서 떨어지지 않으려고 한다. 하지만 이건 다르지 않나. 영영이와 사마영은 같은 여자라고.

―그럼 이야기해줘. 인피면구를 확 벗겨버리든지.

'…'

그럼 상황이 제대로 복잡해지겠지.

나도 사실을 밝히고 싶지만 지금은 시기상조였다. 영영이를 확실하게 지켜줄 수 있는 힘을 가지게 된다면 사마영이 여자라는 것도, 혹은 내가 그동안 겪었던 일들도 밝힐 수 있겠지. 그때까지는 모르는 편이 영영이의 신상에도 좋았다. 지금 당장에는 형산파가 이 아이의 버팀목이 되어주고 있어서 그래도 안심이었다.

"모처럼 왔는데 점심이나 할래?"

"아… 그게 오늘 점심은 용봉지회 사람들과 하기로 약속했어. 그냥 얼굴이라도 보러 온 거야."

겉보기에는 괄괄한 것 같아도 영영이는 사교성이 좋다. 심지어 사람들을 잘 이끌어서 회귀 전에는 봉황당의 부당주로 명성을 날리기도 한다. 못난 오라버니보다 나은 아이다.

"이야. 많이 바쁜데."

"지금 놀리는 거지?"

"놀리기는. 누이동생이 잘나간다는데 싫어할 오라버니가 어디 있겠어."

"웃기시네."

통통 튀는 말투는 여전하네.

대화를 나누는 우리를 조성원이 흡족한 얼굴로 쳐다보고 있었다. 누가 보면 네가 우리 남매의 부모님인 줄 알겠다. 그런데 사마영도 꽤 아련한 얼굴로 나와 영영이를 쳐다보고 있었다. 가족을 떠올린 것일까?

―사대 악인도 딸에게는 상냥할까?

336

글쎄. 맹수도 제 새끼는 정성스레 핥아서 키우지 않는가. 하나뿐인 딸한테는 다를지도 모른다.

그때 영영이가 말을 이어갔다.

"지금 정도 무림지회나 용봉지회의 최고 화젯거리 중 하나가 뭔지 알고 하는 소리야?"

"뭔데?"

"바로 오라버니야. 사라졌던 남천검객의 제자!"

"나?"

소문이 정말 빠르기는 했다. 어느 정도 의도하기는 했지만 벌써 화제가 된 모양이다. 정도 무림지회, 용봉지회에서 화제라면 어지간한 무림인들은 전부 나를 알게 되었다는 것을 의미했다.

"오라버니는 지금 삼신성(三新星) 중 하나로 불리고 있어."

"삼신성?"

회귀 전에도 들어본 적이 없는 호칭이다. 내 기억이 맞다면 당시 가장 유력한 우승 후보로 불렸던 쌍룡은 황룡당주가 될 모용수와 형산일검의 제자인 서일주였다.

"열왕패도 진균의 손자인 진용, 북영도성 곽형직의 제자인 장명, 그리고 남천검객의 제자인 오라버니까지 삼신성이라 부르고 있어."

—어라? 그 팔대 고수의 공동 전인은 없네?

아아… 이정겸. 팔대 고수인 무한제일검 백향묵과 태극검제 종선진인의 공동 전인. 그의 정체는 추후 우승과 동시에 밝혀진다. 그전까지는 무림연맹에서도 철저히 숨기기에 극적으로 드러나게 된다.

—왜?

'말했잖아. 극적인 연출.'

만약의 사태로 우승하지 못한다면 꼴이 우습지 않겠는가. 하지만 두 팔대 고수의 공동 전인인 이정겸은 압도적인 무위로 우승을 차지한다. 백 년에 한 번 나올까 말까 한 천재라 불리는 녀석답게 모든 출전자를 십 초식 내에 쓰러뜨려서 첫 별호로 십초무적이라고 불렀다.

'흠.'

회귀 전과 양상이 완전히 달라졌다. 원래 나를 포함해 삼신성이라 칭해지는 모두가 후기지수 논무에 출전하지 않는다. 한데 이렇게 달라지면 후기지수 논무가 어떻게 진행될지 예측하기 어려워진다.

"휴."

영영이가 뭔가 불쾌하다는 듯이 말했다.

"사실 오라버니를 용봉지회에 초대하고 싶었거든."

[귀엽네요. 영영 누이가 부단주님을 다른 사람들한테 자랑하고 싶었나 봐요.]

사마영이 싱글거리는 얼굴로 내게 전음을 보냈다. 저기, 그런데 소저한테는 누이가 아니거든요. 연기를 하고 있어서인가 본인을 남자라고 착각하는 것 같다. 그러거나 말거나 영영이가 말을 이어갔다.

"그런데 그냥 안 가는 편이 나을 것 같아."

"응?"

초대하려다 말았다는 말이지 않나?

"왜?"

"가면 짜증 나는 녀석들이 있거든."

"짜증 나는 녀석들?"

"호남 무림지회 녀석들이 여러 인맥을 통해서 오라버니에 관한 안 좋은 소문들을 퍼뜨렸나 봐. 그래서 그런지 모용 세가의 모용수부터 하북 팽가의 팽우진, 황보 세가의 황보동현, 화산파의 양정까지 오라버니를 깎아내리기 바빠. 그런 재수 없는….”

“방금 모용수라고 했어?”

“알아?”

알다마다. 탐욕 때문에 내 배에 검을 쑤셔 박은 놈인데 잊을 리가 있나. 되갚아줄 날만 벼르고 있던 놈이다. 될 성싶은 나무는 떡잎부터 알아본다고 그렇게 호기로운 척하던 놈이 약관의 나이일 때는 그렇지만도 않은 모양이다. 보이지 않는다고 남을 깎아내리는 걸 보면 말이다.

“누가 누굴 깎아내려요?”

사마영이 눈에 불을 켜고 영영이에게 물었다. 당장 달려가서 놈들을 손봐줄 기세였다. 그러자 영영이가 씨익 하고 웃으며 그녀에게 말했다.

“괜찮아요. 안 그래도 제가 있는 앞에서 그러기에 모두가 보는 앞에서 팽우진의 따귀를 날려줬거든요.”

이야…. 용봉지회에서 그랬다고?

—네 누이동생 멋진데?

[부단주님 누이동생 마음에 드는걸요.]

소담검과 사마영이 동시에 내게 말했다.

그래. 멋지긴 한데 괜히 그런 짓을 하다가 혹여 다른 정파 후기지수들한테 밉보이는 게 아닐까 오라버니로서는 걱정된다.

“음… 고맙긴 한데 괜찮아?”

“괜찮아. 단지 귀찮은 게 들러붙어서 짜증 나지만.”

“그건 무슨 소리야?”

"미친놈이 자기 뺨을 때린 여자는 처음이라면서 들러붙잖아. 사람들만 없었어도 그 자리에서 따귀를 한 대 더 날려주는 건데."

분이 안 풀린 사람처럼 씩씩대고 있었다. 뺨을 맞고 들러붙었다고?

─네 누이동생 잘 보호해야겠다.

동감이다. 팽우진 그 녀석 처음 봤을 때도 그랬는데, 생각 이상으로 특이한 놈이다. 송좌백 녀석이 평범하게 느껴질 정도이다. 어쨌거나 이것으로 정파 후기지수들 사이에서 호의적이지 않은 녀석들을 구분할 수 있게 되었다.

"아, 맞다. 그보다 오라버니한테 이걸 알려주려고 왔는데."

"응?"

"오늘 아침에 무림연맹 회의에서 2차 예선전의 진행방식이 바뀌었어."

"2차 예선전? 그걸 네가 어떻게… 아…."

생각해보니 형산파 역시도 무림연맹의 요직을 맡고 있다. 아침에 긴급회의가 있었다면 억지로 숨기지 않는 이상 그 정보는 자연스레 영영이의 귀에 들어오는 게 당연했다. 그런데 예선전의 진행방식이 바뀌었다니 그게 무슨 말이지?

"원래 2차와 3차 예선전이 있는데, 그걸 하나로 통합해서 진행한대. 더 많은 후기지수들에게 기회를 주기 위해서래."

"어떻게 진행되기에 그러는 거야?"

"그게 좀 황당해."

"황당하다니?"

"각 구별 예선전 통과자들이 전부 넓은 단상에서 겨뤄."

"한 번에?"

그럼 전부 올라가서 겨룬다는 말인가? 이게 후기지수들에게 기회를 주는 건지 아니면 시간 소요를 줄이기 위한 건지 알 수 없었다.

　"그런데 방식이 특이해."

　"어떤 방식인데?"

　"1차 예선전의 성적순으로 가장 뛰어난 후기지수와 차등 성적의 후기지수가 먼저 올라가서 겨뤄."

　"먼저라니? 그럼 설마…."

　"그러다가 일정 시간 간격으로 한 명씩 올려 보낸대."

　'…?!'

　아니, 이건 대체 무슨 소리야. 그럼 가장 성적이 높은 후기지수들끼리 겨루는 걸로 시작해서 한 명씩 추가로 단상 위로 진입시킨다는 건데, 이렇게 되면 성적이 높은 자는 체력적으로 불리해질 수밖에 없다.

　"어이가 없지? 그런데 이게 공평한 예선전을 위해서래. 후기지수 참가자만 사천 명이 넘기 때문에 같은 방식으로 하면 중소 문파나 상대적으로 약한 후기지수는 본선에도 참가하지 못해 이름도 알릴 수 없기에 고안했대. 그런데 이렇게 하면 진짜 성적이 높은 후기지수가 많이 불리해지잖아."

　많이가 아니다. 굉장히 불리해진다고 할 수 있다. 만약 작정하고 시간 간격당 올라오는 후기지수들이 담합해서 가장 강한 후기지수를 노린다면 최악의 경우 제일 먼저 탈락하는 변수가 생기게 된다.

　"담합하면 어쩌려고?"

　"그거에 대비해서 규칙에 시간 간격 차로 올라간 후기지수들이 먼저 있던 자들을 상대로 세 명 이상 합공하는 걸 금한대."

다수가 합공하는 것을 막는 규칙이었다. 그렇다고 해도 두 명까지는 합공할 수 있다는 것도 크다. 가장 강한 후기지수는 예선전이 끝날 때까지 계속 합공을 상대해야 할 공산이 크니까 말이다.

—특이한 방식이네.

—분명 특정층에는 불리하다고 할 수 있지만, 중소 문파나 약한 후기지수에게 기회가 주어지는 것은 확실한 것 같다.

남천철검은 이 방식이 나쁘지 않다고 여기는 모양이다. 어째서 그런 거지?

—변별성이 생기지 않나. 그만큼 강자에게는 제약을 주고 약자에게는 기회를 준다. 하지만 이걸 뚫고 올라오는 강자는 이런 불리한 조건도 이겨낼 만큼 뛰어난 무위를 지녔다는 것도 증빙된다.

흠. 생각해보니 녀석의 말도 맞다. 만약 2차 예선전을 통과한다면 더욱 각광을 받게 될 것이다. 대신 굉장한 시련이 되겠다. 상위권에 속하는 후기지수나 대문파에게만 불리하게 적용되는 규칙인 셈이니, 완전히 불공정하다는 말도 하기가 어려울 것 같다.

—그런데 운휘, 이 방식을 취하게 되면 필연적으로 예선전부터 실력을 숨김없이 발휘할 수밖에 없게 될 수도 있다.

'하!'

남천철검의 말에 나의 머릿속에 누군가가 스쳐 지나갔다. 이런 기상천외한 논무 방식을 고안한 자, 그자가 누구인지 알 것 같았다.

"혹시 이걸 누가 고안했는지도 알아?"

"제갈 군사가 제안했는데, 그 이유를 들어보고 다들 만장일치로 통과시켰대."

역시였다. 이걸 제안한 자는 제갈원명이었다. 남천철검의 말을 듣고 나서 나는 이 예선전 방식에 숨겨진 진의를 깨달았다. 이런 식으로 진행된다면 어설프게 실력을 숨겼다가는 탈락이고, 결국에는 뿌리까지 드러낼 수밖에 없다.

'정말 대단하다. 대단해.'

기가 막힌 묘수라고 할 수 있었다. 이렇게 되면 본선이 시작되기 전에 후기지수 논무에 침투한 첩자를 잡아낼 수 있을지도 모른다. 게다가 중소 문파의 민심을 달래주면서 전보다 더 변별성도 높일 수 있고. 이토록 머리가 잘 돌아가다니 탄성이 절로 나왔다. 괜히 제일군사가 아니었다.

* * *

이튿날 이른 아침. 드디어 무림 대회가 시작되었다.

무림연맹의 맹주 백향묵의 개회사를 시작으로 무림연맹 내의 여러 행사가 성내 각 지역별로 동시에 개최되었다. 물론 최고의 관심사는 후기지수 논무였다. 1차 예선전을 시작으로 2차 예선전, 3차 본선까지 장장 열흘에 걸쳐서 진행된다. 후기지수 논무가 진행되는 수천 평에 이르는 대연무장은 수많은 예선 참가자들과 관객들로 붐비고 있었다. 거의 수만 명에 이르는 대인원의 향연이었다.

처음 이곳에 들어섰을 때엔 엄청난 검들의 이명에 순간 두통으로 쓰러질 뻔했다. 좀 적응됐나 싶었는데 확실히 많기는 많았다. 정파 무림인들의 칠 할 가까이가 만병지왕이자 병장기의 군자라 불리는 검을 선호하기 때문에 그렇기도 했다.

—진짜 많네.

사천 명이 넘게 참가한다는 게 새삼 실감이 갔다. 대연무장을 남녀 후기지수들이 가득 메우고 있었다. 이 중에서 어설픈 녀석들을 제외하고 1차 예선을 통과하는 자는 기껏해야 몇 분의 일에 불과할 것이다.

"사형 힘내세요!"

"무운을 빕니다!"

1차 예선전이 시작되기 전에 나를 응원한 사마영과 조성원이 관람석으로 이동했다. 지금부터 본격적인 혈마검 탈취를 위한 임무의 시작이었다. 나름 긴장됐다. 회귀 전에는 논무에 참석할 기회조차 없었다. 그런데 이렇게나마 후기지수로서 논무의 우승을 노릴 기회가 왔다.

─있잖아, 운휘야. 전부터 묻고 싶었는데 그냥 비무 대회라 하면 되는데 왜 논무라고 하는 거야?

대기 시간이 길어서 그런지 소담검이 내게 물었다. 그 이유가 궁금했나 보다.

'무림에서 가장 유명한 비무 대회가 뭐였던 것 같아?'

─뭔데?

녀석의 물음에 대답한 건 내가 아닌 남천철검이었다.

─화산논검.

맞다. 가장 큰 규모의 비무. 수백 년 전 정사가 지금보다 모호하던 시절, 천하의 모든 고수가 화산에 모여서 천하제일을 다퉜던 것이 화산논검이었다.

─논검? 검을 논한다는 거야?

'지금도 그렇지만 예전에도 검을 최고의 무기로 칭했거든.'

검이야말로 만병지왕으로 무(武)를 상징하던 시절이다. 검을 논하는 것이 결국 무학을 논하고 겨루는 것과 일맥상통한다고 해서 논검이라 불렀던 시절이다. 하지만 지금에 와서는 특정 무기만을 높이기보다 순수한 '무'를 논한다고 해서 논무라는 형태로 이름이 고착되었다.

—되게 격조를 따지네.

'뭐 정파 특유의 방식이지.'

어찌 보면 논무라는 말 자체가 품격을 높이려고 쓴 말이다. 사실상 무를 겨루기 위한 비무 대회였다.

[야.]

그때 귓가로 전음이 들려왔다. 목소리의 주인은 다름 아닌 송좌백이었다. 어디서 들려오나 했더니 멀지 않은 곳에 녀석이 서 있었다.

[예선전에 떨어져서 망신당하지 말고 잘해라.]

하여간 곱게 말하는 법이 없다. 실력이 많이 늘기는 했는데, 이번 논무에는 정파의 괴물 후기지수들과 백혜향 측의 고수들까지 참여했기에 저 녀석이 제대로 통과할 수 있을지 걱정된다.

[까불거리지 말고. 잘해. 임무니까.]

[뭐야?]

[앞을 봐야지. 이제 시작하려 한다.]

내 전음에 따지고 들려던 녀석이 고개를 돌렸다. 수천 명에 이르는 후기지수들이 잘 볼 수 있도록 높은 단상 위로 후기지수 논무의 예선전을 진행할 담당자가 올라왔다. 백발이 성성한 남색 도복의 노인이었다.

'아!'

그는 무림연맹 제이장로인 화산파 매화백검 호양 진인이었다. 한 자루의 검으로 떨어지는 매화 꽃잎 백 장을 베었다고 알려진 검의 고수였다. 팔대 고수를 제외하면 무림의 수위에 속하는 자였다. 호양 진인이 입을 열었다.

"지금부터 후기지수 논무의 예선전을 시작하겠소이다!"

쩌렁쩌렁한 목소리가 대연무장에 울려 퍼졌다. 저 왜소한 체구에서 이런 심후한 내공이 실린 목소리가 나온다는 게 대단했다.

"와아아아아아아!!"

이에 부응이라도 하듯 후기지수들이 일제히 함성을 내질렀다. 지금이야 다들 전의가 불타오르겠지만 시간이 지나면 바뀌게 될 거다.

호양 진인의 후기지수 논무에 관한 개회사와 더불어 대회 진행방식에 관한 설명이 시작되었다. 1차 예선전은 가장 간단한 방식이었다. 예전에 직위 시험을 치를 때 이미 경험했던 것이다. 격세석에 흔적을 남기는 것이다. 다른 게 있다면 여기서는 단순한 방식이 아닌 초식의 흔적을 남겨야 한다.

"격세석에 남긴 흔적을 바탕으로 2차 예선전을 위한 차등 성적이 매겨지니 괜히 떨어지기 싫다면 허투루 내공을 숨기는 짓은 삼가길 바라오."

어설프게 내공을 숨기면 운이 없으면 떨어질 수도 있다는 말이었다. 과연 2차 예선전의 통과 기준은 몇 명일까?

"총 오백 명을 가르는 예선전인 만큼 모두가 최선을 다해 좋은 결과를 얻길 바라오. 그럼 1차 예선전을 시작하겠소."

오백 명? 1차 예선전에서 굉장히 많이 떨어뜨린다. 자그마치 삼천 오백 명이 탈락한다면 그 기준이 굉장히 높아질 수밖에 없다. 괜히

2차 예선전을 의식해서 어설프게 내공을 숨겼다간 다음 단계는 꿈도 못 꾸게 생겼다.

사천 명에 이르는 후기지수들이 줄지어 각 구역으로 나뉘었다. 내가 지정된 곳은 을(乙)이라 적힌 구역이었다. 한 구역당 이백여 명이 두 줄로 서서 차례대로 격세석에 흔적을 남기는 방식으로 1차 예선전이 진행되었다. 두 줄로 진행되다 보니, 옆줄과 거의 비슷하게 맞춰 나가게 되는 듯했다. 그런데 공교롭게도 내 바로 옆에 황보 세가의 황보동현이 있었다. 뒤에서 나를 깎아내리는 일을 선동했다는 녀석이다. 굳이 아는 척할 필요가 없다고 여기는데, 녀석이 먼저 선뜻 말을 걸었다.

"어이, 율랑현 망아지. 운 좋게 남천검객의 제자가 됐다지?"

'...?'

뭐지, 이 녀석? 초면에 말버릇이 없다.

"스승님 명성이 높다고 해서 제자까지 대우받는 게 참 부끄럽지 않나?"

일부러 시비를 걸고 있었다. 황보 세가 역시도 하북 팽가와 더불어 무인들 성정이 호전적인 것은 알고 있지만 이런 식으로 상대를 자극하는 것은 본인의 그릇 문제겠지?

"왜 대답이 없지? 호남 무림지회 친구들을 상대로는 함부로 모욕할 수 있어도 대황보 세가 앞에서는 한마디 내뱉는 게 어려운가 보지?"

아아, 호남 무림지회 녀석들 사주를 받은 건가. 얼마나 뒤에서 이 녀석 궁둥이를 토닥여줬으면 내게 시비를 거는 건지 모르겠다. 아무 말을 하지 않자 녀석이 비웃음 섞인 목소리로 말했다.

"배짱도 없는 놈이군."

일부러 주위 후기지수들이 들으라는 듯이 말하고 있었다. 덕분에 시선이 집중되었다. 나는 차갑게 식은 눈빛으로 조용히 녀석을 쳐다보았다.

"왜 아니꼬워? 그럼 나와 내기할까?"

"내기?"

"그래, 저기 격세석 보이지? 저기서 흔적을 적게 남긴 쪽이 많이 남긴 쪽에게 무릎 꿇고 원하는 부탁을 들어주는 게 어때?"

이게 목적이었나? 일부러 자극해서 자신의 판으로 끌어들이고 있었다. 다른 후기지수들이 보고 있으니 여기서 거절하면 실력에 자신이 없어서 그러는 게 되어버린다.

"왜? 자신 없어?"

이에 나는 빙그레 웃었다. 그리고 녀석의 눈을 쳐다보고서 정중히 포권을 취하며 말했다.

"어찌 제가 황보 세가의 황보 형을 상대로 그런 내기를 할 수 있겠습니까? 부디 말씀 거두어주시지요."

"하!"

녀석이 콧방귀를 뀌었다. 그러고는 이내 눈이 맹하게 풀리더니 나를 향해 소리를 지르며 도를 뽑았다. 챙!

"겁쟁이 새끼, 그럼 이 자리에서 붙자!"

"헛!"

"황보 형!"

녀석이 도를 휘두르자, 주변 후기지수들이 당황해서 그를 붙들었다. 황보동현의 눈동자가 다시 원래대로 돌아왔다. 후기지수들이 자신을 붙들고 있자 녀석은 영문을 모르겠다는 표정을 지었다. 그때 앞에서 진행을 맡고 있던 당주 한 사람이 다가왔다.

"이게 무슨 소란인가?"

도를 뽑은 채 붙들려 있던 황보동현이 당황해서 해명했다.

"이, 이러려고 한 게 아니라…."

자신은 모르는 일이라고 잡아뗐지만 주위 후기지수들의 증언은 전혀 아니었다.

"황보 형이 소 형을 도발하다가 공격했습니다."

"소 형이 정중히 달랬는데도 막무가내로 구는 것을 저희들이…."

그들의 증언에 황보동현은 당혹감을 감추지 못했다. 이미 정황이 녀석을 몰아갔기에 당주의 결정은 단호하기 짝이 없었다.

"황보동현, 강제 탈락 조치합니다!"

'…?!'

녀석이 벙찐 얼굴로 쳐다보기에 나는 피해자처럼 곤란한 표정을 지어 보였다.

"자, 잠깐만."

"뭐가 잠깐이야! 당장 끌어내."

그러거나 말거나 녀석은 진행 무사들에 의해 밖으로 끌려 나갔다.

─하여간 너는.

소담검이 키득거리며 혀를 내둘렀다.

뭐하러 시비 거는 걸 일일이 상대하고 있나. 적당히 보내면 될 일을. 줄을 서면서 나는 고민에 빠졌다. 과연 어떻게 하는 편이 임무를 수행하는 데 도움이 될까? 누이동생인 영영이의 말대로 2차 예선전은 1차 예선전의 성적에 따라서 결정된다고 했다. 잘하면 잘할 수록 손해를 보는 구조였다. 하지만 허점이 없는 것은 아니었다. 꼼수를 부릴 수 있었다.

─적당한 수준으로 흔적을 남기면 되잖아. 딱 중간 정도만 되게.

소담검의 말대로였다. 격세석에 흔적을 적게 남겨서 성적이 높아지지 않도록 하면 된다. 그리된다면 2차 예선전에서 첫 번째로 비무에 나서게 되는 불상사는 막을 수 있다. 실리를 선택한다면 그편이 임무를 위해 좋겠지.

─내 생각은 다르다, 운휘.

'응?'

─모든 사람들이 너를 남천검객의 제자로 생각하고 있다.

그야 그렇지.

─일부러 힘을 숨긴다면 괜한 오해를 살 거다. 어려운 길을 가더라도 명성에 걸맞은 힘을 보여주는 편이 낫다.

─에휴, 참 복잡하다, 복잡해.

복잡한 수 싸움에 소담검은 이해할 수 없다며 중얼거렸다.

사실 남천철검의 말이 맞았다. 다른 첩자들은 자신들 실력을 조금이라도 숨기는 편이 이득이지만, 나는 그만큼 명성이 높은 위치에 있어서 그렇지 못하다. 게다가 2차 예선전에서는 어떤 식으로든 실력이 드러날 수밖에 없다. 그걸 감안한다면 오히려 무림연맹이나 정파의 신뢰를 쌓기 위해서라도 너무 전략적으로만 굴어서는 안 됐다.

'어느 정도는 보여줘야 한다.'

적어도 어지간한 후기지수들을 압도하는 수준으로 말이다. 일류수준이 평균이자 중간 정도다. 그 이상을 보여줘야 한다는 소리가된다.

"우오오오!"

"저것 좀 봐."

그때 주위 후기지수들의 웅성거리는 소리가 들려왔다. 내 뒤쪽에서 들려 고개를 돌리니 뒤편에 있는 후기지수들이 축임(丑壬) 구역의 단상 위를 쳐다보고 있었다. 그곳에서 반듯한 사각 모양이었던 격세석이 독특한 형태로 베여 있었다. 흠집을 낸 게 아니라 검초로 격세석 자체의 모양을 바꿔놓은 것이다. 이를 행한 자는 다름 아닌 열왕패도 진균의 손자인 진용이었다.

'진용.'

녀석은 실력을 전혀 숨길 필요가 없다는 듯이 격세석을 잘도 저렇게 만들어놓았다. 비파 형태처럼 생긴 패열도를 허리에 차면서 손을 들어 보였다.

"와아아아아아아!!"

관람석에서 함성 소리가 들렸다. 녀석의 압도적인 실력에 관중들이 매료되었나 보다. 그런데 그 옆쪽에서도 난리가 났다. 축계(丑癸) 구역이었다. 격세석 한가운데에 구멍이 휑하니 뚫리고 그 안으로 주먹이 튀어나와 있었다. 다른 부분에는 금조차 가지 않았다.

'누구지?'

얼굴이 전혀 알려지지 않은 자였다. 처음 보는 실력자의 등장에 후기지수들이 웅성거리며 관심을 보였다.

'흠.'

—왜 아는 자야?

'아니.'

하지만 왠지 백혜향 측의 사람일 것 같았다. 정파 측의 실력자들 얼굴은 심지어 이정겸조차 알고 있었다. 그런데 저 정도 높은 수준의 기술을 보여준다는 것은 정파가 아닌 백혜향 측일 확률이 높았다.

—어째서? 오히려 실력을 보이지 않아야 하는 거 아냐?

내 생각도 그렇다. 2차 예선전에서 불리해질 수 있는데 실력을 드러냈다. 그 정도는 감수하겠다는 의미인가. 어쨌거나 저 얼굴을 머릿속에 새겨둬야겠다.

—어? 운휘야, 쟤 좌백이 아니야?

같은 단상 위로 올라오는 자는 바로 송좌백이었다. 송좌백 녀석이 비장한 얼굴을 하고 있었다. 제발 분위기에 흔들리지 말고 적당한 수준만 보여주고서 2차 예선전을 통과하는 편이 나을 텐데.

"와아아아아아아!"

송좌백 구역 쪽에서 함성이 터져 나왔다. 녀석의 주먹이 보기 좋게 격세석 한가운데를 뚫었고, 심지어 주변에 금조차 가지 않았다. 전보다 확연하게 발전된 권이었다. 다만….

'골 때리네.'

녀석은 관람석을 향해 두 손을 크게 들어 보이며 의기양양해했다. 아주 분위기를 제대로 즐기고 있었다. 이젠 빼도 박도 못하고 상위권에 걸리게 생겼다. 적어도 다섯 번째 이내로 2차 예선전에 올라가게 될 것이다. 그런데 단상을 내려가는 송좌백이 앞서 비슷한 수준의 권을 보여준 그자를 날카로운 눈매로 노려보고 있었다. 그자 역시도 눈을 마주하고 있었고 말이다.

'역시 백혜향 측인가.'

저쪽과 다르게 우리는 인피면구가 아니라 신분이 노출되어 있다. 어쩌면 저쪽에서 도발했을지도 모른다.

'뭐라고 도발했기에 저렇게 노려보는 거야?'

우려된다. 나와 달리 녀석은 첩자 교육을 받지 못했다. 사전에 며칠간 교육받은 정도로는 감정을 능숙하게 조절하는 것이 불가능하다. 예선전이 끝나고 경고해둬야겠다.

—네 차례도 멀지 않았어.

소담검의 말대로 앞에 세 사람을 남겨두고 있었다. 그런데 바로 옆옆 쪽인 정(丁) 구역의 단상 위로 익숙한 얼굴이 보였다.

'아!'

—누구야?

'…이정겸!'

—생각보다 맹해 보이는데?

소담검의 말에 나 역시도 살짝 동의했다. 어릴 적의 모습은 처음 보는데 눈이 반쯤 풀려서 자다 깬 얼굴을 하고 있었다. 뭔가 의욕이 없어 보였다. 하지만 저리 보여도 백 년에 한 번 나올까 말까 한 기재라 불릴 놈이다. 이번 임무에 있어서 가장 큰 고지였다. 과연 어느 정도 수준일까?

이정겸이 진행을 맡은 당주의 지시에 따라 격세석 앞에 섰다. 아무도 관심을 가지지 않고 있었다. 그때 녀석이 천천히 검을 뽑았다. 그러고는 아무렇지 않게 격세석의 허리 쪽을 일(一)자로 베고서, 다시 허리춤의 검집에 검을 집어넣었다. 그러자….

—쩌저저적!

격세석이 반으로 갈라져서 그대로 위쪽이 뒤로 넘어가고 말았다. 이를 지켜보는 사람들 눈이 휘둥그레졌다. 그러고는 이내 함성이 터져 나왔다.

"와아아아아아아!!"

…과연 괴물 같은 놈이었다. 아마도 알아볼 자들은 전부 알아보지 않았을까? 녀석의 검은 유검(柔劍)의 극치에 이르렀다고 해도 과언이 아닐 만큼 부드러웠다. 조금의 힘도 들이지 않고 완벽한 부드러움으로 격세석을 베어냈다. 상승의 무리를 제대로 보여줬다.

'…역시 절정의 벽을 넘어섰어.'

팔대 고수의 공동 전인 이정겸. 놈은 초절정의 고수였다. 이미 후기지수의 영역을 한참 넘어서고 있었다.

─저 정도면 2차 예선전에 맨 처음으로 출전하는 거 아냐?

'아마도 그렇겠지.'

저런 실력을 가진 녀석이니 의욕이 없는 것도 당연했다. 굳이 이런 후기지수들 사이에 껴서 실력을 드러내느니 좀 더 높은 수준의 고수를 상대로 비무를 청하는 편이 나을 테니 말이다.

'난항이네.'

우승하려면 필연적으로 놈과 부딪칠 수밖에 없을 것 같았다. 그것도 진짜 실력을 드러내야 할 판국이었다.

이정겸은 만사가 귀찮다는 듯이 하품을 쩌억 하면서 단상 밑으로 내려갔다. 사람들 함성에는 전혀 관심도 없어 보였다.

─이제 네 차례야.

소담검의 말에 고개를 돌리니 앞사람이 단상으로 올라가고 있었다. 앞의 후기지수는 기감으로는 일류에 약간 못 미치는 수준이었다. 역시 예상대로 약간의 흠집을 남긴 게 다였다. 아쉽다는 표정으로 내려오는데 차라리 여기서 떨어지는 편이 나을 거다. 이번 대회는 회귀 전과 수준 격차가 심하니까.

"84번 소운휘."

나는 단상 위로 천천히 올라갔다. 웅성거리는 소리가 들렸다. 나 역시 남천검객의 후인이기에 관심이 쏠리는 것 같았다.

―어설프게 하기도 어려운 상황이네.

'그렇네.'

단상을 오르는데 문득 내 눈에 들어오는 한 사람이 보였다. 이정 겸이 있었던 정 구역에서 나와 같이 단상에 오르는 자가 있었는데, 다름 아닌 모용수였다.

'모용수!'

회귀 전 마지막으로 봤던 두 얼굴 중 하나. 속에서 뜨거운 분노가 치솟았다. 영웅의 탈을 쓰고서 호연지기가 넘치는 척 구는 가증스러 운 놈. 자신의 탐욕을 위해 사람 죽이는 일을 조금도 망설이지 않는 숨겨진 이면을 지녔다. 녀석도 나를 의식했는지 쳐다보고 있었다.

"모용수다."

"우승 후보야!"

후기지수들부터 사람들이 관심을 보였다. 모용수가 시작하기도 전에 관람석을 향해 포권을 취하며 예를 표했다.

―겉보기에는 멀쩡해 보이는데.

그래서 나도 속지 않았나. 다행스러운 것은 녀석도 아직 어려서 그 영악함이 완성되지 않았다는 거다. 마치 내게 도전하듯이 호승 심이 넘치는 눈으로 쳐다보는 것을 보면 알 수 있었다. 녀석이 나를 쳐다보다 눈짓으로 격세석을 가리켰다.

―겨루자는 것 같은데.

그런 것 같았다. 눈빛이 격세석으로 서로의 실력을 겨뤄보자고 하는 듯했다. 모용수가 나보다 먼저 검을 들고서 격세석에 겨냥했다. 그리고 검초를 펼쳤다. 검초가 호연지기 넘치는 궤적을 그리며 격세석을 갈랐다.

'건곤유수구검.'

모용 세가의 상승 검법이다. 남궁 세가의 창궁무애검법과 더불어 무가에서 최고로 꼽히는 검법 중 하나다. 건곤(乾坤)이라는 말처럼 천지, 음양의 조화를 중시하는 검법답게 유와 강이 잘 버무려져서 검의 궤적을 그리고 있었다. 쿵! 쿵! 조각을 한 것처럼 격세석 일부가 잘려 나갔다. 이로써 녀석의 실력을 알 수 있었다. 녀석의 수준은 절정 초입에 이르러 있었다. 하단전만 개방했을 때의 나와 거의 비슷한 수준이라고 할 수 있었다.

"과연 모용 세가!"

"대단하다."

후기지수들이 녀석의 실력에 탄성을 흘렸다. 초식을 마친 모용수가 나를 쳐다보며 실력을 보여달라는 듯이 정중하게 손을 내밀었다. 이에 후기지수들과 관람석의 사람들이 나에게로 시선을 돌렸다.

"지금 둘이 겨루는 거야?"

"우승 후보들 간의 간접 대결?"

녀석의 연출 덕분에 주위에서 오해하고 있었다. 용봉지회 때 나를 깎아내렸다는 녀석이 사람들 앞에서는 잘도 연기하고 있다. 그런데 연기는 너만 할 줄 아는 게 아니거든. 슥! 나는 두 손을 모아 공손하게 녀석에게 포권을 취했다. 대결을 받아들인다는 표시였다. 주위 후기지수들이 흥미진진하다는 얼굴로 나를 바라보고 있었다.

나는 격세석 앞에 섰다. 그리고 남천철검을 뽑아 들었다.

"오오!"

"저게 남천검객의 검!"

검을 알아본 이들이 호들갑을 떨었다.

―인기가 많네, 남천.

―흠흠.

녀석들이 그러거나 말거나 나는 격세석을 쳐다보며 검을 겨냥했다. 모두가 내가 어떻게 격세석에 흔적을 남길지 주목하고 있었다. 나는 검 끝에 모든 공력을 집중시켰다. 그리고 검을 격세석에 찔러 넣었다. 푹! 진흙이라도 된 것처럼 검이 격세석 안을 파고들었다. 진행자인 당주가 의아한 표정으로 쳐다보았다. 뭘 하려나 싶었나 보다.

'후우.'

굳이 중단전을 개방하지 않아도 지금이라면 따라 할 수 있을 것 같았다. 검이 격세석을 완전히 통과하는 순간 나는 바닥을 향해 진각을 밟으며 검병에 힘을 가했다. 쿵! 그 순간 파고든 검을 중심으로 격세석이 회오리치듯 갈라졌다. 가운데 부근이 안에서부터 갉아먹듯이 회오리 형태로 갈라진 격세석.

'됐다.'

반신반의했는데 성공했다. 진행자인 당주를 비롯해 후기지수들이 멍한 표정으로 격세석을 쳐다보고 있었다.

―운휘, 이거 검결 아닌가?

남천철검이 놀랍다는 듯이 말했다.

맞다. 지금 내가 펼친 것은 성명검법 육초식 축아회검을 검결로 구현했다. 초식의 자세를 제대로 펼치지 않고 오직 결로만 펼쳐냈다. 팔대 고수인 무한제일검 백항묵이 검결로만 초식을 펼치는 것을 수십 번이나 천기로 보고 실제로 경험하면서 깨달았다. 실전에서 사용할 수준은 아니지만 움직이지 못하는 사물을 대상으로는 이런 식으로 구현이 가능했다.

"와아아아아아아!!"

관람석에서 함성이 터져 나왔다.

나는 모용수를 쳐다보았다. 놈의 인상이 잔뜩 굳어져 있었다. 내 공이나 무위의 경지를 떠나서 검으로서의 솜씨가 완전히 격이 다름을 확인했기 때문이었다.

ㅡ너만 띄워준 꼴이네.

소담검이 키득거렸다.

새로운 패

"멋지지 않아요? 역시 사형이에요."

관람석에서 을 구역의 단상을 보고 있던 사마영이 신이 나서 조성원에게 말했다.

'…?'

그런데 조성원의 시선은 전혀 다른 곳에 가 있었다. 바로 병인(丙寅) 구역의 단상이었다. 그녀가 궁금해서 그곳을 쳐다보니, 한 지저분한 거지 청년이 히죽거리는 얼굴로 격세석 앞에서 기수식을 취하고 있었다.

"개방 거지예요?"

조성원이 굳은 얼굴로 고개를 끄덕였다.

"누구인데 그래요?"

"홍걸개입니다."

거지의 의결을 보면 팔결을 하고 있었다. 그 의미는 구결인 방주의 후계인 후개, 즉 소방주를 뜻했다. 눈앞에서 그것을 직접 확인하게 된 조성원의 심정은 착잡하기 그지없었다. 홍걸개의 항룡유회에 격세석이 손바닥 형태로 뚫렸다.

'…전부 다 배운 건가.'

조성원은 한눈에 홍걸개가 항룡십팔장을 전부 터득했음을 알 수 있었다. 항룡십팔장은 손가락에 꼽을 수 있는 상승 장법으로, 이를 전부 터득하면 모든 운기가 통하게 되면서 그 위력이 배로 상승한다. 초식을 전부 배우지 못한 조성원으로서는 억장이 터지는 듯했다.

"오오! 저게 그 유명한 항룡십팔장."

"대단한 장법이구먼."

옆에서 들려오는 소리에 조성원의 눈빛은 싸늘해져 갔다. 저곳에 있어야 할 사람은 바로 자신이었으니까.

'빌어먹을…. 고작 손주라는 이유로….'

언제부터 개방이 이렇게 바뀌었는지 모르겠다. 그가 알고 있는 개방은 자질을 갖춘 자가 물려받게 되어 있다. 개방이 숭상하는 호국과 정도의 이념에 걸맞은 영웅만이 방주가 될 수 있는데, 이제 개방 역시도 여느 문파, 방파 들과 다를 바 없어졌다.

"하하하하핫!"

관람석을 향해 두 손을 활짝 들고서 즐기고 있는 홍걸개. 그 모습에 분노가 치밀어 올랐다.

'내가 뭘 하고 있는 거지.'

막상 놈을 보고 나니 자신이 한심하게 느껴졌다. 공을 세워서 개방 내 지지도를 뒤집으려고 했던 것이 어느새 혈교에 얽매여버렸다. 그렇다고 소운휘를 원망할 수도 없었다. 그에게 들키지 않았다면 자신은 개방에서 흘린 정보로 지금쯤 구천을 떠도는 신세였을지도 모르기 때문이었다.

'정말 복수할 수 있을까?'

군자복수 십년불만(君子復讐 十年不晚)이라 했다. 하지만 과연 가능할지 앞날을 짐작하기 어려웠다. 혈마검을 탈환하는 임무만 실패해도 무림의 역사 속에 자신은 변절자이자 실패자로 남게 될 것이다.

'씨발, 이러고 있을 때가 아니야.'

어떻게든 소운휘가 잘되도록 보필해야 한다. 그 길만이 자신도 살아남고 복수로도 한 걸음 다가갈 수 있었다. 그렇게 생각한 조성원이 자리에서 일어났다.

"어디 가려고요?"

사마영의 물음에 전음으로 답했다.

[사마 대주는 관전하면서 부단주님께 위협이 될 만한 자들을 확인해주세요. 저는 주위를 돌면서 정보라도 수집하렵니다.]

개방에 있던 시절부터 가장 능숙한 일을 하려 했다. 정보야말로 힘이었다.

[아! 조 대주, 부탁 하나만 해도 될까요?]

[부탁요?]

[혹시 사마 세가도 이번 논무에 참여했는지 알아봐 주실래요? 사람이 많아서 누가 누군지 구분하기 어려워서요.]

[아… 알겠습니다.]

사마영의 부탁에 조성원이 고개를 끄덕였다. 그녀의 성을 알기에 왜 그런 부탁을 하는지에 대해서는 묻지 않았다. 웃는 얼굴을 하고 있지만 그녀에게 어떤 과거가 있을지 궁금해지는 조성원이었다.

* * *

모용수의 표정을 보니 똥이라도 씹은 듯했다. 나를 이용해서 자신을 띄워보려 했는데, 오히려 그 반대가 되자 속이 뒤틀렸나 보다. 다른 후기지수들이라면 솜씨를 뽐낸 후 손을 들어 올려 그 순간을 만끽하겠지만 나의 목적은 그게 아니었다. 나는 공손히 진행자인 당주를 향해 포권을 취했다. 그리고 모용수와 후기지수들, 관람석을 향해서도 허리를 숙여 포권했다. 공손한 나의 태도에 주위 사람들의 표정에서 호감이 보였다.

"과연 남천검객의 제자일세. 이어지는 논무에서도 좋은 결과 기대하겠네."

"응원 감사드립니다."

당주 역시도 내게 흐뭇하게 미소 지으며 덕담을 해주었다. 실력을 뽐내는 일은 얼마든지 할 수 있지만 지금 내게 필요한 것은 누구보다 정파인다운 모습을 각인시키는 것이다.

"멋지다."

"저런 실력에 겸손도 갖추다니."

"역시 남천검객의 제자야."

반응들을 보니 충분히 먹혀든 것 같았다. 나는 단상 아래로 어깨를 펴고서 기품 있게 내려왔다. 연기라면 이골이 나 있었다. 슬며시 모용수를 쳐다보았다. 녀석도 애써 감정을 진정시킨 후에 나와 마찬가지로 관람석을 향해 포권을 취하고서 당당하게 단상을 내려갔다. 다른 녀석들보다 스스로를 통제할 줄은 아는 놈이었다. 그러니 내 뒤통수도 쳤던 것이었고.

─언제 복수할 거야?

'해야지.'

─막연하게 이야기하네?

'지금은 시기상조야.'

당장 가능할 것 같았다면 이미 옛적에 놈의 심장에 검을 박아 넣었을 거다. 하지만 지금은 임무에 집중해야 했다. 괜히 복수심에 놈과 엮여서 의심을 받아봐야 좋을 게 없었다. 1차 예선전을 치른 자들은 숙소로 돌아가도 된다고 했으니 관람석에 있는 사마영과 조성원에게 가야겠다. 그렇게 후기지수들 인파를 지나려는데, 한 단상이 보였다. 정축(丁丑) 구역의 단상이었다.

'날카롭다.'

날이 선 듯한 날카로운 느낌과 함께 격세석을 파고드는 검. 검은 일(一) 자로 거침없이 격세석을 가르다, 이내 끄트머리에서 멈춰졌다. 하지만 끄트머리에서 힘이 더욱 들어가면서 완전히 갈라졌다. 쩌적! 쿵! 사람들이 웅성거리며 격세석을 양단 낸 자를 쳐다보았다. 평범하게 생긴 얼굴의 청년이었다.

"봤어?"

"또 비석을 반으로 갈랐어."

이정겸 이후 두 번째로 격세석을 반으로 가른 자가 나타났다. 후기지수들이 놀라워하는 것도 당연했다. 적색 비단옷을 입고 있었는데, 청년이 착검하면서 불만족스러운 표정을 지었다. 왜 저런 표정을 짓는지 알 것 같았다.

─왜?

'마지막에 멈춰져서야.'

적색 비단옷의 청년은 이정겸처럼 유검으로 격세석을 단번에 자르려고 했다. 하지만 실패하고 말았다. 결론적으로 이정겸보다 한 수 아래라는 얘기였다. 그런데 거의 끄트머리까지 성공했다는 것은 그에 못지않다는 의미가 되기도 했다.

'…누구지?'

나는 후기지수들의 소리에 귀를 기울였다.

"풍정문에 저런 후기지수가 있었다니. 완전 괴물이잖아."

"이번 논무는 대체 뭐야?"

"그 이정겸도 그렇고 저 정도면 거의 우승감 아니야?"

풍정문? 처음 들어보는 문파였다. 중소 문파인 것 같은데 회귀 전에도 전혀 회자조차 되지 않았다. 그 말인즉 첩자일 확률이 다분히 높았다. 이 정도 실력이라면 백혜향 측에서 가장 밀고 있는 자일 것 같았다.

'어렵군, 어려워.'

하긴 백혜향 측도 우승을 노리는데, 어설픈 실력자를 투입시킬 리가 만무했다. 이정겸과 더불어 주의해야 할 자였다. 머릿속에 기억해놔야겠다. 그렇게 길을 가려 하는데, 귓가로 전음이 들려왔다.

[소운휘.]

소리가 들린 곳은 단상 쪽이었다. 단상을 내려가고 있는 첩자로 추측되는 붉은 비단의 청년이 보낸 전음이었다.

[이쪽을 쳐다보지 마라. 네 주변에 끄나풀이 두 명 정도 붙어 있으니까.]

이런 식으로 말을 걸 줄은 몰랐다. 시선을 자연스럽게 다른 쪽으로 돌린 나는 놈에게 전음을 보냈다.

[그 정도는 알고 있습니다만.]

모를 리가 없었다. 제일군사부를 나온 후로 주변에 첩자가 붙었다. 그리고 두 명이 아니라 네 명이었다. 교묘하게 시종이나 연맹의 무사들로 변장하며 내 곁에서 떨어지지 않았다. 하지만 나는 명색이 첩자 출신이다. 회귀 전 내공이 없었던 나는 살아남기 위해 온갖 수단과 방법을 강구했다. 그 결과 남들보다 더 주위를 잘 살피는 통찰력을 기를 수 있었다.

[백혜향 아가씨 측입니까?]

나의 물음에 잠시 후 전음이 귓가를 파고들었다.

[측이라… 그런 표현도 맞겠군. 그래, 나의 스승님께서는 백혜향 아가씨를 지지하고 계시지.]

스승님께서라…. 그 말은 존성들 중 한 사람의 제자라는 것일까? 오혈성의 제자로 보기는 어려웠다. 그는 검을 다뤘다. 저 정도 검술 실력은 단기간에 만들어질 수 있는 것이 아니었다. 그때 놈의 입에서 놀라운 말이 나왔다.

[소개가 늦었군. 나는 일존 어르신을 스승님으로 모시는 권영하라고 한다.]

'일존?'

파혈검제 단위강. 현 혈교에서 최고의 고수로 거론되는 노괴물이다. 다른 자도 아니고 일존의 제자가 후기지수 논무에 참가하다니. 그만큼 혈마검의 탈취가 중요하다는 소리이기도 했다. 자신의 이름과 정체를 밝히다니 대담하기마저 했다.

[아가씨의 술 상대를 하면서 너에 관한 이야기를 들었다. 아가씨께서 매우 마음에 들어하시더군.]

…이 녀석도 혹시 요업이란 놈의 사형과 비슷한가? 백혜향의 부군 자리를 노리는 놈일 수도 있다. 그녀의 배필이 된다는 것은 혈교의 중심에 설 기회를 얻는 셈이니까 말이다.

[너 정도의 인재라면 충분히 아가씨의 배필로 자격이 있지.]

'…?!'

지금 무슨 소리를 하는 거지? 녀석이 계속 전음을 보내왔다.

[나는 개인적으로 본교의 사람들끼리 이렇게 다투는 것은 무의미한 일이라 여겨진다. 서로 협심해도 무림연맹을 상대하기가 어려운 판국에 말이다.]

흐음. 백혜향 측에도 급진적이지 않은 녀석이 있을 줄이야. 그런데 왜 접선을 해온 거지? 회유인가?

[거두절미하고 말하겠다. 우리 쪽으로 와라. 네 스승님과 함께라면 더더욱 좋고.]

역시나 회유였다.

[아가씨께서 회유하신 것도 거절한 마당에 제가 제안을 받아들일 거라 생각하십니까?]

[말씀대로 고집이 있구나.]

[스승의 뜻을 어찌 제자가 꺾겠습니까?]

[승산이 없는 싸움에 힘을 빼는 것보다 네가 간언하는 것이 좋지 않겠나?]

[왜 승산이 없다고 생각하십니까?]

[네 실력을 폄하하려는 게 아니니 기분 나쁘게 듣지 말길 바란다. 너나 그 송좌백이라는 친구는 나는 물론이거니와 이쪽 출전자들을 이길 수 없다.]

[…자신만만하시군요.]

[사실에 의거한 거다. 그리고 논무에 네가 전혀 가늠할 수 없는 괴물이 한 명 끼어 있다. 나조차도 승부를 장담할 수 없을 정도다.]

아무래도 팔대 고수의 공동 전인인 이정겸을 뜻하는 듯했다. 스스로 그자와 간접 대결을 하기 위해 시험해보았으니 실력의 차이를 제대로 파악한 모양이었다.

[검은 어차피 우리의 손에 들어오게 되어 있다.]

백혜향이 했던 말을 그대로 읊고 있었다.

[그렇게 된다면 백련하 아가씨도, 그분을 지지하는 다른 존성들도 따를 수밖에 없다.]

[그건 이쪽이 검을 손에 넣어도 마찬가지입니다.]

[…고집이 세구나.]

[사정을 헤아려주시기 바랍니다.]

[별수 없군.]

슬머시 녀석을 쳐다보니 고개를 절레절레 흔드는 모습이 보였다. 녀석의 전음이 다시금 들려왔다.

[부디 대진 운이 좋기를 바라마. 네 목숨을 간절히 원하는 녀석이 있으니까.]

내 목숨을 노려? 혹시 그 오혈성의 제자인 요업의 사형이라는 작자인가? 설득이 통하지 않으면 더 강경하게 나오거나 협박이라도 할 줄 알았는데, 경고만 하고 끝났다.

일존의 제자 권영하. 꽤나 그릇이 넓은 녀석이었다. 스스로의 무위에 대한 자부심도 높고 말이다. 더 이상 대화를 나눌 가치가 없기에 나는 그대로 관람석으로 향했다. 자리에는 사마영만 있고 조성원은 보이지 않았다.

"사형! 멋졌어요!"

사마영이 호들갑을 떨면서 반겼다. 이에 나는 전음으로 물었다.

[조성원은?]

[주위를 둘러보면서 정보를 수집한다고 했어요.]

시키지도 않았는데 자발적으로 할 일을 찾아서 하는 걸 보면 탁월한 일꾼이다. 녀석을 수하로 받아들인 보람이 있었다. 내가 시킨 일은 제대로 하고 간 건지 모르겠네.

[놈은 찾았습니까?]

1차 예선전이 시작되기 전에 조성원과 사마영에게 명한 것이 있었다. 임무의 일부라 생각하겠지만 내 개인적인 명이었다.

[을진 구역에 한 명, 병묘에 한 명, 정자에 한 명, 무진에 한 명 있어요. 안대를 쓴 자를 찾느라 눈이 빠지는 줄 알았어요.]

[고생했어요.]

칭찬하자 그녀가 배시시 웃었다.

나는 곧바로 그녀가 이야기했던 구역들을 살폈다. 을진 구역부터 차례로 살피던 내 눈에 마지막 무진 구역에서 격세석 시험을 대기하고 있는 자가 보였다. 두 자루의 검집을 교차해서 등에 메고 있는 장신의 남자였다.

'있다!'

회귀 전과 달리 논무가 앞당겨져서 반신반의했는데, 있었다.

* * *

쌍검으로 십자 형태의 깊게 팬 검흔을 남긴 사내가 단상에서 걸어 내려왔다. 왼쪽에 검은 안대를 쓰고 있었는데 하나뿐인 눈동자에서 흘러나오는 눈빛이 예사롭지 않았다. 단상에서 내려온 그는 조용히 후기지수들 틈을 빠져나가려 했다. 그때 내가 그의 앞을 가로막았다. 그가 옆으로 비켜서며 가려고 하자 나는 또다시 옆으로 가로막았다. 사내의 눈매가 가늘어졌다. 나는 그에게 웃으면서 인사했다.

"오랜만에 뵙습니다."

포권을 취하고서 그에게 가까이 붙으려는데, 그가 경계심 가득한 표정으로 내게서 떨어지려고 했다. 나는 그에게 전음을 보냈다.

[의심받고 싶지 않다면 지금은 제 곁에서 떨어지지 않는 것이 좋을 겁니다.]

그 말에 사내가 이해할 수 없다는 표정을 지었다.

[무슨 짓이지?]

그런 그에게 나는 전음을 다시 보냈다.

[명경인 공이 아니십니까?]

그 전음이 끝나기가 무섭게 안대의 사내가 다급히 나의 멱살을 잡고 끌어당겼다. 그리고 포옹하듯이 한쪽 팔로 내 목을 감았다.

"아아아! 이거 얼마 만인지 모르겠소."

친근한 척하는 말과는 달리, 사내의 한쪽 손은 나의 가슴 정중앙 요혈에 닿아 있었고 전음은 전혀 다른 내용을 말하고 있었다.

[네놈 정체가 뭐야?]

[너무 쉽게 인정하시는 거 아닙니까?]

[알고서 접근한 것이 아니더냐?]

사내의 말에 나는 부정하지 않았다. 당연히 알고서 접근했다.

[참 대담하십니다. 서른이 넘으신 분이 인피면구를 쓰고 후기지수 논무에까지 참가하시고 말입니다.]

'…?!'

사내의 눈동자가 흔들렸다. 어설프게 웃는 표정을 지으면서 사내가 무거워진 목소리로 전음을 보냈다.

[뭘 알고 있는 거지?]

[멸문한 곤륜파의 마지막 후인….]

전음이 미처 끝나기도 전에 사내의 손가락이 가슴을 꾹 눌렀다. 당장에라도 요혈을 찌를 기세였다. 그런 그의 손목을 내가 빙그레 웃으면서 잡았다.

[위해를 가하려고 그러는 게 아니니 이건 내려놓으시죠.]

[뭘 믿고 내려…?!]

그의 손이 자신의 의지와 상관없이 밑으로 내려가려 했다. 공력을 더욱 끌어올려서 손의 위치를 유지하려고 했지만, 나 역시도 중단전을 개방했기에 전혀 밀리지 않았다.

[네놈 대체?]

사내가 어처구니없다는 표정을 지었다. 그럴 만도 한 것이 그는 절정의 극에 이른 고수였다. 그런 자인데, 후기지수에 불과한 내가 그와 동등하거나 그 이상의 공력을 보이니 당혹스러워하는 것은 당연했다.

[계속 이렇게 대치하면 의심받기 좋을 텐데요.]

[너….]

나는 그에게 눈짓으로 네 방향을 일정하게 가리켰다. 그곳에는 나를 감시하느라 제일군사부에서 붙여둔 끄나풀들이 있었다. 내가 눈동자로 가리킨 방향을 자연스럽게 둘러본 그의 눈빛이 미세하게 떨렸다.

[이건…]

나는 그에게 아무렇지 않게 전음을 보냈다.

[당신을 감시하는 자들입니다.]

이런 식으로 감시받는 상황을 유용하게 써먹게 되다니. 역시 뭐든지 이용하기 나름인 것 같다. 감시자들을 발견한 안대의 사내가 의심스러운 목소리로 내게 전음을 보냈다.

[…이걸 알려주는 이유가 뭐지? 일면식도 없는 나를 도울 이유가 없을 텐데.]

그런 그의 물음에 나는 단도직입적으로 말했다.

[당신이 필요해서요.]

[내가… 필요하다고?]

안대의 사내, 명경인이 이해할 수 없다는 듯이 반문했다.

[설마 그냥 도와주는 거라고 생각하십니까?]

[…하!]

명경인이 기막혀하다가 주위를 의식했는지 표정 관리를 했다.

[네놈이 돕지 않아도 나 자신은 스스로 지킬 수 있다.]

[그러신 분이 감시조차 파악하지 못한 겁니까?]

[그건….]

[가만히 두면 들킬 것 같더군요.]

[…네놈 대체 정체가 뭐야?]

[소운휘입니다.]

그 말에 안대의 사내, 아니 명경인의 눈에 이채가 띠었다.

[네가 그 남천검객의 제자?]

[그렇습니다.]

[…들리는 소문과는 많이 다르군.]

그렇게 들었다니 다행스럽다. 의도대로 나에 대한 인식이 퍼져 나가고 있는 것이니 말이다.

[소문이란 건 얼마든지 변질되기 마련이죠. 누구보다 잘 아실 텐데요.]

[너!]

그런 나의 말에 명경인의 눈빛이 강렬해졌다. 그 눈빛에는 씁쓸함과 더불어 짙은 분노가 묻어나고 있었다.

―왜 이렇게 감정 변화가 들쑥날쑥한 거야?

'내가 자극했거든.'

멸문한 곤륜. 하룻밤 사이에 모든 문도가 살해당하는 비극을 당했다.

―하룻밤 사이에? 완전 대사건 아니야?

그래, 대사건이다. 이 정도면 무림연맹에서 나서서 조사해야 할 만큼의 커다란 사건이다. 하지만 무림연맹은 이것을 그저 정사 대전 도중에 사파 쪽에서 저지른 미결 사건으로 덮어버렸다.

―응? 어째서?

'곤륜이 밉보였으니까.'

―뭘 밉보였는데?

이십여 년 전, 정사 대전은 모든 무림을 전쟁의 화마 속에 뛰어들게 했다. 무림연맹, 무쌍성, 혈교, 사파, 흑도 할 것 없이 피가 마를 날이 없을 만큼 전쟁의 도가니 속에 빠졌을 때 유일하게 전쟁에 참여하지 않은 문파가 있었으니, 바로 곤륜파였다.

—왜 참여하지 않았대?

'곤륜은 무가의 성향이 짙은 다른 도가 문파들보다도 선도를 지향하기 때문에 정사를 개의치 않고 선민을 행했거든.'

정파였지만 곤륜은 누구의 편도 들지 않았다. 그들은 늘 중도의 입장이었다. 그 의도는 선의에서 비롯되었으나, 정사 대전으로 수많은 피를 본 다른 정파인들 입장에서는 그게 아니었던 모양이다.

—흑백으로만 가르네, 인간은.

소담검이 한심하다는 듯이 혀를 찼다.

그래, 안타깝지만 당금의 무림은 적이 아니면 아군, 둘 중 하나다. 어찌 되었든 곤륜에는 생존자가 없었기 때문에 무림연맹의 입장에서는 굳이 인력을 투입해가며 도울 이유가 없었다.

—명색이 정파인데 눈치 보이지 않나.

눈치 볼 게 없었다. 애초에 정파 쪽 여론도 정사 대전에 참여하지 않았던 곤륜에 차가웠다. 분노를 숨기지 못하는 그에게 내가 말했다.

[화가 깊으신 것 같군요.]

[…네놈이 하룻밤 사이에 재가 되어버린 곤륜의 한을 아느냐?]

[모릅니다. 다만 그 한으로 앞을 보지 못하는 것 같아 말씀드리는 겁니다.]

[앞을 보지 못해?]

[저조차 당신이 곤륜의 마지막 생존자인 걸 알고 있습니다. 설마 무림을 양분하고 있는 이 거대 세력에서 모르리라 생각하십니까?]

그 말에 명경인의 눈동자가 흔들렸다. 사실 무림연맹에서는 이때까지 곤륜에 마지막 생존자가 있다는 것을 알아차리지 못했다. 알았다면 어떤 식으로든 손을 쓰지 않았겠는가.

잠시 생각에 잠겨 있던 명경인의 손이 부들부들 떨렸다.

[그럼 알면서도 눈을 감았다는 것이더냐!]

[…안타깝지만 그렇겠죠.]

[이놈들!]

그가 이렇게 격한 반응을 보이는 이유가 있었다.

명경인은 무림 대회의 꽃이라 불리는 후기지수 논무에 우승하여 곤륜의 생존자가 있음을 알리고 무림연맹에 공식적으로 도움을 요청할 셈이었다.

—논무에서 이정겸이 우승했다고 하지 않았어?

'어.'

—그 말은….

'우승 근처에도 못 갔어.'

명경인은 팔강에서 이정겸과 만나 탈락하고 만다. 그런데 차라리 패해서 떨어지면 문제가 없는데, 명경인은 이때 강적인 이정겸을 상대로 곤륜파의 무공까지 드러내면서 도중에 비무가 중단되는 사태가 벌어진다.

—왜?

멸문한 곤륜의 무공을 사용하는 바람에 오히려 첩자로 오인받게 된 것이다. 이때 명경인은 인피면구를 벗고서 자신이 곤륜의 마지막 후인이라고 밝히지만, 엎친 데 덮친 격으로 후기지수 논무의 규정을 어긴 바람에 더욱 의심만 가중되어버린다. 원래 목적과는 다르게 명경인은 그 자리에서 무림연맹의 금옥에 갇히고, 사건이 일파만파 커져서 후기지수 논무가 사흘이나 중지된다.

―아하! 그래서 찾으라고 한 거였구나.

맞다. 도중에 그런 사태가 또 벌어지면 일이 틀어지니까. 대대적으로 첩자를 색출한다고 난리를 치게 되면 혈마검이고 뭐고 도망치기에 바쁜 상황이 벌어질 것이다. 그렇기에 나는 혹시나 명경인이 후기지수 논무에 출전하는 상황을 대비해야만 했다.

―오, 거기에 대비도 하고, 좋은 일도 하고, 써먹을 패도 늘리고 일석 삼조네!

일석 이조는 맞는데, 좋은 일을 하는 것까지는 모르겠다.

―…?!

나중에 신분 확인이 끝난 후에 무림연맹에서 곤륜파의 재건을 돕는다고 했거든. 후에 명경인은 곤륜독안이라는 별호로 명성을 날리게 된다. 곤륜의 재건을 위해 원래 선도를 지향했었음에도 사파, 혈교와 싸우는 데 앞장서니까.

―…너는 참.

소담검이 혀를 내둘렀다.

왜? 나도 곤륜을 재건하는 데 한 손 거들겠다고 할 거다. 단지 주체가 무림연맹에서 나로 바뀌는 것뿐이다.

나는 명경인에게 전음을 보냈다.

[이대로 공께서 생각하신 대로 행하셔도 전 괜찮습니다. 다만 곤륜의 재건을 위해 좀 더 고심하시는 것이 어떨지요?]

사건이 터졌을 때 눈을 감고 있던 이들에게 도움을 받을 바에는 나와 손을 잡는 게 낫지 않겠나? 고심에 빠진 듯이 가늘어진 눈으로 나를 쳐다보던 그가 전음을 보냈다.

[뭘 원하는 거지?]

입꼬리가 절로 올라갔다. 명경인과 전음으로 모종의 대화를 나눈 나는 곧바로 누군가에게로 향했다. 그 누군가는 바로 나를 감시하고 있는 이들 중 한 사람이었다.

—뭐 하려고? 모른 척하려던 거 아냐?

소담검이 의아한지 물었다.

원래는 내버려둘 생각이었는데 이것도 써먹을 수 있겠는데.

—…?!

내가 다가가자 후기지수 논무의 진행 무사로 분하고 있던 사내가 모른 척하고서 자리를 피하려고 했지만 나는 그를 붙잡았다.

"혹시 제 뒤를 밟고 계시는 겁니까?"

"그게 무슨 소리요?"

사내가 아무것도 모르는 척 시치미를 뗐다. 당연히 그렇게 나오시겠지. 나는 눈짓으로 명경인을 가리키며 조용히 속삭이듯이 말했다.

"제 지인께서 저기 저분과 저분, 저분… 그리고 귀하까지 총 네 분이서 계속 저를 주시하고 있다고 말씀해주셨는데 그게 사실인지 묻는 겁니다."

정확하게 감시자들을 짚어내자 사내가 당혹감을 감추지 못했다. 나는 그에게 의심스러운 눈초리로 말했다.

"당신들 혹시 혈교의 세…."

나의 말이 끝나기도 전에 사내가 소리를 버럭 질렀다.

"무슨 소리를 하는 거요! 나는 논무의 진행을 맡고 있는 맹의 무사요. 지금 함부로 사람을 의심하는 거요?"

훈련을 받긴 했나 보다. 당황해서 물러나거나 실수할 수도 있는데, 더 강하게 나왔다.

"아니면 아니지, 왜 이렇게 흥분하는 겁니까? 정말 혈⋯."

"에헤이, 여기서 왜 혈⋯ 아무튼 그게 튀어나오는 거요?"

"그럼 왜 저를 감시하고 있는 겁니까? 진짜 진행을 맡고 있는 맹의 무사가 맞습니까? 아니면 저기 계신 당주께⋯."

"허 참, 생사람을 잡는구려."

몇 번의 실랑이가 오가면서 그는 아니라고 강하게 선을 긋다가 이내 도망치듯이 자리를 빠져나갔다. 다른 세 명의 감시자들 역시 마찬가지였다. 차례로 그들이 사라지고 나서 나는 명경인에게 전음을 보내며 눈을 찡긋했다.

[해결됐습니다.]

[⋯이 일은 잊지 않겠네. 곤륜의 명예를 걸고 약조하지.]

감시자들도 치우고 호의도 사고 이게 진짜 일석 이조지.

소담검이 걱정스러운 목소리로 물었다.

—그건 그런데 괜찮겠어? 감시자들을 돌려보내 봐야 다른 자들로 교체되는 거 아냐?

'뭐 그럴 수도 있고 아닐 수도 있고.'

—아닐 수도 있다고?

* * *

제일군사부, 제갈원명의 집무실.

네 명의 무림연맹 무사들 보고에 제갈원명 옆에 서 있는 중년의 호위무사가 고개를 절레절레 흔들며 말했다.

"당장 다른 자들로 교체…."

그 말이 끝나기도 전에 제갈원명이 갑자기 큰 소리로 웃어댔다.

"하하하하하하핫!"

"군사 어른?"

"됐다. 사람은 그만 붙여도 될 듯하구나."

그 말에 중년의 호위무사가 의아해하며 물었다.

"더 탁월한 자들로 붙이면 되는데 어찌하여?"

"녀석이 놀린 게다. 보면 모르겠느냐?"

"놀리다니 그게 무슨?"

"혈교의 세작은 무슨. 소운휘 그 아이가 정말로 그리 생각했다면 가만히 보냈을 것 같으냐? 당장 내게 찾아와 보고하거나 이 녀석들을 붙잡으려 했겠지."

"그 말씀은?"

"그래, 군사부에서 사람을 붙인 걸 눈치챈 것이겠지."

"하!"

중년의 호위무사가 그 말에 혀를 내둘렀다.

"이런 식으로 본 군사를 물 먹이다니."

제갈원명이 흥미롭다는 듯이 중얼거렸다. 설사 눈치챘다고 해도 오히려 의심받지 않기 위해 감시자들을 모르는 척할 거라 여겼는데, 뜻밖이었다.

"영특하다 못해 당돌하기까지 하구나."

그런 그에게 중년의 호위무사가 물었다.

"하면 소운휘에 대한 일 푼의 여지는 거두시는 겁니까?"

"아직은 그러기엔 이른 것 같구나. 하나 2차 예선전 때 확실하게 알게 되겠지."

제갈원명이 의미심장한 눈빛으로 책상 위의 서지들을 바라보았다. 서지들에는 1차 예선전 통과자들 명단이 격세석의 성적순으로 나열되어 있었다.

* * *

이튿날 이른 아침.

2차 예선전을 하기 전에 후기지수 논무의 진행자인 무림연맹 제이장로인 화산파 매화백검 호양 진인의 설명이 시작되었다. 설명은 누이동생인 영영이에게 들었던 그대로였다. 시간 간격을 두고 1차 예선전의 성적순으로 후기지수가 대결 단상에 올라가 승부한다. 한 사람의 후기지수를 셋 이상 공격하는 것은 금하고, 마지막에 남는 단 한 사람이 본선에 진출한다. 총 열여섯 개의 대결 단상이 있다. 고로 열여섯 명이 본선으로 올라가 우승을 다투게 된다.

'흠.'

그런데 이렇게 되면 네 명은 따로 겨루는 게 아닌가?

—왜?

'오백 명이 통과했는데, 열여섯 명이 진출한다면 한 단상당 최소 서른한 명이 올라가. 그럼 네 명이 남는데, 단상이 열여섯 개라는 건 그 네 명도 열여섯 개 단상에 껴서 겨루게 된다는 소리잖아.'

단상에 한 명이 더 추가된다면 상대적으로 더 격렬해질 수밖에 없다. 이게 제비뽑기로 진행될지 아니면 어떤 식으로 진행될지 알 수 없었다. 그런 의문을 매화백검 호양 진인이 풀어주었다.

"보다시피 네 명이 남는다는 것을 알 수 있을 거요. 그 네 명의 후 기지수가 따로 겨루게 된다면 형평성에 맞지 않겠지. 그렇기에 1차 예선전의 최상위 실력자들 단상에 네 명이 추가로 올라갈 거요."

'이런.'

하필 나까지 끊겨버린다. 어제저녁쯤 상위 열 명이 발표되었다. 1위는 팔대 고수의 공동 전인인 이정겸, 2위는 일존의 제자인 권영 하, 3위는 열왕패도 진균의 손자인 진용, 4위가 나였다.

다른 녀석들보다 격세석에 큰 흔적을 남기지 않았는데, 초식이 아닌 검결을 썼던 게 컸는지 4위가 되고 말았다. 안 그래도 맨 처음 으로 올라가는데 서른한 명과 겨루게 생겼다.

"자, 지금부터 진행 요원들이 갑을병정 패를 줄 거요. 각 패를 받 은 후기지수들은 갑을병정이 표기된 단상으로 모이시오."

당주들과 진행 무사들이 나와 호명하며 패를 나눠줬다. 내가 받 은 패는 정(丁) 패였다. 상위 열여섯 명은 갑을병정 순으로 그대로 끊은 것 같았다. 가장 먼저 정 단상에 도착한 나는 그 위로 올라갔 다. 연달아 비무를 치를 생각을 하니 벌써부터 피곤했다. 그런데 이 윽고 누군가 정 단상 밑으로 다가왔다.

'아.'

1차 예선전에서 축계 구역의 격세석에 금을 내지 않고 주먹을 관 통시켰던 후기지수였다.

―의심이 간다고 했던 그 녀석 아니야?

'맞아.'

녀석과 눈이 마주쳤는데 의미심장한 미소를 짓고 있었다. 역시 백혜향 측의 사람이 맞는 듯했다. 눈에 묘한 호승심과 더불어 살기가 비쳤는데, 혹시 녀석이 권영하가 경고했던 그자가 아닐까 싶었다. 공교롭게도 2차 예선전에서 만날 줄이야.

'…차라리 이게 나을지도.'

백혜향 측은 조금이라도 빨리 만나서 떨어뜨리는 게 이득이었다. 앞으로 어떻게 나올지도 모르고 말이다. 그런데 이윽고 누군가가 또 정 단상으로 다가왔는데, 그는 바로….

'…?!'

송좌백이었다.

'이런…'

녀석도 나를 보고서 적잖게 당황했는지 순간 멈칫했다. 이것 참 난감한 상황이었다. 다른 사람은 몰라도 송좌백은 이렇게 예선전에서 만나면 손해나 다름없었다.

[젠장, 이게 뭔 일이라냐.]

송좌백이 내게 어처구니없다는 목소리로 전음을 보냈다. 이에 나는 그냥 답하지 않고 모른 척했다. 단상 위에 있기에 내가 녀석을 쳐다보든 안 쳐다보든 전음을 보내는 것은 위험부담이 컸다. 녀석도 그걸 알아차렸는지 별다른 전음을 보내지 않았다.

그때 뒤이어 정 단상 쪽으로 또 다른 후기지수가 걸어왔다. 그런데….

'…하!'

나는 속으로 기가 막혔다. 또다시 전혀 알려지지 않은 얼굴의 후기지수였는데, 이자 역시도 내가 백혜향 측이 아닐까 의구심을 가졌던 후기지수였다. 먼저 왔던 백혜향 측의 후기지수도 녀석을 보고서 흠칫 놀랐는지 시선을 곧바로 돌렸다.

'설마…'

나는 을 단상 쪽을 바라보았다. 그곳에도 후기지수들이 속속 모여들고 있었는데, 나와 조성원이 첩자로 의심 간다고 짚었던 몇 명이 단상 밑에 굳은 인상으로 서 있었다. 나의 머릿속에 누군가가 빠르게 스쳐 지나갔다.

'제갈원명.'

대진표에 이렇게 손쓸 수 있는 자는 오직 한 사람뿐이었다. 첩자로 의심되는 자들이 죄다 을과 정 단상에 모였다. 멀리 무림연맹 진행석으로 누군가 들어오는 모습이 보였는데, 바로 제일군사인 제갈원명이었다.

'대단하군, 대단해.'

만약 격세석의 성과 순이 아니었다면 전부 한자리에 모아놓았을 것이다.

* * *

제갈원명이 을 단상과 정 단상을 쳐다보며 슬며시 웃었다. 이것으로 확실하게 첩자를 구분할 수 있는 토대가 마련되었기 때문이다. 저들이 공조하게 된다면 분명히 구분할 수 있게 될 것이다. 옆 좌석에 앉아 있던 화산파 장문인 매화백검 호양 진인이 감탄스럽다는 듯이 말했다.

"멋진 수요, 군사 어른. 외통수를 두셨소."

"아직 확실한 건 아니니 너무 선입견을 가지지 마시지요, 진인."

"빈도는 군사의 안목을 믿소."

"저도 틀릴 때가 있습니다."

"허허허, 원 겸양도."

"진인께서 을 단상을 잘 살펴주십시오. 저는 정 단상을 살피겠습니다."

"알겠소. 저들이 조금이라도 허투루 비무에 임하거나 수상한 행동을 보이면 빈도가 반드시 잡아내겠소이다."

"부탁드립니다, 진인."

이 수는 여러 변수를 전부 고려한 것이었다. 전력을 다하지 않고 상대를 봐준다면 세작일 가능성이 다분히 높아진다. 그리고 일부러 경기를 지연시키고 다른 후기지수들이 올라오는 것을 나눠서 상대해도 세작일 가능성이 높아진다. 어떤 식으로든 그 확률을 엿볼 수 있게 된다.

'의심을 피하기 위해 희생을 택한다고 해도 올라갈 수 있는 것은 단둘. 물론 그마저도 서른한 명을 이겼을 때 가능한 일이다.'

제갈원명의 시선이 정 단상을 매처럼 주시하고 있었다.

* * *

한편 정 단상 밑에서 두 번째로 대기하고 있는 청년은 내심 기쁨을 감추지 못했다. 인피면구 속에 가려진 그의 정체는 오혈성의 첫째 제자인 상현명이었다.

'소운휘.'

이런 기회가 오기만을 간절히 바라왔었다. 비무를 빙자해서 놈에게 치명상을 입힐 수 있는 절호의 기회였다. 어차피 의심받지 않으려면 최선을 다해서 상대를 공격해야 하는데, 자신에게는 전혀 나쁠 것이 없었다.

'권 형만 곤란하게 되었군.'

이쪽은 백련하 측과 백혜향 측이 골고루 섞였다. 서로 거칠게 싸워도 전혀 나쁠 게 없는 상황이었지만, 을 단상은 백혜향 측으로만 이뤄져서 어떤 식으로든 손해를 감수해야 했다.

'내가 신경 쓸 바가 아니지.'

자신은 백혜향을 노리는 저 건방진 애송이 놈만 처리하면 그만이었다.

'부군의 자리는 오직 내 것이다.'

소운휘를 처리하고 혈마검을 갖다 바치면 그녀도 자신을 달리 볼 것이라 믿었다. 그때 단상 위에 있는 당주가 그를 호명했다.

"2번 후기지수 도별수, 위로 올라오도록!"

도별수는 그의 가명이었다. 상현명이 단상 위로 올라가, 여덟 보 정도 떨어진 위치에 소운휘와 대치한 상태로 섰다. 선량한 얼굴을 하고서 가증스럽게 주위 관람석을 향해 포권을 취하는 소운휘의 모습에 심기가 불편했다.

'어디서 연기질이야.'

자신의 계책마저 파악하고 뒤통수를 칠 만큼 영악한 놈이다. 지금 제거할 수 있을 때 제거해야 한다. 상현명은 머릿속으로 계산했다.

'곧바로 살수를 날린다면 어디선가 지켜볼 아가씨나 뒤에 올라올 자들의 경각심을 사게 될 거다. 적어도 십 초식 이상은 겨룬다.'

자신은 이 승부를 이끌어갈 만한 실력을 갖추고 있었다.

격세석을 더 부술 수 있었는데도 여력을 조금이나마 감춘 이유

384

는 후기지수들을 방심시키기 위해서였다.

'절정 초입, 우습군.'

명색이 사존의 제자라는 놈이 약해빠졌다. 자신은 절정의 극에 달하는 실력을 지녔기에 언제라도 놈을 갖고 놀 수 있었다.

'딱 십 초식. 놈의 심장에 일격을 가한다.'

심판으로 서 있는 당주가 손을 높이 치켜올렸다. 그리고 시작을 알렸다.

"개(開)!"

상현명이 자신만만하게 소운휘를 향해 신형을 날렸다. 그리고 사문의 권초를 펼치려는 순간, 소운휘가 무서운 기세로 자신을 향해 뻗어오더니 이내 바닥에 강하게 진각을 밟았다. 쾅! 그와 동시에 눈앞에서 갑자기 회오리가 일렁였다.

'…?!'

날카로운 검세가 일으키는 회오리에 당황한 상현명이 권초를 바꾸었다. 평범한 초식으로 도저히 막을 만한 기세가 아니었다. 그러나 회오리가 치고 들어오는 속도는 그가 상상한 것을 너무도 우습게 상회해버렸다. 촤촤촤촤! 권갑을 끼고 있는 손과 팔목을 파고드는 예기. 그는 그제야 깨달았다.

'이 새끼 절정의 초입이 아니…'

하지만 깨달았을 때는 이미 늦었다.

회오리치는 검세가 그의 권초를 가뿐히 파훼하고서 전신을 휩쓸었다.

'젠장!'

검세의 회오리에 휩쓸린 그의 몸이 뒤로 밀려나더니, 이내 부웅 떠서 몇 바퀴나 회전하다가 곧 뒤로 튕겨 나가고 말았다.

"허억!"

쿠당탕! 바닥을 몇 차례나 튕겨 나간 상현명의 상태는 말이 아니었다. 옷이 넝마가 되고 검흔으로 여기저기서 피가 흘러내렸다.

'실력을 숨겼다니…'

꼴이 말이 아니었다. 자신이 봐주고 말고 할 상대가 아니었다. 어떻게든 전력을 다해야 하는 적수였다. 그런데 그의 귓가로 이해할 수 없는 목소리가 들려왔다.

"다음 부탁드립니다."

소운휘의 목소리였다. 그와 함께 관람석에서 함성이 터져 나왔다.

"와아아아아아아아아아!!"

이해가 안 돼서 겨우겨우 몸을 일으켜 세웠다가 알 수 있었다. 어디까지 튕겨 나왔는지 말이다.

'이, 이놈!'

그가 밟고 있는 곳은 다름 아닌 단상 아래였다.

혼란

"와아아아아아아아아아!!"

장내를 가득 메우는 우레와 같은 함성 소리.

시작하자마자 불과 얼마 있지 않아 나온 결과에, 관람석에 있는 무림인들 모두가 놀라움을 금치 못했다. 누구도 이렇게 짧은 시간 내에 탈락자가 발생할 줄은 몰랐다. 2차 예선전의 백미는 시작부터 상위 후기지수들의 대결이라 생각했는데, 누가 단 일 초식에 탈락할 거라 여겼겠는가.

[…이 정도일 줄은 몰랐습니다.]

호위무사의 전음에 제갈원명 역시도 동의하는지 아무 답변을 하지 않았다. 그저 소운휘에게서 시선을 떼지 못하고 있었다. 아무리 남천검객의 제자라고 해도 어느 정도 격전을 예상했었다. 전 비무 단상 중에서 가장 빠른 첫 탈락자가 생겼다.

'…흐음.'

서른한 명을 상대해야 하기에 어느 정도 여력은 남길 거라 여겼는데, 시작하자마자 전력을 다해서 상대를 몰아붙일 줄이야. 혈교의 세작이라 의심 가는 이들을 붙여놓았기에 설사 이기더라도 서로 손을 맞출 거라 여겼는데, 전혀 그런 기미도 없었다.

'아닌 건가.'

전신이 상처투성이가 되어서 분해하는 탈락자의 모습을 보면 같은 세작이라고 볼 수 없었다. 하나 아직 확답을 내리기는 어려웠다. 세작으로 의심받을 만한 자들을 한자리에 묶어뒀기 때문에 전략을 바꿨을 수도 있었다.

'과연 두 번째도 같은 전략을 취할 수 있을까?'

소운휘가 가장 껄끄러워할 상대는 첫 번째 상대가 아니었다. 오히려 두 번째였다. 같은 호남 무림지회에 속하는 조항 송가의 송좌백. 비슷하게 일 년 동안 사라졌다가 나타난 인물이기에 소운휘와 같은 패일 확률이 가장 높은 후기지수였다.

'저 아이보다는 단순하지. 오히려 더 알기 쉬울지도.'

소운휘는 군사의 자질이 보일 만큼 영악했다. 일 푼의 여지를 둔 것도 속일 수 있다는 생각이 들어서였다. 반면 저 근육으로 가득한 녀석은 다소 단순해 보였다. 그러던 차였다.

"와아아아아아아!!"

또다시 함성이 터져 나왔다. 갑 단상의 관람석 쪽이었다.

'하?'

갑 단상 위를 쳐다보니, 이정겸의 상대인 후기지수가 장외로 떨어져 있었다. 정 단상과 같은 형태로 결과가 나온 것이었다. 그런데 그것이 끝이 아니었다.

"와아아아아아아!!"

을과 병 단상 쪽의 관람석에서도 함성이 터져 나왔는데 그곳에서도 이미 승부가 났다. 그것도 앞의 두 단상처럼 후기지수가 장외로 떨어져 있었다.

[이게 어떻게 된 것이냐?]

정 단상에서 시선을 뗄 수 없기에 제갈원명이 호위무사에게 물었다. 이에 호위무사가 어처구니없다는 목소리로 답했다.

[다른 단상들에 있던 우승 후보자들이 시작부터 전력으로 상대를 장외로 떨어뜨렸습니다.]

[하!]

제갈원명이 기가 찬 듯 웃었다. 자신이 의도했던 것과 전혀 다른 상황이 발생했다. 상위 우승 후보들이 소운휘에게 자극받아 전부 같은 전략을 취한 것이다. 이윽고 무 단상에도 장외 탈락자가 발생했다. 무 단상은 북영도성의 제자인 장명이 출전한 곳이었다.

"허허. 이것 참."

그와 마찬가지로 단상을 지켜보던 매화백검 호양 진인도 같은 심경이었는지 너털웃음을 터뜨렸다.

"제갈 군사, 저 아이가 소운휘라고 했소?"

"그렇습니다."

"저 아이가 단상 위에 불을 붙여놓았구려."

호양 진인의 말대로였다. 서로 경쟁이나 하듯이 다른 단상들도 빠르게 승부를 보려 하고 있었다. 최상위권이라 할 수 있는 후기지수들보다 상대적으로 실력이 떨어졌기에 승부가 더뎠지만, 역시나 빠르게 진행되고 있었다.

"과연 젊음이 좋구려."

호양 진인은 이런 분위기에 오히려 흡족해했다. 반면 제갈원명의 눈매는 가늘어져 소운휘에게서 떨어질 줄을 몰랐다.

'…군사의 자질만 있는 것이 아닌 건가.'

의도한 건지는 모르겠지만 소운휘를 중심으로 분위기가 돌아가고 있었다.

"재밌게 돌아가는구려, 군사."

집중하고 있던 제갈원명이 화들짝 놀라서 고개를 돌렸다. 그것은 호양 진인 또한 마찬가지였다. 검은 면사로 얼굴을 가렸지만 이 목소리를 모를 수가 없었다.

"맹주."

"쉿!"

그들 옆으로 다가온 자는 다름 아닌 맹주 무한제일검 백향묵이었다. 본선이 있을 때까지는 관전하지 않을 거라 여겼던 그의 등장에 제갈원명 역시 적잖게 놀라워했다.

"…어찌 이곳에?"

"제자가 얼마나 잘하고 있는지 궁금하더이다."

"아아…."

스승은 스승인가 보다. 이정겸이 가장 뛰어난 기예로 1차 예선전을 통과했다고 했을 때만 해도 무덤덤하게 반응했는데, 변복까지 하고서 지켜보러 온 걸 보면 말이다. 그런데 면사로 희미하게 보이는 맹주의 시선은 제자인 이정겸보다 오히려 정 단상에 있는 소운휘 쪽에 가 있었다.

'맹주께서도 저 아이에게 관심을 보이는 건가?'

참 드문 일이었다. 맹주가 이정겸이 아닌 다른 후기지수에게 관심을 보이는 것은 말이다.

* * *

　―너 완전 기름을 갖다 부었는데.

　소담검의 말에 나 역시도 동의하는 바였다. 사실 이런 분위기를
의도한 게 아니었다. 어차피 서른한 명을 상대해야 하기에 실력을 숨
겨서 다른 후기지수들이 올라오게 만들 바에는 빠르게 각개격파를
할 생각으로 벌인 전략이었다. 그런데 본의 아니게 다른 후기지수들
에게도 경쟁심을 불붙여버렸다.

　'이게 썩 도움이 되는 전략이 아닐 텐데.'

　갑을병정무기까지는 그럭저럭 가능할지도 모른다. 하지만 정말
압도적으로 상대를 제압할 능력이 없다면 오히려 초반에 지칠 확률
이 높은데, 경쟁심이라는 것이 무섭기는 했다.

　―너랑 달리 주목받고 싶어서 그런 걸지도.

　하긴 그럴 수도 있다. 애초에 후기지수 논무는 이들이 자신의 역
량을 인정받기 위함이었다. 적어도 그에 못지않은 역량을 보여줘야
하는 자리였다. 결국 나의 전략은 다른 후기지수들의 경쟁심을 자
극하여 각축의 현장으로 이어질 수밖에 없었다.

　'본선이 문제로군.'

　관람석의 함성에 다른 단상을 문득 봤다. 팔대 고수의 공동 전인
이정겸, 그리고 일존의 제자 권영하. 이들은 경쟁이라도 하듯이 상
대 후기지수들을 장외로 떨어뜨렸는데, 절초인 축아회검을 쓴 나와
달리 단순한 검식만으로 상대를 탈락시켰다. 이 두 사람은 정말 만

만치 않았다. 제대로 전력을 다하지 않는다면 도저히 상대할 수 없는 녀석들이었다.

'후우.'

그 전에 이 녀석이 먼저였다. 송좌백 녀석이 권갑에 도집까지 차고서 단상 위로 올라왔다. 계획대로라면 녀석은 내게 패해줘야 한다. 그런데 호승심 넘치는 눈빛 하며 태도를 보니 그냥 패해줄 생각이 전혀 없어 보였다. 평소라면 전음으로 나무랐겠지만 지금은 오히려 이게 나았다. 제대로 겨뤄본다는 느낌을 줘야 하니까.

"하압!"

송좌백이 강한 기합과 함께 내게 신형을 날렸다. 미안한데 안 봐준다. 나는 단숨에 검초를 펼쳐 녀석의 요혈들을 찔렀다.

'…?!'

쾌속한 검초에 송좌백의 두 눈이 커졌다. 녀석에게도 실력을 숨겼었는데, 상황상 숨길 수가 없었다. 첫 번째가 아닌 두 번째로 나와서 약하다는 인상이 있을 텐데, 시간을 끌면 뭐가 되겠는가.

"큭!"

진혈금체를 펼친다면 모를까 그냥 겨룬다면 어렵지 않은 상대였다. 순식간에 검초로 녀석의 권갑을 엉망진창으로 만든 나는 주먹으로 녀석의 미간을 있는 힘껏 내려쳤다. 퍽!

'…?!'

이런, 송좌백의 맷집을 간과했다. 상당한 공력을 가했는데 녀석이 이를 버텨냈다. 평소 스승님인 해악천의 구타에 단련되어서 어지간한 타격은 통하지 않았다.

"통할 것 같아!"

송좌백이 내게 박치기를 가하려 했다. 그런 녀석의 이마를 손으로 잡아냈다. 팍! 그 상태에서 나는 녀석의 다리를 걸어찼다. 다리를 맞은 송좌백의 신형이 무너지려는 순간 가슴에 중단전의 오성 공력으로 일 장을 날렸다.

"컥!"

이를 맞은 녀석의 몸이 부웅 떠서는 그대로 단상 밑에 떨어졌다.

"끄웩!"

내상을 입었는지 녀석이 피를 한 움큼 토해냈다. 송좌백이 어처구니없다는 표정으로 노려보고 있었다. 적당히 하지 않았다는 것을 내비치기 위해 그런 것이지만 좀 미안하기는 했다.

나는 포권을 취하며 당주에게 말했다.

"다음 부탁…"

그러던 차에 귓가로 전음이 들려왔다.

[부단주님! 부단주님!]

조성원의 목소리였다. 굉장히 다급해 보였는데, 어찌해야 하나 망설이다가 일단 하던 말을 마저 했다.

"…드립니다."

[들리지 않으십니까?]

아직 예선전 도중이었는데, 녀석이 왜 전음을 하는지 이해할 수 없었다. 지금 나는 전음으로 답변할 수 없는 입장이었다. 그런데 다음으로 이어서 들려오는 전음에 도저히 반응하지 않을 수가 없었다.

[폭약이 있습니다.]

뭐? 나는 단상 위로 상대가 올라오는 것도 잊고서 전음이 들려오는 방향을 쳐다보았다. 조성원이 관람석 밑까지 내려와 도집 같은 것을 들어 보였다. 그것을 손에 흘리는데 검은 가루들이 흘러나왔다.

[어떻게 찾은 거야?]

[백혜향 측의 사람들과 조금이라도 접촉했던 자들을 살펴보고 있었는데, 그중 한 사람이 관람석 쪽에 폭약 가루를 몰래 뿌리려고 해서 잡았습니다. 일단 기절시켜놨는데 어찌해야 할지?]

전혀 예상치 못한 사태에 조성원도 당혹스러운 모양이었다. 만약 녀석이 여전히 정파인이었다면 당장 무림연맹 측에 알렸겠지만, 나의 사람이 되었기에 우선 내게 알린 것 같았다. 느닷없이 폭약이라니 이게 무슨 사태인지 모르겠다.

'백혜향, 대체 무슨 생각인 거지?'

이걸 어떻게 파악해야 할지 순간 감이 오지 않았다. 그때 정 단상의 심판을 맡고 있는 당주가 내게 말했다.

"대체 뭘 하는 겐가?"

짧은 찰나, 머릿속이 복잡해졌다. 지금 이 상황에서 시합을 계속해야 할지 고민될 정도였다. 나는 대치하고 있는 백혜향 측의 첩자를 쳐다보았다. 녀석이 최대한 티를 내지 않으려고 했는데, 그 시선이 진행석 쪽을 힐끔힐끔 향하고 있었다.

'아!'

나는 혹시나 하는 마음에 진행석 쪽을 쳐다보았다. 그쪽에서 제갈원명이 자리에 일어나 검은 무복을 입은 무림연맹의 무사들과 뭔가 대화를 나누고 있었다. 무사들이 조성원처럼 검집에서 뭔가를 쏟아내고 있었다.

'찾았구나.'

조성원이 찾았을 정도면 제갈원명이 이를 놓칠 리가 없었다. 백혜향 측의 첩자는 이것을 의식하고 있는 것 같았다. 폭약까지 몰래 반입했다는 것은 후기지수 논무의 우승을 노리는 게 아니란 말인가?

"시합하지 않을 생각인가!"

당주가 경고했다. 더 이상 생각할 겨를이 없었다. 나는 포권을 취했다.

"시합을 포기하겠습니다."

"뭐?"

당혹스럽거나 말거나 나는 다급히 단상을 뛰어 내려오며 조성원에게 전음을 보냈다.

[그거 넘겨!]

관람석 쪽으로 단번에 뛰어간 나는 녀석에게 그것을 받았다. 그리고 당장 사마영을 찾아서 나를 쫓아오라 했다. 나는 다급히 진행석 쪽으로 경공을 펼쳤다.

―도중에 그만두면 혈마검은 어쩌려고?

'그럴 상황이 아니야.'

―아니라니?

'가만히 있으면 같이 엮이게 돼.'

진행석 쪽으로 다가가자 그곳에서 심각한 얼굴을 하고 있는 제갈원명과 호양 진인이 보였다. 그런데 그들만 있는 것이 아니었다. 검은 면사를 쓴 자가 있었는데, 군사인 제갈원명과 장로인 호양 진인이 그를 쳐다보며 말하고 있었다.

"멈춰랏!"

진행석에 있던 무림연맹의 무사들이 나를 가로막았다. 나는 그들에게 말했다.

"당장 제일군사를 뵈어야 합니다."

큰 소리로 말하자 진행석 위에 있던 그들이 일제히 나를 쳐다보았다. 나는 검집을 들어 보이며 외치려 했다. 그러자 제갈원명이 전음으로 나를 다그쳤다.

[소리치지 말게! 그리고 당장 이쪽으로 올라오게.]

그의 말에 나는 입을 다물고서 진행석 계단을 뛰어 올라갔다. 무림연맹의 무사들이 나를 포위했다. 당장에라도 나를 추포할 기세였다. 제갈원명이 검집을 쳐다보며 내게 말했다.

"그게 뭔가?"

"저와 같이 왔던 지인이 발견한 겁니다. 누군가 이곳에다 폭약을 몰래 검집에 넣어서 반입한 것 같습니다."

"역시!"

제갈원명이 굳은 인상으로 면사의 사내를 향해 황급히 말했다.

"맹주, 당장 관련자들을 전부 추포하겠습니다."

'맹주?'

그럼 면사의 사내가 맹주 백향묵이란 말인가? 변복까지 하고서 이곳에 왔다는 것은 관전하러 온 모양이었다.

'…?!'

잠깐만, 그 말은 지금 비고가 있는 무림연맹 본단에는 가장 최고의 전력이라 할 수 있는 무한제일검이 부재중이란 의미가 된다.

'빌어먹을!'

—왜 그래?

백혜향이 노리는 게 뭔지 알 것 같았다. 그녀는 처음부터 후기지수 논무에 우승해서 비고에 접근할 생각 따윈 일절 없었다.

―그럼 쟤들은? 일존의 제자인가 하는 애도 있잖아.

그들은 전부 눈속임이었다. 무림연맹을 속이는 것과 동시에 우리 역시도 속이기 위함이었다. 이것은 말 그대로 양동 작전이었다. 그런데 이를 눈치챈 것은 나만이 아니었다.

"맹주, 당장 본단으로 가시지요. 아무리 보안이 철저해도 맹주께서 계신 것과 아닌 것은 차이가 큽니다."

"알겠네."

팟! 대답이 끝나기가 무섭게 맹주 백향묵의 신형이 흐릿해지며 사라졌다. 팔대 고수 정도 되는 자가 작정하고 경공을 펼치니, 거의 눈앞에 보이지 않을 정도였다. 백향묵이 사라지자 제갈원명이 내게 말했다.

"자네만큼은 본 군사를 실망시키지 않아서 다행이네."

나는 속으로 안도의 숨을 내쉬었다. 조금이라도 늦게 판단을 내렸다면 같이 휩쓸릴 뻔했다. 나는 제갈원명이 내게 무슨 의미로 그런 말을 했는지 알아들었지만 전혀 내색하지 않고 되물었다.

"그게 무슨 말씀이신지?"

"아니네. 지금은 설명할 시간이 없으니 도와줄 수 있겠나?"

"도움이라면?"

"지금 폭약에 관한 것을 공표하고 논무를 도중에 중지시키면 혼란이 야기될 걸세. 그렇게 되면 저들이 혼란을 틈타…."

"빠져나갈 수도 있겠군요."

"그렇다네. 나는 지금 당장 연맹의 무사들을 끌어모아 아무도 빠져나가지 못하게 막을 터이니, 자네는 여기 계신 호양 진인, 당주들과 함께 내가 일러주는 자들을 추포해줄 수 있겠나?"

'…?!'

난감한 상황이 되었다. 의심받는 것을 막았더니, 이제는 백혜향 측을 추포하게 생겼다.

어두운 지하. 안 그래도 어두운 복도에 뿌연 연기가 가득 차고 있었다. 연기는 어디가 어딘지 알 수 없을 만큼 앞을 가렸다. 쿵! 누군가의 손바닥이 벽면에 부딪혔다.

"끄으으…"

고통스러운 목소리와 함께 손이 벽면에서 밑으로 미끄러졌다. 등불에 비친 벽면이 피로 얼룩져 있었다. 콰득!

"컥!"

연기 속에서 뭔가 으스러지는 소리가 들렸다. 이윽고 누군가가 두껍게 막혀 있는 밀실의 문을 열었다. 연기 속에서 몇몇 인영이 보였다. 그리고 인영들 사이에서 누군가 걸어 들어왔다.

"꽤 버티는 걸 보면 피독주 같은 것도 있나 보네."

얼굴은 사내였는데, 목소리는 여인의 것이 들려왔다. 평범한 청년의 인피면구 속에 가려진 진짜 정체는 바로 백혜향이었다. 그런 백혜향을 뒤따라오는 사내가 말했다.

"당가에서 조치를 취한 게 아닐까 싶습니다. 본단의 비고답게 주요 인사들이 빠져도 보안이 철저한 걸 보면 과연 무림연맹답습니다."

사내의 말로 인해 놀라운 사실이 드러났다. 그들이 있는 이곳은 바로 무림연맹의 중추 중 한 곳인 비고였다. 혈교의 유력한 교주 후보 중 한 사람인 백혜향은 그 중추에 들어오는 대담함을 보여주고 있었다.

"이제 여기만 지나면 되나."

"아직 진법과 기관 장치가 남아 있을 수도 있습니다. 제가 먼저… 아가씨!"

사내의 말을 무시하고서 백혜향이 앞으로 걸어갔다. 길게 이어진 복도로 한 발짝 내디딜 때마다 미로처럼 변화가 일어나려 했다. 백혜향의 두 눈동자가 검붉은 빛을 냈다. 눈 표면에 얇고 투명한 막이 없었다면 그 빛은 보다 선홍빛을 띠었을 것이다.

슉! 팍! 그녀가 고개를 뒤로 살짝 젖히자, 우측 벽면에서 날카로운 창이 튀어나와 반대편 벽에 꽂혔다. 그녀는 수도로 앞을 가로막는 창을 부숴버렸다. 그리고 거침없이 앞으로 나아갔다. 기관 장치가 연달아 가동되고 있었지만 그녀에게는 전혀 통하지 않았다. 사내가 속으로 탄성을 흘렸다.

'과연!'

기관 장치나 진법은 그녀의 눈앞에서 아무런 소용이 없었다. 그녀가 복도의 어떤 곳을 통과하면서 바닥을 세차게 밟자, 뭔가 부서지는 소리와 함께 미로처럼 얽히던 복도가 일직선으로 바뀌었다. 그리고 그 복도 끝에는 등불로 밝혀놓은 공간이 모습을 드러냈다.

"재미있네."

백혜향의 그 말에 사내가 의아해하며 뒤따라왔다. 그러고는 곧 기가 찼는지 콧방귀를 뀌었다. 공간의 벽면을 가득 메우고 있는 수많은 검 자루들. 자그마치 수백 자루에 가까운 검집과 검병에는 노란색 부적들이 덕지덕지 붙어 있었다.

"별짓을 다 해놓았군요."

이래서야 검을 찾기 어려웠다.

"검의 기운을 막기 위해서 이렇게 해놓은 것 같습니다."

왜 이랬는지는 이해가 갔다. 희대의 요검(妖劍)이라 불리는 그 검은 단순한 보검이 아니었다. 인간의 정신마저 갉아먹는다고 들었다.

'이걸 어쩌지?'

하나씩 검을 빼서 확인한다면 시간이 걸릴 수밖에 없을 것이다. 하지만 지금 그들은 촉박한 상황이었다. 얼마 있지 않으면 맹주를 비롯한 간부들이 나타날 것이다.

"이렇게 가려놓으면 못 찾을 거라 생각한 건가?"

백혜향의 몸에서 붉은 아지랑이가 스멀거리며 피어올랐다. 검과 감응하기 위해 신공을 최대한으로 끌어올리는 그녀였다. 검붉은 눈동자로 검 자루가 가득한 벽면을 천천히 응시하던 그녀가 가볍게 위로 뛰어올라, 검 자루 하나를 잡았다.

"그것입니까?"

백혜향이 말없이 고개를 끄덕였다.

"확인해보시죠."

사내의 말에 그녀가 이번에는 고개를 저었다.

왜 그러는가 싶었는데 백혜향의 다음 말을 듣고서 이해할 수 있었다.

"이것들 써먹을 수 있잖아."

그녀가 손으로 가리킨 것은 벽면을 가득 메우고 있는 부적이 붙은 검 자루들이었다. 의아하게 이를 쳐다보던 사내의 입꼬리가 비릿하게 올라갔다.

* * *

본단 건물의 뒤편에 있는 비고에 도착한 맹주 백향묵은 굳은 인상으로 연기가 새어 나오는 건물을 쳐다보았다. 건물 근처에 있는 연맹의 무사들이 전부 천으로 입을 가리고 있었다. 그걸 보면 분명 저것은 독 연기가 틀림없었다.

'감히!'

어지간한 일에는 동요하지 않는 그조차 과감한 침입자의 소행에 분노를 금치 못했다. 그런 그에게 콧수염이 있는 미중년의 사내가 다급히 뛰어왔다.

"맹주!"

"사마 군사."

미중년의 사내는 무림연맹의 제이군사 사마중현이었다. 사건이 터지고 가장 먼저 이곳에 도착해서 사태를 수습 중인 그였다. 맹주 백향묵이 그에게 물었다.

"어찌 된 일이오?"

"적들이 독계를 썼습니다. 당우중 장로께서 직접 안에 들어가서 지하까지 차 있는 독무를 해독시키고 있습니다."

당우중은 사천당가의 부가주였다. 정파를 통틀어 당가만큼 독을 잘 다루는 곳은 어디에도 없었다. 그런데 문제는 독무가 아니었다.

"침입자는 잡았소이까?"

"맹주 근방에 있던 장로들과 당주들이 흩어져서 그들을 쫓고 있습니다."

"그들?"

401

"적들이 교란책을 썼습니다."

"그게 무슨 말이오?"

"비고에서 꽤 많은 자들이 튀어나왔는데, 그들 모두가 부적이 붙은 검 자루를 들고 사방으로 흩어졌습니다."

"그들을 잡는 데 시간이 얼마나 걸릴 것 같소?"

"비고를 지키는 무사들까지 섞여 있어서 혼란이 가중되었습니다."

"그게 무슨 소리요?"

군사 사마중현이 어딘가를 가리켰다. 그곳에 당가의 사람들과 연맹의 의원들이 창백한 얼굴로 피를 게워내는 무사들을 들것에 실어 옮기고 있었다. 그들 옆에는 부적이 붙은 여섯 자루의 검이 있었다.

"저들에게 검을 등허리에 묶게 하고서 무작정 도망치게 시켰습니다."

"하!"

"계속 뛰어서 용천혈을 자극하지 않으면 촌각 안에 죽는다고 속였습니다. 그래서 놈들에게 속은 무사들이 사방으로 흩어져서 도망치고 있습니다."

"…몇 명이나 되오?"

"적어도 마흔 명이 넘는 것으로 파악됩니다."

적지 않은 수였다. 그들 중에 진짜 범인이 끼어 있다는 소리였다.

'이런 잔머리를.'

누구의 계책인지 모르겠지만 기가 막힐 정도로 머리를 썼다. 군사 사마중현이 심각한 목소리로 말했다.

"맹주… 아무래도 비상령을 내려야 할 것 같습니다. 무림 대회 중이라는 걸 감안했다가는 정말 검을 탈취당할지도 모릅니다."

그 말에 맹주 백향묵은 고민에 빠졌다. 지금은 무림 대회 도중이었다. 정파의 유력한 인사들과 수많은 무림인들이 참석한 대행사에서 비고가 털렸다고 비상령을 내리는 순간, 무림연맹의 위신과 체면이 말이 아니게 된다.

'별수 없구나.'

고민은 그리 길게 가지 않았다. 이 자리에서 정사 대전의 최대 승전물을 탈취당한다면 그게 더욱 무림연맹의 위신을 흔들리게 할 것이다.

맹주 백향묵이 입을 열었다.

"당장 비상령을 내리…."

쾅! 미처 말을 끝내기도 전에 커다란 굉음 소리가 들려왔다. 바로 후기지수 논무가 진행되고 있는 대연무장에서 들려온 소리였다. 그런데 또다시 폭발음이 연달아 들려왔다. 콰쾅! 본단과 대연무장의 거리가 상당했지만 폭발음과 함께 들려오는 수많은 인파의 비명 소리는 팔대 고수라 불리는 맹주 백향묵에게 뚜렷하게 들렸다.

맹주 백향묵이 굳은 얼굴로 명했다.

"당장 비상령을 내리시오. 그리고 다섯 당의 전력을 대연무장으로 보내시오."

"명대로 하겠습니다."

연맹의 위신 따위를 생각할 상황이 아니었다.

* * *

'…하!'

제갈원명의 부탁을 받고 어찌해야 하나 고민하면서 2차 예선전이 진행 중인 비무 단상으로 향하고 있던 나였다. 만약 저들을 추포하려 하다가 같이 죽자는 식으로 내 정체를 밝힐까 봐, 어떻게 이 상황을 타개해야 하나 머리를 굴리고 있었다. 그런데 그런 고민이 우스워지기라도 하듯 사건이 제대로 터졌다.

─진짜 미친 거 아냐? 자폭을 하다니?

소담검이 혀를 내둘렀다. 원래 나와 겨루기로 되어 있던 백혜향 측의 세작으로 짐작되던 녀석이 다음 사람과 겨루던 도중에 갑자기 웃통을 벗었다. 그런데 그 안에 화약이 있었던 것이다.

"무쌍성은 원한을 잊지 않는다."

그 말을 하고는 그대로 자폭해버렸다. 정 단상의 진행을 맡은 당주가 막아보려 했지만, 너무 순식간에 벌어진 일이라 도리어 폭발에 휘말려버리고 말았다.

'버리는 패였단 말인가?'

나의 시선은 저절로 을 단상으로 향했다. 그곳에는 1존의 제자인 권영하가 있었다. 그런데 이 폭발을 신호 삼기라도 한 건지 단상에서 비무를 치르고 있던 권영하가 그대로 경공을 펼치며 단상을 빠져나갔다.

"놈이 도망친다. 놈들을 잡아랏!"

제갈원명이 공력이 실린 목소리로 소리쳤다. 폭발로 인해 더 이상 숨기고 자시고 할 상황이 아니게 되었다. 화산파의 매화백검 호양진인을 비롯한 당주들이 일제히 놈과 나머지 세작들을 잡기 위해 경공을 펼쳤다. 그런데 또 다른 문제가 생겼다.

"무쌍성은 원한을 잊지 않는다!"

관람석 쪽에서 들려오는 외침 소리에 나뿐만 아니라 권영하와 세작들을 잡으려고 달리던 호양 진인과 당주들 시선이 그곳으로 향했다. 그와 동시에 폭음이 터져 나왔다. 콰쾅! 사방으로 튀어 오르는 피와 육신의 파편들. 비명이 쏟아졌다.

"꺄아아아아아아악!"

'이런 미친!'

관람석 쪽에 있는 폭약을 가진 자들은 조성원과 무림연맹의 무사들이 전부 잡은 줄 알았는데, 아직 잡지 못한 놈이 있었던 것이다. 연무장에서 벌어졌던 폭발과는 그 파급력의 차이가 달랐다.

"포, 폭약이다!"

"도망쳐!"

순식간에 후기지수 논무가 진행되던 대연무장이 아수라장이 되었다. 무림연맹의 무사들이 관람석에 있는 사람들을 진정시키려 했지만, 소용이 없었다. 언제 폭발이 일어날지도 모른다는 공포심이 장내를 혼란에 빠뜨렸다. 수만 명에 이르는 사람들이 대피하기 위해 사방으로 흩어지면서 인파와 소음으로 백혜향 측의 세작들이 가려져 버렸다.

"모두 진정하시오!"

제갈원명의 외침 또한 난리통에 묻혔다.

'도망갈 구멍은 만들어놨구나.'

이 정도 사태라면 저들이 도망가는 것은 그리 어려운 일이 아니라는 생각이 들었다.

'후우…'

이쪽의 계획은 엉망진창이 되고 말았다. 백혜향 측에서 펼친 양동 작전이 성공했다면 그들에게 혈마검을 빼앗기는 게 되고, 실패한다면 더는 검을 탈취할 방법이 없어진다. 이런 사태가 벌어졌는데 설마 후기지수 논무를 연이어서 하겠는가. 당장에 의심을 피하기는 했지만, 이렇게 되면 차라리 우리도 지금 탈출하는 편이 나을지도 모른다.

─괜찮겠어? 갑자기 사라지면 익양 소가에 불똥이 튀는 거 아냐?

소담검의 말에 나는 아차 싶었다. 익양 소가가 어찌 되는 건 상관없는데, 누이동생인 영영이가 문제였다. 내가 갑자기 사라지면 영영이에게 피해를 줄 수도 있었다.

'미치겠군.'

정말 상황이 복잡해져버렸다. 뭔가 대책이 필요했다. 그나저나….

'어디에 있는 거지?'

사마영과 조성원이 보이지 않았다.

사마영을 찾아서 진행석 쪽으로 오라고 했는데, 설마 관람석의 폭발에 휘말린 것은 아닌지 불안해졌다. 팍! 팍! 인파들이 연무장을 가로질러 도망치느라 계속 부딪치고 있었다. 이래서는 그들을 찾을 길이 없었다. 그때 문득 좋은 방법이 생각났다.

'남천, 소담, 사마 소저의 검을 찾을 수 있겠어?'

나 역시도 검의 소리를 들을 수 있지만, 지금 너무 많은 검과 사람의 소리로 도저히 집중할 수 있는 상황이 아니었다.

─기다려봐.

─찾아보겠다.

녀석들이 찾는 편이 더 나을 거다. 지금 혼란이 일었을 때 인파에 섞여 빠져나가야 했는데, 차라리 관람석 쪽으로 올라가서 찾는 편이 낫겠다는 생각이 들었다. 그렇게 인파를 헤치고 나가려던 찰나였다.

―운휘! 뒤다!

남천철검의 외침과 함께 살의를 느꼈다. 뒤에서 수많은 인파 사이로 누군가 내게 단검을 들고서 다가오고 있었다.

'이놈은?'

그는 다름 아닌 나와 2차 예선전에서 첫 번째로 겨뤘던 백혜향 측의 세작이었다. 한참 도망쳐야 하는 판국에 나를 노리다니 어지간히 죽이고 싶었나 보다. 기척을 죽이고 살수를 감행하려 했던 놈은 내가 뒤돌아보자, 결국 본색을 드러냈다.

[도망칠 생각은 버려라!]

놈이 내게 전음을 보냈다. 장외로 떨어져서 아직 승부를 보지 못했다고 착각하는 건가. 놈이 인파를 헤치며 내게 다가왔다. 그때 녀석 쪽을 바라보고서 나는 고개를 끄덕였다.

'…?!'

녀석이 의아했는지 다가오면서 인상을 썼다. 너한테 보낸 표시가 아니거든. 그 순간 누군가 녀석의 목을 팔로 휘감았다.

"헉!"

녀석이 당황해서 단검으로 뒤를 찌르려고 했지만, 그러기도 전에 녀석의 목을 그 누군가가 비틀어버렸다. 목이 꺾인 놈은 그대로 바닥에 쓰러졌다.

"흥! 감히 누굴 노려."

녀석의 목을 비틀어서 죽인 자는 다름 아닌 사마영이었다. 그 뒤에서 조성원이 안도의 숨을 내쉬며 서 있었다.

'제때 맞췄구나.'

나는 녀석에게 말한 것이 아니라, 뒤에서 허락을 구하는 사마영에게 죽여도 된다고 말한 것이었다. 웅성웅성!

[인피면구를 벗겨버려요.]

근방에서 도망치던 인파들이 놀라 쳐다보기에 나는 그녀에게 놈의 인피면구를 벗기라고 전음을 보냈다. 인피면구가 반쯤 뜯기며 녀석의 원래 얼굴이 드러났다. 찢어진 눈매에 백옥 같은 피부를 가지고 있었는데, 확실히 인피면구를 쓰고 있을 때보다 훨씬 혐교스러운 얼굴이었다.

"인피면구?"

"설마 세작이야?"

웅성거리는 사람들 사이로 무림연맹의 무사를 발견한 나는 그를 불렀다.

"엇? 이건···."

인피면구가 뜯긴 것을 보고서 놀란 무림연맹의 무사에게 말했다.

"세작 같습니다. 누군가를 노리더군요."

이 정도만 말해도 충분했다. 무림연맹의 무사가 황급히 다가와 놈을 살폈다.

"신원 파악을 부탁합니다. 저는 제갈 군사님이 부탁한 게 있어서 갑니다."

"아, 알겠습니다."

그런 그를 두고서 나는 사마영과 조성원을 데리고 인파들 사이로 섞여 들어갔다. 일단은 무림연맹 측의 이목을 피하기 위해서였다. 자연스럽게 인파와 더불어 대연무장을 빠져나갈 무렵, 사마영이 내게 전음을 보냈다.

[부단주님, 지금 대연무장 밖에 난리가 났어요.]

[그게 무슨 말이죠?]

[부적을 붙인 검 자루를 든 자들이 성내 곳곳으로 도망치는데, 무림연맹 무사들이 그자들을 붙잡으려고 쫓고 있어요.]

[…그걸 어떻게 안 겁니까?]

어디에 있었나 했더니, 아무래도 사마영은 대연무장 밖으로 나갔다 왔나 보다. 내가 인상을 찡그리며 쳐다보자 그녀가 이실직고했다.

[으음… 그게 무림연맹의 제이군사가 사마 세가 사람이라고 들어서….]

알 것 같았다. 제이군사 사마중현, 그는 사마 세가의 사람이었다. 사마영이 손사래를 치면서 내게 말했다.

[만나려고 한 건 아니에요. 그저 얼굴만 보려고 했어요.]

그 말을 믿으라는 겁니까? 사마 세가 이야기만 하면 묘하게 분노를 머금던 그녀였다. 하지만 당장에 그녀를 질책할 생각은 없었다. 오히려 그녀가 몰래 대연무장을 빠져나간 덕분에 바깥 상황을 알수 있게 되었다.

'부적을 붙인 검 자루를 들고 있는 자들이라고 했다.'

그 말은 한둘이 아니라는 소리였다. 그런데 무림연맹 무사들이 그들을 잡으려고 한다고 했다.

'혈마검인가.'

내 예상이 맞다면 그것은 혈마검일 것이다. 백혜향 측에서 만든 것인지는 모르겠지만 교란책으로 가짜 혈마검으로 무림연맹 무사들을 유인하고 있는 것 같았다.

'우리와 비슷하면서 다른 전략을 세웠구나.'

이쪽은 가짜 혈마검을 비고에 두고 오려고 했다. 그런데 백혜향 측은 가짜 혈마검들로 과감하게 교란책을 펼친 것이었다. 그러나 그 게 얼마나 갈지는 알 수 없었다. 양동 작전으로 무림연맹의 성내가 혼란에 빠졌지만 길게 가지는 않을 것이다.

[부단주님, 어떻게 하지요? 저희도 이 틈에 성을 빠져나가거나 뭔 가 다른 대책을 세워야 할 것 같습니다.]

조성원이 사마영에게 사정을 들었는지 내게 전음을 보냈다.

녀석도 나와 비슷한 판단을 하고 있었다.

'어떡하지?'

이대로 도망쳐도 혈마검이 백혜향의 손에 들어간다면 내부 전쟁 은 그녀의 승리로 돌아가게 될 것이고, 나는 나대로 무림연맹의 의 심마저 받게 된다.

'탈취해야 해.'

어떻게든 혈마검을 탈취해야 한다. 그럼 진짜 혈마검을 들고 도망 치는 자를 잡아야 하는데, 어떻게 그 사람을 찾을 수 있을까? 고민 하고 있던 그때였다.

—죽인다. 전부 죽일 것이다.

오싹! 전신에 소름이 돋았다. 머릿속을 울리는 강렬한 살의가 담 긴 목소리에 나는 그 방향으로 고개를 돌렸다. 무림연맹의 북서쪽 성 외곽으로 수레 행렬이 이어지고 있었다. 피독 기능이 들어간 특 수 천으로 제작된 복장을 입은 의원들과 당가의 무사들이 천으로 단단히 봉해놓은 수레를 끌고 있었는데, 그 안에는 시신들을 비롯 해 여러 비고의 물건들이 실려 있었다. 그들이 향하고 있는 곳은 무 림연맹의 격리시설이었다. 소각장까지 갖춰진 장소였다. 독무에 닿

왔던 모든 물건들과 사람들을 격리시켜 독이 퍼져 나가는 것을 방비하기 위해 옮기고 있는 중이었다. 격리시설에 도착하자 수레 행렬을 맡은 당가의 당주상이 명했다.

"독에 중독된 사람들과 시신들은 전부 격리실로 데려가고, 독무에 닿았던 물건들은 모두 소각장에서 태워버리시오."

"넵!"

의원들과 당가의 사람들이 일사불란하게 움직였다. 격리실로 옮겨지는 시신들 수만 해도 자그마치 서른 구가 넘었다. 비고에 죽어 있던 연맹의 무사들이었다.

"팔 잡아."

"젠장, 무겁기도 하지."

"잔말 말고 옮겨."

시신에까지 들것을 챙길 필요가 없기에 그들은 시신의 팔과 다리를 잡고서 일일이 힘겹게 옮겨야 했다. 그렇게 시신들을 격리실로 안치하고 있을 때였다. 구석에 있는 시신들 사이에서 기침 소리가 들려왔다.

"쿨럭!"

"응?"

의원들과 당가의 무사들이 의아해하며 기침이 난 곳으로 다가갔다. 분명 시신들 틈에서 소리가 들렸다.

"이게 무슨 일이야?"

"분명 기침 소리가 들렸는데."

"이쪽이었던 것 같은데?"

그 순간 피로 젖어 있던 한 시신이 자리에서 벌떡 일어났다. 죽었을 거라 생각했던 시신이 갑자기 일어나자 모두가 화들짝 놀라며 당혹스러워했다. 시신이라 하기에는 눈동자에 생기가 넘쳤다.

"사, 살아 있어?"

"그래, 살아 있지."

'…?!'

파파파팍!

"컥!"

"으억!"

순식간에 주변으로 몰려들었던 의원들과 당가의 무사들이 무차별적으로 손가락에 안면, 목, 심장 등이 뚫리면서 죽임을 당하고 말았다. 쓰러지는 그들을 비집고 나오는 검붉은 눈에 왜소한 체구의 사내. 그는 바로 백혜향이었다.

'귀식대법(龜息大法)도 할 게 못 되는군.'

지금까지 시신들 틈바구니에서 귀식대법을 펼치고 있던 그녀였다. 귀식대법은 기도를 차단해서 시체처럼 있을 수 있는 수법이다.

우르르르! 바깥에서 기척들이 느껴졌다. 백혜향은 격리실 바깥으로 발걸음을 옮겼다. 문을 열고 나오자 당가의 외당주 당주상과 무사들이 앞으로 몰려와 있었다. 당주상이 어처구니없다는 듯이 말했다.

"하! 아주 가관도 아니구나. 시신으로 분해 있었다니."

누가 상상이나 했겠는가. 독에 중독되어 비고에 죽어 있는 시신들 중 하나로 분해 있을 줄이야.

'시신들의 인적 확인도 전부 끝냈다. 그 말인즉, 저 얼굴은 인피면구란 소리구나.'

사실을 깨달아봐야 이미 늦었다. 그런데 그녀는 포위하고 있는 그들이 안중에도 없는 듯 어딘가를 쳐다보며 말했다.

"검은?"

"여기 있습니다."

슉! 무사들의 포위망 위로 뭔가가 날아와 백혜향의 손으로 들어갔다.

"뭐야?"

당주상이 뒤를 쳐다보니, 가짜 혈마검을 담아놓은 수레 옆에 얼굴을 가리고 있는 의원 한 사람이 무언가를 던진 자세를 풀면서 서 있었다.

"아뿔싸!"

의원이라 생각했던 자는 다름 아닌 세작이었다. 다급히 앞을 보자 백혜향이 부적이 붙은 검병을 들고 있었다.

'전부 확인했는데?'

가짜 혈마검인지 일일이 봉해진 부적을 떼어내서 확인한 그들이었다. 그런데 잘 살펴보니 백혜향이 쥐고 있는 검병과 검집의 이음새에는 여전히 부적이 붙어 있었다.

'진짜다!'

어떤 수를 썼는지는 모르지만 진짜를 가짜들 틈에 끼워 넣은 것 같았다. 당주상이 다급히 외쳤다.

"잡아라! 검을 가지고 가게 해선 안 된다!"

"늦었어."

백혜향이 검집을 잡고서 강하게 잡아당겼다. 그러자 봉해져 있던 부적이 찢기며 그 안에 감춰진 검날이 모습을 드러냈다. 검신에 독특한 문양이 새겨진 은빛 검이었다.

'…?!'

백혜향이 인상을 찡그렸다. 검이 뽑히자 잔뜩 긴장하고 있던 당주 상이 이내 비웃음을 흘리며 말했다.

"멍청한 것. 가짜를 가지고 왔구나."

정사 대전을 알고 있는 무림인들이라면 모두가 기억한다. 혈마검의 생김새를 말이다. 핏빛을 연상케 하는 붉은 검신. 그 요검의 손에 수백이 넘는 정파 고수들이 목숨을 잃었다. 그때 그녀가 찡그렸던 인상을 풀고서 검신의 끝으로 검지와 중지를 모은 손가락을 가져갔다.

"네놈들이 착각하는 게 있지."

"뭐?"

"혈마검이 핏빛을 띠는 것은 원래 검의 색깔이 핏빛이라서가 아니야."

말이 끝남과 동시에 백혜향의 전신에서 강렬한 살기가 뿜어져 나왔다. 오싹!

'무, 무슨 살기가….'

심지어 그녀의 어깨 위로 붉은 아지랑이가 스멀스멀 피어오르고 있었다. 백혜향이 검지와 중지를 모은 검결지로 천천히 검 끝부터 검병까지 검신을 쓸어내리자 놀라운 일이 벌어졌다. 은빛이었던 검신이 핏빛으로 물들어갔다. 그 광경에 당주상이 경악을 금치 못했다.

"혀, 혈마검!"

　　　　　　* * *

　무림연맹의 성내. 후기지수 논무가 진행되었던 대연무장에서 얼마 떨어지지 않은 남동쪽. 본단 건물과 제일군사부 사이였다. 그곳에는 무림연맹의 의약당 건물이 자리하고 있었다. 의약당 자재실 쪽으로 급히 향하고 있는 이가 있었으니, 바로 제갈원명이었다. 제갈원명의 뒤를 중년의 호위무사를 비롯한 두 명의 호위무사가 따르고 있었다. 제갈원명의 표정이 심상치 않았다.

"확실한 것이냐?"

자재실로 향하면서 제갈원명이 물었다.

"그렇습니다. 의약당 쪽에서도 부적이 붙은 검을 가지고 나오는 자들이 있었다고 합니다."

"설마 이곳을 눈치챘을 줄이야."

제갈원명이 이렇게 심각해하는 이유는 간단했다. 바로 이곳 자재실의 숨겨진 공간에 진짜 혈마검을 두었기 때문이다. 그는 만에 하나, 혈마검이 탈취당하는 일이 벌어질 수 있다고 판단하여 맹주와 상의하에 이를 아무도 모르는 곳에 숨겨두기로 하였다. 오직 자신만 아는 비밀 장소에 말이다.

'대체 어떻게 알았단 말인가.'

이곳에 검을 숨긴 것을 아는 자는 오직 자신뿐이었다. 오른팔 심복이라 할 수 있는 중년의 호위무사 만왕에게조차 이야기하지 않았다.

'정말로 검을 빼앗기면 무림연맹의 수치로 남는다.'

제갈원명은 서둘러 자재실로 들어갔다. 평범한 약재들과 의학 서적들로 가득한 자재실. 호위무사 만왕이 의아한 눈으로 제갈원명을 쳐다보았다. 제갈원명이 약재가 담겨 있는 서랍장 하나를 열었다. 그리고 책장에 꽂혀 있는 서적 몇 권을 뽑았다. 그러자 놀라운 일이 벌어졌다. 쿠르르르! 자재실의 구조가 좀 더 넓어지며 책장과 약재 서랍 사이에 문이 하나 나타났다.

'기문진!'

만왕을 비롯한 호위무사들이 탄성을 흘렸다. 기관과 진법, 기문진에 능하다는 제갈 세가다운 능력이었다.

"여기서 기다려라."

제갈원명이 문을 열고 들어갔다. 그리고 어두운 방을 더듬으며 등을 찾아 심지에 불을 붙였다. 등불로 안이 환해졌다. 밀실 안에는 기다란 목갑이 있었다. 제갈원명이 초조한 얼굴로 다급히 목갑을 열었다.

'…?!'

제갈원명이 인상을 찡그렸다. 그 안에는 부적이 잔뜩 붙은 검 자루가 있었다.

'있잖아.'

혹여 혈교의 세작들에 의해 검을 도둑맞기라도 했을까 봐 노심초사했는데, 허탈해졌다. 그런데 뒤에서 뭔가 쿵쿵거리는 소리가 들려왔다.

'뭐지?'

무슨 일인가 싶어 목갑을 닫고서 뒤돌아 나가려는 순간…. 푹!

"크억!"

누군가 기습적으로 제갈원명의 복부를 검으로 찔렀다. 순식간에 일어난 일이라 어떻게 대응해볼 틈이 없었다. 일렁이는 등불에 비친 얼굴.

"마, 만왕, 자네….."

그는 자신의 심복 호위무사인 만왕이었다. 너무도 어처구니없는 상황에 제갈원명은 당황해하다가 이내 만왕의 가슴에 일 장을 날렸다. 그런 그의 일 장을 만왕이 날렵하게 보법으로 피했다. 덕분에 검이 쑤욱 하고 뽑혀 나오며, 제갈원명의 복부가 피로 물들었다.

"끄으으."

제갈원명이 고통스러워하며 비틀거렸다. 그 기회를 놓치지 않고 만왕이 신형을 날리며 그의 얼굴과 가슴에 발차기를 했다. 퍼퍼퍽! 쾅!

"크헉!"

이를 맞은 제갈원명의 신형이 벽에 부딪혔다. 그리고 곧 그의 몸이 미끄러지듯이 주르륵 내려왔다. 상반신만 겨우 벽에 기댄 그가 힘겹게 입을 열었다.

"네놈이 어찌?"

만왕은 이십여 년 가까이 자신과 함께한 호위무사였다. 게다가 뒤도 깨끗하고 어떠한 문파들과도 연관점이 없는 자이기도 했다. 그런 그의 배신은 충격이 컸다. 만왕이 무표정한 얼굴로 밀실에 있는 목갑을 열었다.

"여기 있었구려."

만왕이 안에 있는 검 자루를 들었다. 부적으로 열지 못하게 봉해 놓은 부분을 뜯은 그가 슬쩍 검을 뽑았다. 스릉! 오 분의 일 정도 드러난 검신. 검신에도 온통 부적이 붙어 있었다.

"이게 가짜와 진짜의 차이구려."

가짜에는 굳이 안에까지 부적을 붙이지 않았지만, 진짜 혈마검은 그 마성과 요사스러운 기운을 억누르기 위해 검신에도 부적을 붙여놓았다.

"으윽!"

그런데 살짝만 검신을 열었을 뿐인데 어지러움이 느껴졌다. 온몸에 닭살이 돋을 만큼 음산한 기운을 느낀 만왕이 다급히 검집을 닫았다.

'과연 요검이로구나.'

절대 뽑아서도 탐해서도 안 된다는 말이 이해됐다. 이런 불길한 요검이라면 정신마저 갉아먹힌다는 말이 거짓이 아닌 듯했다. 그런 그의 귓가로 제갈원명의 목소리가 들려왔다.

"…누가 사주했느냐? 혈교는 아닐 테고."

"어째서 그리 생각하십니까?"

"혈교에서 이곳에 혈마검이 있는 것을 알았다면 굳이 번거롭게 양동 작전에 폭약까지 쓰는 짓거리는 하지 않았을 거다."

"과연 제갈 군사님다운 혜안이군요."

만왕이 천천히 그를 향해 다가왔다. 그리고 빙그레 웃더니 이내 험악해진 얼굴로 그의 복부를 발로 눌렀다.

"끄으으으."

"그 명석한 머리로 누가 저를 움직인 건지 추측해보시죠."

"끄으으… 어째서 이러는 겐가?"

"새삼 약한 모습을 보이고 군사 체면이 말이 아닙니다. 그렇게 주위도 봐가면서 챙겨주시고 했으면 얼마나 좋았습니까?"

"자네가 어찌?"

"이십여 년이나 곁을 지켜온 자는 평생 호위무사로밖에 쓰지 않으시면서 고작 몇 번 보지도 못한 녀석은 군사로 키운다느니 그런 소리를 잘도 지껄이시더군요. 명문 무가나 그런 자들이 아니면 사람으로 보이지도 않는 겁니까?"

분노에 젖은 만왕의 목소리에 제갈원명은 깨달았다. 그의 분노가 하루 이틀에 걸쳐서 만들어지지 않았음을 말이다. 만왕이 비릿하게 웃으며 말했다.

"이날이 오기만을 기다렸지요. 그렇게 똑똑한 척 세상을 다 아는 듯 구는 당신이 당혹스러워하고 괴로워하는 이 순간을 말입니다."

퍽!

"큭!"

만왕이 제갈원명의 턱을 발로 걷어찼다. 그의 괴로움을 진심으로 즐기고 있었다. 부서진 이를 꺽꺽대며 뱉고 있는 제갈원명에게 만왕이 혈마검을 흔들어 보이며 말했다.

"이게 없어지면 무림연맹의 위신도 말이 아니겠군요. 그 위신을 세우려면 혈교와 심기일전으로 부딪쳐야 할 테고요. 이 모든 게 당신 덕분입니다. 그런데 이번에는 무쌍성도 도와주지 않을 텐데 얼마나 잘 싸울지 궁금하군요."

그런 그의 말에 제갈원명이 날카롭게 노려보며 입을 열었다.

"…무쌍성에서 자네를 움직인 건가?"

만왕이 그저 웃기만 했다. 그것은 긍정을 의미했다.

"그때 당신이 아니라 무쌍성을 따라갔었다면 젊은 나날을 남의 똥꼬나 닦으며 보내진 않았을 텐데 말이죠."

"무쌍성이었군…. 그랬군, 그랬어."

"그걸 안다고 해도 당신의 운명이 바뀌진 않습니다."

제갈원명이 피식거리며 말했다.

"내가 왜 자네를 호위무사 이상으로 기용하지 않았을 것 같나?"

"…?"

"첫째, 자네 그릇이 그 정도밖에 되지 않네. 둘째, 상대를 몰아붙였다고 생각해서 경거망동으로 나불대는 자가 무슨 큰일을 하겠다는 건가?"

"이 노친네가 죽을 때가 돼서도!"

분노한 만왕이 내공을 실어서 그의 복부를 강하게 밟았다. 검이 관통한 것 때문에 오장육부가 뒤틀릴 것 같은 고통일 텐데, 제갈원명은 눈빛 하나 흔들리지 않고 입을 뗐다.

"셋째!"

"뭐?"

"나는 누구도 믿지 않네."

'…?!'

파파파파팍!

"크헉!"

그 순간 만왕의 복부로 날카로운 무언가가 파고들었다. 화끈거리는 고통에 만왕이 비틀거리며 자신의 복부를 쳐다보았다. 제갈원명의 손에 작은 원통 같은 것이 들려 있었다.

"이, 이게…?"

"당가에서 본 군사에게 선물로 준 것이지."

그것은 백우화침이라는 것이었다. 당가에서 개발한 것으로 통에 작은 화약이 들어 있어서, 그 반동으로 백 발의 침이 암기처럼 튀어

나가는 병기였다.

"자네가 독침을 맞고 운기나 해독 없이 얼마나 살 수 있을까?"

슥! 제갈원명이 백우화침을 만왕의 얼굴에 겨냥했다.

"빌어먹을!"

이에 당황한 만왕이 혈마검의 검집으로 얼굴을 가리며 다급히 뒤로 몸을 날렸다. 독이라는 말에 기겁했는지 만왕은 그대로 뛰쳐 나가버렸다. 제갈원명이 안도의 숨을 쉬면서 팔을 내렸다.

'멍청하긴…. 이 정도 위력을 가진 암기가 여러 발이 나갈 정도였으면 무림의 판도가 바뀌었을 게야.'

화약을 통한 단발성 암기였다. 하지만 상대를 속이기에는 충분했다. 그런데 바깥에서 뭔가 우당탕거리는 소리가 들려왔다. 이윽고 바깥의 빛을 등지고 누군가가 들어왔다.

"자네!"

그는 바로 소운휘였다. 소운휘의 왼손에는 만왕이 들고 도망쳤던 혈마검이 들려 있었다. 이를 보면서 제갈원명은 웃거나 좋아할 수가 없었다. 자신의 부탁을 받은 소운휘가 이곳에 나타날 이유는 하나도 없었기 때문이다.

"아니길 바라…."

푹!

"컥!"

말이 미처 끝나기도 전에 소운휘의 손에서 날아온 검이 그의 목에 박혔다. 검이 목을 관통한 이상 기사회생할 수 있는 방도는 존재하지 않았다.

[죄송합니다. 여기서 당신이 제일 성가십니다.]

'…!!'

소운휘는 그 전음을 마지막으로 미련 없이 밀실을 나가버렸다. 일
그러진 얼굴로 제갈원명이 자신의 목에 박혀 있는 검을 내려다보았
다. 그것은 만왕의 검이었다. 이렇게 되면 누가 자신을 발견하더라도
호위무사인 만왕이 저지른 행동이라고밖에 생각지 못할 것이다. 고
개가 밑으로 내려가며 그는 마지막으로 생각했다.

'…역시 …틀리지 않았어.'

일 푼의 여지는 절대로 적지 않았다.

혈마검

선홍빛으로 물들었던 검이 다시 은빛으로 돌아왔다. 하지만 핏물에 젖어서인지 검은 여전히 붉은빛을 띠고 있었다. 백혜향의 주위로 토막 난 시신들이 끔찍한 형태로 널브러져 있어 차마 눈을 뜨고 보기 힘들 지경이었다. 원하던 검을 손에 넣었는데도 그녀의 기분은 썩 좋아 보이지 않았다. 오히려 미심쩍은 눈으로 검을 바라보고 있었다.

"혈천대라공을 견디다니, 과연 혈마검이 틀림없군요."

그런 그녀의 곁으로 의원으로 분했던 사내가 다가와 기쁜 목소리로 말했다. 한데 전혀 기뻐 보이지 않아 의아했다.

"왜 그러시는지?"

"…듣던 것과는 달라."

"네?"

백혜향이 말없이 사내에게 검을 던졌다. 이에 사내가 화들짝 놀라며 검을 받지 않고 피했다. 검이 땅바닥에 꽂혔다.

"…어찌?"

혈마검이 희대의 요검이라는 사실은 정파인뿐만 아니라 혈교인 모두가 아는 사실이었다. 함부로 건드렸다가 저주를 받게 된다는 소문마저 돌았다.

"검병을 잡아봐."

"네?"

"잡아보라고."

그녀의 강경한 명에 머뭇거리던 사내가 결국 검병을 잡았다. 사내가 인상을 찡그렸다. 혹시나 하는 마음에 우려했던 요검의 느낌은 전혀 없었다. 그런 그에게 백혜향이 물었다.

"심 장인은 개봉으로 보냈지?"

"네, 화월상단의 본단으로 보내라고 하지 않으셨습니까?"

화월상단의 본단. 일혈성 뇌혈검 장룡의 근거지였다.

"왜 그자의 솜씨라는 생각이 드는 걸까?"

"그 말씀은?"

"…진짜 혈마검이 아니야."

그녀는 확신했다. 당가의 무사들 앞에서는 진짜를 탈환한 것처럼 허장성세를 펼쳤지만, 아무리 생각해도 이것은 진짜 혈마검이 아니었다.

"어찌 이런 일이!"

"제일군사 제갈원명, 놈의 수작이겠지. 재밌네. 이십 년이 지나도 건재하다는 거네."

"제 불찰입니다."

사내가 한쪽 무릎을 꿇고 사죄했다. 사실 그의 잘못은 아니었지

만 백혜향의 심기를 달래주기 위해서였다. 백혜향이 콧방귀를 뀌며
말했다.

"됐어."

이미 기회는 물 건너갔다. 지금쯤이면 무림연맹에서도 어느 정도
사태를 수습시켰을 거다. 가짜 혈마검을 들고 도망다니던 자들도 전
부 잡히고 폭약으로 아수라장이 된 성내도 안정을 되찾았다면 재잠
입은 무리였다. 애초에 이 정도 수에 흔들릴 무림연맹이 아니었다.

"끝났어."

"…"

"하나 그 아이 쪽도 마찬가지지."

"옳으신 말씀입니다."

백혜향의 말대로 이번 사건으로 무림연맹은 더 이상 틈을 내주
지 않을 것이다. 지금과는 비교도 되지 않는 내부 방어선을 구축할
게 틀림없었다. 그리된다면 재차 침입은 사실상 불가능해진다. 하지
만 이것은 그들만이 아니라 백련하 측도 마찬가지였다.

'백련하 아가씨가 보낸 애송이 놈들도 철수할 수밖에 없을 거다.'

그렇게 만들기 위해 양동 작전을 펼친 것이기도 했다. 혈마검을
얻지 못했지만 적어도 하나의 목적은 완수한 셈이었다. 슥! 사내가
백혜향에게 검을 공손히 두 손으로 바쳤다. 그리고 말했다.

"아가씨, 혈천대라공을 견딜 수 있는 검이라면 설사 모조라고 한
들 한없이 혈마검에 가깝지 않습니까?"

사내의 말에 백혜향의 한쪽 눈썹이 치켜 올라갔다. 그런 그녀에
게 사내가 의미심장한 목소리로 말했다.

"때로는 가짜가 진짜가 되는 법이죠."

그런 그를 물끄러미 쳐다보던 백혜향이 가늘어진 눈으로 입을 열었다.

"이번에는 실망시키지 않는 게 좋을 거야, 장룡."

인피면구 속에 감춰진 사내의 정체. 그는 바로 일혈성 뇌혈검 장룡이었다.

* * *

참 신기하다. 그 오싹할 정도로 한이 서려 있던 목소리를 따라 이곳에 왔다. 그런데 지금 검에서는 어떠한 소리도 들리지 않았다. 부적을 붙여놓은 것만으로 이런 효능이 있을 줄은 몰랐다.

—그러게. 하나도 안 들려. 너도 그렇지?

—그렇다.

소담검과 남천철검 역시도 검의 소리가 들리지 않는다고 했다.

[진짜가… 맞겠죠?]

조성원이 고개를 갸웃거리며 전음으로 물었다. 이곳으로 오면서 모조 혈마검을 들고 도망치던 녀석을 한 명 발견했었다. 그래서 확신하기 어려운가 보다. 하지만 총군사인 제갈원명이 뒤통수까지 맞아가며 지키려던 검이었다.

[진짜가 맞아.]

하지만 확인해볼 필요는 있겠지. 혹시나 하는 마음에 나는 살짝 검을 뽑아보았다. 그 순간 부적이 붙은 검신이 모습을 드러내며 머릿속으로 광기 서린 목소리가 들려왔다.

—죽여라! 전부 죽여야 한다!

한, 살의, 분노, 광기, 모든 것이 어우러진 목소리에 온몸에 소름이 돋았다. 멀리서도 오싹할 지경이었는데, 가까이서 듣자 그 최악의 감정 집합에 머리가 깨질 듯한 고통이 느껴지며 나도 모르게 검을 손에서 놓치고 말았다.

"헛!"

조성원이 다급히 떨어지는 검을 잡았다. 순간 그것을 잡은 녀석의 얼굴이 순식간에 새하얗게 질려버리고 말았다. 이를 지켜보던 사마영이 살짝 열려 있던 검집의 끝을 쳐서 강제로 닫아버렸다.

"헉… 헉…."

조성원이 거친 호흡을 뱉어냈다. 녀석의 이마에 맺힌 식은땀만 보더라도 검에서 흘러나오는 요기는 사람의 정신을 제대로 갉아먹고 있었다.

─운휘… 많이 위험한 녀석이야.

─이렇게 한이 많은 검은 나 역시도 처음 본다.

소담검과 남천철검이 우려를 표했다. 검인 그들조차 이 정도라면 정말 요검이 틀림없었다. 이런 검과는 제대로 대화가 통할지도 의문이었다.

[부, 부단주님, 이거 어떡하죠?]

조성원이 식은땀을 닦아내며 내게 물었다. 난감한 상황이 되어버렸다. 부적을 붙여도 이 정도라면 이걸 떼어냈을 때는 과연 어떨지 짐작조차 가지 않았다. 문제는 들키지 않게 검집을 버리고 가야 하는 상황이라는 것이었다.

나는 사마영에게 물었다.

[사마 소저, 혹시 검집을 뽑았을 때 오싹하거나 요사스러운 기운

이 느껴졌었나요?]

[아뇨. 아무것도 못 느꼈어요.]

검과 접촉하지 않은 자는 이를 못 느낀다라…. 그렇다면 검신에 붙은 부적만 유지한 채로 미리 준비해둔 검집에 넣기만 하면 된다.

—우, 운휘.

남천철검이 굉장히 꺼렸다. 뭐든 접촉하는 걸 좋아하는 녀석이 이런 반응을 보일 정도면 정말 불길한 검이었다.

사마영이 내게 전음을 보냈다.

[검과 접촉만 하지 않는다면 괜찮지 않을까요? 검집에 넣어서 가니까.]

미치겠다. 보통 사람은 접촉만 하지 않아도 괜찮다. 그런데 나는 이 녀석의 소리를 듣는 게 문제였다. 차라리 듣지 않는다면 모를….

'아!'

순간 머릿속에 좋은 생각이 떠올랐다. 나는 검의 이명들이 울리는 것을 막기 위해 선천진기를 머리로 집중했다. 이를 좀 더 높인다면 검의 소리가 일시적으로 차단되지 않을까?

—운휘, 그렇게 되면 우리의 소리도 듣지 못할 수 있다.

'별수 없잖아.'

조금이라도 혼란스러울 때 당장 이곳을 빠져나가야 한다. 스승님인 해악천에게 검을 넘기기만 해도 임무의 절반은 성공적으로 마무리된다. 그런데 검의 광기로 차질이 생기게 할 순 없었다.

—알겠다.

—너야말로 괜찮겠어, 남천? 저 괴물 같은 녀석이랑 같이 있어야 하는데.

그래도 오랫동안 함께해왔다고 걱정하는 소담검이다.

—안 그러면 현 주인이 곤란하게 생겼는데 어쩌겠나.

맞는 말인데, 뭔가 되게 미안해지네. 나중에 검날이라도 갈아줘야겠다.

—흠흠. 약속 꼭 지켜라.

'그래.'

녀석에게 약속한 나는 선천진기를 더욱 끌어올려 머리로 집중시켰다. 그러자 주위에서 희미하게 들려오던 이명들이 차단되었다.

'소담? 남천?'

심지어 소담검과 남천철검의 소리도 들리지 않았다. 오랫동안 녀석들이 재잘거리던 소리를 듣다가 아무것도 들리지 않으니, 조용하면서도 뭔지 모르게 허전한 느낌이었다. 얼른 검을 옮겨놓고 차단한 것을 열어야겠다.

* * *

남천철검은 속으로 한숨을 내쉬었다. 같은 공간을 차지하던 모조검이 빠져나오고 이윽고 부적으로 검신을 감싼 혈마검이 안으로 들어왔다. 소름 끼치는 소리가 남천철검을 괴롭혔다.

—죽인다! 모든 것을 죽여버릴 거다!

광기가 어린 한. 그것은 남천철검조차 겪어본 적이 없었다. 자신이 사람이었다면 이 녀석과 같이 있는 것만으로 경기를 일으킬 지경이었다. 그래도 어쩌겠는가. 어떻게든 버텨보는 수밖에.

'이상하다. 이게 정녕 검의 자아가 맞는 건가?'

남천철검은 의문이 들었다. 검의 자아라고 하기에는 굉장히 복합적인 한이 느껴졌다. 말 그대로 귀기가 서린 느낌이었다. 잠시 고민하던 남천철검이 혈마검에게 말을 걸었다.

—이보게, 나 남천철검이야. 잠시지만 같은 검집에서 지내게 되었는데, 우리 통성명이라도 하는 게 어떻겠나?

—죽인다! 모든 것을 죽여버릴 테다!

—후우.

완전 말이 통하지 않았다. 오직 살의와 한, 광기만으로 가득 차 있었다. 결국 이 소리를 계속 듣고 있어야 한다는 말이었다.

'운휘, 많이 쓰다듬어줘야 한다.'

고생한 만큼 말이다. 그런데 그런 남천철검의 귓가로 희미하게 들려오는 또 다른 이명.

—옥죄이던 사슬이 드디어 약해졌구나.

광기가 서린 목소리와는 전혀 다른 소리였다. 의아해하고 있는데, 갑작스럽게 벌어지는 일에 남천철검은 당혹감을 감추지 못했다.

파스스!

'…?!'

혈마검의 검신에 붙어 있던 부적들이 조금씩 찢기고 있었다. 아니, 타들어가듯 부식되었다. 그것은 독이 퍼지듯이 부적 전체로 퍼져 나갔다.

—이런!

이러다가 얼마 있지 않아 검신에 붙어 있는 부적들이 전부 없어지게 생겼다. 당황한 남천철검이 외쳤다.

—운휘! 운휘!

하지만 소리를 차단한 소운휘에게는 들리지 않았다.

* * *

혼란을 틈타 나와 일행들은 무림연맹의 성을 빠져나왔다. 의심받지 않기 위해 잠시 남아 있는 것도 고려했지만 혈마검을 가지고 있는 것부터가 위험부담이 컸다. 일단은 스승님인 해악천과 접선해서 검을 넘기는 편이 나았다. 그리고 무림연맹에 다시 돌아간다면 백혜향 측이 벌인 사태와 아무 관련이 없는 것처럼 자연스럽게 꾸밀 수 있었다. 그나저나 송좌백과 송우현 쌍둥이들은 이 틈에 제대로 탈출했을까?

'녀석들이 접선지로 제대로 갔는지 모르겠어.'

아… 나도 모르게 버릇처럼 속으로 말을 걸었다. 녀석들의 소리가 들리지 않도록 선천진기로 차단해놓고서 말이다. 이거 은근히 허전하네.

우선은 접선하기로 한 남서쪽 숲으로 향했다. 원래 접선지는 아니었고 백혜향 측에서 도중에 농간을 벌일지도 모르기에 해악천이 새롭게 정한 접선지였다.

'있으려나.'

걱정되었다. 지금 무림연맹의 성 밖도 난리였다. 성에서 빠져나온 이들로 북새통을 이루고 있었다. 이 정도 상황이라면 해악천 역시도 안에서 뭔가 일이 틀어졌음을 알았을 것이다. 부디 알아차리고 접선지로 왔으면 좋겠다. 그런데 접선 장소에는 아무도 없었다.

'젠장.'

아무래도 기척을 숨기고서 어딘가에 숨어 있어야 할 듯했다. 얼마 있지 않으면 무림연맹에서도 성내 사태를 수습할 텐데 걱정이었다.

"일단 나무 위에 올라가 몸을 숨기죠."

이곳은 숲이 우거지고 이목도 적어서 몸을 숨기기에 적합했다. 그때 가까운 곳에서 기척이 느껴졌다. 수풀을 뚫고 저벅저벅 걸어오고 있었는데, 스스로를 숨길 생각이 전혀 없어 보였다.

'스승님?'

아니다. 그러기에는 보폭과 족적의 소리가 달랐다. 무겁다기보다는 오히려 가벼웠다. 이렇게 가까워지고 있는데, 전혀 알아차리지 못한 것을 보면 분명 고수였다. 그때 수풀을 뚫고서 그자가 모습을 드러냈다.

'북영도성?'

전혀 예상치 못한 자였다. 외팔의 북영도성 곽형직이 왼손으로 도를 비스듬하게 어깨에 걸치고 날카로운 눈빛으로 나를 쳐다보았다.

"소 형제."

사마영과 조성원이 어떻게 해야 할지 난처해하며 힐끔 쳐다보았다. 이에 나는 아무렇지 않게 그에게 포권을 취했다.

"곽 대협을 뵙니다."

내 말이 끝나기가 무섭게 북영도성 곽형직이 내게 물었다.

"어째서 이곳에 있는 겐가?"

그저 묻는 것이 아니라 확실하게 의구심이 담겨 있었다. 나는 최대한 내색하지 않고 대답했다.

"제갈 군사께서 세작으로 의심되는 자들을 추포해달라고 하셔서 쫓고 있었습니다."

"그런가? 거참 이상하군. 무림연맹에서부터 자네들은 사람들 틈에 섞여서 이동하던데 그것은 어찌 된 영문인지 묻고 싶네."

'…하아.'

그로 인해 나는 확신할 수 있었다. 북영도성 곽형직은 우연히 이곳에 나타난 게 아니라 우리를 뒤따라온 게 틀림없었다. 주위를 최대한 살피면서 이동했는데 그를 놓쳤다. 괜히 남천검객과 비견되는 것이 아니었다. 그 정도 되는 고수니까 나로서도 기척을 감지하는 게 어려웠던 것이다.

'젠장.'

난처해하고 있는데 곽형직이 입을 열었다.

"얼마 전에 누군가 내 뒤를 밟고 있더군. 그래서 확인해보니 제갈 군사가 감시하라고 붙여둔 제일군사부의 무사들이었네."

하…! 북영도성에게도 사람을 붙였구나. 제일군사 제갈원명, 정말 대단한 사람이었다. 오랫동안 연을 맺고 있던 자조차 조금도 망설이지 않고 의심하다니.

"그래서 물어보았지. 왜 내게 사람을 붙였냐고 말일세. 그러자 제갈 군사가 말하기를, 정보가 노출된 것 같다고 순순히 이야기해주더군."

"…."

"당연히 나는 그 정보를 노출하지 않았지. 그렇다면 내부에서 새었거나 자네이거나 둘 중 하나란 말인데… 나는 당연히 자네는 아닐 거라 생각하네. 천하의 남천검객 제자가 세작일 거라고 누가 상상하겠는가."

그가 한 마디 한 마디 내뱉을 때마다 심장이 빠르게 뛰었다. 북영도성이 나를 손가락으로 가리키며 말했다.

"나는 아직도 자네를 믿고 있네."

"…"

"그러니 자네를 향한 나의 의심을 거둬줄 수 있겠나?"

"…어찌 말입니까?"

"자네의 검집을 좀 살펴봐도 되겠나?"

'…!!'

북영도성 곽형직의 말에 나를 비롯한 사마영과 조성원의 얼굴이 굳어졌다. 이렇게 정확하게 허를 찌를 거라고는 예상치 못했다. 나의 검집은 혈마검을 탈취하기 위해 교묘하게 여유 공간을 만들어둔 특수한 검집이었다. 이걸 보이는 순간 끝장이었다.

"그저 보여주기만 하면 되네."

"…어째서입니까?"

그런 나의 말에 곽형직이 자신의 어깨에 걸치고 있던 도집을 바닥에 고정시키듯이 박아 넣었다. 그러고는 도집에서 도병 옆 부분에 튀어나온 뭉툭한 부분을 눌렀다. 그러자 도집이 목갑처럼 펼쳐지며 그 안이 모습을 드러냈다.

'…'

도집 안에는 놀랍게도 도가 두 자루 들어 있었다. 한 자루는 길고 얇은 유엽도의 형태였고 다른 한 자루는 좀 더 짧고 독특한 형태를 하고 있었는데 도병 쪽에 원형으로 큰 손잡이 같은 게 있었다. 손이 아니라 발이 들어가도 이상하지 않을 크기였는데, 저걸 왜 달아놓았는지 모를 정도로 기이했다.

"내가 직접 주문 제작한 도집일세. 자네의 검집은 그 폭이나 너비가 남천철검보다 크더군. 과민한 것일 수도 있지만 그 안에 검 한 자루 정도는 더 들어가기에 충분해 보이는군.”

이런 변수가 있었을 줄이야. 어지간한 사람들은 알아보기 어려울 만큼 절묘하게 제작된 검집이었다. 그렇기에 보통 발상으로는 검집 안에 또 다른 공간이 있을 거라고 상상하기 힘들다. 하지만 세상은 넓고 같은 발상을 하는 이가 있기 마련이다.

‘진퇴양난이구나.’

검집을 보여주는 순간 무조건 들키게 된다. 그렇다면 방법은 딱 두 가지다. 무조건 도망을 가거나 아니면 북영도성 곽형직과 이곳에서 생사를 걸고 다투는 것이다.

‘…도망칠 수 있을까?’

그에게서 모두가 무사히 벗어날 수 있는 그림이 그려지지 않았다. 어떤 식으로든 각개격파를 당하게 될 것이다. 그렇다면 싸울 수밖에 없다. 어차피 북영도성으로 인해 무림연맹 사람들이 나의 정체를 알게 되면 곤란해진다.

‘그나마 다행인 것은 지난번보다는 낫다.’

파응사 나육형과 싸울 때는 이보다 더 최악의 상황이었다. 지금은 그래도 셋에서 합공을 할 수 있었다. 북영도성 곽형직이 파응사 나육형 이상의 고수라고 해도 나 역시 그때보다 성장했다.

“정녕 보여주지 않을 생각인가?”

북영도성의 목소리가 차갑게 가라앉았다. 머뭇거리는 태도에 그 역시도 거의 확신으로 바뀌어가고 있었다.

나는 곽형직에게서 시선을 떼지 않고 말했다.

“허점이 보이면 무조건 노리세요.”

사마영과 조성원에게 내린 명이었다. 스릉! 사마영이 등허리에 차고 있는 검을 뽑았고, 조성원 역시도 장법의 기수식을 취했다. 마지막으로 나 역시도 남천철검을 뽑았다.

"하아."

곽형직의 입에서 깊은 탄식이 흘러나왔다.

"정도의 비극이로구나. 호종대의 진전을 이은 자가 세작이었다니."

진심으로 실망한 목소리였다. 뭔가 내심 씁쓸했다. 나를 호의 깊게 대해준 이와 이런 식으로 겨뤄야 하는 현실이 말이다. 북영도성은 적이 아니라 지인으로 대하고 싶은 이였다. 그때 곽형직이 내게 뜻밖의 말을 했다.

"…정도로 돌아올 수 없겠나?"

'…?!'

전혀 예상치 못한 제의였다. 당연히 어떻게든 나를 제압하려 들거라 여겼는데, 이런 제의를 할 줄은 몰랐다.

"자네가 어떻게 혈교와 연을 맺었는지에 대해서는 묻지 않겠네. 천하의 남천검객 후인들인 자네들 사형제가 혈교와 연을 맺을 정도라면 분명 정도와 같은 선에 있을 수 없을 만큼의 뭔가가 있겠지."

'…아.'

아무래도 곽형직은 나와 사마영이 정도와 갈라설 수밖에 없을 만큼의 원한으로 혈교와 연을 맺었다고 오해한 듯했다. 하긴 그와 이야기할 때 남천철검의 도움을 받아서 그가 알 만한 것들을 언급했었다. 그것 때문에 곽형직은 내가 혈교의 세작일지언정 남천검객의 후인임은 굳게 믿는 듯했다.

"만약 그런 일이 있다면 이 북영도성이 한 팔 걷어붙이고 돕겠네.

그러니 사도에 빠지지 말게나."

진심으로 나를 설득하려 하고 있었다. 그만큼 호적수에 대한 정이 깊었던 모양이다. 북영도성 곽형직은 내가 생각한 것 이상으로 심중이 깊은 자였다.

'…이 사람은 참된 정도를 밟고 있구나.'

회귀 전에 그를 만났다면 어땠을까? 나를 도와주려고 했을까? 백위향 장로나 모용수 같은 쓰레기들과는 질적으로 달랐다.

'하아…'

참 죽이기 싫어진다. 그러나 그를 죽이지 않으면 나는 정파의 변절자로 몰리는 상황에 처하고 그 여파는 영영이에게까지 미치게 될 것이다. 잠시 고민에 빠져 있던 내가 입술을 뗐다.

"제게도 사정이 있습니다. 저도 선배님께 검을 겨누고 싶지 않습니다."

"그럼 검을 내려놓게."

"제가 검을 내려놓게 되면 다른 쪽에서 저를 용서치 않겠죠."

그 말에 북영도성이 자신의 가슴을 주먹으로 쿵쿵 치며 호기로운 목소리로 말했다.

"내 명예를 걸고 자네들 사형제를 지켜주겠네."

"선배님 혼자만의 힘으로는 불가능합니다."

"…나를 믿지 못하겠나?"

"저는 선배님을 믿지 못하는 게 아닙니다. 단지 정도라는 이름하에 썩어 문드러진 부분을 믿지 못하는 거죠."

그 말에 북영도성이 입을 다물었다. 당연히 그 정도로 경험이 많고 연륜이 깊은 무림인이라면 정도의 이면도 알 것이다. 정도라고 해서 옳은 것만도 아니고 좋은 사람만 있지 않다는 것도 나보다 오히려 더 체감하고 있을 것이다.

"정녕 사도의 길을 걸으려는 건가?"

그의 물음에 나는 굳은 결의가 담긴 목소리로 말했다.

"제가 걸으려는 길은 사도가 아닙니다."

"사도가 아니면?"

"저는 정사에 얽매이지 않는 길을 걸을 겁니다."

그런 내 말에 곽형직의 눈에 이채가 띠었다. 그건 실망과는 전혀 다른 느낌이었다.

"정도 아니고 사도 아니다··· 궤변이로군."

"정과 사가 정답이지는 않잖습니까? 정파에 악인이 있듯이 사파에도 호인이나 선인이 있습니다."

"···중도를 말하고 싶은 겐가."

"중도라면 중도일 수 있겠지요. 저는 정사에 얽매이고 싶지 않습니다."

그에게 이런 말을 하는 것은 나의 진심을 알리고 싶어서였다. 나는 진심으로 혈교나 사도에 빠지지 않았음을 말이다.

"후우."

그런 내 말에 곽형직이 한숨을 내쉬었다. 그러더니 이내 도를 들어 내게 겨냥하고서 말했다.

"자네에게도 나름의 사정이 있는 듯하군. 하지만 정도를 걸어가는 자로서 나 역시도 사정이라는 게 있네. 자네를 이렇게 내버려둘 수 없네."

···역시 부딪칠 수밖에 없는 운명인 듯하다. 곽형직이 내게 말했다.

"선배 된 자가 어찌 후배에게 선공을 취하겠나."

선수를 마다할 이유는 없었다. 어차피 싸워야 한다면 최선을 다해 그를 죽여야 한다. 나는 곽형직을 향해 신형을 날렸다.

'호아세검!'

진성명검법 일초식 호아세검을 펼쳤다. 맹렬한 기세로 상대를 제압하기 위한 초식이다. 이미 중단전을 개방하고서 성명신공 육성까지 운기를 마친 상태였다.

"과연!"

짧은 탄성과 함께 곽형직이 현란하게 도를 휘두르며 맹렬하게 밀어붙이는 호아세검의 검세를 가볍게 막아냈다. 채채채채챙!

'강하다.'

한 손이라고는 믿기 어려울 만큼 균형이 잡혀 있었다. 보통 한 팔을 잃고 나면 균형을 잃어서 무공이 현저히 퇴보할 수밖에 없다. 한데 좌수에 외팔임에도 불구하고 곽형직의 무공은 지금이 전성기라고 해도 믿을 만큼 강했다. 착!

'엇?'

그런데 전혀 예상치 못한 일격이 있었다. 시야에서 살짝 벗어난 사각 지대인 좌측 뒤쪽에서 도가 풍차처럼 회전하며 날아오고 있었다. 대체 무슨 영문인가 싶었는데….

'발?'

곽형직의 오른 발등으로 도가 회전하고 있었다. 그 둥근 손잡이가 이런 용도였던 거다. 손과 발로 동시에 도법을 펼치는 이런 괴이한 기술은 처음 본다.

'피해야 해.'

동시에 두 공격을 막기에는 무리였다. 나는 검을 휘둘러 견제하며 보법을 펼쳐 거리를 벌리려 했다.

"보내줄 것 같은가!"

휘휘휘휙! 휘두르는 검을 가볍게 막아낸 곽형직의 회전하는 도가 어느새 내 다리를 노려왔다. 그러나 찰나에 절묘하게 이를 막아내는 이가 있었으니, 사마영이었다.

"윽!"

회전하는 도에 사마영의 신형이 살짝 튕겨 나갔다. 공력에 있어선 곽형직이 우위였기에 공격을 막아내긴 했는데, 이를 버티진 못한 것이다. 그러나 내겐 틈이 생겼다. 쿵! 진각을 밟은 나는 그대로 손을 회전시키며 검을 내질렀다. 진성명검법 육초식 축아회검이었다.

"축아회검, 오랜만이로군."

호적수답게 곽형직이 초식을 알아보았다. 회오리를 치며 쇄도하는 검초에 곽형직이 뒤로 몸을 날리며 도를 앞으로 뻗었다. 채채채채챙! 도가 회오리치는 검세에 부딪치며 푸른 불꽃이 튀겼다. 그런데 그 사이에 곽형직이 도를 잡고 있던 손을 빠르게 떼고서 번개처럼 도병의 머리를 쳤다. 그러자 축아회검의 중심부가 강한 힘에 의해 흔들리며 나의 신형이 도리어 밀려났다. 파파팍! 그때 조성원이 뒤에서 나타나 곽형직의 등 뒤로 장법을 펼쳤다. 뒤를 노리는 장법에 당할 법했는데, 그 순간 곽형직이 뒤로 공중제비를 돌았다.

"헛!"

공중제비를 도는 것과 동시에 그의 발에 끼워져 있던 도가 조성원의 머리를 쪼개려고 들었다. 그런 조성원의 뒷목 옷깃을 사마영이 잡아당겼다. 쿵! 아슬아슬하게 빗나가며 바닥으로 도가 깊게 파고

들었다. 그런 도가 곧바로 위로 솟구치려 하자, 조성원과 사마영이 동시에 보법을 펼치며 이를 피했다.

'…대단하다.'

나는 절로 감탄할 수밖에 없었다. 한때 시대를 풍미했어도 외팔이라 상대적으로 약해졌을 거라 여겼다. 그런데 오히려 파옹사 나육형보다 훨씬 강했다. 자신의 약점을 보완하기 위해 발을 사용하는 도법마저 만들어낼 정도로 그의 무재는 대단했다.

'세 명을 동시에 상대하면서도 이런 실력을 보이다니.'

조금만 방심해도 위험한 건 우리일지도 몰랐다. 다시 곽형직을 향해 신형을 날리려던 찰나였다. 다수의 기척이 느껴졌다.

[부단주님.]

사마영도 이를 감지했는지 그 방향을 쳐다보며 내게 전음을 보냈다. 그때 곽형직이 우리에게 말했다.

"자네들을 쫓아올 때 나 혼자만 올 거라고 생각했나? 혹시 몰라 뒤쫓으면서 제자에게 후기지수들이나 무림연맹 무사들을 데리고 오라고 일러두었네."

'젠장.'

순간 육성으로 욕이 튀어나올 뻔했다.

"자네들에게는 승산이 없네. 그만 포기하게, 소 형제."

이렇게 되면 파옹사 나육형 때보다도 더 안 좋은 상황이라 할 수 있었다. 안 그래도 세 명이 합공해도 승기를 확신할 수 없는데, 여기에 지원군들까지 데려오다니 난감하기 그지없었다.

수풀 사이로 여섯 명의 청년들이 나타났다. 곽형직의 제자인 장명을 위시한 후기지수들이었다.

"소 형?"

장명이 나를 보고서 당혹감을 감추지 못했다. 그의 반응을 보니 지원군을 불렀지만 누구를 뒤쫓는지는 몰랐던 것 같았다.

"이럴 줄 알았다. 네놈이 세작이었구나!"

후기지수들 사이에 황보 세가의 황보동현도 끼어 있었다. 무작위로 도움을 청해서 데려온 것 같은데, 귀찮은 녀석도 포함되었다. 안 그래도 내게 원망이 큰 녀석인데.

"무엇들 하는 게야!"

"네넵!"

팟! 곽형직의 외침에 장명을 비롯한 후기지수 여섯 명이 동시에 신형을 날렸다. 나의 눈짓에 사마영과 조성원이 그들을 상대하기 위해 튀어 나갔다. 이렇게 되면 전과 똑같은 전법을 취해야 했다. 두 사람이 저들을 쓰러뜨릴 때까지 어떻게든 혼자서 그를 감당하는 수밖에 없었다. 슈우우우우! 전신의 피가 빠르게 돌면서 몸의 체온이 올라갔다. 그와 동시에 피부에서 수증기가 피어올랐다. 진혈금체의 증상이었다.

'…?!'

이를 본 곽형직의 눈이 커졌다.

"진혈금체? 설마 기기괴괴의 무공을 익힌 것인가?"

그가 단번에 진혈금체를 알아보았다. 놀라워하는 그에게 나는 위로 뛰어올라 진성명검법 오초식 유성낙검을 펼쳤다. 곽형직이 다급하게 도를 위로 들어 올려 이를 막아냈다. 채애애애앵!

"흡!"

진혈금체를 펼치면서 상승한 역량에 곽형직의 발바닥이 밑으로 살짝 파고들었다. 반드시 베겠다는 일념으로 검에 힘을 가하려는 순간, 곽형직이 무릎을 살짝 구부렸다. 힘의 중심을 발밑으로 향하게 한 그가 한쪽 발을 움직였다. 촥! 엄청난 속도로 곽형직의 발에서 회전하는 도가 내 옆구리를 노렸다. 그 속도가 너무 빨랐다.

'피해야 해.'

팍! 나는 곽형직의 도를 누르고 있는 검을 지지대 삼아, 몸을 튕기며 공중에서 핑그르르 돌아 회전하는 도를 피했다. 그런데 이를 완전히 피하지 못하고 말았다. 촥! 뭔가가 베이는 소리가 들려왔다.

'…?!'

등에 차고 있던 검집이 갈라지면서 그 안에 숨어 있던 혈마검이 떨어지려 했다. 회전하는 상태였지만 다급히 이를 잡아내려 했는데, 곽형직이 도로 혈마검을 쳐내버렸다. 챙! 획획획획! 튕겨나간 혈마검이 한참 싸우고 있는 후기지수들 무리로 날아갔다.

"혈마검이다! 잡아랏!"

곽형직이 후기지수들에게 소리쳤다.

'안 돼!'

혈마검을 빼앗길 수 없기에 나는 손을 뻗어 은연사로 그것을 잡아내려 했다. 그러나 회전하는 상태에서 이를 정확하게 겨냥하는 것은 불가능했다. 뻗어 나간 은연사의 줄이 빗나가고 말았다.

그러는 사이, 누군가 위로 뛰어올라 혈마검을 잡아냈다.

'아…'

그는 다름 아닌 곽형직의 제자 장명이었다. 여섯 명의 후기지수들과 대치하고 있던 사마영이나 조성원은 이를 잡을 틈도 없었다. 장명이 검을 빼앗았다는 기쁨에 손을 들고서 외쳤다.

"스승님! 검을 잡았… 컥!"

그때 장명이 괴상한 소리를 냈다. 뭔가 괴로워 보이는 표정을 짓던 장명이 다급히 검을 잡고 있던 손을 억지로 떼어내려 했다. 그런데 그렇게 하지 못했다. 그의 손에서 떨림이 일어나더니 이내 그것이 몸 전체로 이어졌다.

"장명아! 당장 검에서 손을 떼!"

"끄그그그그."

곽형직이 당혹스러워하며 다그쳤는데, 장명은 경련을 일으키며 멈출 줄을 몰랐다. 괴이한 현상이 벌어졌다. 그의 얼굴로 핏줄이 불룩불룩 튀어 올라왔다. 주화입마라도 입은 듯한 모습에, 그의 곁에 있던 후기지수 한 사람이 이를 도우려 했다.

"장 형! 검을 놓으시오!"

바로 그 순간이었다. 촥!

"억!"

날카로운 검명과 함께 후기지수의 몸이 반 토막으로 갈라졌다.

'…?!'

갑작스럽게 벌어진 일에 모두가 당황했다. 얼굴의 핏줄들이 울룩불룩 튀어나와 두 눈동자에서 붉은 안광을 내뿜고 있는 장명에게서 좌중을 압도하는 살기가 뿜어져 나왔다.

'부적이?'

나는 그보다 검에 붙어 있던 부적들이 사라진 게 더욱 당혹스러웠다. 검집에 들어가 있던 사이, 대체 무슨 일이 벌어진 건지 알 수 없었다. 모두가 당혹스러워하고 있는데 황보동현이 소리쳤다.

"요, 요검에 사로잡혔어!"

그 말이 떨어지기가 무섭게 장명이 황보동현을 향해 신형을 날렸다. 당황한 황보동현이 도를 휘둘러 막아내려 했지만, 장명의 검이 순식간에 황보동현의 도와 함께 그를 반 토막으로 갈라버렸다. 챙강! 촥! 비명조차 지르지 못하고 죽었다.

"또, 또 죽였어."

"자, 장 형! 정신 차리시오!"

남은 세 명의 후기지수들이 당황해서 어쩔 줄 몰라 했다. 그런 그들을 노려보던 장명이 스산한 목소리로 말했다.

"전부 죽인다."

"힉!"

겁에 질린 후기지수들이 하얗게 질려서 도망치려고 했는데, 그보다 장명의 움직임이 더욱 빨랐다. 촥! 엄청난 속도로 경공을 펼친 장명이 도망치려던 후기지수 두 명의 목을 동시에 베어버렸다. 그리고 곧바로 노린 자는 사마영이었다. 그녀의 목을 찌르려고 했는데, 그녀가 다급히 검면으로 이를 막아냈다. 채애애앵!

"아악!"

하지만 얼마나 강한 공력이 실려 있었는지, 그녀가 비명과 함께 뒤로 튕겨 나갔다.

'소저!'

나는 신형을 날려서 날아가는 그녀를 받아냈다. 팍! 타타타타타!

'무슨 공력이!'

진혈금체를 펼치고 있었는데 그녀를 받고도 나의 신형이 열 보 이상 밀려났다. 내상을 입었는지 사마영의 입가로 피가 흘러내리고 있었다.

"갑자기 너무 세졌어요."

그녀가 심각한 목소리로 내게 말했다. 그건 그녀를 받아내면서 충분히 공감하고 있었다. 말도 안 될 정도로 역량이 폭발적으로 상승했다.

"죽인다!"

그러는 사이에 장명이 유일하게 남은 후기지수와 조성원을 노렸다.

"장명! 멈추거라!"

그런 그를 곽형직이 가로막았다. 그를 제압하기 위해 도초를 펼쳐 검을 떨어뜨리게 하려 했다. 그러자 장명이 검초를 펼쳤다. 채채채채챙! 두 사람의 도와 검이 빠르게 부딪쳤다. 곽형직의 표정이 좋지 않았다. 장명이 펼치는 검초는 고절한 걸 넘어서 상대를 철저하게 죽이기 위한 살수만으로 이루어져 있었다.

"정신 차리거라!"

곽형직이 그를 다그쳤지만 전혀 소용이 없었다. 초식을 부딪치다가 곽형직이 발목에 걸려 있는 도를 회전시키며 장명의 빈틈을 노렸다. 그러나 장명이 그 도를 맨손으로 잡아냈다. 팍!

"아닛?"

핏줄이 튀어나와서 붉게 물들어 있는 손. 너무나 섬뜩할 정도였다. 다른 이도 아니고 곽형직의 도를 맨손으로 잡아냈다. 당혹스러워하는 찰나, 장명이 들고 있는 혈마검이 곽형직의 심장을 찔렀다. 곽형직이 다급히 이를 막아냈다. 채앵! 그와 함께 곽형직의 신형이 뒤로 튕겨 나갔다. 그 틈에 장명은 곧바로 도망치고 있는 남은 후기지수 한 명을 순식간에 따라잡았다.

"장명아, 안 돼!"

곽형직의 외침은 장명의 귓가에 닿지 않았다. 장명은 조금의 망설임도 없이 후기지수의 몸을 가차 없이 베어버리고 말았다.

"죽인다!"

그 짧은 사이, 장명의 손에 다섯이 죽고 만 것이다. 자신의 제자가 한순간에 살성이 되어 후기지수들을 죽이자, 곽형직은 망연자실한 얼굴로 할 말을 잃고 말았다. 그러거나 말거나 장명은 여전히 피에 목말라 있었다. 다음 목표는 조성원이었다.

"헉!"

조성원이 부리나케 경공을 펼쳤지만 장명의 경공 속도는 너무도 빨랐다. 곧바로 따라잡아 버렸다. 놈이 조성원을 베려는 순간 내가 절묘하게 이를 막아냈다. 채애앵!

"큭!"

엄청난 무게감에 내 몸이 오히려 뒤로 젖혀지고 말았다. 그 틈에 사마영이 장명의 뒤를 노렸다. 검으로 놈의 목을 베려고 했는데, 장명이 뒤도 돌아보지 않고 그녀의 검을 그저 팔목만으로 막아냈다.

"죽인다!"

장명이 그 상태로 몸을 돌리며 사마영을 베려고 했다. 바로 그 순간이었다. 슉! 픽! 장명의 옆구리로 도가 날아들며 녀석의 몸이 옆으로 튕겨 나가고 말았다. 도를 던진 자는 다름 아닌 곽형직이었다. 한데 그 정도 되는 고수가 공력을 실어 도를 던졌으면 거기에 찔릴 만도 한데, 금강불괴라도 되는 것처럼 멀쩡했다. 오히려 곽형직이 던진 도를 움켜쥐고서 맨손으로 부숴버렸다. 콰지직! 투캉!

'…?!'

정말 괴물이라고 불러도 모자람이 없었다. 곽형직이 심각한 얼굴로 내게 말했다.

"도와주게."

그런 그에게 나는 답했다.

"제가 하고 싶은 말입니다."

북영도성 곽형직의 제자 장명이 혈마검의 요성에 사로잡히면서 뜻하지 않은 동맹을 맺게 생겼다. 한데 저걸 무슨 수로 제압할 수 있을지 난감했다.

"거의 금강불괴 수준인데 무슨 수로 잡죠?"

"금강불괴인지 아닌지는 알 수 없네."

"네?"

"도가 검과 같은 줄 아나. 도는 도신으로 쓸어내리지 않으면 베이지 않네. 검처럼 끝이 뾰족한 게 아니기에 도로 몸을 관통시키려면 던지는 게 아니라, 도 전체에 힘을 가해야 하네."

"아….."

그런데 곽형직 정도 되는 고수라면 도로도 관통시킬 수 있지 않을까? 그렇다면 전력으로 던진 게 아니란 말인가?

"문제는 그게 아니네. 제자 녀석에게 내가중수법으로 내상을 입히려고 했는데, 전혀 소용이 없었네."

아아, 내상을 입히려고 했구나. 도를 던져서 외상이 아닌 내가중수법을 일으켰단 소리였다. 상승의 경지에 이른 고수답게 대단한 수법이었다. 예기를 다룰 수 있는 성명신공 육성에 이르렀어도 사물을 던져 내가중수법을 하라고 한다면 아직 나로서는 엄두조차 내기 힘들었다.

"관통이든 내가중수법이든 괴물이긴 매한가지 아닙니까?"

조성원이 앓는 소리를 했다. 녀석의 말이 맞았다. 그 정도 고위 수법을 썼는데도 멀쩡한 것 자체가 이상했다.

'정말 멀쩡한 걸까?'

의문이 들었다. 장명의 무공 실력은 절정의 경지였다. 그런 자가 초절정에서도 상위에 속하는 고수의 일격에 내상조차 입지 않는다는 건 기이한 일이었다.

곽형직이 장명에게서 시선을 떼지 않고 말했다.

"도와주게."

"선택권이 없잖습니까."

어차피 녀석을 쓰러뜨리지 못하면 우리가 위험했다. 그런데 곽형직이 고개를 저으며 말했다.

"아니, 제자 녀석에게서 검을 떼어놓게 도와달란 소리일세."

그 말은 아직까지 제자인 장명을 포기하지 않았다는 소리였다. 하긴 제자가 요성에 사로잡혔다고 해서 쉽게 포기하고 해하려 든다면 스승이라고 할 수 있을까? 곽형직의 사람 됨됨이를 보면 그렇지 못할 것이다.

그때 사마영이 말했다.

"곽 대협, 정말 금강불괴가 아니라면 검을 잡고 있는 손목이나 팔을 자르는 건 어떤가요?"

지극히 사마영다운 해법이었다. 그 말에 곽형직이 인상을 찡그리고 답했다.

"…최후까지 안 된다면 그리하세."

하긴 팔을 자르면 다시 무인으로 복귀하는 게 힘들어진다. 그건 곽형직 본인이 더 잘 알 것이다. 균형 감각부터 시작해 반대 손으로 다시 연마를 해야 하기에 새로 무공을 익히는 것이나 마찬가지였다.

"그러다 저희가 당할 수도 있습니다."

조성원이 냉정하게 이야기했다. 이에 곽형직이 눈짓으로 장명을 가리키며 말했다.

"아니, 가능성은 있네. 분명 충격을 받았어."

"네?"

"그러니 지금 곧바로 공격하지 않는 게지."

곽형직의 말대로 장명의 움직임은 잠시 멈춰 있었다. 입으로는 죽인다는 말을 내뱉고 있었지만, 가만히 서서 당장에라도 튀어나올 것처럼 움찔거리기만 했다.

"…고통을 느끼지 못하는 것일 수도 있겠군요."

"나와 같은 생각을 했군."

충분히 가능성이 있었다. 곽형직의 내가중수법이 통했기 때문에 이를 해소하기 위해 움직임이 멈춰진 것일 수도 있었다. 고통이 없다고 해도 내가중수법을 당하면 오장육부가 파열된다. 장기 기관이 다치면 당연히 신체에 영향이 갈 수밖에 없다.

바로 그때였다. 팟! 우리의 예측을 비웃기라도 하듯 장명이 이번에는 내가 있는 쪽으로 신형을 뻗어왔다. 속도는 여전히 변함없이 빨랐다. 눈 깜짝할 사이에 간격을 좁혀왔다.

'비추형검.'

나는 세 보 앞까지 도달한 녀석에게 진성명검법 삼초식 비추형검을 펼쳤다. 부드러운 버들가지처럼 변화가 두드러진 검초가 촘촘하게 망(網)을 만들어냈다. 일단 녀석을 제압해보기 위해서였다. 그때 장명의 손에 있던 혈마검이 움직였다. 채채채채챙!

'이게 대체….'

검초로 망을 만들어내 압박을 가하려 했는데, 검식들을 전부 쳐 내버렸다. 도저히 요성에 사로잡혀 미친 거라고 보기 힘들었다.

"죽어랏!"

그것도 모자라 나의 미간을 향해 혈마검을 찔러왔다. 챙! 그때 녀석의 검이 위로 튕겨 나갔다. 사마영이 절묘한 순간에 검을 위로 쳐 낸 것이다.

"조심… 악!"

그런 그녀의 옆구리를 장명이 발로 걷어찼다. 뒤로 튕겨 나가려고 하는데, 그녀가 이를 악물더니 이내 검으로 바닥을 찍고서 이를 지 지대 삼아 몸을 회전시키더니 장명의 얼굴에 발차기를 날렸다.

"너도 맞아봐!"

팍! 그런 그녀의 발을 장명이 낚아채듯이 잡아냈다.

'위험해!'

손등의 핏줄이 꿈틀거리는 모습에 나는 다급히 왼손의 권으로 놈 의 가슴을 쳐냈다. 가슴을 맞은 장명의 허리가 뒤로 살짝 젖혀졌다.

'하!'

십성 공력에 진혈금체까지 더했는데 이것을 버텨냈다.

그때 누군가가 장명의 목을 왼팔로 휘감았다. 곽형직이었다. 곽형 직은 그와 함께 한쪽 다리를 녀석의 가랑이 사이로 밀어놓고, 보법 을 펼칠 수 없게 오른 다리를 안에서 바깥쪽으로 감아버렸다.

"빨리 붙잡게!"

곽형직의 외침에 나는 재빨리 놈의 오른팔을 붙잡았다. 검을 움 직일 수 없게 하기 위해서였다.

"저도!"

사마영도 기회를 놓치지 않고 허리를 굽히며 자신의 발을 움켜잡고 있는 놈의 손목 혈을 누르고서 뱀처럼 다른 다리를 휘감았다.

"크으으!"

세 고수가 동시에 붙잡자 녀석도 옴짝달싹하지 못했다. 그런데 너무 공력과 힘이 강해서 오래 붙잡기는 힘들 것 같았다.

"검을 손에서 떼어버려!"

나의 외침에 조성원이 달려들었다. 그리고 놈의 손가락을 강제로 펴려고 했다. 하지만 악력 자체가 말도 안 될 정도로 상승했는지 꿈쩍도 하지 않았다.

"아, 안 됩니다!"

"수양명경맥의 혈을 자극하게!"

곽형직이 조성원에게 조언했다.

"알겠습니다!"

조성원이 집게손가락 안쪽 부근을 누르려고 했다. 그런데 핏줄이 불룩불룩 움직이며 혈도의 위치에 변화가 일어났다.

'…?!'

가끔 혈도의 일부를 움직일 수 있는 기인이 있다고는 들었지만, 눈에 띄는 변화는 나 또한 처음 봤다. 이것도 통하지 않자, 안 되겠다 싶었는지 조성원이 역발상으로 검을 쳐내려 했다.

"젠장!"

팔이 고정되어 있으니 검을 쳐내서 손가락을 열 수밖에 없도록 하려는 모양이었다.

"하압!"

조성원이 전력을 다해 검을 내리쳤다. 그런데 검과 손바닥이 닿는 순간, 조성원의 팔이 움찔거리며 핏줄이 꿈틀꿈틀 튀어 올랐다.

"으억!"

뭔가 잘못되었다고 생각한 나는 지체하지 않고 조성원을 발로 걸어차 버렸다.

"억!"

미안하다. 이러지 않으면 검이 녀석에게도 침식하려 들었을 거다. 검과 접촉하는 것만으로 문제가 생긴다면 빨리 떼어놓는 것이 답이었다. 그때 장명의 몸이 경련을 일으키기 시작했다. 화산이 폭발하기 직전처럼 잠력이 고조되는 것이 느껴졌다. 곽형직이 다급히 외쳤다.

"물러나…."

파앙!

"크헉!"

"아악!"

그 순간 엄청난 반탄력과 함께 나를 비롯한 곽형직, 사마영이 튕겨 나가고 말았다. 억지로 붙잡고 있기에는 체내로 파고드는 공력에 놓을 수밖에 없었다. 튕겨 나간 나는 열 보가량의 거리에서 멈춰 섰다.

'공력이 더 올라갔어.'

여기서 공력이 더 상승할 줄은 몰랐다. 이건 정말 괴물이라고밖에 할 수 없을 것 같았다.

'무슨 수로 제압한다는 거지?'

혈마검을 들고 있는 장명을 제압하려면 적어도 곽형직 같은 고수

셋이 붙든가 그 이상의 고수가 나서야 할 것 같았다.

"꽤… 괜찮아요, 사형?"

사마영이 머리까지 헝클어져서 내게 물었다. 그녀의 떨리는 손을 보면 아까보다 내상이 더 심해진 것 같았다. 본인도 좋지 않으면서 나를 걱정하다니.

"하아… 하아…."

스스스슥! 나는 서둘러 진혈금체를 풀었다. 여기서 더 무리한다면 지난번처럼 몸에 무리가 와서 쓰러질지도 몰랐다. 다행히 금방 풀어서 그런지 몸에 무리는 가지 않았다. 그보다는 장명이 문제였다.

'죽여야 할지도.'

이대로라면 우리가 당한다. 공력이 상승하면서 더 이상 묶어두는 것은 무리였다. 그런데 장명에게서 이상 징후가 보였다. 푸슉! 푸슉! 녀석의 손등부터 얼굴에 튀어나왔던 핏줄들이 터지면서 피가 뿜어져 나왔다. 심지어 입고 있는 옷이 피로 물드는 걸 보면 전신의 혈관이 터진 듯했다.

"사형!"

사마영이 눈이 휘둥그레져서 내게 말했다. 나도 눈치챘다. 녀석의 몸이 버티지 못하고 있었다.

'역시인가.'

어쩐지 너무 이상했다. 요검의 힘이라고 해도 자신의 경지를 넘어서는 힘을 너무 남발했다. 당연히 부작용이 있을 수밖에 없었다. 장명이 비틀거리면서 억지로 버티고 섰다.

"죽인다. 전부 죽인다!"

저렇게 몸에 과부하가 왔는데도 표정 하나 바뀌지 않고 움직이려고 했다. 고통을 느끼지 못한다고 해도 한계가 보였다. 조금만 더 힘을 쓰게 한다면 알아서 자멸할 것 같았다.

"장명아!"

곽형직이 비통한 얼굴로 장명을 불렀다. 우리도 알아차린 것을 곽형직 같은 고수가 못 알아볼 리가 없었다.

'제자를 정말 많이 아끼는구나.'

눈시울이 붉어지는 것을 보면 알 수 있었다. 곽형직이 발등을 튕겨서 도를 잡았다. 그러고는 내게 말했다.

"나 역시 팔이 잘리고도 다시 재기했네. 저 아이도 충분히 그럴 수 있을 게야. 말을 번복해서 미안하지만 도와주게."

"곽 대협…."

이제는 그런 문제를 넘어섰다. 저렇게 핏줄이 터진 걸 보면 운기하는 혈맥에 이상이 생긴 것이다. 좌수는커녕 거동조차 힘들 확률이 높았다. 그걸 곽형직이 모를 리가 없었다. 내가 안타깝게 쳐다보자 곽형직이 숨을 깊게 들이쉬었다 내쉬며 말했다.

"아들 같은 녀석일세. 그래도 살아야 하지 않겠나."

역시 알고 있었다. 그러면서도 조금이나마 희망을 놓지 않고 있는 것이었다. 장명의 몸에서 뼈가 두둑거리는 소리가 들렸다. 그러더니 이내 핏줄에서 터져 나오던 피가 서서히 가라앉기 시작했다.

"미친!"

조성원의 입에서 거친 소리가 튀어나왔다. 숙주가 죽지 않고 움직일 수 있도록 혈마검이 조정하는 것 같았다.

'날뛰다가 죽게 하려는 건가.'

정말 악질적인 검이었다. 달리 요검이라 불리는 게 아니었다. 저런 검을 백련하나 백혜향이 무슨 수로 통제할지 궁금할 지경이었다.

곽형직이 내게 말했다.

"자네들 사형제가 조금만 움직임을 방해한다면 내가 어떻게든 팔을 베어보겠네."

굳은 결의가 담겨 있는 목소리였다. 제자를 아끼는 마음이 절절히 느껴졌다. 나는 장명이 들고 있는 혈마검을 물끄러미 쳐다보았다. 문득 이런 생각이 떠올랐다. 미쳐서 날뛰고 있는 혈마검. 검신에만 닿아도 침식해올 정도로 요성이 강하다. 부적마저 떨어지고 검집마저 없는 마당에 장명의 팔목을 자르고서 검을 회수한다고 해도 과연 무사히 들고 갈 수 있을까? 검의 소리를 듣는 나조차도 그 광기에 침식될 뻔했다.

'…후우.'

어쩌면 내게도 지금이 기회일 수 있었다. 곽형직 같은 고수가 있을 때 혈마검과 접촉해서 대화하는 것이 나았다. 자아가 침식되려 한다면 곧바로 검에서 떼어낼 수 있을 테니 말이다.

'정말 미친 짓일지도.'

놈을 어떤 식으로든 설득하지 않으면 검을 가져갈 방법도 없었다.

"곽 대협."

"준비됐나?"

"혹시 저를 믿고 한 번만 더 장명을 제압해주실 수 있겠습니까?"

"네엣? 또요?"

그런 내 말에 오히려 조성원이 기겁했다. 안 그래도 제압은커녕 무사히 팔을 자를 수 있을지도 모를 판국에 그런 제안을 하니 놀란 모양이었다.

"이미 실패하지 않았나."

"제자분의 팔이 잘리는 것보다 낫지 않겠습니까?"

"이미 팔의 문제가 아니지 않나."

"제압했다가 안 된다면 곧바로 자르는 방향으로 하죠. 밑져야 본전입니다."

"…대체 무슨 생각인 겐가?"

"만약 성공한다면 제게 빚지는 겁니다."

팟! 그 말과 함께 나는 장명을 향해 신형을 날렸다.

"자네!"

곽형직이 고민할 틈을 주는 것보다 몸으로 행동하는 게 더 빨랐다.

"죽인다!"

내가 신형을 날리자 장명이 기다렸다는 듯이 혈마검으로 살의가 넘치는 검초를 펼쳤다. 마치 폭우가 쏟아져 내리는 듯이 검이 잔영을 만들어내며 압박해왔다.

'잠합공검!'

진성명검법 이초식 잠합공검. 상대의 공격을 역으로 받아치며 반격하는 검초다. 채채채채채채챙!

'큭!'

진혈금체까지 풀어서 손바닥이 찢겨 나가는 것 같았다. 장명의 폭우처럼 밀어붙이는 검초를 겨우겨우 막아가면서 무릎을 천천히 구부렸다. 발이 바닥으로 파고들었다. 검에 실려 있는 힘이 너무 강해서 밑으로 조금이라도 흘려보낼 수밖에 없었다. 채채챙! 검식이 끝나갈 무렵이었다.

'이때를 기다렸다!'

나는 응축하고 있던 힘을 위로 토해냈다. 채애애앵! 찢어질 듯한 금속성과 함께 푸른 불꽃이 튀었다. 웅크렸던 두꺼비가 높이 뛰어오르듯이 쳐올리는 검에 녀석의 검이 잠깐이나마 위로 팅겨 올랐다. 그러나 금방 다시 검을 내려치려 했다.

"지금이네!"

팟! 그 순간을 놓치지 않고 세 명이 동시에 달려들었다. 이번에 오른팔을 붙잡은 것은 사마영이었고, 곽형직은 아까 전과 마찬가지로 목을 휘감고 다리를 고정했고, 조성원이 왼팔을 붙들었다.

"크아아아!"

장명이 괴성을 지르며 왼팔을 뿌리치려 했다.

"으헉!"

역시 조성원의 힘만으로는 무리였다. 나는 남천철검을 놓고 재빨리 왼손으로 장명의 손목을 움켜쥐었다. 내 힘까지 더해지자 녀석의 움직임이 멈췄다. 나는 침을 꿀꺽 삼키며 선천진기로 소리를 봉하던 것을 열었다.

─전부 죽여버리겠다!

아니나 다를까 엄청난 살의와 광기, 한이 담긴 목소리가 머릿속을 휘저었다.

"끄윽!"

머리가 터져 나갈 것만 같았다. 그때 남천철검과 소담검의 목소리가 동시에 들렸다.

─운휘!

─그만둬! 너무 위험해!

다시 들리니까 반갑기는 한데, 지금으로서는 이 방법밖에 없다.

머릿속이 터져 나가려는 것을 겨우겨우 참아가며 떨리는 손으로 혈마검으로 손을 가져가려는데, 남천철검이 말했다.

─운휘, 위험하다. 그 검에는 검의 자아만 있는 게 아니다.

'그게 무슨 소리야?'

─오직 살의로만 뭉쳐진 자아가 있다. 너도 잠식될 수 있다.

'자아가 두 개라는 거야?'

─그 자아는 대화로 어찌할 수 있는 존재가 아니다. 그 자아가 침식하면 역으로 네가 몸을 빼앗기게 될 거다.

그 결과물이 바로 장명이었다. 하지만 혈마검을 포기할 수는 없는 노릇이었다. 지금 놈과 결판을 내지 않으면 검을 버리고 가야 한다. 그렇게 되면 모든 일이 헛수고가 된다.

'…내 자아가 흔들리지 않도록 너희들이 도와줘.'

그와 동시에 나는 장명이 잡은 곳 위로 혈마검의 검병을 잡았다.

"사형!"

"소 형제!"

갑작스러운 나의 행동에 사마영과 곽형직이 놀라서 소리쳤다. 어떤 방법을 취하려나 했는데, 내가 느닷없이 검을 잡을 줄은 몰랐던 것 같다.

"괜찮으니까 계속 붙잡… 헉!"

그 순간 손바닥을 타고 오싹하면서도 차가운 기운이 밀려들어 왔다. 그것은 선천진기나 내공과는 완전히 궤를 달리했다. 오른 손등으로 핏줄이 불룩불룩 튀어나왔다.

"흡!"

나는 선천진기를 극성으로 끌어올렸다. 이 기운에 잠식되면 나도 장명과 똑같은 처지가 될 것이다. 선천진기를 최대로 끌어올린 나는 마음속으로 혈마검에게 말을 걸었다.

'혈마검, 내 말 들리나?'

검과 내 마음이 연결되지 않으면 접촉해야만 말을 걸 수 있다. 제발 내 목소리가 놈에게 들리길 바랐다. 그때 장명의 몸이 경련을 일으키듯이 떨렸다.

"잘라야 하네!"

곽형직이 다급히 소리쳤다.

"아직입니다!"

그를 만류하며 나는 마음속으로 혈마검에게 소리쳤다.

—내 말이 들리면 대답하라고!

그 순간 경련을 일으키던 장명의 움직임이 멈췄다. 핏줄이 울룩불룩하던 장명의 손등이 가라앉기 시작했다.

'들렸구나.'

나는 녀석이 내 목소리를 들었다고 확신했다.

'혈마검, 녀석을 놓아줘. 그리고 나와 대화하자.'

그때 머릿속을 헤집어놓던 살의로 가득 찬 목소리가 멈췄다.

'고마…'

대화를 하려나 싶었는데, 갑자기 머릿속에서 섬뜩한 목소리가 들려왔다.

—이런 몸이 있을 줄이야. 마음에 드는군.

'뭐?'

그 순간 눈앞이 핏빛으로 물들었다.

* * *

"엇?"

"손을 놨어요."

사마영의 그 말에 곽형직이 놀라움을 금치 못했다. 방금 전만 하더라도 계속 뿌리치려고 몸을 뒤틀었는데 그것이 멈췄다. 그리고 심지어 장명이 혈마검에서 손을 떼고 있었다.

"아아아!"

정말 밑져야 본전이라고 생각했다. 한데 정말로 성공한 것이다. 혈마검을 놓자 그 여파가 몰려왔는지 장명의 몸에서 힘이 빠지며 쓰러지려 했다. 그것을 곽형직이 받쳐 들었다. 곽형직이 기쁜 목소리로 소운휘에게 말했다.

"소 형제, 대체 어떻게 한…."

바로 그 순간이었다. 팡! 소운휘의 몸에서 강한 반탄력이 일어나며 주변에 있던 이들이 동시에 튕겨 나갔다. 갑작스럽게 벌어진 일에 모두가 영문을 몰라 했다. 그런데 소운휘에게서 이변이 일어났다.

"이, 이게 대체?"

조성원은 이 사태를 이해할 수가 없었다. 소운휘의 손에 혈마검이 들려 있는데, 장명과는 조금 다른 현상이 벌어졌다.

"머리카락의 색이…."

소운휘의 검은 머리카락이 핏빛으로 물들고 있었다. 머리카락만이 아니었다. 소운휘의 두 눈동자에서 붉은 안광이 흘러나왔고, 은빛이었던 혈마검의 검신이 선홍빛으로 물들었다. 곽형직이 경악에 가득 찬 목소리로 중얼거렸다.

"이럴 수가⋯."

지금 소운휘의 모습은 이십여 년 전의 한 절대자를 떠올리게 했다.

'혈마!'

〈4권에 계속〉

절대 검감 3

초판 1쇄 인쇄일 2022년 7월 4일
초판 1쇄 발행일 2022년 7월 11일

지은이 한중월야

발행인 윤호권
사업총괄 정유한

편집 김지연 **디자인** 김지연 **마케팅** 명인수 **일러스트** 스튜디오이너스
발행처 ㈜시공사 **주소** 서울시 성동구 상원1길 22, 6-8층(우편번호 04779)
대표전화 02-3486-6877 **팩스(주문)** 02-585-1755
홈페이지 www.sigongsa.com / www.sigongjunior.com

글 © 한중월야, 2022

ISBN 979-11-6925-028-3 04810
     979-11-6925-025-2 (SET)

*시공사는 시공간을 넘는 무한한 콘텐츠 세상을 만듭니다.
*시공사는 더 나은 내일을 함께 만들 여러분의 소중한 의견을 기다립니다.
*잘못 만들어진 책은 구입하신 곳에서 바꾸어 드립니다.